海外征程2

华为海外业务前负责人
达尼 著

江苏凤凰文艺出版社
JIANGSU PHOENIX LITERATURE AND ART PUBLISHING

图书在版编目（CIP）数据

海外征程. 2 / 达尼著. — 南京：江苏凤凰文艺出版社，2021.9（2025.4 重印）

ISBN 978-7-5594-3787-7

Ⅰ. ①海… Ⅱ. ①达… Ⅲ. ①长篇小说 - 中国 - 当代 Ⅳ. ① I247.5

中国版本图书馆 CIP 数据核字（2020）第 028213 号

海外征程 . 2

达尼 著

责任编辑	丁小卉
特约编辑	高 旭
封面设计	章婉蓓
责任印制	刘 巍
出版发行	江苏凤凰文艺出版社
	南京市中央路 165 号，邮编：210009
网 址	http://www.jswenyi.com
印 刷	三河市龙大印装有限公司
开 本	680 毫米 ×990 毫米 1/16
印 张	22.5
字 数	332 千字
版 次	2021 年 9 月第 1 版
印 次	2025 年 4 月第 3 次印刷
标准书号	ISBN 978-7-5594-3787-7
定 价	49.80 元

目　录
Contents

* 小说纯属虚构，如有雷同，纯属巧合。

chapter 1
惊天陷阱

1

3 月，纽约肯尼迪国际机场。

一班自欧洲飞来的飞机上，一个中国人下来了，他跟着人流往转机大厅走。

自“九一一事件”以后，美国机场的出入关和安检非常严格，即使已在机场内，也有无数道关要过。安检员会一遍遍检查你的随身物品。

“打开箱子。”安检员块头很人，戴着帽子，穿着卡其制服，腰间配着枪。

那个中国人顺从地打开。前面有一个乘客因为可疑，被另一个五大三粗的执法人员拉到“小黑屋”单独伺候了。执法者地位很高，这个时候，还是要尊重他们的法规。

“你过来。”安检员把他带到了一边。

他一惊：“有什么问题吗？”

“请打开一下您的电脑和手机。”安检员面无表情，不容置疑。

“好吧。”他听从着。出门在外，要入乡随俗。

以前，有同事去沙特常驻，那是宗教管理很严格的地方，电脑里有两部“小黄片”，被海关查出来严厉处罚。而到了美国，如今社交网络上的言谈是必须小心的，如果没有工作签证，则不能在电子信息上出现“工作”“代购”等可疑信息，更不能涉及一丝与“恐怖袭击”有关的言论，哪怕是评价。

好在，他一直都很“干净”。

“请提供你社交网络的账号。”

他打开了 Facebook、Twitter、Skype 以及 QQ 和博客等。

“打开这些 PPT 和 Word 文件。”

“有这必要吗？这是公司内部文件。”他皱了下眉头，这些和例行检查无关，而且他想打开也打开不了——为了信息安全，在外网下，他必须连接上华兴公司的 VPN 进行 RMS 验证后，才有打开权限。

安检员被惹恼了，对他严厉警告。

他疑惑着，从开箱到检查电子设备、社交账号，还要打开公司文件，怎么不停找事？由于中国护照在美国转机是要签证的，他刚才在海关入境时，明明已经被查过了一次，没有问题。现在这情况有点过度了。

一个摄像头正对着这个安检口，现场图像被传到了机场海关办公室的监视器上。有两个人正目不转睛地看着这一幕。他们来自国土安全部下辖的单位，一个来自 CBP（Custom Border Protection，海关边境保卫局），一个来自 ICE（Immigration Custom Enforcement，移民海关执法局）。

CBP 对着屏幕，指了一指：“是他吗？”

“稍等。”刚才中国人通过海关时，触发了数据库，ICE 现在正与 FBI 进行二次确认。几秒后，ICE 收到了指令，说：“确认了，是他。”

“我再说一遍，请你打开这些文件。”一线安检员说着，一手摸着腰间的小型武器，像要采取攻击。

“我真的没办法打开，除非你让我联网。可我这里的 VPN 不稳定。”

“跪下，双手举到脑后！”安检员大声吼起来，认定他的行为属于抗法。

“为什么？”他蒙了，海关不都已经过了吗？

安检员一把拿走了他的护照和行李，把他带进了“小黑屋”，等待特别调查。

“小黑屋”并不小，有点像个办事大厅。房间里有各色有色人种，以中东人、拉美人居多，大家所有随身物品，尤其是电子设备，手机都被没收了。

别人手里都拿了一个号码，被叫到号的人会在窗口进行二次审查，可他手里却没有号码。他只能坐在塑料凳上，干等着什么都不能做。过了一个小时，依然没有人来告诉他该干什么。墙上写着“No exit without permission（未经允许不得退出）”，他没法出去，也不能联系外人。

他想问问负责人，可一旁站着全副武装的执勤警察，没有人敢挑战。他想要上厕所，但必须有人跟着，弄得他又不想去了。

“小黑屋”人很多，而官员效率很低，又等了异常煎熬的两小时，他感觉莫名其妙，但又没有办法，只能看着一些乘客与 CBP 工作人员讨论或争执。有的人行李被翻箱倒柜，衣服散落一地，却没有得到任何道歉。有人争执，CBP 的执法者厉声回道：“你已经进入黑名单，以后你每一次入境都将进‘小黑屋’。”

又过了约两个小时，他甚至觉得自己像电影《幸福终点站》里的那个可怜人。他终于决定去找官员问问情况，然而官员用严厉的口气说：“你没号就等着，我不知道有什么流程。”

大概又过了三十分钟，他困得睁不开眼时，才被带进另一个小房间。

“不好意思，让你多等了一会儿，”一个穿西装的 ICE 探员进来了，“接下来，你配合我们去调查一下。”

“你们凭什么扣住我？”他问。

“你是华兴的高级总裁，通信算法和体系结构技术专家，”探员看看资料，“是美国‘两用技术管控’范畴内的人员。”

他这才反应过来，他的专业及服务的公司涉及通信、材料、激光、芯片、自动化等领域。

“但是，我只是过境而已，海关无权如此执法。”

“我是根据美国对高新技术实施安全管制的法案，进行执法。”ICE 探员拿出了一摞国会通过的海关法条《ERCA 出口改革官制法案》和《瓦森纳协定》的修订版，这两项文件加强了对信息技术转让的管控。

正当两人继续争执时，门外传来一阵窸窸窣窣的声音，他竖起耳朵听，有人似乎在谈什么交接手续。

此时，门开了，一个穿着风衣的FBI探员风尘仆仆地走了进来："林强先生，您是华兴墨西哥地区部的总裁，我们获悉Boyko创始人的产品，涉及知识产权侵权，并可能泄露美国军方科技信息。而这一项活动正在华兴的墨西哥分公司开展着，请您配合我们的调查。我们有权扣留你48小时，当然您也可以请律师。"

墨西哥地区部总裁林强，曾是华兴2G时代的研发功臣，确实属于美国担心的技术走漏的相关技术管控人员，Boyko的实验局也确实在他治下的华兴墨西哥地区部。

"希望你配合！"FBI探员的头发卷卷的，夹着几丝白发，态度强硬地吓唬起林强，"如果您不配合，我们可以把你一直扣押在监狱里调查。"

手机、电脑，一切电子设备都被收缴了。无论公司或个人的密码都被要求抄录在一张表格里。他无法抵抗。

纽约的冬天很冷，林强来不及披上大衣，就被人架着带出了机场。他坐在汽车后排，车从皇后区一直开往曼哈顿岛，他望着繁华而林立的高楼大厦，顿生无力感。

2

早在机场扣押事件发生的半年前，也就是Jacob正在东南亚地区部任闲职期间，华兴在美国拉斯维加斯的秋季CES展会上，展出了自己的全线家当，并安排了丰富的现场秀，还被评为最佳展台设计。那一次，华兴受到美国电信运营商、参展商的广泛关注。

一个美国人不动声色地站在台前看了十多分钟，询问全系产品情况。展台讲解人员相当卖力地介绍，以为遇到了潜在的客户。直到后来，一位华兴主管才认出来了——那是FRAN的CEO，布雷德利。

布雷德利立即意识到一个可怕的问题。一回到公司，他便在当月

FRAN 的管理层会议上加了一个“华兴专题”。

FRAN 西雅图总部有一座 68 层的大厦，大厦看上去像“复仇者联盟”总部，顶层有一个直升机停机坪和 Rooftop 户外区，并悬挂着一个巨大的字母“F”，提醒着 FRAN 代表着“未来”(Future)。

第 68 层是总裁会议室，那里是一个庞大的错层区，普通电梯无法到达。管理层围成一圈坐着，每个人手里都有一份资料，罗列出华兴近年的表现：

1. 超低价，宣传“唯一的不同就是价格”。

2. 狼性攻击。当 FRAN 在某酒店办展时，华兴会在同一酒店里同时巡展，就像麦当劳对面一定有肯德基。

帕特里克是会议主持人，他读了一下资料里的一行字，以便引发讨论：“FRAN 的影响力被削弱了，华兴不仅在中国，而且在国际招标中也取得优势。”

“他们只会打价格战。”CMO(首席市场官)安迪的语调像在讽刺小题大做。

“可价格战对我们有很大的伤害性，本来 FRAN 的‘高质高价’理所当然，可如今客户看到华兴产品同样运行稳定，这暴露了我们的利润策略。一些客户 CTO 已经拿着华兴的报价单来质问 FRAN 为什么报天价。”一位在一线干过的高管提出不同的意见，“而价格战一打往往是无底洞。”

然而，这人的说法却引来笑声，被认为是拘泥于一时的细枝末节，缺乏全局洞见。

“一分钱一分货，没有利润怎么保障网络产品的研发？一套电信网络是需要不停研发升级的，这不是一锤子买卖，而是你中有我、我中有你的长远伙伴关系，需要彼此信任和依赖。”另一位高管冷笑中，放松地跷着腿，“如果哪个运营商的 CTO 不怕死，那就让这位 CTO 去选择华兴吧，因为他的下一任会踏着他的尸体幡然醒悟的。”

大家再一次笑了，有人还不经意地念出华兴那个绰号：“CTO Killer.”哪个胆肥的运营商 CTO 选用华兴，往往会因重大网络质量事故而下台。

会议室扬起了戏谑声。高管们相信FRAN有着巨大的品牌优势和品质积淀，在一次“价廉物不美”的中国“山寨”的冲击后，FRAN最终能在高科技市场上站稳脚跟。这在西方大公司里屡见不鲜：西方的奢侈品、奶粉、体育用品、食品这些“低护城河”的产业都能扛过三板斧重新站稳中国市场；而在汽车和互联网行业，中国巨头只在窝里横，BAT、吉利长城等汽车，还跨不过海洋；到了最尖端科技的电子信息业，FRAN有什么可怕的？

“网络科技业是有典型的‘先发格局性’和‘客户长期黏性’的，所以，华兴这些只是短期表象，我们要有战略定力！”CMO安迪把资料放在了桌上。

“你压根没认识到问题有多严重！”布雷德利终于厉声批评起安迪，声音很大，像一枚RPG火箭炮轰隆发射，安迪被吓得不说话了。

布雷德利五十多岁，个子不高，微胖，但人非常犀利。他担任FRAN的CEO已经十二年了，积极进取，并被评为“全球20名最具影响力CEO”之首。

布雷德利在加入FRAN之前，曾在美国的IBM、HP、贝朗等一流公司工作过，深知“格局”在科技业的重要性，他认为“一定要在每个细分市场占到第一、二名”。

然而，在摩尔定律驱动下，信息技术变动很快，布雷德利很难垄断市场，然而他有野心，也用手段，一旦FRAN自己做不到这一点，那就与前几名结盟或收购。作为CEO，他比CTO更关注对市场中新技术的预判。

正是他在全球掀起一场“并购风暴”，斥资400多亿美元，并购了上百家大大小小的科技企业，形成了FRAN强大的技术护城河，产品线齐全，成了有“端到端”全套网络方案的巨头。因此，FRAN股票在那几年内蹿升70倍，销售扩张100倍，成为全球最具竞争力的十大公司之一。这种收购使FRAN少走弯路，节省自研的资金与时间，迅速奠定各条战线上的领导优势。

因此，FRAN是科技业的王者，布雷德利也被封为行业之神。

“难道你们没注意到？”会议室里鸦雀无声，布雷德利为手下的懈怠而愤怒，“华兴仅凭自研，就把产品线做到了‘端到端’的齐备，它难道不是未来少数能与FRAN全面竞争的大公司之一吗？”

“但是华兴不在我们的名单中。”一个声音不知从哪儿冒出来。

有些人还无法接受布雷德利的观点，在大部分人眼里，FRAN一骑绝尘，欧洲公司是第二方阵，华兴还在身后很遥远。

“但你真正的竞争对手，永远不在你的名单中，”帕特里克开始附和起CEO，他在会前就有所准备，“我们一些核心市场的占有率已经从70%降到了50%，这些正是被华兴抢走的。”

布雷德利看了看帕特里克，用激光笔翻开一页PPT，上面是针对中国的国家基本面分析：“华兴在中国还有三大战略优势，‘廉价成本’‘完善的配套产业链’和‘大量勤奋的、受过高等教育的技术人才’。”

那是早些年某公司透视华兴的分析：

> 估测华兴有1.3万名研发人员，人均费用（薪酬、差旅、仪器仪表等支出）是欧美研发人员的1/5；华兴研发年均工作时间为2750小时，而欧美研发年均工作时间为1360小时（周均35小时，欧洲假期较多），人均投入为2:1；结论——即便有20%～30%的管理差距，考虑损耗系数0.7～0.8，华兴研发人员相当于西方同类公司10万人的规模，研发投入产出比也相当于西方企业的7～8倍。

他转过身说：“从长远来看，华兴有能力成为我们最大的威胁，而且是全球性的。”

“不必那么悲观，他们只是在成本上和模仿上有优势，但是创新上不行，所以华兴只能抄袭。”CTO查尔斯发话了，他是业内的技术顶级大牛，其地位有资格叫板布雷德利，“我承认华兴的人勤奋，他们加班，但他们没有真正的脑子！他们数量众多，却像蝗虫一样在科技业内无意识地运动！”

有人在点头。最尖端的高科技，几百年里一直靠西方引领，科学素养的积淀，可不像培训东南亚血汗工厂里的工人那样简单。这方面，勤奋并没有用，即使高等教育也是无用的。事实上，中国的科研和创新教育一直很弱，虽然在应用方面很强，但在原创的科技领路的思想，较为僵化。

CTO 查尔斯笃定地转着手里的电子笔：“信息科技业的趋势难以预测，就像一个迷宫。我们是花了大钱做创新、试错、探路，才在迷宫里探索到一条正确的方向。而华兴是‘跟跑者’，一直让它占便宜。没有我们‘领跑’，它永远不知道往哪儿跑！”

“以前它‘跟跑’，但现在它发力了！”布雷德利随手扔过来一摞 CES 展上华兴的资料，“华兴出了‘次世代设备’！FRAN 倒成老一代设备了。”

资料在空中飞舞，宛如电影里的慢动作镜头一样。

这次 CES 会上，真正刺激布雷德利神经的，正是华兴在宣传上提出了“次世代无线网络”的概念，营销包装“老旧一代”与“次世代”设备的代际划分。多年以来，FRAN 一直是王者，如今华兴声称自己是新王，FRAN 就成了旧王，这种品牌寄生的宣传，让布雷德利深恶痛绝。

但华兴的攻击点打得很准——FRAN 有先发优势，全球电信现网上有大量 FRAN 存量设备，时间一久，设备就都老旧了。守势中的 FRAN，出于商业考虑，想把利润先吃透，因此产品规划只考虑推销新设备，只顾宣传自带光芒的前瞻性概念产品，对存量的老问题，却像鸵鸟把头埋沙里般视而不见。而华兴处于攻势，愿意用最好的方案满足客户的痛点和需求。如是，华兴的产品节奏比 FRAN 的更快更务实，一新一旧的对比，业界看法也正在迅速分化。

CTO 查尔斯看了会儿资料，摇摇头：“技术我有信心。至于‘老一代’‘次世代’，都是华兴的营销概念。你说呢，帕特里克？”

查尔斯看着帕特里克，仿佛这不是研发上的压力，而该由负责销售的帕特里克去守住一线客户关系。

帕特里克摸了摸无名指的戒指：“但客户很吃这一套。”

“你不该让客户被营销洗脑。”CTO 查尔斯再次回击着帕特里克。

帕特里克不想再和查尔斯当面吵。他把目光投向了 CEO 布雷德利。布雷德利出身于第一线的销售、客服与营销工作，一线的经验会令他俩有共同的认知。

布雷德利说：“客户当然吃这套，你们告诉我，若你是客户，看到第 22 页的这套文案会怎么想。”

投影布上，展示着这次华兴在 CES 上展出的一个新产品。

布雷德利读了出来：“2G—4G，3 in 1（三合一），Uni-Site（统一基站）。”

终于，会议室里一片静默。

无线网络曾是 1G 之后建 2G 网络，2G 之后建 3G 网络，旧的一套网络上要再建一套新网络。但前几个 1G—2G—3G 的大周期里，旧网络并没有“退市”，而是与新网络一道“新老并存”，客户必须同时管理三套网络，从平台、频段、站点等资源，都没很好地复用统一。“三世同堂”对运营商来说维护麻烦，成本极高，就像一支军队要在海陆空三军维护三套各自的后勤、供应链和装备，这是资源的浪费，也令管理难度增加。如果有一种方案能将三套通用化后融为一体，就将极大降低成本和管理难度。

这便是华兴攻击 FRAN 的痛点——“旧王”FRAN 没有“代际间的平滑过渡”的演进思考。虽然 FRAN 曾在前三代中大获全胜，可现在“三代”的存量优势倒成了它沉重的负担，但 CTO 查尔斯一直没“革自己的命”，任凭三代堆叠在一起，每个基站的占地、空间、能耗、工程都越加复杂。

布雷德利发问：“查尔斯，全球 4G 市场在两年多后就要爆发了，明年，就将是大 T 运营商的 4G‘选型年’，行业将重新洗牌。这是我们‘蜕皮’的危险期。而华兴的‘次世代’刚好卡在这时点上密集宣传，你告诉我，华兴‘3 in 1’提出的‘三世同堂’的概念，怎么样？”

“它可以同时让 2G/3G/4G 工作在一台设备上。这个创新提高了设备集成度。”查尔斯说。

说得没错，但布雷德利很不满意。因为查尔斯的解说只是一种陈述，却没有客户利益的价值判断，布雷德利觉得这家伙满脑子的想法，还是前瞻到 5G 的“1000 亿次链接”，小看华兴只提升了“工程上的整合度”。

忽然，布雷德利的手攥成了拳头，重重砸在会议桌上：“我听到现场客户对‘3 in 1’无不称赞！只要华兴这一概念变成量产，那华兴只要攻下‘4G 无线网络’这一仗，就能一次性替换掉我们的 1G/2G/3G 网络，我们在全球积累的无线网络的存量优势，就在一仗中灰飞烟灭，统统清场！”

会议室里炸了锅，所有人终于意识到了问题的严重性，华兴正想借 4G 从后面弯道超车。

自信的 FRAN CXO 们恍惚了，几年前还羸弱的华兴已追身到如此之近。唯独帕特里克对投影布上的“3 in 1”似曾相识——他的商业情报网，曾获取过华兴那份《泰国 DGG 项目总结》，上面写到泰国华兴 CEO 曾提过一个产品需求：如果华兴为 DGG 部署的 CDMA 2G 网络的硬件也能兼容 CDMA 3G 版本的软件，就不必重新再部署一套 3G 模块，直接远程软件升级后就能 3G 化，就不会给 DGG 以“交付延迟”为借口的可乘之机。

DGG 当时谈的是“2 in 1”，也许就是眼前“3 in 1”的雏形！华兴这一概念产品恐怕就起源于泰国一仗！

此刻，CMO 安迪先回过了神，并串起了另一条线索：“我听到‘Frost & Sullivan’和‘Dell Oro’（全球两大电子行业市场分析集团）行业分析师的消息，从今年下半年起，华兴研发体系由 EMT 中的方博士牵头，立项了一种全新产品，正准备在新一年巴展上展示，应该就是这种‘3 in 1’了。”

“我觉得我们该做点什么了，”帕特里克继续引导着话题，“否则……”

“否则再过几年，我们就会在 4G 后，被世界抛弃！”布雷德利的特别助理——公司幕僚长也插话了。

大家也都意识到，巴展上华兴如果展示了这款秘密的超级武器，其后果一定是核爆级的，必须未雨绸缪。管理层终于形成了新的共识，由于“3 in 1”的出现，4G 之战将是全行业的转折之战，虽然这一仗胜败要在三年后才见分晓，但想赢必须现在就备战！

布雷德利一锤定音，给出会议决议——“华兴才是 FRAN 的头号对手，我们要全力阻击！”

帕特里克喝了口桌上凉了的咖啡，然后闭上眼睛，不被人察觉地抿嘴点头。这一刻，他终于赢得了高层的共识。

其实，关于“如何看待华兴”的问题，帕特里克在FRAN内推动了很久。可他升至管理层只有短短两年，地位无法与其他元老匹敌，让CTO查尔斯等人接受一家中国“山寨”公司作为假想敌，这是天方夜谭——元老们嘲笑着：“FRAN的敌人首先在欧美，其次是日韩，中国是什么？他们有科技吗？”谁能相信中国能“超越”？最多是“抄袭”吧。

可帕特里克是从第一线战场上回来的元帅，他还听得见隆隆的炮火——FRAN与传统科技巨头的市场搏杀已经模式固化，就像是堑壕中的拉锯战，科技巨头间也形成了一种“领土分界”的约定俗成。而华兴却像一匹来自东方的黑马，忽然出现在了世界地图里，并以每年100%以上的增速在冲刺，仿佛罗马帝国遇到了野蛮的“上帝之鞭”——来自东方的阿提拉。它们迅速崛起，充满精力，且势不可当，令帝国有覆灭的凶险。

华兴将成为一块无限繁殖的肿瘤，如不能在早期割除，结果将是毁灭性的。可是，FRAN的元老还不以为意。帕特里克像个荒谬的主战者，只能先凭一己之力抵挡。

几年前，他曾在泰国布局、收网，眼看阻击华兴快成功的时候，却被华兴意外地冲破了。总结泰国的经验，他认为仅靠他一个高级总裁是不够的，必须提升到“黄色警报”。可眼下风和日丽，FRAN的好日子过得太舒服了，一线将士已经像贵族一样，享受起美好的田园生活。总部里，上午十点开会，却见不到人来公司，下午喝个茶，四点就回家了，夏天还有悠长假期，有时一线客户要求发货，总部都不能支持。这怎么和虎狼之师的华兴打？

FRAN必须自我变革。可元老们不愿意，因为FRAN帝国的内部变革还会造成不必要的成本支出和人事整合，何必要为华兴而紧张呢？即便是CEO布雷德利，也受制于风气，不愿轻易改变陈腐的局面。

帕特里克很无奈，难道真要华兴兵临城下，元老们才能醒过来吗？那时，先把责任踢给他，再让他匆匆挂衔去迎战吗？不行，必须御敌于国门之外，提前让这帮元老看到末日。

这一场会，正是帕特里克推动了很久的，也是他鼓动布雷德利参加CES展。CEO在目睹华兴的神速进步后，再见到管理层对隐忧的松懈，内心震惊，才下了决心。

统筹产品需求的CMO安迪进入了状态："我们得立即开干，我会想办法拿到华兴的'3 in 1'的概念细节，尽快提供研发做设计参考。"

布雷德利看了看CTO查尔斯："那你什么时候能开发出我们的'3 in 1'产品？"

查尔斯意识到自己有不可推卸的使命："给我点时间，我一定在华兴概念量产之前，先搞出来。"

"能赶在巴展前吗？"安迪问，毕竟能在巴展上发布，意义重大，"原型机也可以。"

查尔斯摇摇头，这不可能。产品设计不是写一段代码那么简单，设计要有流程，文档要规范齐备，测试甚至开发更耗时，还要考虑工程的可靠性。最麻烦的是，技术部门在数学上还没有对"3 in 1"做过预研积累。这是华兴原创，市面上也没有现成样本，若从0做起，他估计，这至少得一年。

"PPT概念也行。"安迪略显焦虑。

"不，巴展首发可以让给华兴，"这是布雷德利的凝重声音，"快速是华兴的特点，但FRAN必须有FRAN的浓醇质感！FRAN如果也学着华兴放卫星，那世人还认为世界的王者是FRAN吗？"在众人被惊醒得一路狂奔时，他又踩了刹车。4G将是华兴的弯道超车之战，但FRAN不能因为被追赶而慌乱，他更要在弯道时稳住大盘。

布雷德利解释道："前瞻、品质和稳定，这是FRAN的三大口碑。华兴虽然启动早，但华兴一贯都是口号喊得早，实际产品上市时间还很难确定。查尔斯，你还有时间。"

查尔斯意识到CEO在给他松绑，但更是在给他加压。

帕特里克看着元老查尔斯，说："我一定帮你争取时间。"

查尔斯感到自己像一只在沙滩上下蛋的海龟，如果不能及时赶回海里，渔民就会残忍地剥了它的壳，吃掉它的内脏。

3

这次会以后，每个月的管理层会议上都有关于华兴和4G的专题。

查尔斯会汇报设计进度，安迪也派了些需求规划人员去弄情报。三个月前，一位从中国回来的FRAN产品规划人员收集到一套华兴的巴展策划，带回了法国巴黎，而那一天，正是臣享和Jacob搭乘飞机去拉美相遇的一天，在飞机上，与Jacob发生冲突的正是FRAN的员工。

新一年第一次会上，查尔斯的进展还很有限，而安迪拿出了那份来自法国巴黎的情报：“现在华兴没有了‘3 in 1’，他们品牌已经升级，提炼为了‘All in 1’。”

也许是“All in 1”名称具有震撼力，会议室里一片惶恐感：“难道华兴已经有能力把‘3 in 1’做出来了，这么快？”

查尔斯并不相信：“基带模块的数字算法要求很高，而且射频部分设计极麻烦。就算这些都成功了，整机的系统设计和联调还会有麻烦，最多也就是实验室产品。我还听说，华兴主导这一产品的EMT方博士已降为拉美片区总裁，这或许说明他领导的项目不成功。”

“不一定，”帕特里克管辖着全球分公司，他拿出一份来自欧洲片区的竞争报告，“这份是华兴给欧洲大T的拓展资料，他们有‘All in 1’的产品路标（Roadmap），上面显示了其上市日期。这说明方案能产品化，而且我了解下来，他们会拿这款产品强攻德国。”

查尔斯一看，华兴“All in 1”分成了两个产品：一套是1.0版本，可以在6月小规模发货，到Q3能大规模上市；另一套则是2.0版，但2.0只显示TBD（to be defined，待定）。他说道：“上半年的1.0那款，是伪‘3 in 1’概念，虽是统一基站，但更像是把多种制式强塞在一个机箱，并没有射频模块硬件公用化的统一。而我们规划的直接就是它的2.0版本，这技术难度很高！而华兴的2.0还在TBD呢，也许2.0会因此而放弃。”

“华兴是认真的。”帕特里克在PPT下按了一下翻页，上面贴了三份Word附件，“这是产品说明书、白皮书和功能清单。照理说，这是市场部配套给客户界面的外部文档，说明华兴从2.0产品的IPD（集成开发管理）流程角度来讲，已完成设计和立项。一切需求、概念、系统设计、投资预算、元器件的供应链配套采购都落地了。”

查尔斯意识到，恐怕华兴确实领先了，真不能小看了。

帕特里克说：“这些是内部评审的绝密文档，现在提前泄露了，我们还是从客户那里拿到的，一方面表明华兴的研发文档失控地流传到了销售一线，说明华兴的管理混乱；另一方面也正说明华兴海外销售的狼性，你想想客户会不会反过来问FRAN有没有，如果没有，客户怎么想？查尔斯，我们的电信级产品设计一直有很高的可靠性，但这一次，我们不能追求完美，而要学习华兴的速度，一边打一边改。”

查尔斯抱怨着：“我真是受够了华兴，他们总把牛吹到天上。我们能否说他们的创新还不成熟，你在一线先压制。”

帕特里克说：“不行，华兴改变了规则，而我们都得适应他们的战术。”

查尔斯不得不同意，西方企业的机动性已逊于中国企业。而他也承认华兴正在加速进化，不断追赶上来。

“这份资料是欧洲传过来的吗？”查尔斯问帕特里克。

“是的，是德国。”

查尔斯沉吟着：“那我先聚焦欧洲，未来的欧洲片区，也许是一场超级恶战啊！”

查尔斯又问起了布雷德利：“那我们巴展‘1000亿次链接’的主题要改吗？”巴展的主题要定调子了，这是最后一次更改为“All in 1”的机会。

大家屏气凝神，看着传奇CEO的排兵布阵。

“不改，FRAN要的是震撼业界的宏大想象力！记住，FRAN始终是科技的方向，”CEO指了指第68层外挂着的巨型“F”，“F，代表着Future，我们不能被华兴牵着鼻子走，打乱自己的节奏。”

“查尔斯，你还要多久？”布雷德利问。

查尔斯依然给不出确切答案，因为他主导的“All in 1”的2.0版难度很高。

布雷德利对着全场高管说道：“FRAN的未来性和华兴的‘All in 1’，我两边都要。就算难，我们FRAN也能做得到。”说这话，容易让人觉得贪大求全，但高管团队都相信布雷德利的判断力，“现在只有一个问题，谁能真正给查尔斯争取到时间？”

时间——信息科技业最宝贵的资源。

沉默中，CLO（首席法务官，法律总顾问）张伯伦低沉地发声了：“查尔斯，你要多久？”

查尔斯想了想，伸出了五个指头：“五个月。”

留着山羊胡子的张伯伦，写在了笔记本上：“没问题，我可以给你五年。”

大家齐刷刷地看着张伯伦。平日里，这个老先生总是一言不发，也极少参与高管会。只是最近，有人把他拉进了会议室。

“华兴一定有法律漏洞。我不信中国这么快就有领先的研发能力，而且，它能在海外短时间奇迹般增长，不惜以超低价甚至赠送的方式中标，这离不开巨资支持。我们能在政治和法律层面上阻击华兴。”

张伯伦，曾是顶级律所的合伙人，在美国政商界人脉十足。FRAN 的发展模式一度依靠广泛收购，数百起收购引发了大量官司纠纷，正是张伯伦为 FRAN 全方位保驾护航，才让布雷德利敢于无所顾忌地与科技巨头，乃至美国政府部门打官司。

“好极了，帕特里克，你也要从业务上全力配合张伯伦。”布雷德利很信任张伯伦。

张伯伦带着律师和政客般的冷笑，与法律打交道一辈子，他不再觉得法律硬得像金刚狼的合金，而是更像一种绯红女巫的魔法，它幻化无形，难以捉摸，虽然有时吟唱太久，可一旦吟唱完毕将宇宙无敌。

“那我们的口号依然是往 5G 前瞻的‘1000 亿次链接’。”查尔斯下定决心，他还要同时做“All in 1”。

“两线作战，可以吗？”布雷德利问。

查尔斯的自尊心不允许自己输给一个中国公司：“客户期待的是 2G—4G，而我们 FRAN 要做的是 2G—5G。”

查尔斯一面超越性地做 5G 前瞻设计的“1000 亿次链接”，一面兼顾老旧的 2G/3G 产品演进。这样一来，FRAN 就能做一款兼容 2G—5G 的产品，而华兴最多只能做兼容 2G—4G 的产品。查尔斯就能在更高维的空间上，把曾经包围 FRAN 的华兴，再次反包围进 FRAN 的圈中。

4

巴展归来后一个月，美洲电信事业部完成了墨西哥城圣达菲中心的 Boyko 实验局，最兴奋的当口意外发生了。

周六一早，Jacob 坐在阳台上，微风拂煦，他一边吃着早餐，一边看着电脑。一篇行业网站的新闻引起了他的注意——“Boyko 公司涉嫌偷窃美国 Molu 公司的知识产权，并盗窃美国军方机密！”

他一下愣住了，这事情太敏感了。Boyko 一旦有知识产权纠纷，那拉美的农村通信就又黄了，美洲电信是不会采用的，而且他也拿不到“下一代 4G 网络”的标书。可 Boyko 跟 Molu 之间怎么会有这种事？

他拿起来又读了一遍，文章下面还有小道消息：

“Boyko 创始人将美国洛斯阿拉莫斯军方实验室机密，泄露给了华兴。”

“华兴高管在肯尼迪国际机场被带走调查。”

这帽子扣得太大了。他意识到这不是单纯的商业纠纷，而是一颗重磅炸弹，一定是有高人在背后整华兴！那远在美洲的 Boyko，轻轻扇动蝴蝶翅膀，恐将掀翻大洋彼岸的华兴。

有人先一把火点燃了 Boyko，而这火一定会烧向华兴。最终目标压根不是墨西哥的农村，也不是美洲电信的 4G 投标，它将会从拉美烧向亚太片区、欧洲片区……全球市场都将被这条丑闻烧掉，最终蔓延到中国深圳总部。Boyko 只是一根导火线，火焰将沿着华兴海外销售这条“油气管道”迅速扩散，烧遍整个系统，犄角旮旯都烧得一点儿不剩。

这都是从他把 Boyko 带进来引发的灾难啊！

一瞬间，他感觉身体被抽成了真空，连生气的力气都没了，咖啡杯也掉在了地上。

他费劲地捡起杯子的碎片，努力地大口呼吸，并自我安慰：不就是政商吗，泰国这么多困难都走过来了，还怕这次吗？可他心跳得厉害，身体都能告诉他，这远比泰国更凶猛——他惹到的是美国。而他仿佛已看到了自己的末日：商界之火，再大他也能扑灭，可一旦涉及美国知识产权、国家科技、军事和国家安全，就会上纲上线，无限政治化，这把

“三昧真火”，他灭不了，只能看着华兴将在地狱里被炙烤。

但在烈火中，他见到一个模糊的人影。是Molu吗？不，Molu在美洲电信内没有市场份额，也不做农村通信，双方没有竞争。那又会是谁？谁在这局里收益最大？

FRAN，当然是FRAN！

可Molu是产业巨头，FRAN能干预Molu吗？他忽然想起在泰国DGG电子竞标的最后一轮厮杀中，是FRAN带着Molu一起与华兴竞争的，Molu最后几轮的报价完全是不合逻辑的。事实上，前几年，Molu逐步放弃运营商业务，押宝手机业务，然而现在Molu的手机在苹果的挤压下失败了。因此，Molu的手机和电信设备都前景暗淡，成了明日黄花，一直被迫与王者FRAN进行深度的联动。

在泰国时，FRAN就借着Molu和后来的政商局势，隔山打牛，打击华兴，自己却躲在水下。今天，Jacob脚下的拉美，又正是FRAN高级总裁帕特里克的龙兴之地，同样的配方、同样的味道，今天，在FRAN地盘上，他再一次被阻击。

那个火焰背后的人影，又是否还是帕特里克呢？

公寓边的Perrferico（环城大道），一辆跑车驶过，车窗倒映着太阳光，将阳光反射到KPMG大厦的玻璃幕面，又射到他对面公寓的玻璃上，经过多次反射，折向了他的眼睛。阳光变成了一把快刀，嗖地划破他的眼睛，一幕记忆闪现在他眼前：在巴塞罗那的第二天，他站在廊桥上，指挥“特洛伊之计”时，帕特里克看见了他。是的，火焰中漆黑的身影正是帕特里克。

Jacob本就怀疑，Boyko在帕特里克的眼皮底下搞出大动静，FRAN不可能没有反击。只是谁能料想这反击如此猛烈。

他与帕特里克，从在泰国起就不断地因果纠缠，两人就像在打壁球，每当Jacob用力抽击，帕特里克就加倍地反弹回来。

手机震动了，小玲在Skype上发来新闻链接和一条信息：“新闻里说的好像是林总啊，总部正计划全力营救。你知道具体情况吗？”

你以加入会议，然而总部另一个电话过来了：“You have joined the conference call.（你已加入会议。）”

这是EMT级的电话会议，由于EMT们正在世界各地出差，此刻总部几乎是空虚的。而拉美片总方总被加入进来了，被 EMT 们质问得很尴尬。

上面主要讨论如何营救林总，没有人问 Jacob 细节。一片嘈杂中，Jacob 恍惚了，只感觉到在华兴高层里主战和主和的论调剧烈地碰撞中，还没有人想到责骂他。他真的想被骂，与其头上悬着一把剑，还不如被戳死痛快。

许总在中亚出差，那里天气很冷，许总说话也很冷。Jacob 觉得许总是生气的，只是没发作出来。两年前，“主和”的许总就要他切断“火源”，放弃泰国，但他顽固抗命。如今看来，许总才是对的，事情恶化了。

Jacob 后悔了，真相从不是“黑与白”这么简单，一旦外媒渲染 Boyko 泄露给中国，华兴就成了一家间谍公司，这对一家全球布局的公司而言是致命打击。项目停滞、高额罚款、元器件断供，必将死无葬身之地。

“能说 Boyko 与我们没关系吗？”一个 EMT 问。

“不行的，Boyko 方案在巴展上是公开展览过的！”另一个回答。

这都是我干的好事啊！

5

虽然一时还搞不清情况，但不能等，公司须迅速响应外界，以免媒体猜想发酵。

“先拟发个声明。”一人在电话会议里建议。

“华兴已经注意到公司员工林强在美国转机时，被暂时扣留，关于具体指控的信息非常少，我们并不知晓该员工有任何不当行为，我们将保持密切关注。华兴相信美国的法律会给出公正的结论。我们强调，华兴遵守业务所在国适用法律法规，并期待美国能及时、公正地处理这一事件。”

EMT 不关注 Jacob 对来龙去脉的分析，议题只以营救为主，华兴美国分公司也启动法律流程。Jacob 也意识到——林强是墨西哥地区部的头，但是抓错了，被抓的本该是自己。

会议并没有安排 Jacob 下一步的工作。该继续干，还是该中止？他在旋涡的中心，却没了目标方向，像失重般悬浮在半空，分不清上下东西。

坐在 13 楼的阳台，墨西哥城的蓝天白云却像暴风雨前的宁静。他内心第一次那么恐惧，潘多拉魔盒被打开了。

一个踉跄，他差点儿从栏杆前跌落。“危险！”室友刚好从客厅走来，一把拽住他，“你怎么啦？”消息还未传开，室友还不知道内情。

“我先回房眯一会儿。”他走回卧室，躺在床上，望着天花板，陷入了严重的自我怀疑：主和派一直谈取舍、谈系统性风险，而自己是否太自私……他羞耻地把头蒙在枕头下面。

“零……零……”是臣享、阿曼多、邓博等人的电话，现在是另一个电话会议时间，议题是关于“Boyko 实验局成功”的起草文件和发布会的安排。然而，讨论这些已无意义。他也没想好怎么跟大家解释，便按掉了来电。

接下去该怎么办？他想了想，也许不出半天，管理层就会从震惊中缓过来，所以他今晚就该订机票回深圳，当面交代。可该谈什么呢？向来一个人思考的 Jacob，现在脑袋里就像糨糊。他感到没人可以商量。

他叹了一口气。之前每次难过，他都要去 Zocalo 宪法广场的大教堂，因为那庄严的管风琴声，能安抚心灵。

一辆绿色的老式甲壳虫，载他沿着改革大道去往 Zocalo 大广场，可路程才到一半，他只是看见“胜利天使”雕像的位置，就对司机喊道：“Por Aqui！（在这里停下！）”

他身体很重，疲惫到去不了宪法广场，勉强挪到一个露天长凳坐下，抽烟发呆。

佛洛森打来了电话：“你看到新闻了吗？”

“看到了。”他心平气和地说。

“Jacob，我以上帝的名义发誓，Boyko 绝对没有违反过美国法律，罗彬确实担任过 Molu 公司的高级工程师，但他绝没涉及技术泄密。”

“没事，我知道。”Jacob 看着地上的鸽子，扔了一颗玉米粒，就算是涉及了，怎么这时就“定向爆炸”了呢？

“Boyko 项目必须暂时中断，我和罗彬要回去接受 FBI 的质询。”佛洛森垂头丧气，但心中也有怨念——也许不和华兴合作，就没有 Boyko 的灭顶之灾！中国科技，有点像魔咒。

“好的，中断吧，只能先这样。”他挂掉了电话。

1 小时内，他从天堂到地狱。也许，他真不该听小玲的，他不该为了挽回在泰国受的委屈，来拉美私自逞强。命就是命，三十三岁“乱刀斩”的那夜，他没能成功地完成仪式，就注定失败。好吧，他认命了。现在是时候收手了。自己该做的是不让火势蔓延，并将事业部辛辛苦苦从总部获得的一切资源，与客户刚建立的一切关系，统统解散，这样能建起一道“防火墙”。也就是说，他要把在泰国不舍得的“滚蛋”，在墨西哥再做一次。

臣享又打来了电话，Jacob 想臣享可能知道了。他接起电话，准备迎接苛责：“喂。”

“你能来一次翡翠大厦吗？我们讨论一下。”臣享的语气还算温和。

“好的，我也有事找你。”

从高中起他就离开老家，习惯一个人做主。但这时候，他渴望要找一个人商量。

周末，翡翠大厦的这条街上人烟稀少，连卖烟的小贩也不在。毕竟，墨西哥人不太加班，工资也是两周一发。他扫了门禁，上到 18 楼，办公室里竟人声鼎沸——无论中方还是墨方都在工作，作战室里的电子会议系统正和圣达菲的工程中心视频连线。

“他们还不知道。”臣享走过来。

Jacob 低着头，应了一声。臣享觉察着 Jacob 身上从未有过的不对劲，皱起眉头：“你现在该做的是——立即回国！”

“嗯，我知道，我订好了凌晨的红眼航班。”

“等一下，”臣享拉住他的手臂，“你准备回去怎么说？”

Jacob 用另一只手拨开臣享，却没有回答。

“你必须当面向高层解释清楚这事，才能保住这里！”

Jacob 摇摇头，还保什么？事业部是否存在都是问题。

臣享瞪大眼睛，意识到什么后，把他拽进了小会议室：“我知道你怎么想的，这一次你听我的，你回去争取，这里我来扛。”

“你扛不住的……”

“什么叫我扛不住，你自己跟兄弟们交代。”臣享很生气，没想到 Jacob 先㞞了，他一把推开门，对外喊道：“五分钟后到大会议室集合，Jacob 有事儿要宣布！”

Jacob 一愣，这不明摆着吗？这么简单的道理，臣享难道不懂——随着 Boyko 事件的波澜，主和派的怒火会像巨浪般拍过来，这个事业部是会被祭天的。另外，当地区部总裁林总被带走时，就连墨西哥地区部的员工，也难免讨厌 Jacob 带领下的美洲电信事业部。那与其被公司砍掉，不如主动一些，尤其是事业部员工，别跟着被钉在职场耻辱柱上。作为领导，要为他们创造职场机会，找新的接收部门。但处理员工关系，不该低调进行吗？怎么臣享比自己还冲动了呢？

Jacob 看着臣享，这外企过来的空降兵，还是不懂华兴，也不懂华兴被西方企业压制的卑微，更不懂中国科技的发展总有一种原罪。

两分钟后，事业部全员坐到了大会议室，静待领导的宣布。人人都面露笑容，因为 Boyko 昨天实验成功，这是一个值得高兴的大日子。

Jacob 不知如何是好。他望着台下，阿曼多、马里西奥、邓博、李森、汪秦、卢娟、罗德里格斯、王烁、董青、奥马尔……哦，他还想起被他扔到中美洲和加勒比海的罗笑、冯程等人。这些人都曾是失败者，都期望着美洲电信，不知不觉，自己成了他们的信仰，却又辜负了他们。一时间，他竟开不了口。

臣享替他说了出来：“今天，美国媒体报道，Boyko 方案泄露了美国的知识产权和国家机密，我们的项目受牵连，可能要被中止了。”

Jacob 连忙安抚：“大家放心，我们能妥善解决这件事。”

可座位上的大家很安静，没有震惊，也没有愤怒，不就是多一个困难嘛，大家依然相信他。

“我们能妥善解决的。”Jacob 再一次强调。

他的解释很多余，因为台下的各位并不需要。相反，阿曼多还问起了下一步工作计划是什么，每个人也和阿曼多一样，仿佛无论 Jacob 做什么决定，大家都相信是正确的。

Jacob 欲言又止，臣享再次替 Jacob 收了尾：“上午先和大家通报一下，下午再讨论细节。”

人群依次离场，有人说道：“不急，一定有办法的。”Jacob 听见，心中颇为温暖。但又很快冷静下来，因为等员工意识到危险，并危及自身利益后，人就会变了。

人散去，他俩留在了会议室，臣享拉住他：“我给你出个主意。你可以把一切推到我身上，反正是我去美国的洛斯阿拉莫斯军事基地外找 Boyko 的。我曾经是 FRAN 的高管，才来华兴三个月，连试用期都没过，对内对外，脏水泼我身上比较好处理。”

只要说是前 FRAN 高管臣享主动犯错，就能部分切割华兴的道德责任。FRAN 也会有所顾忌，然后华兴可以再把臣享开除。

臣享继续陈述着：“而你回总部，把事业部救活！我留下来，搞定美洲电信，也稳住地区部。等你回来后，拿下美洲电信 4G，我就刚好引咎辞职。”

“不行！你这是自杀，我不想你走我的老路！”Jacob 拒绝。

“管他呢，我可不在乎在华兴的职场发展。”

“你这只是无谓地送死！更让兄弟们一起陪葬。”Jacob 认为臣享的假设，完全基于 Jacob 能够打赢。可自己能说服总部吗？而总部能打赢这仗吗？相反，一旦失败，就会造成华兴海外人力岗位的减少，不如早点转移员工。

臣享无语：如果 Jacob 没信心，那这拯救事业部的计划也就注定失败。

Jacob 看了看手表：“容我想一想，先吃饭吧。”

中午时分，原本卢娟包了一家餐厅给部门庆功使用。现在，大家只是三三两两坐在一起，没人致辞，蛋糕没切，红酒香槟也搁置一边。

每个人都低着头，打开手机，搜索网上那条新闻。消息先是从专业论坛和财经媒体传播，渐渐地，Facebook 和 Twitter 上冒出负评，Boyko 与华兴的合作又被人扒出来曝光，添油加醋的谣言病毒式地传播。紧接着，彭博社、CNN、BBC 也以“Breaking News（突发新闻）”形式进行了报道。

李森和邓博窃窃私语，马里西奥和阿曼多说起悄悄话，卢娟和汪秦也窸窸窣窣。Jacob 预料过这一幕，毕竟每个人都要担心生计的：年轻人担心个人前途，中年人怕职业瓶颈，墨西哥人更担心自己惹到的是本国第一富豪的项目。

他低头吃饭，人生不能靠一时的热血，时间一久，大家打退堂鼓也很正常。

6

下午两点，到了跟大伙谈一谈的时候。他还在办公室里思考着怎么谈：是遣散前一对一地谈心，还是坐在一起直接宣布解散。前者效率太低，而后者可能会出现集体情绪。

半个小时后，他把两种方案融合，两人一组地叫员工进来，交代工作。他估计自己回国后，很可能被牺牲掉，再也回不来墨西哥了。所以，他必须安排，当自己不在的日子如何平滑过渡，直到事业部被关闭。

李森和邓博敲门了，Jacob 看着两人。李森，这家伙干美洲电信三年了，失败太多次，Boyko 本是李森最接近成功的一次。而邓博刚刚从研发转市场，性格柔弱，患得患失。

“进来吧。”Jacob 点头示意。

“老大，”李森坐下来，眼睛有点红，“新闻我看到了，但我不想放弃。”

“是我的错。”兵熊熊一个，将熊熊一窝 Jacob 把责任揽在了自己身上。

邓博安抚李森一会儿，说道：“这并不是您的错。我干研发这么久，谁不知道美国对中国技术带偏见？”

“别说这个了，我保证给大家找一个好出路。”Jacob 刹住话题，不希望大家再纠结。

李森的眼泪忍不住掉了下来。Jacob 面无表情地递给了他一张纸巾，但李森没有接，别过头，眼神从之前的悲伤到被抛弃后的愤怒。

Jacob 弄不明白李森是怎么了，这不是为他好吗？

“于总，后果大家都懂，但我们谁都不希望事业部就这么没了。您不用为我找下家，我不在乎，我想真正干成一件事，而不是去个部门混饭吃。所以，您还是把精力放在拓展上吧，就和以前一样。”

“邓博，行了，”Jacob 内心翻涌，语调却依然不带感情色彩，“你们先出去吧，把马里西奥和阿曼多叫进来。”

两人知道已无回旋余地，无比沮丧地离开了。

Jacob 转身对着落地窗，凝望着远处的环城大道，这熟悉的十字天桥、Taco 小摊，还有对面桑坦德银行大楼，也许自己真的回不来了，他还想再多看一眼风景。

晚上十点，和兄弟们吃完最后一顿饭，Jacob 和大家告别，回宿舍收拾行囊。望着第一天到来时，他见到的窗前半山对面的星星点点，再见，或者再也不见。

大约凌晨一点，艾迪的车在公寓楼下等他。艾迪也知道了，但却用半开玩笑的口吻说：“Jacob，你回来后啊，到我家吃饭吧，我女友烧的菜可比高级餐厅好吃多了。”

“Amigo！”Jacob 不置可否，他勉强地笑了笑，用墨西哥式的抱肩礼拥抱了艾迪。

车又飞驰在改革大道，路过了“天使雕像”，他不舍地摇下了车窗。他注意到金灿灿的胜利天使下面，是灰蒙蒙的墨西哥国父们，天蒙蒙下着小雨，洒落在他们身上。

雨越下越大，他关上车窗，不再说话。

贝尼托·华雷斯国际机场，Jacob 登机了，航班即将启程。一条短信进来了，是卡蒂纳斯的。

“Don’t let me down.（别让我失望。）”

怎么回复呢？Jacob 坐在舷窗边，外面的小雨变成了暴雨。

这条短信是有信息量的，美洲电信集团的 COO 当然能想象这件事的背后，Jacob 也记得卡蒂纳斯在巴展的 FRAN 晚宴上说的“改变规则的代价与后果”——现在恐怕就是兑现吧。也许，卡蒂纳斯恐怕也因此事在集团内处境尴尬。然而，卡蒂纳斯发了这条短信，说明其维持了晚宴上的承诺，并已准备迎接“改变规则的后果”，那 Jacob

若不对自己的许诺说到做到，就成了背叛！

“You have my words.（我向你保证。）”Jacob 的回复，简明扼要。

卡蒂纳斯是集团高层，日理万机，Jacob 再多冤情，也不及卡蒂纳斯承受的压力。Boyko 的一切，已不必绕弯子地大段解释。君子重信义，既然对方冒险信任，自己就只能拼死完成。Jacob 笑了笑，有时候，一个严苛的甲方才能逼着乙方不断成长。

外面的小雨变成了大暴雨，乘客们担心不能起飞。而 Jacob 也回想起，三十三岁乱刀斩的那个雨夜。既然这一辈子，他已选择了远方，也就别顾一路风雨了。

“收到塔台通知，我们将继续起飞，”波音 777 飞机快速在跑道上滑行，轰的一声离地起飞，机长广播着，“目的地中国。”

他关上手机前，查了一下中国时区，发现曾经设了一个闹钟——今年 8 月 14 日上午十点，那是美洲电信“下一代 4G 网络”邀标截止的最后时刻。

7

“是帕特里克吗？”

“臣享？”

臣享还保存着以前 FRAN 的通信录，他重新与帕特里克联系上了，但这通电话是私下进行的：“Boyko 和华兴之间没有联系，你不能这么无中生有。”

“你要和我说的，就是这个吗？”

电话里沉寂了几秒。

“这就是竞争。”帕特里克说。

“但你们逮捕了林强。他是墨西哥、中美洲及加勒比海的地区部总裁。”

帕特里克没有回答。

“再竞争，也不该干这种事！”臣享第一次对白人上司吼了起来。

“我表示同情，但我无法干预司法。”这件事虽然是帕特里克启动的，但现在已经超乎了他的管控，战车一旦开启，他也刹不住。张伯伦正主控着节奏，这位首席法务官是律师和检察官出身，并没有商业世界的柔度，也缺乏对电子行业的真正理解。在这件事上，帕特里克并不认同张伯伦的做法。但 FRAN 公司需要时间，现在管理层好不容易支持他的主张，即使张伯伦用了不干净的手段，他也得狠下心："还有事吗？我得挂了。对了，臣享，以后我们还是不要联系了。"

"等一下，请你仔细思考一下，"臣享忽然变了语气，"到得州和新墨西哥州去邀请 Boyko，全程只有我一个人参与。我有照片和物证的记录。"

"你想说明什么？"

"我加入华兴三个月，还未过试用期，华兴能轻松和我切断从法理到劳动上的关系，"臣享故意停了一会儿，"然而，我在 FRAN 工作了十多年，我一离开 FRAN 就加入华兴，紧接着，华兴就被牵扯进了这样一件引入刑事调查的大案。外界难道不会怀疑这是一起有预谋的商业间谍案件吗？"

帕特里克现在明白了他的意思。事实上，行业里已有了这种猜测，认为 FRAN 推动着 Molu 的 Boyko 事件，间接攻击华兴，只是这种因果链太长，缺乏证据，但如果臣享站出来，这种阴谋论也就成立了，也很容易广泛传播。

"只要我公开证据，华兴就是清白的，火最多只是烧到 Boyko。相反，怀疑、矛盾和证据都会指向你，而且这事还是在你直属的拉美片区发生的——你是钓鱼式的司法陷害。你难道不考虑一下你在行业里的名声吗？试想事情弄大后，你名声坏了，FRAN 又会不会把你也切割掉呢？"臣享一下子把帕特里克逼进死角。

"那你也必须在华兴辞职，自毁前途！"

"感谢你的多虑，我本来就不喜欢华兴。"

"谈谈你的条件，"帕特里克也没料到，去美国与 Boyko 谈判是臣享一人的行为，"但停止诉讼是不可能的。"

臣享明白，这是他唯一能提要求的时机，目标不能提太高而激怒了帕特里克，但也不能提太低。以帕特里克的手段，一定有办法自保，也有办法加把柴继续火烧华兴。

8

纽约曼哈顿岛，FBI 总部大楼。林强被带了进去，他戴着手铐，背着走进电梯。电梯打开时，有两扇装甲铁门。绕了几圈，他被带到一个神秘的楼层，一个神秘的房间。

这是一套流程，令任何一个犯罪嫌疑人无法知道大楼的结构和位置。事实上，即使他想努力记忆，也无济于事，他内心的惊慌正像毒气般蔓延。

审讯室里，林强的双手被铐在桌子的一根横杠上，这姿势让他很难受，借以消耗他的意志。

有人开了门，又把门关上，反复了好几次。林强的希望和失望像过山车一样上上下下，从被逮捕到现在，他逐渐渴望有个刽子手能给个痛快。

就在这时，一位检察官进来了。那人用脚抵开椅子，腾出空间坐下来。当他把一摞文件摊在桌子上时，还故意推了下桌子，林强的手腕生疼起来。

“林先生，我是纽约州联邦检察官杰弗瑞，负责关于 Boyko 的案件，它涉嫌盗窃知识产权，我们有理由怀疑 Boyko 还泄露了其美国政府订单中的信息，可能涉及国防和军事。我们注意到华兴在巴展上展出了 Boyko 方案，我希望你能配合我们，调查华兴在其中起的作用。您有 Boyko 和华兴的合作材料吗？”

林强察觉到背后的凶险，检察官要的并不是 Boyko 的资料，而是查华兴是否怂恿了 Boyko，他对 Jacob 的火气一下子冲到天灵盖——一定是 Jacob 的尽职调查没做好！

“我没有资料！”林强用力地拽了一把桌子，手铐摩擦着金属杆，发出了难听的声音。

检察官与 FBI 交头接耳了一番，重新说道：“你很不配合，据我们了解，Boyko 目前在墨西哥做实验局，并准备进行商业化。而你是华兴墨西哥地区部总裁。”

“我确实没有资料！不是我负责的，你们搞错了。”

检察官挥了挥手，一位探员把林强的行李箱拿了过来，取出了他的电脑："请您输入密码。"

公司为了信息安全，除了 BIOS 开机密码、Windows 开机密码，内部文件也采用了微软开发的 128 位 RMS 加密系统，很难破解。

"林先生，如果你打开，我将视此为你配合我的善意。否则，你就是在抗拒调查。你将被起诉，并受到严厉惩罚。"检察官恐吓道。

"我需要打电话报备，通知公司相关的人，否则我会违反公司信息安全条例的，这很严重。"

"我不建议您联系华兴，希望您能悄悄为我们工作。"检察官的目标就是华兴公司，这是条大鱼，对于加官晋爵有很大的帮助。

"不行，除非你给我开证明，否则我会失去工作。"

检察官不会留下白纸黑字的把柄，他笑了笑："好吧，你打吧，你本来就有这个权利。"探员递给了林强被没收的手机。

林强深吸了一口气思考着：现在该打给谁呢？自己拨打的电话一定会被监听，他不能打给高位的 EMT，检察官一定巴不得呢，这段录音也许会成为污蔑高层的呈堂证供；他也不能打给 ITC 的信息安全部门，ITC 一定搞不清楚状况，令他白白浪费一次机会；那打给现直属领导——拉美片区总裁方总？不，方总刚到拉美一线，还不熟悉状况；要不打给总部法务，可是，总部法务不可能懂得美国的司法，最终还绕地球一大圈请本地律师，而律师的思维很僵化，这样的沟通，行动力会很差。

最终，他打给了两个人，第一个是陈亚非——前拉美片区总裁，现任华兴政府与公共关系部部长。陈总算老领导，熟悉拉美，而且这件事更适合公共关系上整体切入。第二个是美国分公司 CEO 余婕，她非常熟悉美国。

"我需要在美国检察官面前，打开 RMS 密码。"林强简单地讲述，其间没有多余的信息，陈总和余总都心领神会，也不多问。打完电话后，林强快速连续输错几次后，系统锁死了。

检察官感到愤怒："既然你选了这条路，那我只能起诉你。你将会被先关押起来！"

林强又被带走了，押送车辆故意绕行，经过布鲁克林大桥和曼哈顿大桥几个来回后，他被收押到大都会区南部的一所监狱。这座“改造中心”没有窗户，里面阴暗、潮湿、发臭。他被采集了指纹、拍照，接着一切东西都上缴给狱卒清点后，他签字画押。最后，在裸体检查了口腔和肛门是否藏物后，他拿到了一套橘红色狱服。

这座堡垒里没有光线，他失去了时间感，人虽疲惫到极限，但又无法入睡。在监狱里亚裔稀少，又很弱势，作为亚裔他无比不安。牢房的臭气令人作呕，忽然，周边一阵吵闹，令人害怕的叫喊和咒骂混在一起。紧接着，警灯大亮，狱卒开始镇压了。就这样，他一夜未眠。

早餐时间，他排队拿到了一团无味的糊糊，他实在无法下咽。一个华裔老头走过来：“吃吧！你要养好身体，做长期准备。我已经被关了一年，而审判还遥遥无期。太不公平了。”

老头坐在他身边一边吃，一边说着监狱的套路。老头继承了父辈经营的一个地方小银行，最近金融危机来临，检察官用最严厉的法条针对一个不起眼的地方银行。

“导致金融危机的美林和高盛没被查，反而得到政府救助，而我的小银行就像承担了情绪发泄的黑锅。”

林强也体会到了美国法律的自主裁量太大，不免对自己之后的境地感到不安。

“看到那个人没，那个欧洲人，他是一个500强跨国企业的总裁，也被关了八个多月了。”

“八个月？”林强看男人显得十分萎靡。

“他说自己是无罪的，但检察官吓唬他要判一百年监禁，而他那家500强大企业为了公司利益，已经切割与他的关系。现在他无能为力了。”

林强不敢相信他听见的，500强的高级总裁也会这样，那自己会怎样？林强勉强地吞了口糊糊，镇定一下情绪，又换了个话题：“对了，你知道昨晚发生了什么吗？”

“是古兹曼的人，你知道古兹曼吗？”

“竟将我们和古兹曼的杀人犯关在一起？”古兹曼可是墨西哥第一大毒枭，他的手下曾一次杀掉过两百多人，还经常悬赏谋杀墨西哥的州长和警察局长。

“因为这里是关重刑犯的‘四级监狱’。”

林强的信心反复被削弱，原本他还相信华兴的实力，也相信美国的公正，但现在的华裔老头、欧洲高管和古兹曼，令他紧张起个人安危，这种情绪令他无法原谅Jacob！

下午四点，一通电话打进了监狱，狱卒通知他可以在办完手续后出狱了。林强感到万分庆幸。在获得自由的那一刻，他在监狱接待大厅见到了华兴美国分公司CEO余婕。余婕赶紧把他带上车，迅速赶往机场，安排他立刻离开美国。

“你们是怎么救的我？”一辆雪佛兰Suburban飞驰着开向肯尼迪机场，林强心有余悸地问。

余婕说：“我也奇怪。EMT刚开了会，我们也正准备资源，但你的释放比想象中更快。检察官也许查到什么而主动放弃了。”

西雅图，张伯伦挂掉了司法部朋友的电话，转而问帕特里克：“你确定要取消刑事追责吗？一旦取消，我们就只能让Molu进行民事追责了。”

“暂时别弄那么大，民事就可以了，”帕特里克说，“刑事也太过分了一些。我们要做的只是给查尔斯争取时间。”

“既然决定出手，怎么能手软？”张伯伦有些不以为然，他把一切刑期、法案只当作完成目标的工具，压根不关心监狱里活生生的痛苦。

帕特里克独自离开，给臣享拨去了电话：“人我已经放了，接下来就公平竞争吧。”

“我知道你能办到。”昨晚，臣享提出的要求就是放人，这不但能确保强总安全，也能把对华兴的刑事调查降为民事诉讼，缓解冲突的烈度。臣享使帕特里克为顾及名誉而同意，但他们的对话和妥协都是私密的，为了达成谅解，两人的操作对FRAN和华兴也要保密。臣享不能告诉任何人，包括林强。

林强再次站在纽约机场海关前，海关人员目光冰冷地审视着他，然后又拨打一个电话后，他努力克制着不安。海关人员说：“你可以走了。”

终于，飞机在纽约上空盘旋了一圈，即将离开美国，林强这才安下了心。他透过舷窗，俯视着哈德逊河上的自由女神，虽然获得了自由，但这两天的痛苦，令他难以原谅 Jacob 和美洲电信事业部。

9

就在 Jacob 飞回中国的路上，国内媒体也跟进这一事件。最初只在纯科技媒体里流传，渐渐转到财经新闻。没过多久，又在国际版块，甚至在军事论坛中热炒。这令一个商业公司陷入了舆论激进的旋涡。

Boyko 事件成了全球科技的丑闻。EMT 紧急从全球各地赶回深圳基地 0 区的湖边别墅召开会议。

"余婕刚刚传来好消息，林强出来了。""太好了！"

然而空穴来风，事出有因。这究竟从何时被瞄上的？是 Boyko 自身问题，是 Molu 的正常诉讼，或是更早的问题？

"即使林强出来了，我们也不能掉以轻心，华兴会受到无限的怀疑。"战略体系的许总主持会议。

电信设备，牵涉一个国家的底层信息安全，华兴会失去商誉。近年来，随着海外扩张，关于华兴监听他国网络信息的说法甚嚣尘上。尤其在美国国会、政府和情报机关反复宣传下，丑闻将会不验真伪，外国政府也将从"国家安全"角度审查，很多海外在谈项目或已中标项目都可能会取消资格。

"这是 Molu 与 Boyko 为'代理人'的战争，FRAN 借 Molu 隔山打牛，我不建议主动跳进去发声明，不然就成了'此地无银三百两'。"

"那不就等于让舆论发酵吗？"

大家争辩不休，研发总裁庄总发话了："如果是我们遇到的知识产权纠纷，从没有不宣而战的，这次肯定是阻击，不回应只怕更严重。"

"那怎么回应？"

"我坚持华兴要保持全球大格局的平衡，"许总谈着主和的论调，

“现在要先做好妥协的姿态，给媒体一个说得通的 Boyko 故事，也要准备一个给 FRAN 的让步条件。”

这话一出，大家就感觉到这锅又要 Jacob 来背了，毕竟是 Jacob 团队引来的 Boyko。其实，之前泰国的 Case，巴展上强推 Boyko，许总没点名已算十分客气了。

销售体系的叶总，虽然主战，但也不能袒护 Jacob，而“生意风水学”上，Jacob 还真不是个“福将”。

“You have joined the telephone conference.（你已加入会议。）”八爪鱼式会议电话发出提示音。“拉美片区上线。”方总在巴西，那里正是凌晨三点。

“拉美用什么 Boyko，我们有农村产品啊！”庄总凑到麦克风前，责问老对手。

“如果不能用，一定是产品还不够好！”方总反驳。

“我们不可能差！”庄总如今和方总体系对调，屁股坐到了研发的位置上。

“FRAN 欲加之罪，何患无辞，你还真信是技术问题吗？今天我放一句话，不管这件事的来龙去脉如何，但我相信 Jacob，这个人我要保。有他，我才能干成很多事。”

许总小声叹气，怎么老方到一线几个月了，还不理解“主和”的大局意义？即使与 FRAN 必有一战，那也得是“高筑墙，广积粮，缓称王”。

“老方，是我，”许总拿过麦克风，“媒体一报道水就搅浑了，我们刚讨论过了，于佑杰必须对此负责，如果他还留在岗位上，就意味着华兴是傲慢的，不利于和解。我建议在华兴配合美国和 Molu 调查期间，换人接手美洲电信事业部。”

叶总连忙阻拦：“于佑杰马上到总部了，我们至少给他一个说话的机会。”方总也跟上：“对，只有他最清楚情况，太早处罚他，只会打击积极性，不利于解决问题。”

“他最好别再有积极性了！”许总非常生气，因为站在华兴全局上，印度和德国的大项目正如火如荼地开展着，眼下是大规模突破的关键时刻，又被 Jacob 搅了大局。

双方争执不下。最终，几位打算请示山总，可山总正在飞往非洲的飞机上，赶赴一个非盟国际会议。

人事体系的李总建议："要不问一下孙董事长吧。最终她也需要出面的。"

10

Jacob回到了华兴总部。他再次成了华兴的负面风云人物。这次短暂回国，他又一次错过了陪同山总出访非洲的小玲。

他住在千花园里等着，因为叶总压着不让他来。在电话里，叶总和方总都臭骂了他。他没顶嘴，骂他至少还是关心他。他在飞机上就写好了一份报告，记叙着事件的来龙去脉，发给了方总和叶总。但在细节上，他没谈及臣享，毕竟臣享与Boyko、FRAN有说不清的渊源，他不想把臣享拖下水。

他只能在酒店里搜索着外网信息，也看看Facebook上的评价。右上角的小红点显示着好友的信息，他情不自禁地点了点：

张舒，现任泰国华兴CEO发了一个立场鲜明的声明，支持华兴；

泰国员工们的主页上，刷屏支持华兴；

Jacob服务过的中东客户，也支持华兴，他们知道这是一场闹剧；

众信施总，也阐述着中国通信技术的起源，不相信Molu的指控；

素帕猜少将转发了泰国DGG主页的声明：此事件不影响华兴与DGG之间的合作。

然而他们的声音很小，被淹没在一片媒体的偏见、政治正确的风潮中。

臣享的越洋IP电话拨来了："你到总部了？"

"臣享，我有一件事情要问你，"Jacob从床上起来，把窗关紧，"林总释放了，这是你做的吗？"

这件事给Jacob减轻很多压力，但臣享会付出代价。臣享并没有回答，却说道："你先切换到视频，我有东西给你看。"

Jacob一打开，发现臣享正坐在会议室的可视终端前，身后竟站满了人。

李森站在臣享背后，对着屏幕说："我还是不想放弃。"

邓博一句话不说，只是腼腆地点点头。

年轻的汪秦有些冲动："Boyko 的实验局我们做成功了，我们不在乎现在遇到了什么，也不在乎年终奖，我们只想让您继续带我们干下去，拿到美洲电信的 4G。"

卢娟手里拿着一沓办公和住宿的合同文件："老大，我还要等您回来签字呢。"

Jacob 有一丝触动，以前他总觉得钱和前途对大家才是补偿，可这次，精神与成就超过了金钱。

臣享调整了一下摄像头位置，Jacob 看到玻璃窗外也都是人。马里西奥和阿曼多挤了进去。隔了会儿，阿曼多开口了："我和马里西奥都商量过了，我们都懂，但我们也都没问题。你可别抛弃我们。"

两周前，阿曼多回了乡下老家，参加他的小儿子的受洗仪式。在家乡，阿曼多以华兴美洲电信事业部客户总监的身份及不错的收入支援乡亲，成了村里人的骄傲。他皮肤黑红，是梅斯蒂索混血人种，社会地位不高，走到今天这一步很不容易。可阿曼多却决心不再保住这些，要与 Jacob 一起赌一把。

"离美国太近，离天堂太远，美国说有错，你就有错，这种低级手段，这一行人哪个看不出来？"马里西奥已然觉得 Jacob 和其他中方高管不一样，是 Jacob 重燃了他事业的希望。

透过视频连线，Jacob 看见玻璃窗外：奥马尔、罗德里格斯、董青和王烁，这些人都是主动从地区部转到事业部，他们也对选择毫不后悔。一匹独狼，已带出了群狼。

登顶在望，暴风雪却要来临，上山要勇气，下山更要勇气。

然而别人期待越大，他的担子也愈重，他屏住呼吸道："谢谢大家。"

臣享挥了挥手，大家退场。Jacob 这才问道："你决定冒天下之大不韪，要硬抗吗？"

臣享关上门，对着大屏幕中的 Jacob 说出自己的计划："墨西哥我先替你顶着，你解决 Boyko 的风波！就算农村通信没了，我们一样能在 8 月 14 日的截止日期前，再拿一个新的项目 Reference，重新回到美洲电信集团的 4G 邀标名单上。”

“找一个新 Reference? ”Jacob 觉得太难了，当初千辛万苦才找到一个农村通信。

“对，就再找一个。”臣享已决定竭力运作，保留火种，把 Jacob 建立的事业部传承下去。就在 Jacob 回去的两天里，阿曼多被突击提拔为客户线副总裁，马里西奥是事业部 CTO，邓博负责产品与 Marketing 部。还有各产品线行销部长、商务合同、工程服务、网络规划、品牌、财务，这些臣享已经一一落实部署了，而他压根没费力协调人事组织问题，因为大家都不计较个人得失。

Jacob 听完了他的安排，感到欣慰，但也提醒着臣享：“这一次，不单是外部要找新项目，你的内部压力也很大，困难和挑战可以增加一时的士气，但终究要耗尽的。”

“我知道。”臣享等于一个人要干 Jacob 之前两三倍的工作。

“好吧，既然你走到这一步，你要坚持住，那无论发生什么，不要犯错误！只要你稳得住，我们的事业部就还会存在。”Jacob 回忆着泰国的那段经历。

臣享也知道接下去会发生什么。首先，事业部的资源很容易被总部抽走，这样人员就会失去凝聚力。为了保住资源，也保住士气，就只能对美洲电信发起更猛烈的进攻，以证明事业部还有贡献价值。但总部不继续给新的资源，他无法再次向美洲电信发起新的强攻。

这是“先有鸡还是先有蛋”的难题。而且，客户已得知了 Boyko 风波，不但 Boyko 不能再用为 4G 邀标的入场券，华兴更可能被阻挡在一切美洲电信项目之外。此外，林强回墨西哥了，可林强不知道是臣享救了他，相反，林强会把臣享当成 Jacob 的替罪羊，瓦解掉事业部的资源与凝聚力！所以，臣享要在总部、客户和地区部的三重重击下，负重前进。

此时，Jacob 还想起了一件更危险的事：“我回了总部后，如果一时返回不了墨西哥，总部会找人来接管事业部。他们总怕我会添乱。”

临阵换将，这多半会出事，如果新来的人与臣享不对付，那就很麻烦，事业部或将迎来一场内斗。想到这里，他担心起了臣享，臣享虽然担任过高管，但他是空降兵，没有背景，也没有总部撑腰，更不熟悉华兴的灰色地带，也许地区部还会来拆台。

臣享心领神会，却挤出笑容："没关系，新来的人不可能很快拿到任命，更无法快速接手。"

Jacob 没有回应，因为他觉得臣享的付出将远超自己的预期。

"你放心，我做人比你更有弹性，"臣享没有惧色，反过来鼓励道，"但你处理 Boyko 风波，会比我更难，你也一定要赢下。"

Jacob 抿了抿嘴唇，他担心臣享的困难，所以自己必须赶在臣享撑不住之前，赢回事业部的生存权，然后再赶上 8 月 14 日的美洲电信 4G 邀标截止日，拿到新项目 Reference 作为 4G 入场券，否则豁出一切的臣享，其职场之路也将走到尽头。

还剩下四个半月，在大洋两岸两人必须背靠背地配合。

又一个电话拨了进来，Jacob 说："我得挂了，EMT 李总来电话了。"

11

孙董事长正在贵州出差，也被接入了 EMT 的电话会议。听完后，她沉吟许久，EMT 们也屏息凝神，主战还是主和这个问题已经争论了很久，现在到了被倒逼决策的时候了。她问道：

"各位，我们这几年吃过的亏，还少吗？"

在场的 EMT 恍然大悟，大家确实经历过太多的委屈：

"因我们进入美国市场，抢了科思的市场，科思控告华兴知识产权盗版，我们最终以退出美国数据通信市场为代价，保证不被美国方面起诉；

"美国政府制定'邪恶国家'标准，要求全球配合其贸易禁运，否则将受美国商务部的全球制裁。我们被迫清理内部协议；

"我们通过私募'恩贝投资'收购与自己合资的美国 MOC，扩充路由器技术，但被美国外国投资委员会以'国家安全'和'技术保护'拒绝；

“我们收购一家濒临破产的美国技术公司‘3 Flowers’，加强服务器虚拟化技术，但这项仅200万美元的收购，再次惊动华盛顿，并以‘国家安全’为由拒绝批准；

“欧盟在美国影响下，对华兴通信产品在WTO中申请反倾销调查；

“澳大利亚在美国影响下，将我们排斥出已中标的‘澳大利亚国家宽带网络计划’；

“英国在美国影响下，调查华兴是否存在安全后门，是否威胁英国国家利益；

“我们中标美国一家运营商CDMA项目，被美国商务部和通信委员会叫停，理由是‘可能会让中国政府操纵部分通信网络’。

“许总，你要放弃幻想，我们莫须有的罪还少吗？”

许总终于低下头。

“索性就当是一个机会，打一架，要回我们的清白，”孙董事长投下了关键的一票，“我们在这件事上的姿态是：华兴没有错！各位，以下是我的意见：协调片区联席会、拉美片区、公司法务部、政府和公共关系部，以及美国分公司的资源，成立一个联合应对小组。项目Sponsor由叶总负责。”

她停了下来，说：“另外，就让于佑杰作为总协调人，飞赴一线处理！”

许总立即反对道：“这可不太合适。”

“主和你来谈，主战当然是让惹事的刺头去迎战。如果撤了于佑杰的职务，就是此地无银三百两。”孙董事长的心意已定，“而且这家伙不是在泰国积累了经验吗？”

有人还是建议换人出战。

她深深吸了口气，语重心长地说：“各位，一个犯了错的干部，不一定是坏干部，一个不犯错的干部，可能往往是很平庸的。错了不要紧，但是我们一定要知道怎么去改。对于努力去尝试新工作、新方法，而产生差错的员工我们要正确评价。我们绝不能把干部都变成谨小慎微的君子。”

下午，基地0区的湖边别墅里，李总、叶总和Jacob坐在一起。李总并没告诉Jacob孙董事长的新任务，叶总也只是试探：“你弄出来的麻烦，现在你有什么计划？”

“以战谈和，斗而不破。”Jacob 用八个字简明概括。

见 Jacob 并没有失去傲气，叶总有些欣喜，而且他还觉得 Jacob 比泰国时期远远成熟了，将“主战”与“主和”揉在了一起。

“大约七个方面同时走……”Jacob 详细地展开计划。

李总也很欣赏，Jacob 和上一次真的不同了，他逐渐成长，功不抵过，过不掩功！Jacob 在一线开疆辟土，行事须手段灵活。确如山总对未来全球战局的判断，华兴在扩张时期，总部必须坚决授权，一线临场指挥，难免越界，但总部更应有勇气，允许一线一把手的成长。

但有一件事，李总还不敢确定，因为接下去 Jacob 可能会需要在华兴内领导并协调比其职位更高、资格更老的人，这对 Jacob 的领导能力，将是一种全新又高难度的挑战。

李总写完了评语和批准，并把纸递给叶总，然后说：“那接下去，你就要去美国本土了。这一仗，我估计会打很久，因为孙董事长亲自任命你负责此事，她希望能打一场胜仗。”

Jacob 看了一下时间，现在是 3 月底，但愿自己能赶得上 8 月 14 日，不，还得更早回到墨西哥去拿 4G 的入场券。

“小于，你如果到了美国，协调上有难题就来找我。”叶总也打了个钩，调动审核通过，“另外，估计这一仗时间不短，你短期回不来，总部会派人去墨西哥，帮助美洲电信事业部工作。”

Jacob 一边签字，一边问：“我想问问，谁会去？”

“还没定，四川省分公司里抽几个吧，可能是老周。”

七八年前，Jacob 还在国内时，就听说过这个人。是一个靠着市井方式打动客户的老油条，很会作秀、钻营，手段很多，总要踩着别人爬上去。以臣享的正直儒雅，恐怕搞不过老周。

但 Jacob 有自己的使命，墨西哥就全仰赖臣享了。

没过多久，华兴四川省分公司的老周得到了调令，准备赶赴墨西哥城。

chapter 2
两线鏖战

1

早在此风波前一年的年底，CMO 安迪就借着去大中华区出差的机会，飞赴香港，与在那里的一些媒体私下会晤，准备好媒体弹药，随时起爆。

12 月底，在上海举办的亚洲通信峰会上，FRAN 又要求主办方增设有关“知识产权”的 Panel Discussion（主题交流）。华兴、FRAN 以及欧洲科技公司等四位嘉宾和一位主持人进行对谈。FRAN 的嘉宾正是首席法务张伯伦，他借着 60 分钟的交流，反复试探华兴的知识产权管理。

在摸透了华兴在知识产权方面的底细后，FRAN 准备出招了。张伯伦准备了一套司法诉讼建议书。

起诉的时间和地点都经过了他提前策划！

时间上，要挑一个对手难以防备的时间，比如大型节假日、重大发布会前。而张伯伦挑选了华兴高管缺席的时刻——EMT 出差，山总参加国际会议。

而挑选的起诉地点，张伯伦搜索了美国当地法院对这类案件胜负的判例，法官本人的偏好性、判罚是否凌厉、结案速度是否够快、陪审团的民风是否保守。张伯伦找了两个法院——在得州东部马歇尔小镇的联邦法院和亚利桑那州的马里科帕郡法院，大多数被诉侵权的外国企业都在这两个法院输掉了官司。而且这个案子本可由法官独审，但张伯伦故意弄出陪审团，让保守陪审员参与，想把事情进一步复杂化，时间尽可能延长。

万事俱备，只欠一个起诉标的，布雷德利提了一个要求——不能由 FRAN 直接攻击“All in 1”方案。因为这会暴露 FRAN 是黑手，更让业界意识到王者 FRAN 还没有“All in 1”，还白给华兴做了一次“All in 1”的活广告。

帕特里克知道华兴派了个新人，并在拉美拓展墨西哥的农村通信，起初他也没重视这一情报，可 TeleMex 元老们愈加主动传来情报，包括 Boyko 的情况。帕特里克这才发现 Boyko 可以做文章，便将其作为备选打击目标之一。

再到巴展期间，他注意到卡蒂纳斯与华兴走得很近，原来竟是 Jacob 搞鬼，这家伙从东南亚跑到了美洲。因此当华兴在展会上秀出 Boyko 时，Boyko 就被他选为了最终打击目标。

彼时的 Molu，已从曾经移动通信业的鼻祖，降为 FRAN 的附庸，虽手握大量知识产权，但 40% 的订单要靠 FRAN 的整合分销来存活，不得不向 FRAN 低头。于是，Molu 被推在了最前面做傀儡，一纸诉状在得州起诉 Boyko 偷窃 Molu 的源代码，而第二被告是华兴唆使盗用知识产权。起诉书长达 120 页，诉状提出的 7 大类，涉及 22 项侵权指控。在林强被释放的同时，法院传票就寄到了华兴美国分公司。

当 FRAN 使出司法手段时，在中国，安迪曾部署过的媒体也同步大造舆论，带节奏谴责华兴没有商业道德。

2

在领命的次日，Jacob 便到达深圳宝安机场，准备出发。

深圳机场的书店里，书架最好的位置放满了关于华兴和知识产权纠纷的书籍，一些商旅人士在候机厅里也小声讨论着此事件。

登机时，机舱口的空姐露着职业的笑容：“您好，欢迎登机，先生需要报纸吗？”

他拿起报纸，新闻充斥着对华兴的批判。现在国内的舆论就如旋涡，有的胡说八道骗关注，有的蹭热点，有专家自大地揣测，还有宣扬民族主义的。一面海外有诉讼要迎战，一面内部有喧嚣要控制。他作为“前线总协调人”，正面临内忧外患。

“我们的飞机马上就要起飞了。”空姐来回走动，“先生，请关闭您的手机。”

他关上手机前，又看到那个闹钟——8月14日十点。因为时间倒逼，这次不能再像在泰国那样实施拖延战术，DGG一仗积累的“熬字诀”经验已全部作废。

航班并不是去美国，而是先赶往北京。北京有华兴的政府与公共关系部，尽管时间紧迫，但Jacob觉得攘外必先安内。

飞机降落首都，华兴在北京有几处办公点，其中政府与公共关系部在金融街的一栋20层大楼。

部长陈亚非已经在等他了。林强在美国第一个求助电话就是打给陈亚非，也正是陈亚非向EMT梳理汇报。作为前拉美片区总裁，他曾和帕特里克交过手，只是一直打不下帕特里克。

“陈总好。”Jacob带着行李直接穿过办公区，走进了陈总的办公室。

“小于来了，坐吧。”陈亚非放下电脑，男秘书端来两杯茶。

“谢谢陈总。”Jacob瞄了眼陈总的屏幕，上面是各类舆情，名片盒也打开着，名片像扑克牌一样散在办公桌上，像要联系有关单位。Jacob转过头，猛地发现男秘书竟没走，而且眼神对Jacob不太友好。

“你先出去吧，”陈总对秘书挥挥手，然后对Jacob说，“情况我大致了解了。”

Jacob也清楚自己在泰国处理问题时，曾让中国大使馆出面，把商业和政治绑在一起，因此政府关系部的人一见到主战派的Jacob就会摇头。而陈总是老拉美，资历深，政府关系部的地位很高，Jacob很难协调。

“小于，这事的尺度上，你要我怎么支持？”陈亚非试探性地问他。处理政府和公共关系如烹小鲜，陈总不免担心“好战”的Jacob能否正确带领一线的方向。如果 Jacob 也这么说，陈总便不会配合。

Jacob 说："陈总，我觉得应向政府领导如实通报，不添油加醋。中美关系是万亿美元的贸易，如果因为华兴一家，而影响国家全局并不好。"他顿了顿："但是在媒体上，我建议要大事化小。"

陈总本还担心孙董事长把此头等大事交给 Jacob 会不妥，想暗中监督 Jacob，但现在他对 Jacob 的回答大为意外：在大原则上，这位拉美后生分得很清，孺子可教啊。自陈总负责政府关系部，他深知华兴的体量、技术和背景都太敏感了，须举重若轻，小心谨慎。相比爱找靠山的企业，华兴更应靠自身力量。陈总也不藏着掖着，摊开观点道："Molu 这起诉讼，美媒一上来就认定华兴是有罪的，还立刻将舆论升级。"

见势，Jacob 迅速跟进："可媒体很躁动，会影响公司营商环境，甚至把公司和国家都逼上一种民族对抗而非商业合作的情绪里。我来这里，就是想和您谈谈这件事。"

虽然 Jacob 不知道安迪在媒体的部署，但他察觉到有一根导火线引燃后，国内舆论就被带起了节奏，由于话题吸引眼球，便引发了二次发酵和传播。不到三天，网上就有 6000 多篇原创文章，铺天盖地，再经过一些蹭热点的大号的转载和截图后，更是衍生出无数断章取义的语境。相应地，反击的言论也出现了，大都是民族主义气息浓厚地对美国进行咒骂，充满了情绪和政治正确。起初还有理智的学者发出冷静的声音，可"键盘政治家"过于激进，裹挟了民意。可这样，网络上产生了对"反击言论"的二次反作用力，出现了抨击华兴的"黑子"，质疑华兴本就有问题。

再发展下去，事态会走向失控，失去和平解决的可能。

"公司品牌部一直导向不明、旗帜不清。我来北京，就是想跟您商量怎么解决。"Jacob 直截了当地说出到访目的，"陈总，我需要集中精力去美国应付官司。"

"你是说品牌部？"陈总认真地说。

Jacob 今天的目标，压根不是坐在面前的陈亚非，而是深圳的品牌部。Jacob 虽然被任命为"前线总协调"，授权临时调度一切资源，但他的影响力还是很有限，总部的各部门老大未必买账。Jacob 舍近求远，其实是想借他人之力，去安抚国内品牌部。

之所以选陈亚非为抓手，不顾时间紧迫还专程来一趟北京，是因为 Jacob 深知陈总是最合适的人。一来，陈亚非是元老中的“老拉美”，即使回到总部，也难免心系拉美业务，有很强的感情分；二来，陈亚非在事件之初就介入，了解来龙去脉；三来，陈总的政府与公共关系部的力量，对品牌部的工作有建议权。此外，陈总还能安抚墨西哥的旧部下林强，减轻臣享的压力。

“对，品牌部主导着媒体沟通，”Jacob 向陈总进一步抛出观点，“在面对国内的舆论一片混乱时，公司品牌部也是同意支持用‘爱国主义’打民族牌的，更想依靠政府来反击。

“品牌部也是在选边站，华兴内部也有人认为，应利用当下中美贸易对垒的绝佳机会，煽动节奏，让华兴成为一个民族自强的话题，赢得爱国的好感。而这种风气，在基层甚至有些中高层里也很盛。”

Jacob 说：“据我所知，品牌部的约稿和专栏都准备这么写了。我们必须刹车。”

陈亚非知道 Jacob 在拉拢自己，但两个人的观点是近似的，便说：“那我现在就给品牌部打电话。”

陈总打开免提，拨给了品牌部极为资深的黄总。事实上，陈总之前已经向黄总建议过几次了。

“黄总，我是亚非，我还是这个意思，对 Boyko 的姿态应该‘外松内紧’，现在国内舆论搞得那么紧张。华兴被放在聚光灯下烤！我们对外应该先松一下。”

黄总面对舆论形势，很犹豫，也很焦躁：“老陈，不是我不想解决，关键是外面的媒体不可控啊！现在，大量媒体开始对华兴进行‘逆反性批判’，认为华兴态度不硬气、管理乱，又说我们肯定是盗窃人家的，但他们之所以肯体谅华兴，就因为华兴是中国的。我不能不打‘爱国牌’啊。”

维护品牌和公司形象是黄总的责任，他在 Boyko 案和舆论批判中，姿态摇摆不定，但他想靠强化“爱国民族牌”来转移矛盾，缓解品牌的压力。

Jacob 凑近电话：“媒体有自身的运作规律，我们不必理会。民族主义，除了自吹自擂，对解决实际问题没帮助，也不会影响到大洋对岸的美国媒体，反而干扰我们采取行动，甚至给美方落下口实。”

“是 Jacob 吗，你俩在一起？”黄总一愣，一股被排挤后的羞辱升腾起来，“好吧，那你要我怎么做？美国太远，我是影响不到，我不打‘爱国牌’，难道还要让华兴在国内也被骂吗？”

黄总并不认可 Jacob，紧接着黄总又说了一个突发的难题，昨天一份重磅杂志发布了《山寨华兴的国际折戟》，说华兴管理混乱，抄袭漫天，不适应国际化，然而这篇胡乱揣测的文章引起国内商界广泛的反响，成为现象级的文章。

黄总声音更响了：“Jacob，你说这该怎么办？我不反击，我们就被钉在耻辱柱上了。告诉你吧，我收到消息，不少媒体负面评价都是 FRAN 公关部在香港释放出来的，内地媒体也盲从，现在成了政治正确，谁也不敢碰，我们只能靠‘民族牌’化解。”

政府暂不表态，公众吵成一片，媒体无知盲从，但黄总为了获得支持，只能放纵。

Jacob 耐心道：“黄总，我理解你的难处，但我们要先抓源头，治理好最上游媒体的情绪，那下游媒体就会退散。”

“你懂啥媒体，蹭华兴热点在媒体眼里已是一门生意了，我停止与几家刊物的合作，反而会被人说华兴压制媒体，加剧外界对华兴评头论足，四处挖料。”黄总不耐烦了，他不服让一个稚嫩的人做一线总指挥，解释这么多算给足陈总面子了。

“黄总，你是说你无法控制局面了吗？”Jacob 的用词有些刺耳。

“没法控制！”黄总有些被激怒，也不做掩饰，“媒体就像鲨鱼，恨不得都来咬华兴一口。”

公司大了，官僚本位也就难免。黄总资历深厚，陈总也搞不定，以 Jacob 的后生资历，根本无法调度。陈总看了看可怜的 Jacob，刚想插话，却被 Jacob 一手挡开，霸着麦道：“黄总，舆论分上下游，既然 FRAN 有媒体管道，那我们也要有自己的上游管道——你看能否搞好两家媒体的关系，我们承诺在公司口径之外，给他们放独家的料，这样你就有了自己的新闻管道！”

“行了，外行人就别老瞎出主意了。我实话告诉你吧，媒体没人愿意。华兴长久以来，一直低调，不抛头露面，不愿给媒体讲故事，所以现在媒体就想在‘华兴’上抢新闻，我就是真想给料，哪怕是塞钱，媒体也不同意按我们的思路来写！”

“那你搞不定？”

“搞不定！”

陈总也叹了口气，这本该由更权威的高层亲办，别说交给 Jacob 这等年轻干部，就是交给陈总，也会处处掣肘。就算 Jacob 有授权，总不能事事向管理层求助吧。

“已是战时，你还这搞不定、那搞不定，还留你何用？！”Jacob 忽然反客为主地训斥，“黄总，你下午就不用负责了。”

“你凭什么？”黄总大怒。

“我刚问了你三遍，你三遍都说自己搞不定。这陈总可以做证。现在我只能先接管你部。”

“你没资格，你得去向管理层通报。”

“我不需要，我有授权。”Jacob 查阅着 IT 系统上品牌部副部长的号码，“胡总吗，请你到黄总这里来听一下新的安排。”

黄总蒙了，谁能想到 Jacob 先斩后奏，真拿出孙董事长赐的尚方宝剑，并用黄总这样的大领导来祭旗。

品牌部副部长一路小跑着，听完来龙去脉，也傻了眼：“Jacob，你想要我怎么做？”

“我明晚就飞美国，我、陈总会和你一起定下新策略，之后，你必须 Follow 陈总的意见，把媒体控制住。如果你和黄总一样，只顾自己难处，你将是第二个黄总。”

陈总不由得佩服，Jacob 厉害啊，冷静却不失铁腕，尚方宝剑是不能出鞘的，但面对群乱，这一剑却斩得恰到好处，公司里主张打民族牌的苗头就能暂时压下来。他看着这位后生，真是值得栽培的树苗。但这家伙还是冲动了点，他暗下决心，虽然今天 Jacob 也利用了他，但他也决心要为这个后生保驾护航。

“那……您想要的基调是？”副部长问。

“这是商业诉讼，我们在商言商，远离政治。”陈亚非拿过了麦，为 Jacob 背书。

3

3 小时后，Jacob 紧接着又在北京与深圳进行电话会议，在会议上建议，FRAN 的媒体战打到了中国，华兴也要在 FRAN 的美国本土进行司法反击。

“人员安全怎么考虑？”叶总问。

“美国放弃刑事追责，进美国基本是安全的。”Jacob 回答，“另外，我建议由各体系抽调骨干去美国。”

主和与主战依然不统一，因此 Jacob 认定只有各方都去一线现场办公，决策前置，才能迅速推进。

果然，包括许总在内的各方都应允，很快在各体系调出骨干：代表孙董事长的董秘、代表战略体系的市场策略部部长、代表研发体系的知识产权部部长、代表财经体系的财管办主任，以及法务总监、代表欧洲片区与西方媒体沟通的网络安全部英国籍部长。这些人将与 Jacob 一起飞赴美国，会同华兴美国分公司，由 Jacob 担任“前线总指挥”。销售体系的叶总为后方大本营的 Sponsor。

陈亚非看到名单，这些人身负本部重托，且级别比黄总更高，Jacob 肯定压不住。陈亚非临时下决定：“小于，等把国内品牌事务处理完，我也去美国。”

陈总有股想重新打败昔日宿敌帕特里克的锐气，此外，他也怕 Jacob 这次去美国迎战，会与美国分公司起矛盾。

华兴美国分公司里高手如林，每一个中方员工都要公司高管逐一审核，才能外派美国。这原因有三：一是美国有巨大的市场，是品牌桥头堡，须选最优秀的猛将；二是美国对外资保守，监管严格，法条众多，复杂度超过欧盟，须选最有纪律性的人；三是美国有世界级人才，美方员工卧虎藏龙，有一流公司的前高管，有国际协会主席，有顶尖科学家，想要赢得这批人的尊重，中方员工素质要极高。

而管理这批牛人的美国分公司 CEO，必须在华兴极有威望——她就是余婕，接林强出狱的那位华兴女将，她虽为分公司 CEO，但与片区总裁的级别相近。

24 小时后，Jacob 再一次回到了西半球，各体系抽调的高层也陆续抵达美国加州。不出陈亚非所料，Jacob 的话根本不管用，各方领导年龄都比 Jacob 大，视野经验也比 Jacob 高，导致决策延迟。眼看开庭时间快到了，大量事情还没敲定，而在墨西哥的臣享也面对着自己的困境。

4

决策力是一种与生俱来的能力，不需要知识，不基于经验，与视野无关，后天很难培养。臣享从小受精英教育，正直、聪明，是个学霸，情商也不错，又有国际视野，然而在决策力这一点上，没有 Jacob 与生俱来的禀赋。他的一切都是后天所成。

可时局不等人，臣享也需要在地区部、客户和总部的三重困境中做决策了。

卢娟租下了新物业，这是墨西哥地区部在行政上排斥事业部的后手，但臣享决定暂不搬入新办公大楼——现在搬太高调了。他还有三个月免租期，就看 Jacob 那边能否在这三个月内见分晓。

新公寓也租好了，他决定让近期刚来的新员工先搬进去，又留下些脾气好的老员工维持在原地区部平台共享的宿舍楼，以便与地区部同事保持友谊。至于他自己，也还与地区部大领导们一起住在卡麦隆的小区里，虽然偶尔受气，但也能维持好沟通。

这一点，臣享总体做得不错。地区部暂时没挤压初建的事业部。

另一面，客户的业务暂处于停摆状态，他就组织员工培训。没仗打的时候，更要练兵，否则队伍就会涣散而失去战斗力。为保持扩张态势，他甚至继续招聘——总部暂停了从中国外派员工，但之前事业部还有今年的人力预算，他就在本地招聘墨西哥员工。

地区部和客户这两部分，他做得滴水不漏，既安抚，又不犯错。还有一件事他犹豫不决——Jacob 的办公室还空着，他该不该坐进去。进去，意味着 Jacob 不再回来了；但不进去，别人就会想进去。

果然，总部派人了。那位从四川省分公司派来的人到了，他叫周玉龙。

起初，谁都不认识他，而他就坐在事业部办公区，与基层员工坐在一起唠嗑。

“华兴在四川有个公司级特大项目，是我做的，我运作了整整一年半，搬迁 FRAN 10000 座基站，四川才改天换地，引入华兴。四川省加重庆人口超过 1 亿人，和墨西哥一样多。我也能搬掉墨西哥的FRAN！”

10000 座啊，等于一个国家的所有基站了，“小朋友们”听着崇拜起来，大家也喜欢听他讲述公司的陈年内幕。渐渐地，“小朋友们”也愿意告诉他墨西哥地区部和美洲电信事业部的各种渊源。一开始，大家都叫他“老周”，不知哪天起，都改叫他“周总”。

后来大家发现，老周的英语很糟，甚至与阿曼多讲话都很困难，外籍员工听得很崩溃。老周每天什么事也不干，就拿着一本英语书翻，但很快又没了兴趣。华兴有很多线上的培训与考试，由于是英语的，他都是找汪秦代考。起初，汪秦可以理解，但后来连华兴的重要合规考试，即使是中文，老周也找人代考。说话语气也随着他认识的人多了以后，从拜托变成了指挥。

老周有着一口黄牙，喜爱抽烟和喝白酒，讲话中总带着权谋与炫耀，也许是在国内办事处太久了，沾染国内市场部的市井气，像个油腻的中年商务男。

其实，总部并未正式任命过老周，他只是来帮助支持的。然而大约一周后，一种风言风语传了起来：老周将是事业部的新老大。谁都不知道消息的源头，也很难验证，可传言又有可信度——老周曾负责过一个省，这资历是够的。

老周既不承认，也不否认，可风声带来了心理效果。墨西哥地区部的一些中高层耐不住了，主动与他靠拢接触，他也请他们喝酒吃饭，而其他人就有样学样，就连事业部的“小朋友们”也跟风了。至于事业部的老骨干，现在也都不敢得罪老周。到这时，老周已不太搭理最初帮他起家的“小朋友们”了，甚至傲慢地使唤着他们。

臣享看在眼里，老周只用了两周，就制造出了这种氛围。他深感与老周的气质迥异，而这种差异，甚至大于他与 Jacob——老周英语很差，着装、饮食、思维和风格也都严重不符合墨西哥精英的胃口。也许老周在国内有一套，可臣享有点担心：老周国内的做派并不适合海外，甚至会带偏团队的方向。

臣享望着 Jacob 的办公室，是不是该坐进去了？但转头发现老周也盯着那间办公室看。

两人眼神有了交集，老周倒也不退避，走了过来："阿臣啊，下去抽支烟呗，咱哥儿俩还没好好聊聊呢。"

臣享也笑笑，他不喜欢抽烟，但也避不开："好啊。"

楼下，老周点起了从国内带来的"黄鹤楼"，把收集的情报翻了出来："听说你和肯博士很熟啊。"

"嗯，一起工作过，曾是同事。"

"那太好了，什么时候带我去认识认识？"

"好，我约肯的时候，一定会叫你。"臣享答应了，他是个体面人，这也是团队之间该配合的，尽管他觉得老周的扮相和英语会有点尴尬。

老周乐呵呵地吹着："我有打掉 10000 个 FRAN 基站的搬迁经验！你放心，其他人嘛，Telecell 的奥斯卡和玛尔克斯，我也让汪秦约了。哦，对了，墨西哥地区部战略与市场部部长申平，也帮我约了一下新技术部和采购部的人。"

臣享没料到老周的动作那么快，显然老周很善于踩着前人的肩膀迅速前进。也许老周也正踩着自己的肩膀。但以大局为重，先合作，别自私，或许老周有什么真本事。

5

Boyko 事件后，臣享就约过肯博士，但集团 CTO 肯的反馈比较负面。阿曼多和马里西奥也都碰了壁。

客户的管理层不会把话讲透，但中高层对顶层意志最敏感——阿里汉德罗在一次会后，就找借口拒绝与汪秦的圣达菲实验局团队会见。

高层客户打不通，臣享要求与基层客户维持互动。华兴一定要把热脸贴冷屁股上，用自己的脸把客户的屁股焐热。他开始要求每人每周要见两次中基层，讲讲方案，聊聊感情，交交朋友，哪怕一时华兴公司不行，也要促进私人间的信任。

路遥知马力！华兴长期坚持，底下的客户是会被感动的。

这也是“保持进攻姿态”，既做给地区部看，也保持住事业部的活力，更维持了与美洲电信的交流窗口。即便现在华兴就只做基层关系，总有一天也会起到作用的。

然而老周真是个“福将”，到达后不久，美洲电信高层态度发生了微妙的软化。

那一天，他答应带老周拜访集团CTO肯，肯拿出两份需求：“臣，我这里有两个集团项目，你们可以研究一下，欢迎你们参与。”

一份是“集团17国的核心网网关”，另一份是“集团17国的SDP平台”。这是个巨大变化啊！

而老周坐在后排，一言不发，笑眯眯地跟着看。一出门，老周在走廊里就问：“刚才他们会上的英语是啥意思？”

老周并没听懂，但臣享还是解释了：“巴展后，集团推出了‘一个美洲电信’，也就是‘One AT’的战略，集团决定要在17国内统一部署的项目，加强统一化管控。这两个项目，就是集团自上而下的。”

老周点了点头，若有所思。

臣享又说：“一个是17国的核心网网关项目，统一‘国际关口局’。另一个是17国的SDP，是给美洲电信提供一套‘电信增值业务的统一SDP平台’，这是一个纯软件，提供美洲电信与互联网开发者的生态平台，你就当运营商的‘应用商店’或‘增值业务的中台’理解吧。”

老周听懂了，便没了回音，也不搭理臣享。

“臣？”CTO的一个副手把臣享偷偷叫了回去，“那个一言不发的男人是谁？是不是Jacob不在，他来取代Jacob的？”

臣享这才意识到老周的两把刷子，虽然不懂外语，但刻意与臣享这位二把手同进同出，见客户时又坐在臣享的侧后方，并让臣享翻译或回答，还把臣享推到前台去讲话，这种坐镇的姿态营造着老周的神秘身份。眼下，Jacob因Boyko被调回，客户也认为Jacob被撤职，自然会揣测老周是新Boss。

也许，这恐怕才是老周要叫他带着去见客户的原因吧。但臣享不愿恶意揣测一个人，他搪塞了CTO副手两句，离开了大楼。一路走，他一路担心，他更关心老周的真实水平如何，能否帮助业务恢复。

"客户请我们参与项目了，你怎么看？"老周抽了支烟，露出黄牙。

臣享分析道："现在给两个项目，我们策略上恐怕得二选一。眼下，因为Boyko风波，美洲电信与华兴的关系一下子微妙了，华兴能中标一个都是奇迹了。我们必须舍一个、保一个，得分清主次。"

"怎么分清主次，要弃哪个？"

臣享看着夕阳，伸出手指碰了碰那落日："只要在8月14日前，能拿一个商用合同就有了邀标的Reference了，所以要以'4G网络'来衡量。我认为可能性更大的是'17国SDP平台'。"

"不，应该是'17国的统一核心网网关'，SDP只是边缘的增值业务，虽创新，但非核心，没价值。"老周说。

"核心网是'网络的大脑'，意义极重大，可正因如此，美洲电信怎么可能给我们？我们不仅会'陪太子读书'，硬抢还会惹怒客户，反而失去了4G项目。打SDP才能为未来4G的邀标保留余地。"

老周却不这么想。只要他拿下了17国的统一核心网网关，就是拿下"中央大脑"，这是有战略意义的大新闻，老周可以靠此一战成名。至于"下一代4G网络"，他才不在乎，那是Jacob的败笔。想做新任大佬，只有否定前任的规划路径，才能显示自己的水平。

老周吐了口烟，烟头丢在地上，脚一碾，一个人走在了前头，不理臣享。他很快就忘记了求臣享带他见肯时，豪迈地承诺搬迁FRAN 10000个无线网络基站的说法。

大门口的墨西哥保安看着就摇头。臣享捡起烟头，扔进垃圾桶，然后跟在了后面。臣享也认定了，周玉龙只是在挑选能让他立功的项目，而不顾大局。周玉龙也迟早会与他有大冲突，但是在Jacob那边打赢之前，他和老周的斗争不能明面化，否则墨西哥地区部、事业部员工、客户和总部，都会给事业部制造负面压力。

然而臣享又想到另一个问题——美洲电信怎么会好心地给华兴项目？

6

这项目其实是这么来的。集团 CEO 丹尼尔听说 Boyko 出了事，觉得蹊跷。

巴展后的集团峰会上，COO 卡蒂纳斯提出农村通信时，他震惊了，COO 竟背着他私下与华兴接触。碍于会上各国 CXO 反馈很好，他也不能对这种小事指手画脚。但丹尼尔知道，Boyko 虽刚萌芽，但迟早会威胁到 FRAN，帕特里克绝不会手软。

FRAN 与美洲电信多年交往，利益盘根错节，互相依存，就像夫妻一样，形成一种内部势力，想替换掉，谈何容易。更何况 FRAN 技术领先，亦无过错。若逼急了 FRAN，只会对美洲电信集团不利。

但卡蒂纳斯动了手，格局就失衡了。丹尼尔猜测：帕特里克斩首华兴，这个动作表面打的是华兴，但更是在警告卡蒂纳斯。

然而卡蒂纳斯这几日反复纠缠他，认为 Boyko 一案对华兴不公，应当自行评估风险，而非受外界干预，尤其是 FRAN 的小动作。

丹尼尔身居高位，平衡比对错更重要，局面稳定重于一切。

“嘀……”他按了电话机按键，“玛莉亚，帮我转肯。”

坐在外间的秘书迅速操作：“好了，已经连上了。”

“肯，Boyko 的事情，你有什么建议吗？”丹尼尔问。

“丹尼尔先生，具体是否属实我不知道，但面对美国的怀疑，我建议暂时中止测试。”

“我同意，你跟各国 CTO 通个气。”

“好的。我正在安排。另外，Telecell 实验局已经停了，是卡蒂纳斯先生直接叫停的。”

“卡蒂纳斯？”

“没错！”

丹尼尔挂上电话，在办公桌前思考：既然卡蒂纳斯的态度务实，从平衡的角度，他对 COO 要有所补偿的，至少在情绪上要有所安抚。

嘀的一声，他按着电话：“玛莉亚，帮我把胡安叫到办公室来。”

集团新技术部部长胡安来了，两人谈起这件事。

丹尼尔说：“上次集团闭门峰会上有几个集团项目，你选一下，邀请华兴参与投标。”

胡安听明白 CEO 的意思：让华兴参与一些资金不大的项目投标，是还 COO 一个面子，但事实上，参与也只是让华兴走个过场。

“另外，你让肯也参与进来。”

“您确定要肯吗？”胡安有些不满，那几个新技术项目明明是自己的新技术部主导，怎么让 CTO 介入？而且胡安是丹尼尔的人，让肯也参与进来，不是横生不可控的枝节吗？

“技术决策由你负责，肯只是提供中立建议。”

胡安也明白了：这也许是做戏做全，更正规些，也是让卡蒂纳斯满意。

为了平衡好集团各方关系，胡安挑了“17 国统一核心网网关”和“17 国统一 SDP 平台”。这两个都是 17 国项目，既涉及“One AT”概念，尊重了丹尼尔的权威；又因金额不大，也不会损伤 FRAN 的利益。这样安排，多方能各取所需。

核心网网关是 FRAN 的强项，且有战略意义，早就内定给了 FRAN，华兴没戏。而 SDP 应用平台，这种项目是软件订制，周期长、麻烦多，甲方需求变更极多，没有统一标准，FRAN 也不愿意参加，就连胡安都对 SDP 项目部署没信心。华兴根本没能力完成。

7

老周想掌握权力，就得先有功绩，要拿下功勋项目，就得有内部资源，他开始拉一支自己的队伍，树自己的旗帜。

他已从与“小朋友们”的交谈中，了解到事业部与地区部因 Boyko 而产生的裂痕，虽然臣享竭力弥合双方的关系，老周却决定利用这一矛盾，拉拢地区部的团队。

在翡翠大厦里，他活动起来了：他一面与 Jacob 的错误划清界限，高调暗示自己为下一任事业部负责人；一面以“17 国统一核心网网关”项目的高价值为饵，还要将胜利果实与地区部分享。

老周四处请墨西哥地区部的人吃饭，尤其是地区部里那些有野心但缺表现机会的二线部门。果然，几轮下来，地区部的市场部和商业咨询部都向他靠拢。

这个周末的夜晚，他叫着事业部员工们去一家墨西哥城的中餐厅——利口福（Rico Food）吃饭。这家店位置比较偏，尽管不那么安全，但在墨城华人圈里小有名气，每逢要事必来此店。

地区部也来了人。市场部部长说道："这家店是一家'福店'，上来就讨口彩，我们吃了，项目一定成功。"商业咨询部总监也跟着拍马屁："这家店名，有三种语言，但都表达了一个意思，'Rico'是Rich的西班牙语，表示'丰富'，'Food'是英语，'利口福'又是中文音译，但翻译得信、达、雅。周总眼光好！"

"来来来，我们一起预祝周总拿下'17国统一核心网网关'。"两人起身敬酒。

"哈哈哈哈，谢谢兄弟们，"老周举杯，七八瓶五粮液放在旁边，他认为白酒下肚是必须的，人喝多了才能拉近感情，"核心网项目就靠两位了。"

"都一起敬敬地区部领导啊。"老周一晃酒杯，事业部的员工也被动地站起来。那些'小朋友'已感到周玉龙不再是初到时那可爱的老周，他正在腾空而飞，掌握更多的资源。之前，他们相信老周有能力，可现在不得不承认老周只是利用他们——他投机取巧套项目，试探机会点，哪个有戏，哪个对他最有利，他就去分羹抢功。

"17国核心网国际网关"的拓展，需要靠一线的核心网产品部。今晚，除了事业部自己的核心网产品部之外，老周特意把地区部的核心网产品部部长也请来了。这位地区部的核心网部长，今年三十五岁，事业部的那位是才二十九岁的后起新秀。

"来，以后你有什么不懂，就听听前辈的，知道吗？"老周比画着。

地区部的老部长本就跟事业部的后生不对付，还觉得这后生一来，分走了自己原有的业务领导权，可老周故意用这种方式搞平衡，非要让年轻部长多听从地区部的前辈。

老周之心，路人皆知，但事业部员工已无可奈何了——老周也和地总林强拜过码头，现在他想插手哪个项目、用地区部哪个资源，谁都拦不住。

今天，臣享也作陪，利口福吃完后，老周还要去玫瑰区的酒吧继续，臣享好容易摆脱老周，回到家已是午夜两点。他躺在床上却睡不着，深感重压。墨西哥的天气渐渐热起来了，也渐渐干燥起来，一摸鼻子都是血，他在卫生间里冲了一下脸，又去冰箱里拿了一瓶橙汁，然后坐在客厅的大桌台上。

与其被一步步围剿，不如公开宣布自己对事业部的领导权？不行，总部从没发过新的任命，自称领导就是犯大忌。这是一个真空区，臣享虽继承了 Jacob 的实际领导权，但官方从未确权。

那自己要不要主动摊牌，把暗战挑明？不行，总部目前不发新任命，并把周玉林派来，也许就是“2 in 1box”，先考察一番双方表现，因此臣享不能犯错。要是臣享先引发了对峙，总部分不清家务事，反而会认为是臣享不成熟，改让老周上。就算最好的情况，也只是两人各打五十大板，那样，事业部按眼下形势，反而会被取缔，或被地区部吞并掉，这样 Jacob 在美国的拼杀就白费了。

可什么都不干，老周就会放弃 8 月 14 日美洲电信的 4G 邀标资格，而且地区部有人明显向老周倾斜，蚕食他的事业部管理权。

美洲电信 4G 邀标资格、地区部的敌视和总部派来的老周，这三重强压又绞在一起，压在臣享的肩头。他的牌面非常不利，只有具备一击必杀的必胜把握，他才能和老周摊牌。可身为外企空降兵，他没有背景，也不了解华兴的尺度。

他一口气喝光橙汁，把瓶子砸在桌面上，也体会到了几个月之前 Jacob 的无助。

“如果 Jacob 在，他会怎么干？”臣享暗自斟酌。他回忆起 Jacob，Jacob 有一种天生的领导力、一股无畏的进攻力，其决策力也充满了刚猛和意志，甚至富于自我牺牲。因此，Jacob 的决策往往是靠着他个人领袖风范，感染团队并一起突破自我极限，从而实现诸多令人难以置信的奇迹。

“恐怕 Jacob 会神挡杀神、佛挡杀佛，推土机一样推掉一切。”臣享心想，可他也知道，自己不是 Jacob，虽然同样聪明，见识甚至比 Jacob 更广博，可他没有 Jacob 的天赋与个性。

以前在FRAN，臣享背靠国际巨头的金字招牌和专业化体系，比起Jacob身处土鳖民企在国际上遇到的艰难险阻，工作难度小太多了。想到这里，他第一次接受了Jacob比自己更强一些的念头。然而，他脑海里闪现了Jacob曾用羡慕语气说的话——“臣享，你有我没有的东西。”

如果是让Jacob羡慕的东西，一定有助于战胜眼下的三重困境啊！可究竟是什么呢？臣享想了一会儿，Jacob一直很欣赏自己这种西方式精英教育出来的人。

相比Jacob曲折的人生，臣享家境优越，在美国长大，以精英的方式学习。在成为常春藤大学电子工程的学霸后，科班出身的他，轻松地被顶尖的FRAN录取为技术专家，在美国几个大项目里，他技术表现突出，被纳入重点培养人才范围，随后他便转去了市场管理岗，并去中国历练镀金。Jacob是野蛮生长出来的草根，然而臣享的成长历程则是一种精英体系的产物，这种体系的培养非常全面，甚至早早从童子功练起。这能确保一个普通人不再受天赋不足的制约，也不再需要突发的灵感为创造力。这样的精英，更是为长期稳定而全面性的存在。

臣享之所以能成为FRAN中国区高管，就是因为他成了行业里从技术到市场行销的360度专家，功底全面而扎实，在多重的海量训练和丰富实践后，臣享拥有了一种领先的行业洞察力，在茫茫战场中，能识别稍纵即逝的机会。

臣享终于知道比Jacob多的那样东西了——如果把Jacob描绘成如炮火般的“勇”，那臣享就是像雷达般的“明”，能扫描出对手布局中一瞬间的漏洞。

臣享找到了属于自己的利器，他重新打开电脑，清空思维，现在他一切只为了一个清晰的目标：围绕确保“4G无线网络的邀标”，找出机会点，而不是争夺领导权。

为了获得美洲电信4G邀标的资格，臣享必须在8月14日截止前，成为美洲电信内的业务伙伴，作为先决条件，也就是至少拿到一个合同作为Reference。现在美洲电信给了两个自上而下的标：“17国统一核心网网关”和“17国统一SDP平台”，但又由于老周和地区部的干扰，他们极有可能带错方向而令华兴失去在墨西哥侧的进攻机会。那最好的方法，就是再寻找非来源于墨西哥总部，而来自另16国子网中的一个合作机会，然后“自下而上”，再搞定CTO肯和COO卡蒂纳斯，走通Reference的合同流程。

数月前，Jacob在无法突破墨西哥集团总部时，也考虑过这种“自下而上”的策略——把刚到墨西哥的罗笑、吕风和冯程派往了中美洲和加勒比海，寻找子网需求。

如今臣享又一次启用了这一招，但当时Jacob是没有办法的办法，而臣享则在电脑上，用着自己的“五环十四招”和“三六五看网讲网”。

臣享点开泛拉美的沙盘地图，标上不同颜色，表示美洲电信供应商和其他电信对手的网络。他四处勾画，美洲电信17国国情与网络现状、设备供应商格局地图、美洲电信股价走势、美洲电信各分公司财报、拉美通信网络现状、政府财政状况与通信政策、客户人事关系和决策链、华兴与现网设备SWOT对比，一张张图景交替、出现，一次次沙盘推演，拼接、旋转、交叠、合成，再分离，一张新的全景图降临在他脑海里，他立刻用纸笔画下。

他正在搜索一个核心要素——“格局不平衡”。哪儿有不平衡，哪儿就会产生市场裂缝，这就是华兴的机会！

危地马拉、海地、牙买加、哥斯达黎加、哥伦比亚、智利、阿根廷、巴拉圭、乌拉圭、巴西等地，臣享发现了这里有三种不同的“格局不平衡”——“新牌照区域”“退市区域”“新技术区域”，这些都是不平衡，派人去最一线，今年或有机会点。

有机会的区域很多，好处是拿到Reference的机会会多，但坏处是事业部员工被派往一线，留在墨西哥的人就少了，臣享将无力再抵挡老周。他想了一会儿，还是以4G任务为重，大胆派人。

臣享立即着手改组事业部的人事架构：先成立“国际部”专门负责除墨西哥本土外的16国项目，然后把人力再导入“国际部”，分批次，悄悄离开墨西哥撤到各地拓展，广种薄收。

墨西哥仅留下最精简的三个团队：汪秦团队，继续拓展4G的标前引导；业务软件的高杰团队，负责集团的17国SDP投标；核心网的陈清团队，负责核心网网关投标。

忙完已是清晨六点。他决定给Jacob发一个邮件——“一旦人分散到各地一线，化整为零，老周无法直接削弱事业部，这样也防止了资源争夺战的风险。万一我先失守了，而你回来晚了，这也将是你的一支后备队。”

不一会儿，Jacob 的电话来了，显然 Jacob 也没有睡觉。即便远在美国，重任在身，但 Jacob 并没有忘记墨西哥的伙伴。他知道，臣享所面对的比之前自己初到墨西哥时的难度大了两三倍。

“你这招太厉害了，不过你恐怕要在那边辛苦了。”Jacob 明白臣享选择了牺牲个人来成全 4G 的机会点。

“放心，我能撑很久。倒是你，你面对的才是真正的对手！你要是不赢，这部署就白费了！”

臣享要尽量长时间地拖住客户、老周和地区部的围剿，而 Jacob 则要缩短在美国的纠缠。他俩就像一只飞鹰的左翼和右翼，共同挥动，在逆风中飞翔向 8 月 14 日。

chapter 3
出征美利坚（一）

1

华兴在美国有多个办公室，其地区总部则设在旧金山的圣克拉拉谷，那里也被称为“硅谷”，那里高科技公司云集，道路边就是谷歌、安捷伦、Facebook、Intel、Nvidia、苹果、赛门铁克、应用材料、甲骨文等世界顶级豪门公司。不管你在中国多牛，什么阿里、腾讯、美团，在这儿却是默默无闻——在硅谷，没有核心技术，路人也看不起你！

今天陈亚非到了，他带着行李直接到了办公室，看到 Jacob 就悄悄问进展。

Jacob 一行人来这里的十天里，推进得很慢：“约了些科技媒体做证明宣传，但只是纯科技领域的舆论。”

“其他方面呢？”陈总放下包。这可远远不够，现在必须跳出技术圈，用公众语言去沟通。

“大家还对选什么律所、公关公司有犹豫。”

“太慢了。”陈总更忧心了，他估计是因为和 Jacob 一起来美国前线的总部干部太多，包括美国分公司本身的人。Jacob 还是太年轻，压根无法控制得了，说的不算，也没领导权。

Jacob 拿着项目时间控制表：“是慢了，但今天必须决定了，我们招标马上开始。”

“我进去听听。”陈总喝了口水，顾不得旅途奔波就上了二楼。他来的时候，听中美贸易商会的人说了个案例：中国某环保清洁技术领先的企业，找了美国小公司搞合作，开拓美国市场，然而该领域的美企巨头找上了门，给了两条路：合作或收购。中企不从，很快美国巨头的游说团体、行业协会就来了，结果行业和州里立法，宣布与该中企合作是违规的，迫使这家中企退出美国。陈总听完这些，不免感到美国的重商和法制精神并不单纯，他怕 Jacob 搞不定，想尽力帮帮他。

二楼会议室里，美国三大律师事务所富尔德、海曼和富美以及两家公关公司的合伙人也到了。

几位总部一起来的大咖也坐着，Jacob 很勉强地主持会议：“各位，无论今天有怎样的分歧，我们也要选出最终的执行机构了，再拖就不能做开庭准备了。”

但选律师和公关，就是选智囊，选不好，就会在异国被异乡人带沟里，因此意见分歧很多。Jacob 这几天能做的，只能先拿到特批预算，并把原本三周的采购流程压缩到最短，并预付了服务费，才办妥了招标。今天，每一家事务所都在拿到了起诉状后，做好建议书，分别开始做详细的方案陈述：

第一家是富尔德。大律师说：“我们已经读完了 Molu 的起诉书，起诉核心点是 Boyko 盗窃源代码，认为是华兴唆使，并要求华兴停止侵权，承认错误，停止销售相关产品和进行赔偿。我强烈建议你们庭外和解，部分认罪，让对方取消诉讼。”

这是“主和思维”，总部的市场策略部部长说：“我们不可能承认侵权，赔偿更加意味着我们做错了。”

这是上次 EMT 会议时留下的决议精神，这一仗得夺回颜面，涤清自我。

大律师一看拒绝和解，说：“要选择应诉的话，最简单的方法——你们切断与 Boyko 的往来。”

“这个嘛，我们已经做了。”董秘姜牧森抢先确认，而后又不放心地看了眼 Jacob，Jacob 点了点头：“嗯，我们停止了合作。”

富尔德的大律师说：“不但停止合作，还要划清界限。我们建议，你们要另诉 Boyko，表示你们对 Boyko 侵权并不知情，华兴作为合作方也是 Boyko 的受害者。”

美国分公司 CEO 余婕问：“这样是最好的方法吗？”

“是上策，”大律师说，“Boyko 是华兴的合作方，幸好你们还没有通过 Boyko 商用化，华兴还可以把责任全推到合作方头上，最多就是失察之过，是过失，但没主观恶意。”

听到这里，来自研发的知识产权部部长松了口气，至少不是知识产权的问题了。

“告 Boyko 能减罪，你有很大把握吗？”全球网络安全总监、英国籍部长正反复确认着口径。因为华兴正在竭力拓展欧洲的高端市场，这个英国人的任务，便是要让欧盟各国的监管机构、欧洲科技和媒体界，消除对中国设备的误解。

“是的，可以跟大法官谈，大法官会看你们的态度是否良好，”大律师说，“总之，你们愿意‘部分认罪加控告 Boyko’是一个最好的主和选项。如果你们要彻底地‘无罪申辩’，就要告 Boyko，是次优解。”

董秘姜牧森、市场策略部部长、财管办主任、网络信息安全总监保罗、知识产权部部长都盯着总部的法务总监确认。可总部的法务总监并不熟悉美国的司法实践，但在与律师的沟通中，法务总监觉得富尔德的说法还是可信的。大家也就认可了这种次优解。

但美国分公司 CEO 余婕皱起了眉头，多年的美国生活经验告诉她，即便三权分立的美国的司法也不单纯。在日常工作里，她的高参们给她传递了不少实情——美国企业、欧洲企业、日韩企业、中国企业、中东企业会有不同的司法结果。大律师提供的方案更适合西方公司，对华兴却未必合适。

余婕最担心的是，法官会因中美间的因素，增加不信任调查。此时，华兴若为了自己，捅 Boyko 一刀，恐怕会偷鸡不成蚀把米，还被美国商界和科技界认为中国公司“背信弃义，过河拆桥”，媒体再一放大，反而破坏余婕在美国的合作环境。

可大律师言之凿凿，姜牧森等人也颇为认同。她没有当场否定。

第二家是海曼律所。律师一上来先递了 30 页的材料：“我们一共有三种方案，各有利弊，但我需要再次确认贵公司的期望，才能给最好的建议。”显然，他比第一家更熟悉华兴内部的分歧。

“华兴无罪申辩，并胜诉。”董秘姜牧森代表着孙董事长，孙董事长是想要挽回公司名誉的。

第二位律师跳过前几页，直接拿出第二套方案：“胜诉是很有希望的，但须花时间‘点对点’应诉，不过最终能证明你们的清白。一旦贵司也控告 Boyko，那就算查到了 Boyko 确实侵犯了 Molu，贵司也相对清白。”这位律师提出的是“无罪应诉加控告 Boyko”，这与第一个律所的“次优解”有重合之处。

“只要无罪，我们可以花时间。”姜牧森与众人的分歧在于“部分认罪”还是“无罪”，然而姜牧森是董秘，他的影响力很大。至于如何对待 Boyko，两家律所提了同样建议，大家都认同可以控告 Boyko。

只有余婕犹豫，但她又不想在律师面前交底，便抢了姜牧森的话头，问道：“还有别的吗，我能不能听点新建议？”

“您不想告 Boyko，对吗？”律师猜到了她的意思，“如果你们只是切断与 Boyko 技术合作，而又不起诉 Boyko，法院就有理由认为华兴确实与 Boyko 有勾结，甚至认为华兴被 Boyko 掌握了重要把柄，反而加重你们的嫌疑，官司就麻烦了。”

“那该怎么办？”姜牧森问。

律师说：“不告 Boyko，你们就要打对攻战，但我不保证能赢。”

“不能不保证。”姜牧森摇头。

“你先讲讲看，怎样打对攻？”余婕对律师挥了挥笔，觉得不妨一试。

律师被卡在当中，犹疑地看着两位。

“停，先休会吧！”姜牧森生气地说，因为他刚才三次被余婕阻止。

“好啊，关起门说清楚。”余婕这几天也忍了总部某些不接地气的人很久。

姜牧森和余婕其实都是主战的，但在路径上有分歧。

姜牧森觉得余婕在铤而走险，拿总部利益换美国分公司的生存。

姜牧森代表孙董事长，角色像是监军，有一票否决权，虽然最初他并不提意见，但这几天讨论不休，他越来越多地站出来，因此他的话语权最大。

余婕觉得自己是最熟悉美国的，总部决策应多听听当地意见。现在总部惹了麻烦，却又要在她的地块上指手画脚，假如带错头、出了更大的事，谁扛？在华兴这样“严酷”的企业，能升为这样的女高管的，都是“花木兰”，在职场里必须比男人更加强势。因此，余婕性格很刚烈。而且孙董事长在公司内培养过一批女干部，余婕也是孙董事长的人，更是一点也不怕董秘姜牧森。

海曼律所的律师暂时离开后，她也放开了自己的观点：“我们不该告 Boyko，这会被牵着鼻子走，显出你的软弱被动、放弃伙伴。”

“这个事情，你不专业，该听法务总监的建议。”姜牧森相当于总部派的监军，必须完成任务，“告了才能赢，对吗？”

他看着法务总监并不敢背这么重的担子，其他几位大部分因为来自总部，更多地站在了姜牧森这里，但又不敢与余婕正面冲突。

两人开始公开争吵起来。陈亚非看在眼里，Jacob 之前没管好，这事已经扩大化了，可惜自己在国内处理品牌部的事情，到美国太晚了，如今自己也劝不住。

此时，Jacob 却火上浇油：“各位，我重申一下日程规则，今天必须给出结论来。无论有没有罪，是否控告 Boyko？”

陈亚非眉头一皱，心想 Jacob 这是怎么个意思？

“好，Jacob，那你也说说理吧。”董秘姜牧森气呼呼地别过头，不想再看余婕的脸。

这几天，Jacob 表现得像只温顺的小绵羊。别人都以为是 Jacob 犯了错，在总部各大领导面前，有自知之明地做好“项目秘书”的角色。现在两位巨头在争吵，其他人哑火了，大家又想起了这位“官方协调人”了。

在场的总部部长，大都和姜牧森一样，愿意选择一种胜率最高的方案。Jacob 也不傻，赎罪的话，当然也得选这种安全的方案。这样部长们都想等 Jacob 表态后跟一跟就好了，也就不用得罪余婕。

“我同意余总的方案，不起诉 Boyko。”Jacob 的意见却出乎大家意料。

Jacob 这几天原本是插不上嘴的，也从不多说话，存在感很弱。

“你糊涂了吗？”姜牧森炸雷了。其他部长也悄悄说：“佑杰，你别搞事，这有风险！”

Jacob 站了起来，身体笔直，他的语气开始与前几天完全不同了：“没什么决策能万无一失，即使律师的话也有风险。”

“你在不专业的领域，也敢说专业律师有风险？”姜牧森讥讽地说。

“一线打过仗的人和总部看报告的人，在思考上是有天壤之别的。余总在一线多年，一线将军时刻要冒风险的，而总部却容不得任何风险。”Jacob 竟然一句就又顶了回去。

这句话，令 Jacob 一下划清了与总部所有人的界限，余婕眼前一亮，这年轻人前几天闷声不响，原来还很有担当！

事实上，Jacob 数日来一直低调观察大家的力量与姿态。这就像生存游戏一样，他并不急于发声。几天后，数轮 PK 后，有人被逐渐淘汰，有人成了观点领袖。而他在等待一个恰当的时机。

他先把招标会弄起来，并告知众人今天必须做出决定，就是要压缩不同山头之间的矛盾，使之剧烈爆发，这样才有他选择站队，并重夺掌控权的机会。

“一线工作，法务只能辅助决策，但绝不能主导决策。今天既然大家问我，如果我还是一线总负责的话，希望大家能尊重我。”

“因为你是引进 Boyko 的元凶，怕被牵连才不愿告 Boyko 的吧，”姜牧森极为生气，“你这样做会犯大错。”

“如果我怕被牵连，我更要显示清白，支持你去告 Boyko 才对！但我不会为了自己这么做——如果告 Boyko，就意味着华兴心虚。Molu 只是前台人物，要是背后操纵的 FRAN 察觉华兴怕了，还会让 Molu 跟华兴的律师软绵绵地‘点对点’打套路吗？”

姜牧森一时愣住了。

“你跟 FRAN 直面交过手吗？”Jacob 在桌前逼近一步。

Jacob 居然敢挑衅自己，姜牧森却无力辩驳。

“我有泰国的经验，”Jacob 说，“我们上场的第一件事，是要搞清谁才是主要对手。这次Molu是傀儡，FRAN摆明了就不让你好过，一直缠着这事不放，让Molu牵连Boyko，再一环接一环地绕到华兴。知识产权的调查不搞两年是不会松手的，就算我们一时打赢，Molu也能继续上诉，周期会很长。若媒体趁机炒作，扩大事态，就算你打赢官司，也输掉了华兴的名声，欧洲片区的高端客户会怎么想？华兴未来几年还能继续在国际上拓展吗？你还能向孙总交代吗？”

英国籍部长浑身一抖，他代表欧洲片区的利益，却忘记了时间上的问题；知识产权部部长也吓了一跳，两年的知识产权诉讼，法院可能会要求先冻结某些华兴技术专利，甚至和其他科技巨头的专利交换也会停止，这就麻烦了。

局势开始有了反转，姜牧森感到阵营里的松动。

“我执行的就是孙董事长的亲口意见。”姜牧森拿出孙总的口谕，这时，Jacob便不能用御赐的尚方宝剑了。

余婕出马了，她拿出手机晃了晃：“我刚收到内线消息，FRAN给了3亿美金的全球媒体预算，在Molu诉讼时打压华兴，同时为FRAN做宣传，人家摆明了是一场长期媒体战。”

“我们都想要‘以战言和’，但不能把仗打成持久战，一定要‘速战求和’，”Jacob站在了全场中间，决断道，“你要是选择告Boyko，一是向合作伙伴显示出背叛，二是向敌人显示出软弱。华兴就会彻底失去世界科技圈的朋友，然后在无人声援下，被FRAN孤立后猛殴！这就是FRAN的策略。”

姜牧森胸膛起伏着：“孙董事长给了我明确指示，我能不同意。要不，上报EMT吧。”

Jacob说：“不用上报EMT，既然她任命了我，我直接和孙董事长通话，不是谁说过的话就不能变的，她也要倾听一下一线。”

其余人倒吸了一口凉气，谁都不愿逆触凤羽，违背顶层的意志。更何况有一条是两位大律师的实际意见。

余婕说：“小于，我来打这个电话。”

陈亚非看清楚了这一变化——傲娇的余婕已愿意与Jacob联盟了。

2

会议电话再次把孙董事长接入会议。姜牧森愤愤不平地先讲了话，发泄了委屈后，再把责任先撇清："孙总，我说服不了他们。"

孙董事长面对三个人：一个是她的董秘，一个是她培养的干部，一个是她提名的斗士。

余总解释了几句后，孙总不想调解两位嫡系间的纠纷，改从Jacob入手："小于，我为什么要起用你，你解释一下。"

"孙总，FRAN在全球投放3亿美元的广告计划，其在全球的百位新闻发言人严阵以待，随时在第一时间向媒体发布对华兴不利的信息；FRAN的客户经理们向全球客户不时传递关于华兴的负面消息，并威胁他们不要买华兴的产品，否则可能会带来连带赔偿的麻烦。如果进行正规战，必然演化为双方陈兵百万，又是在美国客场正面作战打两年，就算打赢了，我们也被拖垮了，欧洲桥头堡再也占不了上风。"

"说下去。"

"面对FRAN这样的巨头，是无法正面打消耗战的，因此仅仅追求司法层面的胜率，我们会失去了初衷。这一次，'斗而不破，敢战言和'才是目的。我们越想结束战斗，就越要如烈火般地回击，让对方主动回到谈判桌，所以，我们必须速胜。"

"怎么速胜？"

"弱者与强者较量的艺术只有一种，即对手想取我性命，我必须损失一只手臂，慑服对方才能赢得和平。"

"我们要在美国与FRAN打强攻，风险你评估过了吗？"

"孙总，我不能说没风险，但这一战我们都搞错了对象，华兴选择的攻击对手，不是FRAN，而是Molu，而Molu没有FRAN那么强大。"是Molu？会议室内有些躁动了，Jacob停顿了一下："按FRAN的一贯风格，它从来就不会直接站出来，只会让别人出力。Molu表面是FRAN的盟友，实际被迫充当马前卒，绝非真心开战，一旦我们强攻Molu，Molu肯定很痛苦，我们则能威逼利诱，策反Molu，从而与Molu迅速了结官司，这是最快控制事态的方法。"

强攻 Molu，再策反 Molu，从而瓦解局势——原来如此，众人颇为意外。

“这有可能，”余婕补充道，“FRAN 在美国做得太大了，垄断太多领域，扼杀吞并有潜力的初创企业，别说美国中小企业，就连大企业都讨厌 FRAN。我们甚至有可能组成一个支持华兴的舆论联盟。”

“是的，我们要‘得道多助’，要赢得业界的支持，而不仅是司法，”Jacob 接过了话头，“企业的声誉并不来自司法战场，而是来自行业的评价。孙总，我们需要朋友，把敌人留给 FRAN。所以控告 Boyko 的事情，我不赞同——我们不能同时在司法和商界两面受敌！”

Jacob 能感受到，所有业内人士都知道控告 Boyko 对华兴是最优解，然而 Jacob 恰恰在这个时点，要“千金买马骨”，以维持业界的认可。

但姜牧森在那里气息难平，孙董事长一下子也难以决断，即使她觉得 Jacob 不无道理，可她还要考虑人事平衡。Jacob 必须给一个台阶，让孙总没有不接受的理由。

“孙总，我作为总协调人，一旦方案引起了糟糕后果，华兴可以通过开除我，让公司给 FRAN 一个由主战变主和的姿态，公司先硬后软，在策略上也有弹性。”

“牧森，你觉得呢？”孙董事长问。

“我 OK。”姜牧森也就不能多说什么，毕竟 Jacob 都赌上了前途。

“好，都同意，那就按小于的意思办。”

“孙总稍等，”眼看孙总即将下线，Jacob 立马拦住，“打对攻，需要大量资源和迅速决策。”

孙总这下明白了，Jacob 借着余婕与姜牧森吵架，把事情升级到自己这儿，其实要的就是她在对攻战中给予更多的能量、更频繁的交流，以协调资源。

“你，直接向我汇报。”

会开完了，陈亚非拖着行李箱，回到楼下。他感到他又低估了这个后生——原来这十天就为今天这一举，Jacob 一箭多雕，拿到他要的策略方向，建立了与“地头蛇”余婕的同盟，赢回了现场的协同指挥权，更拿到了最高决策层的再次背书。

3

法院第一次听证会安排在一个月后，这就是 Jacob 仅剩的一个月。

三家律所里，他选定两家，一家海曼负责上庭对证，另一家富美负责台下和解。常年担任法律顾问的富尔德因“主和思维”而被排除在外。

在司法之外，还有太多的战场需要开辟。因此，公关行动也要展开，这更是司法战之前最为重要的舆情准备，然而，Jacob 在两家公关公司的选择上出现了极大困难—— 一家是华兴的常年公关顾问，但 Molu 同时是它的客户，为了安全起见，Jacob 只能换掉它，而选择另一家擅长危机公关的艾曼。但没想到，艾曼的项目负责人对中国存在偏见，提供的一切方案都是假设华兴确实侵犯了 Molu 的知识产权。

项目再次陷入僵局，华兴的方案供应商出了问题，可现在已没时间去更换乙方。艾曼是顶尖公司，Jacob 就算再顶着总部质疑，重走一遍采购招标流程，新乙方也可能更糟。而且大战在即，临阵换防，也是主将的大忌。

祸不单行，其实海曼和富美两家律所也一样，如果律师和公关从心里都不信华兴，其输出的方案必然有问题。

这是 Jacob 必须解决的。入职八年多来，伴随华兴的成长，Jacob 一路遇到数不清的客户和合作伙伴对华兴有歧视，他早已和这份感觉相依相伴了。Jacob 并没有强硬地要求乙方换负责人，相反，他到艾曼的总部，不断向艾曼的合伙人展示什么是真实的华兴，逆向公关公司，以求赢得美国伙伴的信任。一周后，他又把公关和律师请到中国，安排参观宏伟的华兴基地，面对面地展示华兴的技术和流程。华兴表现得相当透明，流程有序，向美国伙伴灌输华兴的价值观。几位合作伙伴第一次见到华兴倍感惊讶，原来华兴并非像美国舆论一直贬低的那样，中国也并非没有自主的科技能力。

另一边，余婕和陈亚非也努力和美国政府沟通。他们试图通过一些美国退休高官，消除美国政府和媒体对华兴所谓“军方背景”的误解，并让他们了解是 FRAN 通过诉讼来阻止华兴的自由竞争，而自由竞争本身是一种美国精神。

两周的设计阶段过去了，美国的乙方开始大展拳脚。

但美方律师和公关团队提出需要的内部资料和人力部署，这些战役前线的“军需弹药”，在中国的大后方很难协调，这使得美方的计划难以落实。华兴太大了，总有人有理由拒绝这些美国法律、美式思维，也非每个部门都能认同美国人的方案！有些理由是谨慎的，有些却不合理，更有些是自私的。内部阻力就像水泥般凝固着，无数流程、KPI 和资源的纠缠都阻碍着美国公关和律所的推进。

一面是因为美方新提出突变的计划，打乱了华兴总部各部门的原有节奏和 KPI，各部出现了埋怨，甚至对美方有怀疑；另一面是美方的信心回落，资源不足，士气不足，Jacob 刚刚建立与美方伙伴的信任，又遭到了严重削弱。

中美的前线与后方两端，就像是一根被污泥淤塞的消防水管，明明面临火灾，可把消防栓的水龙头开到最大，消防员那边的枪口就是不出水。

Jacob 这几周里，没有一晚上能睡超过三十分钟。他沉下心，几乎是一条一条地跟踪着，硬生生地把每一个线索、每一个关卡、每一个瓶颈都梳理出来。他毫不留情地挥起过尚方宝剑，斩过数个干部，他集中公示，贴出红黑榜，牵引着工作方向。渐渐地，他引火烧身般地将所有矛头都转到了他一个人身上，仅凭着孙董事长给他的一张“护身金符”来自保。

就这样，他站在中美之间，一边扮演着万吨水压机，把美方前线的要求层层下压；另一边扮演着高压水泵，把中方总部的反馈抽上来。靠着蛮力，淤塞的管道竟被他一点点地清理出来，中美前后方的信息流也一天天地好转。

终于，艾曼公关实现了一个个策略：首先，最近美国、法国、德国有三场电信设备展，华兴也临时参展，向全球客户展示对国际市场的决心不变；紧接着，在艾曼的牵线下，华兴高管同意与《福布斯》《华盛顿邮报》《Bloomberg》等媒体主动沟通。当美国媒体听到从 1998 年开始，华兴就请国际一流的普华永道、Hay Group、IBM 等咨询公司为自己做财务、人力、供应链、研发流程、审计等服务时，也对这家公司有了新的认识。

此时，公关团队再将媒体扩展到全球媒体，同时采访华兴全球多个国家办公处，由外籍员工发言，让客户现身说法，稳定存量客户。这一次，亚太片区刘总鼎力相助——在泰国 CEO 张舒的安排下，本地员工自愿接受了采访；而后大学生、工程师在 Jacob 两年前扩建的东南亚最大的信息科技培训中心里，感谢华兴的工程培养；泰国的大学教授感谢华兴支持的奖学金，筹建网络实验室；泰国的红十字会也表示华兴多次捐款，并在水灾发生后，与其他公司不同，主动在第一时间进入灾区，确保了人道救援；汶查中将已卸任 DGG 董事长，他以个人身份接受采访，回顾两年前的往事时，说："我用了两年时间，用最严苛的审查考验，我确认华兴是值得信赖的伙伴。最关键的是，它培养了我们泰国自己的科技人员，参与到履行泰国社会责任中。我看不出华兴会有什么问题。"少将素帕猜则在例行新闻发布会中宣布：DGG 将继续与华兴合作。

最后的策略，是占领世界舆论的另一座高地——欧洲。艾曼公关把欧洲片区传来的信息透过媒体逐一做专题放大：比如 Molu 借机给华兴的欧洲经销商和运营商发函，要求停止与华兴产品合作时，让主张自由的欧洲在舆论层面出现了裂缝，数位经销商称要向欧盟投诉，于是，欧洲的政商风向不再一边倒地反对华兴。

而法律团队方面，在海曼律所的建议下，研发会同知识产权部，进行详细的代码自检，主动下架和召回可疑产品。律所还联系到了威望极高的斯坦福大学通信与计算机教授尼斯（Nice），也安排他参观了上海研究所，了解研发流程。研发内部甚至同意向尼斯提供源代码，供其做第三方的比对。

这一切调度跨越了太多部门，虽然知识产权、法务、研发、市场和公关一时都听 Jacob 调度，但这些方案突破了太多的常规，又需要在短短一个月内完成，压力可想而知。Jacob 完全透支着自己，调配着华兴的资源，又挥起尚方宝剑，监斩懈怠和办事不力者。他已竭尽所能，但公关和律师还是建议得更快些：

"Jacob，这件事能加快办吗？在美国的案子，我们得迅速回应法院，积极应诉、主动提供资料，否则会被认为藐视法庭，法院会将由此产生的罪名都扣在被告身上。"

"哦，Jacob，对了，针对 ITC 的'337 调查'，我们还须与 ITC

的调查律师保持良好的关系，他现在要求我们配合提供这些。”

“还有……还有……”

不管多累多难，Jacob 总是点头承诺。开庭前最后一周，他连续六天没睡了，亢奋与疲劳夹杂着，而开庭越临近，电话会议就越频繁，白天与律师公关开会，晚上则在酒店向中国电话汇报，24 小时不停歇。偶尔，他打个几秒钟的盹儿，就会被电话会议吵醒，但他一接到电话，就拿出满分的决断力。

因为像他这样一个权威不够的人领导全队，软弱与疲惫是不可向外示人的。虽有孙董的“护身金符”，但实际上他在总部没有任何嫡系，只能一个个点硬 PK。如今，他已经走到这里，也再没有任何的回头路。所有的人都被他得罪过了，所有的宝都被他押上了台桌，他唯有一胜。

一个月到了，4 月底，就要开庭了。

“已经快零点了，于总，明天上午九点开庭了，您先回去养足精神吧。”吴雯婷说，她是总部配给他的一位助理。

“再等一会儿，核对完，说不定要跟他们部门再 PK 一轮。”他第五次确认明天的材料，可一回身，结果咖啡翻倒在地上，还染到了另几份文件，这又得重新整理了。Jacob 瞬间有些不知所措。一个月的高强度工作，众多的线索到开庭时一个都不能出错，不同观点的碰撞，各自的山头本位，再精神强大的人都会无比心累。

“Jacob，你必须休息了，这里交给我。”吴雯婷走到 Jacob 身边，低下身帮他整理，尽管她在来美国之前，也听说了大家对他的抱怨，但现在，她太了解他的辛苦了。

“你 PK 得了？”

“有什么不能呀？我是你的助理啊，谁敢！”姑娘笑了笑，透着高级业务秘书的狡黠智慧，一边要把他推出门，“放心，有事我给你电话。”

他理着包，走出门时，看见吴雯婷用自己的名义“狐假虎威”，猛然觉得，孙董事长给他的“尚方宝剑”压根不是剑，自己才是孙董事长的一把重剑——只有自己这样傻缺性格的人才能在危机时劈开重重山头主义。

孙总、叶总、李总，他们在选择自己的时候，大概就是这么想的吧，自己真蠢。他一边想一边走回园区附近的快捷酒店，他住在这里也快一个月了。

Jacob 用酒店门卡刷开房门，挂好了外套，他来美国时太急，只带了一套西服、两件衬衫，他从衣柜里拿出熨斗，花了十五分钟熨烫了明天要穿的衣服，给自己再冲了个澡，浴室里滴滴答答的。

躺在酒店大床上，可他睡不着，他尽量排空脑海杂念，可他的脑袋里像爆炸了一般停不下来。

“咳咳……”这几天他抵抗力下降，肺病也复发了，伴随着一阵严重的咳嗽后，心脏突如其来地剧烈绞痛，这种感觉就像要掐死他一般。他无法呼吸，浑身瘫软，大出虚汗。

他惊慌着：会是心源性猝死吗？！

他试图调整呼吸，可他甚至连想拿手机求救都办不到，经过漫长的五分钟后，他才缓过来。他坐在床头，大口喘气，而窗外的园区一片漆黑，安静得连车辆鸣笛、狗吠或鸟叫都没有。

他曾以为自己是铁打的，觉得自己永远会生猛下去，然而他意识到，自己不年轻了，三十三岁，正是从青年到中年的转折，不能再无止境地熬夜。他坐在床上，打开矿泉水喝了几口。他已经一天天老了，小时候的人生追求也一天天消失，而自己这么拼究竟为了什么？

心绞痛猛然杀了回马枪，再一次降临，他的心脏一阵抽搐地疼，心跳不断加快。他捂住胸口，害怕了起来。他人生中第一次认真思考自己的死亡。如果一个人死在酒店里，谁来给自己收尸，又有什么亲人会给自己办葬礼，谁会在清明节给自己上坟呢？

这寂静的凌晨，一个无敌的男人惶恐得像四岁的孩子，他又想起了小时候生病时，是母亲让他充满了安全感。可他清醒起来——母亲已经离开一年多了……

他第二次出完汗，人好些了，而倦意也上来了，他想趴着睡会儿。迷蒙中，母亲的形象消失了，他看见了墨西哥的同事们，他答应过要挽救事业部，他答应臣享会回来，他答应卡蒂纳斯要一起承担后果。但不知从什么时候起，他总是对工作“说到做到”，可他的生活里，也就只剩工作而没有家人了。

眼泪流到了枕头，他又醒了，吴雯婷没打电话。天逐渐亮了起来，他索性坐卧着，戴上耳机听音乐，收藏歌单里是张信哲的情歌——那曾是与他相恋七年的佩妮最爱的歌手。

他起来去洗手间，用水冲了冲脸，咳嗽了一下后，他抬起头照着镜子，自己瘦了很多，两颊凹陷、双眼血丝。他摸了摸镜子里的“他”，又走回了床边。这时，他才发现床头柜上，有一封卡片一直放着，是 HouseKeeping 打扫房间时带进来的，他太忙而忽略了。

他打开那张明信片——是小玲从中国寄来的！

他沉浸在了温暖和甜蜜中，原来，小玲一直关心他，理解他工作的小玲并不想用电话打扰他的专注。虽然两人奋斗的通信业已允许通信在一秒中跨越地球，可还是手写的卡片才更温暖。这一刻，温暖而治愈，他坐在床上，情不自禁地微笑着，把卡片读了又读，他感到自己并不孤独。

太阳从窗外升起，温暖着大地，手机里循环播放着张信哲的那首歌：

> 每个游子在这季节容易生病，
> 忽然对安定渴望 想家的心情，
> 而你是我的感情 唯一家乡迫切想回去，
> 浓浓的眷恋 是我 怎么也说不清……

4

8 点 45 分，暖风习习，法庭的第一次听证会马上要开始了，Jacob 手机弹出提醒：8 月 14 日，美洲电信 4G 邀标截止日。

他把手机调回静音，塞回风衣，和一行人进入法院内。

听证会上，Molu 的代理律所——摩根律所请求法庭下令，禁止 Boyko 和华兴出售侵权的无线产品，禁止使用与 Molu 操作软件类似的命令行程序，要求 Boyko 和华兴给予经济赔偿。Molu 的律师认为，华兴有长期剽窃 Molu 的行为，本次就是借 Boyko 作为商业间谍，窃取

Molu 的核心技术。

Jacob 聘请海曼的首席律师——美国顶级的知识产权大律师罗伯特，他曾为微软打赢过反垄断的诉讼。在去了华兴总部后，罗伯特被华兴触动。他提交的 20 页的答辩词里，否认了 90 多项指控，并有 28 项否认理由，对专利侵权有 33 项否认；对商业保密侵占有 7 项否认；对习惯法挪用的指控有 5 项否认。

罗伯特很老到，在原告律师的现场逼问下，他回应道："华兴已暂停与 Boyko 的合作，也停止了可疑产品的销售，这表示出华兴的尊重与重视。"然后，他向陪审团展示了一段华兴的公开信息，表示华兴一直重视知识产权，"法官大人，这信息中显示，华兴在全球有 8 个国际研究所、12 个国内研究所、25000 名研发人员，每年专利研发经费就有 20 亿美金，完全有研发能力。华兴有知识产权部，每年申请高达 8000 件，超过了很多西方大公司，并已与三晟、苹果、爱立森、高通等世界级公司进行了知识产权的交叉授权。华兴不可能也没必要长期抄袭 Molu。"

法庭里一阵寂静后，又躁动起来，因为罗伯特打破了保守的法官和陪审团对中国企业的认知。紧接着，罗伯特又打出了一张美国企业都害怕的牌——反垄断。一个公司可以享有其创造的知识产权，并向他人有偿授权，但如果直接禁止他人使用，这就是"私有独占"，这阻止了整个市场的竞争和进步，成了"垄断"。

目前 Molu 的攻击重点是"华兴 -Boyko 农村通信方案"的系统操作界面和用户接口，与 Molu 早年某系统的界面和接口相似，并以此认定侵权。但关于这一点，华兴和 Boyko 并未抄袭代码。事实上，因为 Molu 是通信界的鼻祖之一，其界面和接口早年就在工程界普及并广泛使用、约定俗成。后来随着通信业发展，大量科技企业为了让用户们能尽快熟悉上手自己的产品，也就采用了与之类似的模式——然而这在今天却被当成了侵权，不容他人使用。

罗伯特去过华兴的总部基地，在目睹了华兴的研发过程和实力后，便建议在"私有协议"上下功夫，攻击 Molu 利用"私有协议"搞行业垄断而进行反击，这一策略也曾被用在微软诉讼案中。这种"私有协议"是指"国际标准组织"制定国际标准之前，由某家公司先进入市场而形成的标准，但并不公开，一旦私有协议成为事实标准，将会使拥有协议的企业出现垄断行为。

在华兴知识产权部和中央研发部的配合下，罗伯特发现移动通信鼻祖级的 Molu，确实有不少私有协议，而在 Molu 的一条诉求中，认为 Boyko 和华兴在开发命令接口时侵权，这恰恰是采用了 Molu 的私有协议，并不能视为侵权；相反，Molu 的私有协议既不公开，也不接受其他人付费使用，以巩固其市场垄断。罗伯特为华兴的答辩就紧紧围绕私有协议展开。

而法庭外，艾曼公关在开庭前五分钟，向传媒发布消息，集中打击 Molu 利用不公开的私有协议垄断市场的做法。这会在一段时间内，赢得一批反垄断的美国企业联盟的支持，尤其是硅谷附近的创新企业和风险投资。艾曼公关计划将这个力量组织起来，迫使美国商务部调查 Molu 对高科技业的垄断，这一招必然会让 Molu 措手不及。

果然，法庭里 Molu 的代表看到手机的信息后，面色焦虑，与摩根的律师交流后，赶紧出去打了个电话。

Jacob 也看了一下表，案件应该已被送达了深圳的中级法院——他在美国之外，又开辟第二战场，在中国也提起对 Molu 的诉讼，控告其不正当竞争的垄断行为。因为经他协调后，华兴国内市场部展开大规模的排查，最近在湖南省某政府部门的一次设备招标中，Molu 的私有协议就被当作技术规范，成为指控其“技术垄断”的证据。

连续的外场猛攻，已让 Molu 阵脚慌乱起来，但在法庭内场，罗伯特还要用物证驳斥。

“请证人出庭做证。”法庭上到了传唤证人的环节。

罗伯特请出了斯坦福大学的尼斯教授，尼斯教授把手按在《圣经》上宣誓，他表现得十分认真严肃。

“我去了华兴，目睹了华兴的研发能力，也检查了华兴提供的软件版本。我的分析表明，华兴源代码为 300 万行，而 Molu 的源代码为 1800 万行，源代码不可能抄袭！”随后，尼斯提供一份署名的文字声明。法警交给法官，法官仔细阅读着，尼斯这样的名教授的证词是很有公信力的。原告的摩根律师却不依不饶，质疑道：“华兴是一家极不透明的非上市私营公司。

“我反对这种猜测和无端做出的怀疑。讨论应集中在本案所关心的问题。”罗伯特站了起来。

“请原告律师注意措辞。”法官说。

摩根的律师解释道：“法官大人，我们有一些可疑资料证明这一忧虑。而且尼斯教授是受邀去了华兴，我有理由怀疑其证词的效力不足。”

尼斯教授站在证人席上却直接与律师对峙了起来：“不，他们有自己的能力，我亲眼所见，也面对面做了很多交流。”

“仅凭你去了一次吗？”摩根的律师猛地回过头。

“是的！”尼斯也不相让。作为科技专家，他能分辨出一家公司的技术能力，他感觉华兴的技术绝不是卡在及格线上，而是源源不断地溢出来的，是有真材实料的。

只是这些感受，内行人能意会，尼斯却很难用三言两语让一个外行人明白，法庭一时陷入僵局。而摩根的律师，趁机把话题扯向研发能力，向法官和陪审团展开了一场长达五分钟的演讲，试图证明华兴的主力产品——无线网络——从 2G GSM 和 CDMA 时代起就一直是在抄袭的，以引导陪审团的情绪。

“中国 20 世纪 90 年代引入 GSM，而后 2000 年中国为了进入 WTO，而同意引入美国的 CDMA。那时候的华兴规模还很小，然而他们却能在那段时间里，接二连三地研究出所谓的‘自主’GSM 和 CDMA，我们所有人都好奇，他们为什么能做到？

“相反，我们来看一下，作为伟大的科技公司，Molu 是开发出第一代移动通信的鼻祖，并且在 2G 时代的 GSM 和 CDMA 拥有全球级竞争力。为什么它作为第一个进入中国电信设备市场的美国科技巨头，在踏入中国之后就明显衰落了，而此时，毫无名声的华兴莫名地异军突起？这之间的关系，难道还不明显吗——我们的知识、我们的资产都被偷窃了！

“华兴不会亲自去偷，但会借着他人之手，就算今天的华兴已经成长，但这次，他们依然利用权势，利诱 Boyko 偷偷摸摸地掌握 Molu 的技术。”

尼斯无法回答，干干地站在证人席上，被动地被攻击着。摩根的律师很厉害，他说着这些煽动性的话，不仅在引导法庭现场，更是视线转移，也是对法院外舆论场上的“私有协议”和“垄断”的一种还击，这些话会很快被同步到媒体上。

Jacob 并没有着急，罗伯特向 Jacob 点了点头，站起来说：“我想请一位 IEEE 的 Fellow 级人物来做证。”

国际顶级学术协会 IEEE 的 Fellow 是 IEEE 最高等级成员，拥有极高国际声誉。

华兴公司的 Fellow 王志忠博士宣誓做证。王博士站着，用英语说：“GSM 确实是一种很难懂的通信技术，却是一种公开的协议，每一位科研人员都能看。十七年前的一个夏天，我在中国邮电研究所担任研究员时，一个人通篇读完了英语版整个 GSM 协议框架，然后花了好几年去消化。后来华兴的整个无线网络基础架构，就是搭在我那个夏天的思考之上。您可以查看我在 IEEE 上发表的所有期刊和文章。”

罗伯特补充道：“此外，IEEE 的委员会主席，愿意为王博士的证词提供期刊的审稿、内部资料等佐证；全球最大通信组织 3GPP 的委员会也愿意提供华兴提交的几百份文件的独立性和大会决议的过程与纪要。这些大量的过程文件，都能证明王博士和华兴在技术上的储备是完全独立的。”

IEEE 的可信度极高，Fellow 相当于院士级别，同时，工博士还是法国国家技术科学院和美国科学院的外籍院士，再加上其他组织的背书，公信力非常强。

罗伯特没有给对手喘息的机会，挥出了超重量的一拳：“法官大人，如果原告还不能打消念头，华兴也接受在保密协议下对第三方公开源代码，进行核对检查。”

Molu 的代表、原告律师和在场媒体都大吃一惊，一家公司能公开源代码？这岂不是华兴把底裤脱给人看，而且还有着巨大的代码泄露风险吗？

这就像药厂把研究了十余年的制药秘方公布，华兴并没这义务。但 Jacob 在反复沟通下，把这件事推动了下去。华兴展示出的自信、公开、透明，就连保守的陪审团员们也都改变了自己预设的观念。

摩根的律师被打败了，当一切形势正在好转时，Molu 一方忽然使出新花招："法官大人，我需要传唤一名重要证人，华兴美国公司前雇员，曾担任北美地区行政和人事部总监的札德·雷茨。"

坐在旁听席中的华兴美国 CEO 余婕十分震惊！难道札德早就被对手安插了？札德是前员工，有着一手资料，他的出庭显然将对华兴非常不利。

5

札德上庭，他直视着余婕，然后手按住《圣经》宣誓。

摩根律所的律师问："札德·雷茨先生，您的声明中显示您知道华兴是盗用了 Molu 的技术。您是知道哪些部分？"

"嗯，即使在我这种外行不留意的观察中，都能发现华兴与 Molu 的产品，在型号、功能上，都极为相似，而且 Molu 培训过用户的工程师，不用再培训就可以直接使用华兴的产品。"

"你觉得这么做有什么意义吗？"

"华兴给自己产品编上与 Molu 一样的号码，美国客户就能够更容易地对比，并转而采用价格较低的华兴产品。"

律师又问："好的，那你除了自己观察以外，还有其他途径吗？"

"是几位华兴的工程师告诉了我一些秘密，"札德向联邦法庭称，"我是人事和行政总监，日常工作中，我很容易从员工中听到一些信息，甚至听到过他们拿到了 Molu 的源代码。"

法庭中一片哗然。法官敲了敲法槌，示意肃静。

原告律师又问："您还听到过什么秘密？"

"几个工程师说，在调试时华兴连软件瑕疵都与 Molu 的一样。现在，华兴还正在消除那些瑕疵，以防 Molu 发现内在关联性，甚至一部分产品也停止了发货。"

"你的意思是说，华兴是抄袭了 Molu，甚至连代码中的错误也照抄不误？"

"是的。"

紧接着，轮到罗伯特质询札德："鉴于您之前是华兴的员工，并且是最近刚离职的，我担心您是否因对华兴不满而做证。我想问一下您为何离职？"

"我觉得华兴并不理解美国，我们通常提了很多符合美国实际的建议，但在美国的管理层完全没有按美国人的方式办事，美国员工与华兴美国管理层的关系有时也会紧张！"

"你能具体一点吗？"罗伯特想诱导札德犯错。

"举三个例子：

"当我回华兴总部时，我被禁止携带自己的公文包进入任何主要的会议室。华兴担心产品文件被窃。无论我到哪里都有保安跟随。我从未感到我是大家庭的一分子。

"当我要招聘时，中方主管要求应聘者就某些产品领域提交详细的报告，而这些正是华兴打算在美国施展拳脚的领域。我觉得，我们不该问应聘者涉及其他公司专利的问题，这不道德！已有很多求职者因反复被询问技术细节而不肯来华兴。

"还有一次在西雅图的展会上，一名中方员工在日本 NEC 展台前拍照，我上前阻止过，但他不听，而此前他已对 NEC 展出的高端设备观察了好几个小时，结果展会方在他衣袋内发现了一张列有其他设备制造商名字的单子。这违反了商业道德，但华兴解释说公司没用过他拍的照片，并说那位员工初到美国，不懂规矩。还有工程师在客户机房和办公室里，未经授权进行拍摄……"

罗伯特连忙终止了问话，然而摩根律所的律师却不停歇，他又请出了另一位曾经去面试过的美国研发人员大卫·麦克斯。

原告律师说："请介绍一下您自己。"

"我曾在几家电信公司担任软件工程师，也曾应邀到华兴深圳总部接受面试。"

"您觉得华兴对知识产权的态度怎么样？"

大卫回忆说："头一次面试的情况令我震惊，当时有大概 25～30 位中国工程师向我发问，问的都是一些工程细节，我一边说他们就一边做笔记。显然这不是面试，他们在通过我了解美国的技术知识。"

Jacob 皱着眉头，手指不断搓着下巴，他感到这种模棱两可，可进可出的回答有极强的情绪诱导性。他抬了抬头，远远地看到了张伯伦。

“还有什么令你觉得中国公司奇怪的地方？”律师又问。

“有，华兴要求我书面声明，我在此次访华期间提出的任何创意都归华兴所有，以后一旦入职，我的创意也归华兴所有。但我认为这很不合美国人习惯，为何访华期间的创意都归华兴？于是，我拒绝签署这样一份声明，返回美国几天后，我被告知华兴对聘用我不感兴趣。”

此时，陪审团和法官都对华兴表示出了一种厌恶，甚至罗伯特都感到了难堪。

摩根的律师又请出第三位证人——华兴美国前任销售经理福克斯：“最早我们在得州达拉斯也有销售分部，但华兴派来的中方人员压根听不懂得州的口音和俚语，也不适应美国文化，由于缺乏营销经验，华兴在美国没有品牌认知度，它的名字也使客户感到困惑。”

福克斯模仿着“华兴”的英语发音，带着嘲笑的口吻说了三个词：“What”“Wooo”“Wax”。台下一阵哄笑。福克斯显得很得意，“我一直提出美国式的意见，但中方不听，也许低价策略在其他国家赢得了生意，但在美国不见效，因为这里的电信公司更重视与其设备供应商建立长期关系。”

摩根律所的律师问：“有没有具体项目？”

“有，明尼苏达州的电信 Telemine 是我的一家潜在客户，当 Telemine 在选一家不知名公司的新设备时，几个月的测试往往是免不了的。但华兴中方主管对这种耗费时力的测试感到很吃惊。我认为中方预计美国会像中国市场那样，电信公司不需要经过什么测试就会迅速把新设备整合进自己的网络。”

Jacob 不禁摇头，这不可能，华兴每一次海外拓展都离不开测试，这要么是一派胡言，要么是深不可测的误解。福克斯很傲慢，再一次把华兴带回到美国对亚裔的歧视形象里。

法庭里，之前罗伯特和艾曼公关积累的所有优势，又都消失了。美国人对华兴的态度变得很鄙视。今天的庭审就此结束。法官敲击法槌，宣布：“两周后再次开庭。”

6

余婕一声不吭，她成了众矢之的。谁都没想到前员工忽然倒戈！罗伯特刚才愤愤地打来电话，说她不信任他，这类关于知识产权的事情必须提前告诉他。

“福克斯胡说八道。”她解释着。

“到底怎么回事？”姜牧森感到事情并不简单。

她有些犹豫，陈亚非缓和道：“余总，你得和我们交代啊。”

“其实，我感觉美国分公司里是有内鬼的，”她叹了口气说，“我刻意关注过札德，后来也找了个理由解雇了他，没想到他和因为混日子而被我开掉的福克斯搭在了一起。”

姜牧森无奈地摇了摇头，一个月来，他能感觉到美国人个性高傲、性子直，也许其他国家的员工能忍，但美国员工可真吃软不吃硬。札德负责行政和人事，信息知道得又特别多，怎么余婕……唉。

Jacob 抿着嘴唇，然后脸埋在手里，不说话。

余婕又问法务总监：“我们能不能证明他们是被 FRAN 或 Molu 收买的？”

法务总监摇摇头。

“大家有没有想过最坏的情况，札德说的也许是对的，我们确有瑕疵，”Jacob 开了口，并指向了可怕的可能性，“恐怕真的研发没跟我们交底。”

大家一惊，这可是巨大漏洞！知识产权部部长是现场唯一的研发代表，他很慌张：“这……这我也不敢确认。”

陈亚非架上电话，直接把 EMT 研发体系的庄总呼入会议。庄总把部下也叫来一起开会，一位部下勉强地回答：“几千万行的代码都是许多年的积累，其中也包含了早年初代产品，那时我们还不健全，我觉得也难免有过部分雷同吧。”

“那你们后来的版本，有没有做代码更新呢？”

“一直有代码迭代的计划，但是我们人力有限，而新产品又不断上来……”

“别说这些没用的，我在问，你们有没有瑕疵？”

“我……我以为这次只调查与 Boyko 相关的代码。”

“好吧，那请研发现在就更新掉吧，”Jacob 深深地叹了气，“因为研发没迭代代码，现在我们在措辞上，要变成‘不否认可能有部分代码是抄袭’。”

这是败诉的迹象，要是被 Molu 咬住这一条不放，岂不是……电话挂了后，前线的众人都静默了。

“Molu 难道就不怕‘私有协议’带来的‘反垄断’吗？罗伯特不是很有信心吗？”姜牧森在门口抽着烟。

法务总监和大家各自发表了一些观点，但也没能给出个所以然来。但所有人都感觉得到，Molu 今天自从被华兴揪住“反垄断”后，竟然完全豁出去了，猛打还击。

渐渐地，大家又一次把目光落在 Jacob 身上——正是他一直主张速战，因此才选择更迅猛的方式，大家开始埋怨起 Jacob。这个曾给予所有人以希望和承诺的人正沉默着。这位预言家像个可笑的神棍，他曾拼了命传递给别人的压力，180 度掉了个头，正在反噬着自己。他这一路猛冲，开罪了太多人，前方却还未兑现成果，这意味着他走到了绝路的尽头。

“离下次开庭还有几天？”Jacob 问。

“两周。”助理吴雯婷回答。

他点点头，仿佛没去关心众人的腹诽：“嗯，我们对 Molu 的打击绝不能停下，还得继续更烈一些。”

众人脸上的表情，好像在质问 Jacob 是否开玩笑。其实，Jacob 说的这个道理大家也并非不懂：现在是半途而废，还是坚持到底？可谁又能知道，这句话是否该叫作：现在是悬崖勒马，还是一条路走到黑？

决策，在最关键的时刻，无非就是信念上的一场赌博。

“我认同。”陈亚非站了出来。

陈总的这一句话，像是暴风雨中的灯塔，令六神无主的众人重新找到了安全感，稳住了自乱阵脚的局面。大家也许不那么相信 Jacob，但还是愿意相信经历过风浪、从一线回来的前片区总裁陈亚非。

“现在手软不得，索性就更狠一些。”陈亚非说。

Jacob 悄悄地望了眼陈亚非，那一秒的眼神中，藏满了孤独，也装满了感激。

“好吧，亚非，”姜牧森摁掉了烟头，“既然都走到这里了，再掉头，我们对总部也不好交代。”

Jacob 唰地站了起来，快步走到会议桌的正中间，掩饰着疲倦，喉结动了动，用展现强大的自信口吻道：“姜总，现在只有一条路了，需要请您以董秘的身份出马，跟 Molu 言和。另外，亚非总，我也要麻烦您，继续调动资源，把我们手上储备的牌全部打出去，而且要您想办法，找到更猛的方式、更饱和的弹药量，全面回击。”

Jacob 的公信力或许已在总部打折了，只有陈亚非才能靠威望、资历和人脉去继续坚持打下去，并配合好艾曼公关与罗伯特律师团队。而 Molu 这边，负责言和的是富美律所，但一直只是在做企划方案和打通沟通渠道，现在需要姜牧森以董秘身份，作为华兴的信使，去介入斡旋。

“稍等，Jacob，怎么调整？”

“我们可能……要和 Molu 谈合资项目。”

“合资？”姜牧森面露难色，“先不说 Molu 的接受度，我们这里也得要 EMT 和孙总审批。”

“审批交给我，您先和富美律所一起重新看一下方案。”Jacob 转头望向财务办主任白哲，“白总，麻烦您尽量多地与姜总和富美一起设计一些合资方案，”接着，他又看向法务总监钱晋，“钱总，也麻烦您跟罗伯特一起，想尽办法向法院推迟一到两周再开庭。”

姜牧森和另两人一愣，又看了眼陈总，陈总点了下头，示意他们放宽心，Molu 的接受度，会取决于陈总的攻击烈度。

“另外，这段时间，我司在欧洲片区和全球各地客户界面的安抚和消毒，就请保罗和王总两人费心。”Jacob 把任务交给了负责网络安全的英国籍部长和市场策略部部长。

在场的人中，唯一没有被提到的，恰恰是本土的余婕，傲娇的她今天因为札德和福克斯的事，心虚得没有发言。

Jacob 双手撑在桌面，总结道：“‘以战言和’的策略不变，陈总和姜总两位大领导坐镇，一战一和，我们就一定能立于不败之地，但什么节点提出‘和’、怎么提出‘和’，这个节奏，还需要你们具体把握。”

“那你呢？”姜牧森问。

“我，我明天和余总一起出差，这里就拜托大家了。”

出差？余婕抬起了头。

7

会后，Jacob 和余婕留在了会议室，这两个人今天都经历了一波巨大的质疑。

“Molu 对‘和’的接受度，取决于陈总的攻击烈度，但并不只是如此。”他说。

“还有什么？”

这几年 Jacob 与 FRAN 的交手经历告诉他，围墙之外，还有围墙，Jacob 总要给自己准备一个 Plan B。

“余总，您还记得我问您要过一份投资清单吗？”

余婕记得。Jacob 曾要过华兴总部历年在美国投资项目的清单，但他要的不仅是成功的投资项目，也包括了冰山下被放弃的 Cold Case。比如有的仅为投资意向，有的只是初步接洽，有的没谈拢，或华兴投委会没批准的以及签了协议却因故中断的。由于华兴在全球投资项目的一大部分是在科技强大的美国，因此余婕能理出一份近年报告。

“我记得，怎么了？”她说。

“Molu 对‘和’的接受度的另一个因素就是反 FRAN 的联盟。”Jacob 一只手搭在圆桌边上，“您曾说过：‘FRAN 在美国做得太大，垄断太多领域，树敌太多，因此美国大小企业都讨厌 FRAN，我们可以拉拢。’那天，我也说过，‘要赢得业界的支持，我们需要朋友，把敌人留给 FRAN’。”

余婕想起来了，就是 Jacob 帮她说话解围的那一天：“对，我们是说过，可艾曼公关不是借‘私有协议’在舆论上联合起来了吗？这招并不奏效。”

“余总，这还不够。‘私有协议’联合的只是中小公司和创新资本，”Jacob 打开笔记本电脑，调取了余婕给他的那份清单，再把屏幕转向她，“而我们现在要找到美国的大型公司，来组成联盟，反对幕后的 FRAN，并支持华兴。我仔细研究过清单上的公司，想和您一起重新再找一些 Cold Case 启动起来。”

原来如此，余总审视着这份自己给出的清单，原来就是“统一战线”的潜在对象啊，可她并非不记得，只是从潜意识里就否定了这个想法：“大公司联盟，怎么在一个月里就组建起来呢？”

“有可能的，”Jacob 在 Excel 表上列了几个标准，设置了 Filter，“因为我现在要与美国的顶尖巨头做标杆示范，只要有一家顶尖企业同意，就会有人跟随。”他鼠标轻点，又调取了另一份问余总要过的数据表，并把两张表进行了交叉的数据透视分析，“我不但查询了您的投资清单，还包括这几年华兴与美国顶尖大公司的详细合作列表，这些合作的定义包括：共同研发、供应链合作、大额采购、OEM 代工计划等。”

他又删掉了数行：“但这些都不是最直观、最全局的，我们需要让媒体和业界更一目了然地合作，那就是资本层面的投资，当然华兴不可能并购这些顶尖企业，那结论只有——合资！”

他逐一标上了颜色：“最终的入围者，必须符合几个原则：第一，必须是有影响力的超级大公司；第二，目前明显地衰落了，需要伙伴；第三，与 FRAN 有强竞争关系。”光标落定，“所以，我能搜到的最好结果只有这一个——‘贝朗’。”

地处波士顿的贝朗公司，也是通信界的始祖，甚至比移动通信鼻祖 Molu 成立得更早，它成立于一百年前。当年的电话、后来的交换机、战争期间的微波和雷达，以及现代的光纤、ATM 技术和视频技术，它都为人类做出了奠基性的贡献。它的实验室，走出了多位伟大的诺贝尔奖获得者，它是美国乃至全球电子工业的象征，更是 FRAN 的老前辈。但因数字通信和互联网的到来，它误判 IP 技术的走向、依赖成功路径，加上沉积的企业文化，又因企业过大被政府以《反垄断法》而大伤元气地拆分，外加后起的新王 FRAN 的疾速追击，这十年下滑得很快，已无法独立与 FRAN 对抗。但瘦死的骆驼比马大，贝朗依然有超强的技术和规模，并将 FRAN 视为假想敌。

余总记得，华兴与贝朗有过一个知者甚少的项目——二十个月前，贝朗与华兴的高层就讨论过合作，还涉及了成立合资公司。但项目具体的落地，却谈谈停停，也因投资额、商业模式和股权等，并未最终落地。

余婕意识到这确实是一张王牌，如果能把贝朗这位祖师爷拉到自己一方，华兴就有了一座行业中“信仰级”的靠山，风向变、联盟起，外加陈总对 Molu 的猛攻，Molu 就容易犹豫。这时，姜牧森和富美律所就有机会达成和谈。

“你怎么从没说过啊？”

“因为这件事需要绝对保密，否则就有可能被破坏。我相信我们团队的一举一动都被 FRAN 盯着。”

这种高级别的战略合资很难谈，一点风吹草动就可能让计划流产。余总立即理解了这一系列的逻辑，然而问题来了：“可现在才启动来得及吗？佑杰，难道你做过什么准备？”

“余总，您还记得第一轮被我们因为‘主和’而淘汰的富尔德律所吗？当时我和您都不选他们，但我这么做真正的原因其实是有另外一种考虑。”

“你说。”余婕安静下来。

“富尔德是一家擅长《经济法》和《公司法》的律所，更善于公司日常法律保障与公司投资和收购法律，而非知识产权纠纷，所以我们选了海曼律所。然而，正因为富尔德所擅长的是《经济法》和《公司法》，所以它才是您美国分公司的常年法律顾问，对吗？”

“是的，它是我们美国业务的常年法律顾问。”

“没错，因此富尔德更熟悉您的业务，所以它才会比海曼律所更保守地提出‘主和’的建议，也就是因为‘主和’，我们俩就把富尔德排除在本次应诉的团队之外了。”

“嗯。”

“所以，现在没有人知道，我们俩可以暗中重启项目，却不必开标走流程，因为富尔德跟您在经济和投资服务的领域是年签合同，”Jacob 凑近了一步，“而华兴与贝朗这个项目，我相信当时也是富尔德经手的，因为您跟他们年签，现在我们只需要把当时的律师找来，再次搭上线，就能重新谈判。华兴和贝朗当时已经谈过很多内容了，框架和信息都是有的，所以我们双方再谈就不是从零谈起，能缩短很多时间。”

余婕被他 B 计划的精细勾画所震撼：“Jacob，难道你之前就盘算好的吗？”

“老实说，并没有。因为没有时间，也怕内外会走漏风声。我的预案很粗糙，直到今天开庭前，我还不相信会用上。”他喝了口矿泉水，然后从皮包里掏出两页报表，“现在，我只有吴雯婷给我的一些贝朗的基础分析。”

余婕瞄了一眼那些信息，确实太粗糙了，深吸了口气：“听我说，这件事理论上说得通，但实操太难了。当年这个项目都没谈下来，现在贝朗不会乘人之危，坐地起价吗？”

“当年谈不下来，那是二十个月前了，可是现在，不管行不行，我们得都先试试。余总，美国的地方上，也许只有您能调得动，所以我才说您得跟我一起去贝朗总部。”

“那这次跟贝朗谈，总部投委会的口径是什么？”

“总部的口径我们只能先不说，这件事不能先请示，不然就谈不下来。”

“那怎么谈？”

“先接上头，剩下的那就得靠孙董事长了，她让我可以直接向她汇报，而且您也是她的人，并且您当时肯定也参加过这个贝朗合作项目，我俩现在得找个时间，跟她谈一谈。”

余婕笑了，笑中带着无奈，无奈中又带了好笑。她看着这个狡猾的后生，这就是他一起拉她出差的原因，也一直选边跟她站同一边的原因。

“余总，我需要您再评估一下，贝朗这家可以吗，它自身还有什么风险？”

余婕十分犹豫，重启曾谈崩过的合作，对于双方的内部都是极难的，而且还只有一个月。但谈判也将是这场战役的转折点。

“全都是风险，我们明天就动身吧。”

8

第二天凌晨，Jacob 换上刚买的一套蓝色正装，与助手吴雯婷、余婕一起出发去机场，然后直飞波士顿。还有一个人——富尔德当时负责该案的律师已在机场等他们，他正坐在机场贵宾厅里发邮件，随后将与他们同行。

这项任务，陈亚非也知道，他亲自开车，星夜把他们送到了机场。

“陈总，这里需要靠您了。”Jacob 与陈总在停车场握手告别。陈总点头：“保持联系，各自加油。”

美国东部，马萨诸塞州的波士顿是贝朗的总部所在地，一百年前贝朗就发迹于此，如今研发、销售、生产、服务虽都散布在各大城市，但总部核心依然不变。

富尔德的律师一早发了一封加密 E-mail 给贝朗当时对接项目的投资部 VP。贝朗的投资部 VP 觉得蹊跷，但作为投资人的职业敏感，他不会因为忙，而放弃任何一次有潜在收益的机会。

双方约在查尔斯河边的剑桥镇会面，河畔边坐落着麻省理工学院和哈佛大学。河水澄蓝如海，倒映着蔚蓝的天空，岸边绿草如茵，十分安静。除了爱运动的人在跑步，就只有黑颈的鸭子在码头边游来游去。有几艘皮划艇迅速穿过，那是大学生在进行赛前练习。

投资部 VP 坐在河边静谧的小咖啡馆里，查尔斯河与对岸波士顿的天际线，宁静而辽阔，那种美难以言说。这时，咖啡馆的门被推开了，余婕他们找到了这里。

“各位，你们要喝点什么？”投资部 VP 大方地起身迎接。

余婕看了一眼本方三人，略显犹豫：“理查德，谢谢，我们自己点吧。”

吴雯婷心领神会，过去买了美式和拿铁，又迅速地拿了回来。

余婕和富尔德的律师与理查德两年前就认识，三人寒暄了两句，又简单介绍了一下 Jacob，便坐了下来，抓紧开始讨论。

Jacob 并不认识理查德，也对二十个月前的项目细节了解有限，他插不上话，理查德也没怎么搭理他。两人只是简单地握了个手。

波士顿的阳光格外明媚，Jacob 看了看窗外的风景，阳光射进来，安静而舒适。他回头看了看，富尔德的律师从公文包里把打印装帧好的建议书给了理查德。

理查德往后靠了靠，一只手抵着沙发坐，一只手摸着额头。Jacob看到理查德的头发有点小卷，人很精干，衬衫包裹着紧致的肌肉，像是经常健身，一副很精英的样子。Jacob又瞄了一眼：理查德一边看，一边扬着眉毛，那只摸着额头的手，又摸了摸下巴上的胡子。

这时，吴雯婷走了过来，她端着咖啡分给大家，然后与Jacob一样，坐在边角。Jacob抬了抬手表，从进门到现在，差不多刚好三分钟。

忽然，Jacob拿起咖啡杯，直击要害地说出他到场后的第一句话：

“你好，之后这份意向书，将由华兴董事长直接发给贵公司的总裁。”

这可没商量过，怎么他自己发明创造了？余婕心中一疑，但她不动声色。吴雯婷也觉得Jacob的语气太冲，连VP的称呼都不带。

“好的。”理查德既不意外也不生气，只是漫不经心地回答，但过了四十秒后，他从口袋里掏出眼镜戴上，仔细地读了起来。

“理查德先生，坦率地说，我司的情况您肯定也知道，孙董事长希望2～3天内找一批重新启动的合作对象，但余总建议了贝朗。”Jacob温和起来，把一块小蛋糕放在理查德的这边，“余总抢在孙董事长决定之前，一定要先跟您进行一次深度的交流。”Jacob腼腆地笑着，搓了搓手，眼神扫过一起同行四人团队，仿佛是在给理查德展示诚意。

理查德没有回答，在低头逐行审阅，甚至小声地复读着。

余婕见势便轻轻地说：“嗯，我们希望主框架结构与上次一致，但细节上可以进行变动，已经做了标注。所以，您能很快理解。我想听听您的意见。”

双方大约讨论了五十分钟，最后理查德收拾好资料，摘下眼镜：“我晚一点给你们建议。”

“谢谢。”余婕恭送理查德，她才松了口气，回头对Jacob说：“你开场的话是故意的吧。”

“嗯，阎王好见，但小鬼难缠。”

“小鬼，谁啊？”吴雯婷问。

理查德地位很高，余婕尬笑着，真要刮目相看了，这家伙真比自己还傲。

“余总，您让理查德找一个秘密地点沟通，他确实也没安排在公司见面，但实际上，您不觉得他刻意选了这个地点吗？”Jacob 指了指窗外的风景，“你看这里不仅是太宁静了，简直让人陶醉，连我的心灵也差点儿不再浮躁。我们在这里是开会谈判吗？不可能的，在这地方，你急他不急，我们也不会逼他进入谈判状态，更难有谈判该有的唇枪舌剑，我们不得不向他祈求贝朗加快启动，而他却靠拖来掌握主动。理查德他从一开始就知道我们的动机、处境和时间节点。他今天选在这里，就是想占上风，再看看我们的底线。”

余婕迅速反应过来：第一，理查德提早到了，却又没来寒暄，他不紧不慢地，像是故意逼自己着急，这是设局；第二，他要帮着点咖啡的时候，看出了自己的焦虑，而吴雯婷买咖啡时压根没问大家要什么，随意点了些就迅速拿来了，已露出了被动。第三，当富尔德的律师给了理查德报告，理查德只是看，却根本不想发问。理查德看出华兴的压力，想一直吊着华兴，让华兴陷入被动。

她回忆起二十个月前理查德与人打交道的风格：他总显得很绅士，很彬彬有礼，但他又总喜欢计算，特意去激发对方的焦虑。每次谈判开场前，他都要先大谈一些让对方很丧气或躁动的事情，然后又轻松甩锅，表示自己与此无关。这样他一上来就压低对手的气势，也掌握了主动，而对方却还找不到反击的对象、借口和方式。

“他就像坐在船上看落水的人，所以，我不如先下手。”Jacob 打断了她的思绪。

余婕哼笑，意识到 Jacob 从开头起就“柔软地说着硬话”，这是极强的判断能力，不过算计一下理查德无大碍，合作是要真心诚意的，但谈判手还是要 Show Your Smart 的。Jacob 说的三句话，倒奠定了她今天的谈判成果：

他的第一句话就出乎预料。一般而言，公司的重大谈判是不会从两位顶层老大直接开启的，因为老大们总是要面子，万一谈不成也得留有缓冲余地，所以都是靠下面的人先发动。可理查德从未碰到 Jacob 这种情况，竟说孙董事长要直接发给贝朗 CEO。理查德若要小聪明，Jacob 作为能向孙总直接汇报的特派员，他第一句话的含义，就是他能绕过理查德，让孙总几天内发给贝朗 CEO。而届时，贝朗 CEO 若问及详细过程，理查德明明知道却无所作为，便是失职。因此理查德必然认真分析，不可能装聋作哑地在现场拖时间。这便轮到 Jacob 占了上风，反过来观察理查德的防御底线。

而 Jacob 的第二句话，先故意地承认华兴遭遇危机，用这份坦率修复自己刚才的直率，重塑道德主动权。可紧接着那句“孙总的计划是 2～3 天后重启合作计划”，重新让理查德感到了压迫感，而后面的话，更暗示了因为紧急，所以选谁不重要，“2～3 天”才更关键，华兴还有除了贝朗之外的选择。这让理查德不但不能拖，还必须珍惜机会。

这第三句话，Jacob 让余婕“唱红脸”，让余婕做好人，认可贝朗、认可理查德，不断拉拢他，给了他一次独特的机会。Jacob 也拿蛋糕向理查德示好，希望理查德不辜负他们的期望，尽快给出判断。这一正一反的措辞，让理查德完全被 Jacob 带着跑。最后 Jacob 谦卑地展示着四人团队，却仿佛像警告理查德：“2～3 天是最后期限，眼前的特殊机遇只有一次，或是立功或是罪过。”

“好吧，这样确实好谈了些。”余婕复盘了所有细节，还剩最后一个疑惑，“但这基于你搬出了孙董事长，可 2～3 天之后，你怎么兑现你虚构的孙总承诺？”

“哈哈哈，大领导哪个不是经常变卦的？”Jacob 大笑起来，“我们就说推迟了啊。”

吴雯婷也笑出了声，然后掩嘴吐了吐舌头。

他收敛起笑容，严肃起来：“所以，只要理查德做出了他的投资建议，我可以用华兴高层很尊重他的建议为由，一面拖延华兴董事长的发送时间，一面修改版本，然后再跟理查德讨论，接着再推迟，反复循环，直到合作建议书的版本相对稳定。这期间，我们有足够的时间跟孙总汇报。到时候，贝朗 CEO 拿到了孙总发过来修改过的‘理查德版本’时，理查德会容易赞同他自己的版本。这件事，就能办妥。”

“那就这么办。”余婕也大胆地拍板，她冒着被上层怪罪的风险，也不怕中间得罪什么人，虽然她知道 Jacob 的观点亦有漏洞。

“可贝朗真愿意跟我们合作吗？”吴雯婷小声地问。

“我觉得概率很高。”余婕有些许自信。Jacob的开场白，令理查德露了底，今天理查德的表现，恰恰证明了Jacob给她的那份粗糙报告上对贝朗的预判——从贝朗公开的财务指标来看，贝朗经营状况并未好转，现在比二十个月前，现在他们更需要外力相助。

9

贝朗在这二十个月里，为了拯救股价的颓势，所做的就是裁员、削减成本、精简组织结构和产品线，但这只是节流，他们也在做开源，想找一个新业务为突破口盈利。只是大企业一旦陷入泥沼，一切创新都无法内生，贝朗管理层之前非常苦恼地在内部腾挪，却只是越陷越深。

接着，他们精心挑选了几家初创公司，计划高价收购进来，可买下什么公司，就废了什么公司。

要想找拯救自己的白衣骑士，只能在沉疴积弊的本体系之外。因此，借最有战斗力的一支外援雇佣军，拉升财报和业绩，搞一项有前景的合资项目，必然抬升资本市场的信心，至少可以让贝朗缓上一口气。

华兴倡议重启合作，让理查德觉得可行，毕竟之前谈过一次，双方底细也都清楚，尽职调查都有，谈判速度可以很快。理查德在第三天时，拿来了第一份基于二十个月前的合作版本，之后余总作为现场经办人，和富尔德专业的律师不断修正，次日再回了一个华兴的新版本。

可过了三天后，理查德又拿了一个新文件：“CFO看过了，你们有个心理准备，他要求了一个比二十个月前更严苛的版本。”

余总接过来，翻到那一页最核心的“责任与义务”条款：

> 华兴同意贝朗以数亿美金入股，由贝朗控股51%，成立一家合资公司。双方共同研发、生产和销售数据通信设备，华兴将以场地、人力、生产线和技术输入，并为贝朗进行

OEM/ODM 生产……

“等一下，上次是说 50%。”她放下纸。

“不，贝朗必须控股。这是底线，是谈判进行下去的基础。”

这次会面很快就结束了。回到酒店，Jacob 和余总都感到了极大的阻碍。因为重启项目对于华兴内部也不容易，现在要总部投资一个失去控股权的项目，对高层来说非常没有说服力。

余总自语道：“先拒绝，不行就拖一拖，贝朗也许比我们更着急。”

这太悬了，Jacob 也不敢赌。因为理查德的语气并不像是试探。而且来自企业高层的指示，往往一言既出，驷马难追，若他和余总试探性地拒绝，那很容易开弓没有回头箭，会错失机遇。可今天这个版本，余总和他又该怎么跟深圳汇报呢？

彼此的高层一定都会想再等等，再观察一下，才会对重大问题做判断。可美国一线的战场瞬息万变，万一与贝朗合作的消息走漏，又或者海曼律所或艾曼公关被 Molu 压制，变数永远存在，华兴和贝朗高层就永远定不下终稿。

“怎么样，上报吧。”余总征求着 Jacob 的意见，其实，她已经明白手里的建议书是最好的版本了，也该拿给华兴高层了，只是孙总很难答应。

Jacob 没说话，只是用双手搓着脸。他脸庞又瘦了，面色也很糟糕。

她知道 Jacob 一时也乱了，便决定先跟陈亚非联系一下，陈总威望和口碑都很高，他们三人联手，也许对孙总有足够的说服力。

“喂，亚非，现在有个紧急情况，你方便吗？”

“余总，你说。”

这一周，陈亚非也非常忙碌，他在加州和得州两地跑，一面要捏牢总部涣散的资源，保持持续打击 Molu 的火力；一面要稳定为此役赴美的总部团队的不同方向、情绪与进度，将 Jacob 走之前的计划分工推进。此外，他还暂时接管与艾曼公关和海曼律所的沟通，并四下遮挡 Jacob 与余婕的秘密合作。

“亚非，这个协议，你能帮忙一起向孙总推吗？”余总问。

听完来龙去脉，陈亚非盯着屏幕前发来的电子邮件：“我同意必须尽早锁定合作协议。但这份协议更改了，我们三个说了肯定没用，因为投委会和EMT可能要重新审定，孙总也难一言堂。”

Jacob心中一凉，人多口杂，立场不一，决策就更加无望了。

“但还有个办法能尝试，我打算把这封电子邮件向姜牧森、白哲、钱晋、保罗等赴美团队成员公开，让大家一起来修改这个新版本。”

“为什么？团队近十人，因内外参会而接触人员可达百人，这不是增加泄露的可能性吗？”Jacob十分紧张，“而且他们不同意的话，就又新生麻烦。”

“别忘了，我们十个人，每个人都代表着总部一个体系的力量，如果一线十人能统一起来，那总部投委会、EMT才能被说服。十个人都是能胜任专业的，又有影响力，这远比我们三个人有更多的胜算。”陈亚非说道。

Jacob如被水浇醒，之前他总怕因别人难以协调而担心效率和进展，总一人做主惯了，靠着蛮力和小聪明，说难听些，他有时会把同事当“敌人”，可这次陈亚非把十路英雄皆作友，刚柔包容，也就调动起十方能量。

小胜靠智，大胜靠德，Jacob感到自己和陈总之间那种境界的距离。

“等一会儿我先把大家集合过来，跟大家通报一下。我准备好就叫你们，放心吧。”陈亚非说道，背景音传来些吵闹，似乎他手头积压的工作也很多，但他的声音却令人倍感安心。

“谢谢陈总。”Jacob轻声低语。

不一会儿，会议系统上人到齐了。由陈总主持，董秘姜牧森、财管办白哲、法务总监钱晋、网络安全的英国人保罗，还有研发知识产权部部长、市场策略部部长等各方领导，都远程接入，陈总共享了桌面，这份B计划也被公开了：

“各位，一个多月来，我与大家一起为同一个目标而不眠不休地工作，但现状不容乐观，在司法上，Molu顶住了‘私有协议’、尼斯教授的证词以及IEEE Fellow王博士的记录；在公关上，Molu又扛住了华兴在欧洲亚太的舆论反击，以及中国国内的反诉，包括在美国的‘反垄断’声音；而最麻烦的是，第一次开庭时发生的意外反转，让我们十分被动。

“但这一周里，大家火力全开，拼命弥补漏洞，死咬住 Molu 不放，Molu 也被打得缓不过来。华兴和 Molu，现在就像两个大力士在掰手腕，我们在拼死硬撑，Molu 也是玩命死顶，因此，胜负也就在打破平衡的那一招。”

“华兴与贝朗合资作为一个储备方案，就是破局的重器。但基于各种原因，之前秘密地启动。但我希望诸位能谅解 Jacob 和我的独断，”陈亚非说完便停顿了片刻，他把责任也分摊到了自己身上，“因为破局的招数须一击必杀，就只能隐秘行事。”

出乎 Jacob 的预料，所有人虽然略有惊讶，但始终没有争议，继续听着陈亚非说着：

“大家也在美国前线战场上拼刺刀拼了一个多月，我相信大家都理解了 Jacob 和余总的一线思维与总部做机关参谋的不同。现在情况危急，Molu 也不会坐以待毙，他们的团队和我们一样，肯定在策划着暗藏的杀招，因此，我跟诸位提一个站在一线思维的紧急请求——全力让这份合作协议在总部尽快通过！

“你们都是在法务、财经、研发、供应链、销售、知识产权各体系中最有经验的专家领导，我恳请大家一起，先协调出华兴的第三份版本，并提供总部投委会和 EMT 决策。”

即使贝朗占有 51% 股权，十个人没有一个人有异议，大家目标很齐，开始朝着如何说服总部的方向有条不紊地讨论。已下沉到一线，同时又代表总部各体系的领导们深知使命，现在唯有他们才能上联下通，利用上级机关的力量和专业视角，端对端地帮助美国一线解决这个现实问题。

合作协议就像一碗黑鱼汤，华兴则像一个伤了元气须补身体的人，现在的“理查德 2.0 版本协议”虽然有营养，却充满扎喉咙的鱼刺，华兴总部是无法生吞的，但因为看到一根鱼刺，就拒绝喝鱼汤，反而影响健康。他们十个人的工作就像是把鱼刺全部挑走，让总部高层把汤喝下去，来养身体。

每个人都仔细检查，靠自己丰富的经验对协议做修正，避免总部本领域的异议，也消除 51% 带来的负面争议。

“中外合资受‘10 号文’的限制，需要架设红筹架构，这一条需要调整。”

“建议加一下产地、设计与品牌的关联性，以保障华兴的利益。”

“新的知识产权为华兴与贝朗共有，不得单独转移。其余知识产权，应像‘婚前财产’处理。”

“交换市场，即在中国市场，允许贝朗以华兴品牌和渠道拓展，而华兴将能以贝朗品牌和渠道，拓展美国和欧洲高端市场。”

就这样，一份协调了各体系的 3.0 新版本出炉了，哪怕不能说服总部的所有人，但也会在高层投票时有更多的胜算。

Jacob 一面感恩着这些伙伴，一面也给了理查德一个回音——“华兴高度重视，目前已尝试在贝朗 51% 的前提下做严密讨论，但由于让步巨大，华兴内部须做数日的评估。”

两天后在一线与大后方的会议上，Jacob 在向总部的通报会上正式提出了这一方案：

“在全球的竞合关系上，贝朗与华兴有着共同的合作需要，一线团队一致认为，目前重启双方合作项目有很高的价值。这将会成为本次的转折点，也将是我方在美国建立良好生态的一个转折点……”

在十个人的努力下，这场会议在会前就提前预沟通，大家都是总部的眼睛和耳朵，他们的意见，使得这份协议以极小的改动被迅速通过了。

当天下午，Jacob 给理查德拨去电话：“孙董事长同意 51% 的条件，并正式发函给贵司的 CEO 布鲁斯了，我们在查尔斯湖边的咖啡馆见吧。”

“太好了，我真的太高兴了。Jacob，你们还有什么其他要求吗？”

“私下说，我希望我们尽快签约，尽快锁定成果。”

“我马上安排，以我的经验，大约能在十天内完成合同。”

Jacob 看了看日期，距第一次开庭，已过了近两周，离第二次开庭，还有两周。这样，华兴还来得及赶上。

这时，法务总监钱晋发来了一封标上红色惊叹号的邮件——法院驳回了延期两周开庭的申请，要按原开庭时间进行。可这下就赶不上签约了啊！

难道消息走漏，Molu 又找司法理由抗议？这所有的一切都要功亏一篑吗？

10

余总立即联系了理查德："我们得想个办法，能让孙董事长和 CEO 布鲁斯直接视频会议吗？让他俩先把事情敲定下来。"

"好吧，我看我能做什么。"理查德也有点急，因为华兴如果遭重挫，就可能失去了合资下去的理由，这不利于贝朗。

一面法务总监钱晋和罗伯特律师正想办法找法官再次申请，另一面董秘姜牧森则紧急找孙董事长，并让总裁办架设远程视频会议系统。

而 Jacob 与余总等在咖啡馆里，咖啡一杯接着一杯，十分焦急地等消息。

大约下午两点，理查德打来电话："你们过来吧。"

出租车绕河，穿越街道，经过了哈佛大学和麻省理工学院，在一片带着浓厚的新英格兰地区风格的老红砖建筑之外，是一栋玻璃幕墙的高楼。余婕穿着风衣，戴着墨镜，用丝巾把自己包裹着，Jacob 则在西服外戴上了一顶棒球帽遮掩着。

理查德在大厦外等候，把他们从一个特殊通道带到了楼上。

电梯的数字正飞速上跳，三人没有太多交流，直接走进一间会议室。在那里，由三块屏幕 U 形连接的视频系统已调通，看得见中国那头一间空空的会议室。系统显示波士顿时间下午三点、北京时间凌晨三点。

大家等待着贝朗管理层的出现。

这时，外面一阵响动，一个高大健壮的男人走了过来，看上去六十多岁，一头浓密的银发，那正是布鲁斯，他是一代传奇。理查德出门迎接，Jacob 和余婕也不自觉地站了起来。布鲁斯一言不发，只是简单地握了握手后，便与身边两位心腹幕僚一起坐了下来。

同时，对面的孙董事长也落座了，她穿得端庄，但妆很素，因为她是半夜匆忙赶过来的。

“布鲁斯先生，您好，下午好。”孙总说道。

“您好，孙女士，早上好。”布鲁斯说。

双方高层开始了连线会谈，Jacob 则坐在会议室边角，这个位置在视频摄像头的范围之外，他也看不见对面的孙总，只能听见双方的声音。

“华兴很重视与贝朗的关系，我们认识彼此很久了，希望大家能加快合作……”这是孙总的声音，她又说了一大通话。然而布鲁斯没有什么表情，一位心腹回应：“孙女士，抱歉，我们必须按流程办，先审核才能签。”

Jacob 感觉到，视频谈判的气氛有些冷。贝朗管理层坚持先法律审核，而华兴则希望尽快签约。

看来，贝朗已彻底由法务来主导核心业务的决策，失去了昔日的雄心与魄力。他看着这间电子视频会议室，心里竟有些伤感——华兴成立之初，曾将贝朗视为普罗米修斯般的盗火者，是人类之光，甚至有神性。他也在入职培训时想象过能去贝朗朝圣，他以为那个最高层的办公点是在一座庄严的官邸，有草地，有喷水池，有壁炉，有雕塑，有壁画，有琉璃。可今天这间会议室虽科技化，却无比平庸，这不是他期待的圣地。

他没有了那种心跳。贝朗没落了。

视频连线了十五分钟，会议室开始有了响动，一声“再见”后，助手按了视频关闭钮。布鲁斯和左右交谈了几句，捋了捋领带，站起了身。

余婕看出了眉目：贝朗虽然需要华兴，但布鲁斯也怕出意外风险，CEO 在风险和进取中，最终偏向了谨慎。贝朗不愿因华兴的第二次法院开庭提前了，而自己被迫提前签署任何文件。

她奔了过去，拦住即将要离开的 CEO：“布鲁斯先生，贝朗是一个伟大的公司，它启蒙了华兴。华兴是真诚的，这份真诚具有超越法律文本的意义。”

“余总，但我们还是先等法务部，一步步来。”布鲁斯的心腹说道。

余婕没有放弃，她跟随着布鲁斯一起往外走，做最后的努力：

“即使从现实来看，贝朗需要华兴，华兴也需要贝朗，这种合作基础是牢固、可信的。哪怕华兴进行了大幅让步，并将一些自己擅长领域的产品，为贝朗贴牌生产……”

“余女士！真诚，我也相信，合作基础，我也相信，但我们还是先一步步来。”布鲁斯亲自开口回应。

面对贝朗集团CEO的亲口拒绝，余婕也不知如何辩下去。

“不，您不相信，您不会像孙董事长那样相信我们的合作。”Jacob快步跟上，并堵在了前头。

布鲁斯的脚步停了下来，侧头看了眼这胆大包天的后生：“你想表达什么？”

“我希望您能相信华兴的承诺，贝朗可以和华兴背靠背。贝朗已不是往日的贝朗，您不相信华兴，因为贝朗只把华兴当作棋子。”

“背靠背的信任，你凭什么证明华兴有？”布鲁斯早已是个现实主义者。

“凭Boyko！”Jacob的眼神充满了直率，“业界谁都知道，放弃Boyko是华兴的最佳决策，只要放弃，今天我们就不用来找您了，也不必谈这份合资。但即使到现在，孙董事长和余总也没有背弃Boyko公司。因为华兴是不会把合作伙伴当棋子丢下，就自己跑路的。”

理查德惊得急忙拉开Jacob，而心腹助手更是满脸怒火。身躯厚重的布鲁斯看着这小伙子，这位在暴风雨中为贝朗这艘巨轮力挽狂澜的老船长，心中泛起丝丝感慨：“你错了，我相信，可作为CEO，我也有我不容放下的职责。”

“您不签字，但您可以有一个变通的办法。”

11

两天后的第二次开庭，一颗重磅炸弹被掷下了，美国通信巨头贝朗公司CEO——德高望重的布鲁斯先生，竟然出现在了证人席上。

“法官大人，我以贝朗CEO的名义出庭做证，我们相信并担保华兴技术的独立性和原创性，不存在广泛的抄袭。我们与华兴在技术层面的沟通始于两年前的合作。我们用了一年的时间，近距离观察华兴对知识产权的态度。”布鲁斯滔滔不绝地讲着，他人高马大，语气强悍，浓密的银发梳得漂亮极了。

在科技行业、媒体圈和华尔街中，布鲁斯极有威望和说服力，现场瞬间产生雷鸣般的反响。

虽然为符合法务流程，他不能签字，但他是能够出现在法庭上的。这种 CEO 当场现身的手法，更说明了一切都无须隐藏了，即使合同没签，但贝朗与华兴的合作已是板上钉钉，绝不会受变数影响。

原本 Molu 今天是要确定风向的，没想到西风变东风。

Jacob 坐在法庭座席上。这个 Plan B，源于一个被遗忘的项目，被 Jacob 从海量信息中调取了出来，并靠着总部下沉美国的十人团队终于一起实现了。

帕特里克坐在他俩的斜对面，凝望着这位从泰国打到墨西哥，又打到美国的对手，当年他偷袭了 Jacob 的 DGG，现在 Jacob 也许将与自己深耕多年的美洲电信有一场火星撞地球的复仇战。帕特里克皱起了眉头，新一代的 Jacob 和当年老对手——前拉美片总陈亚非，两人正并排坐在一起。

Jacob 身着蓝色西服，腰杆笔挺地坐着，只是擦了点 BB 霜掩盖憔悴。这一个半月他工作极苦，一次次受挫让他意识到，华兴崛起得无比坎坷。

身为业界巨头的布鲁斯做证：“二十个月前，我们就已经与华兴谈战略合作，贝朗已与华兴工程师会面洽谈并测试产品。我目睹了华兴的技术、管理和工程，它们都是世界级的，我相信华兴的产品在世界上是有竞争力的，并且是在尊重知识产权的基础上设计的。”

并没有白下苦功！法院极大地采信了颇有威望的布鲁斯的证词。

这时，媒体圈传出一条爆炸性的“小道消息”——贝朗和华兴正在洽谈成立“贝华公司”，可由美方控股 51%。有舆论表示，华兴虽然只有 49%，但换来了一个美国市场。

今天，华兴占了绝对上风。法官宣布下一次开庭在三周后。而这三周，则是以战言和、改变 Molu 的最后机会。

布鲁斯出庭后的一周，贝朗快速审核，接着，双方火线签约。在余婕举办的新闻发布会上，孙董事长与布鲁斯一同签字。在几百页合同的页签签署权上，孙总把荣誉交给了Jacob，Jacob代表华兴页签。闪光灯下，“贝华公司”宣告成立，这对Molu和FRAN、媒体和行业都是一个信号。贝朗作为通信业鼻祖级的巨头，作为比新王FRAN更资深的美国电子工业的百年象征，却依然相信华兴，因此华兴就算被FRAN或Molu禁止，也能透过“贝华”的掩护进入北美市场。

贝朗与华兴合作后，Molu就感觉事情变复杂了。Molu原本只是想打击中国的华兴，但现在牵连到了贝朗这样的大公司利益。贝朗绝不允许盟友华兴在美国被打倒，Jacob开辟的第二战线，使Molu陷入了华兴与贝朗两线夹击中，左右为难。

FRAN原先秘密储备的“ITC 337调查”，想彻底令华兴退出美国市场，但现在贝朗成了华兴的保护衣，美方调查也因顾及贝朗的利益，绝不可能将对华兴的“禁令”无限扩大，这意味着华兴不会在美国被打倒，最多只是修改可疑程序后，重新销售。

Molu意识到自己成了FRAN的炮灰，打败华兴是不可能的，自己却将被“私有协议”和“反垄断”架在火上烤。按法院流程，完成双方源代码比对至少要一年时间，就算完成核对，华兴也能活得好好的，但Molu受不了针对“私有协议”的反垄断调查和失去中国市场的代价。再打下去，对Molu已毫无意义，可FRAN却要Molu继续打官司。

朋友来了有好酒，豺狼来了有猎枪。等着Molu的，是陈亚非在Jacob去波士顿时，与深圳总部一起储备好的弹药，陈总一直压着一枪不发，现在他下令“饱和攻击”，海量的弹药凶猛地倾泻向了进入射程的Molu。

在排查记录时，发现华兴与Molu的合作关联——供应链查询到给Molu的订单，Molu也大量采用了华兴的低端芯片，陈亚非建议华兴启动临时断供；而研发设计部，则被要求暂时终止采用Molu的中间器件，切换替代器件。虽然这是“杀敌一万，自损三千”的七伤拳，但华兴不是上市企业，没有股价困扰，其抗击打能力远胜Molu，而Molu在短期内零部件供销和库存指挥的计划性已全面失灵，面临短期无法生产，也无法销售的困境。

而在销售战线上，华兴的市场策略部，也收集了一手的 Molu“黑材料”，并通过各地一线市场递交给客户；同时，他们还临时组建“打 M 办公室”，只要一线市场面临 Molu 的投标项目竞争，都可以在报价单上向“办公室”申请战略性的价格补贴，全面挤压 Molu 的市场空间。

这三周，Molu 被华兴的威慑吓倒。作为一家上市企业，股东的阻力越来越大了。可就在 Molu 被打得满脸是血，被逼上绝路时，姜牧森带领着富美律所，又伸出了休战的橄榄枝。

5 月 30 日，富美律所带着一套“和谈方案”与 Molu 谈判，方案建议：华兴复制“贝华”方案，也愿与 Molu 成立合资公司，Molu 甚至能有条件地占 51% 的控股权。但条件其中之一是：放弃诉讼。

巨大的诱惑下，Molu 终于同意成立“华兴 Molu”合资公司，新合资公司为 Molu 带来利好消息，Molu 股价一路飙升，也摆脱了 FRAN 的掣肘，而得以中止起诉。至此，官司打了两个多月后双方和解，华兴与 Molu 关于 Boyko 的案子尘埃落定，更让全球媒体感叹的是，华兴竟与 Molu、贝朗化敌为友，握手言和，非但没有离开美国，反而站得更稳了。

“Molu 已经在法院申请撤销诉讼，”5 月 31 日，得到和解消息的律师罗伯特兴奋地给 Jacob 打电话，“太棒了，诉讼全程，我们没有将脏水泼向 Boyko。”

房间里，在美国的一线团队全都雀跃起来。

“你们会赢得好名声的！”罗伯特律师在成就感中夹着赞美。

Jacob 回过头，感谢着艾曼公关的团队，他们依然在现场办公，司法的主战场结束后，他们还需要清扫战场。这一局，由于华兴没有抛弃 Boyko，还赢得了斯坦福大学等为代表的学界，贝朗和 Molu 等所在的美国企业界的信任。一些芯片、元器件、软件商也站在了华兴一侧。其实，业内人都懂，一旦背后的 FRAN 赢了，就真容易一家独大，那行业的上下游日子都会更难过。唇亡齿寒，这次是华兴，谁知道下一次 FRAN 的知识产权大斧会劈向谁呢?

“谢谢你。”Jacob 把手伸向艾曼负责人，那人最初对华兴并没好印象。

“不，这一仗太经典，我做不出这样教科书级的国际公关战。”负责人感慨地笑了，是Jacob不计后果地倾力支持，使其一战成名。他没有握手，反而一把拥抱住Jacob：“这一战太经典，你们华兴够坦荡，才能让这件案子成为经典反转，我该谢谢你们。”他叫来自己的团队，一起喊着：“我们也祝福你们！”

“朋友们，开香槟吧！”法务总监钱晋打印出一份还发热的A4文件，“法院刚签发的法令，诉讼终止了，Molu今后不得再就相同事由提起诉讼！”

钱晋递给了Jacob。在Jacob阅读时，姜牧森、余婕等人，无论曾经支持、质疑还是反对他的人，都走到他的身后，使劲拍着他的肩膀。他周密、大胆、苛刻的计划扭转了乾坤，而如今，FRAN犹如三国的曹操，他就像诸葛亮一般，重新让华兴、Molu和贝朗走到了一起，“联吴抗曹”。

现场的一线十人团队都感觉到，这一仗竟令华兴进入一个新时代，改变以前不是“主和”就是“主战”的局面，在国际化道路上与知名厂商开始广泛联盟。也许在创业之初，残酷的竞争曾使华兴的先辈们希望与竞争对手合作，那个时代，没一个跨国公司会把小小的华兴作为伙伴，这促成了华兴元老们杀气十足的狼性。但当华兴成长为中国最大的网络设备商，并走向国际时，华兴“单骑难以闯天下”，只有伙伴越多，你被信任的程度才能越高。在结盟、联姻、追求共同利益的友好氛围中，华兴才能步入国际大家庭。

消息传回了总部，短短两个多月，Jacob完成总部交代的任务，完美地将危机扭转成了契机，更统一了主战与主和分歧，孙总和EMT都一致发来了嘉奖。国内媒体也转向了，盛赞华兴危机处理得成熟大气。

唯独山总没对此事做什么点评。而Jacob并不在乎，他手机里还有一个闹钟：8月14日，还剩两个半月，他只想尽快赶回墨西哥，冲刺8月14日前美洲电信“下一代4G网络”投标的最后机会。

就在这时，一位FBI探员主动找到Molu，询问其是否愿意配合FBI就华兴偷窃代码侵权一案展开的刑事调查。Molu高层拒绝了，他们认为刑事案在最初已经取消了，FBI 卷入其中没有“建设性意义”，并将影响 Molu 与华兴共同拓展中国市场。

可几天后，NSA（美国国家安全局）的官员又一次找到了 Molu，要求其配合调查关于洛斯阿拉莫斯军方项目的事情。

chapter 4
出征美利坚（二）

1

“你心肠太软了。”张伯伦在法院外的咖啡厅批评起帕特里克。他一直密切关注着这场司法战役，如今 Molu 退场，他失去了抓手，但他还需要为 FRAN 争取更多的时间。

“你有别的建议吗？”帕特里克冷静地问。

“刑事已经放弃，民事也已审结……”张伯伦拿起一份鸡肉卷，胡子上就沾上酱汁，他气得直接扔了。

“我可以再调另一个事件。”帕特里克还有一系列“黑材料”的储备。

“不，”张伯伦拿起手帕，擦了擦胡子，随即优雅地点起一根烟，“华兴在美国企业界已有了朋友圈，想找另一个愿为我们出头的，需要时间部署。”

帕特里克倒也认同。因为在 FRAN 的司法与公关策略里，一直要树立行业王者的道德水准，从不会亲自露面，弄脏自己的手，一直是借代理人隔山打牛。

“而且，华兴学习得很快，在对待美国司法上已经有了一套自己的打法。我们得换个方式。”

“那么……”

“用立法代替审判！”张伯伦说，美国立法能直接绕开法院，让政府执法部门直接强力介入。

“原来你已经安排好了？”帕特里克吃了一惊，能做FRAN的法律总顾问，张伯伦果然手腕非凡。

“对，在你取消刑事调查的时候。我也得有Plan B。”司法以外，张伯伦也已调用政治力量，“我联系了对此感兴趣的国会议员。”

在美国，立法权属于国会，而有野心的议员提出一项法案，法案就是议员的政绩。他们会通过制造声势，推动法案，并在国会参众两院拉票后通过。

而FRAN在白宫、国会、两党中一直进行院外游说，有很大的影响力。此外，CEO布雷德利还是总统的“电子科技特别顾问”、白宫“贸易政策委员会”及“国家基础设施委员会”成员。

早在4月，张伯伦给国会山某位极度保守的议员打了个电话：“我有一个消息，可能会危及美国国家安全，你需要了解一下。”

对面传来了一种政客特有的口吻：“关于美国国家安全？”

“是的，关于一家中国网络科技公司威胁美国科技边疆，并且对美国重要基础设施安全有影响，我觉得这件事对你要发起的议案也有点帮助。详细情况我已经给了你的助理。”

“稍等下。”那人坐在华盛顿自己的议员办公室里，把自己的幕僚叫了进来，简短地探讨了一下。Boyko在新墨西哥州的洛斯阿拉莫斯负责美国政府项目，洛斯阿拉莫斯是美国重要的军事科研基地。这潭水不难搞浑！肯定能将Boyko与国防关联起来。

张伯伦并没有等对方再次发声，继续说起来：“好的，我们赞助的智库也已经在例行的吹风会上，找机会向国防部、商务部、司法部给书面建议了。”

“好的，张伯伦先生，这事情我感兴趣。我们保持沟通。”那人听出了弦外之音，这事件能增加政治砝码，输送给他立法所需的“题材弹药”。

2

Molu 和华兴的合资协议是由财务办白哲牵头负责，白哲已完成从财务到法规一系列流程，并向美国 CFIUS（美国外资投资委员会）申报，而 CFIUS 一般在三十天内，对美国重要基础设施、美国国家安全以及外国控制等要素进行审核，获批才能完成合资。

正当 Jacob 返回国内复命时，Molu 和华兴的合资被 CFIUS 驳回，要求进一步调查。

白哲找到余婕和钱晋，富美律所的安德鲁律师也看了回函，脸色凝重地说："因为涉嫌可能的重大网络安全与军方机密，该合资项目需要进一步审批。"

"那需要多久？"白哲急问。

安德鲁说："重新提交资料，二次审查要四十五天，若二审不通过，再将报告提交总统审批。但是以我的经验看……"

"怎么样？"

"一般初审不批准，二审也很难。要知道，有人若想审你，没有审不出的。"

白哲十分后悔，为了让 Molu 能尽快同意"以战言和"，是想让 Molu 占 51% 的控股股权，但由于 Molu 与华兴刚刚大战，须重建信任，白哲额外设计了一套与和贝朗合资不同的"分两年、两步走"的过渡方案：

第一阶段，华兴先占 51% 控股权，Molu 占 49%；第二阶段，两年后到达一定经营标准后，华兴将 2% 股权给 Molu，最终实现 Molu 51% 控股。

这样华兴确保了 Molu 不会两年内反水，Molu 也有缓冲余地，不怕华兴不好好干。而这两年里，双方能培养互信。但问题随之而来，华兴在第一阶段要先占 51% 控股权，流程上就绕不开美国政府对外资收购美国资产的审查。原先，双方律师都一致认为方案没问题，没想到竟发生意外。

安德鲁也很意外，他预判政府如有疑问，最多提出整改，比如，可以让 Molu 一步到位地控股 51%，可 CFIUS 没给出修改意见，却提出

“全面严格”的审查。在美国多年的余婕也有不祥的预感：近期美国政府对华兴的审查越来越多，无论华兴如何配合，政府机关都不满意。

白哲不甘心：“如果我们坚持提交给 CFIUS 二审呢？”

安德鲁说：“不，这份回函说明他们认定这笔交易踩到了‘红线’。”

白哲心凉了半截，这个合资项目有标杆意义，一旦停止，不但让合作伙伴信心受阻，甚至破坏了华兴与美国科技企业结盟的大局。

安德鲁说：“强行申请，肯定会受到全面调查，除非你们真的想升级到总统层面。”

“如果真到总统一级，总统可以驳回吗？”

安德鲁遗憾地摇了摇头：“理论上有权，但总统一般不会驳回，他不想在无意义的项目上得罪人。”

“等一下……”白哲心跳得都快晕过去了，“没有总统强行通过的反例吗？”

“近 30 年里，一次都没驳回过。”

“别上升到总统。”余婕意识到被总统拒绝，那将对华兴是一个糟糕的国际信号，更对华兴在美国市场上的形象有严重的打击，“安德鲁，你的意见是？”

“面对现实吧，我们要退出交易。”安德鲁说，作为律师，他何尝不想完成交易提取佣金，非不为也，实不能也！

华兴与 Molu 合资的大计不能变，白哲只能重新设计方案，把合资公司改设在欧盟的爱尔兰，以避免美国对中资在美投资的审查。

可是一波未平，一波又起。两天后，余婕刚中标的美国一家乡村的小运营商 LEAX 网络也被美国商务部喊停，而华兴美国分公司正在投标的另两家电信公司也都让华兴出局了，因为它们都收到美国商务部致电，要求慎重考虑华兴。余婕以前也遇到喊停，但那是 AT&T、Verizon 和 Sprint 这全美三大顶级运营商，从没有一个地区性小运营商被勒令过，这太不寻常。

客户内部告诉余婕，美国商务部希望多了解他们的项目，甚至希望他们能与情报工作人员坐下来谈谈，说服他们华兴涉足电信会带来“国家安全”的风险，因此客户董事会不想惹麻烦。

余婕好不容易了结了 Boyko 案，又将商业项目重启，可现在又被政府骚扰。她这几年在美国这个自由国度的工作中，一直与这股力量搏斗，然而政府干预却越来越多，她没想到，当 Jacob 打碎了一道围墙后，外面还有一道围墙。

“余总，我们收到 FCC（Federal Communication Committee，美国联邦通信委员会）的新闻了。”她的一位副总冲进她的办公室。

她头一晕，差点摔倒。

3

形势泰山压顶——新消息传来，有国会议员致信 FCC 主席，提出华兴可能会让中国操纵部分通信网络，从而破坏或截取电话、邮件和互联网信息，操控美国电网、银行，偷取军事和商用机密，影响国家安全。

“国会推行立法阻碍华兴，需要时间，可 FCC 一旦发行政令，这速度会非常快。”法务总监钱晋也打来了电话，原本他收尾完准备回国了，现在又被无限拖长。

“我理解。”余婕毕竟在美国有些时间，她已着手去找一些美国顾问提供帮助，以打消 FCC“华兴会危害美国家安全”的疑虑；同时，她又拿起电话拨给了一个人。

“亚非，美国联邦通信委员会我来处理，但国会那边，恐怕需要你来沟通了。”

“我已经收到消息了，余总，交给我吧。”陈亚非正在洛杉矶机场，准备回国，但刚才 EMT 已把情况告知了他，希望他能协助。

他身为政府关系部部长，经验最丰富，所以上下都希望他来干。但这任务实在太艰难，而且一旦失败，主将也定会身败名裂，前途尽毁。想赢，几乎不可能，一部分不怀好意的美国议员很难缠，也很难交流，他们的思维顽固地停留在冷战时代，对科技的认知也限于 20 世纪中叶的机械石油时代。可偏偏这部分人有太大的权力，哪怕强如日本丰田、德国大众、法国阿尔斯通，其高管都要在美国国会的质询中低头，终无胜算。

但陈亚非立即答应，因为责无旁贷。

不远处，Jacob 正从汉堡王买来两份套餐，陈亚非放下电话，看着这个后辈。当 Jacob 笑着走近时，察觉到了陈总的细微表情透露出一丝不祥："怎么了？"

"我取消了机票。"

"什么？"Jacob 放下纸质打包袋，瞪大眼睛。

陈亚非把事情简短地告诉 Jacob，却不想让他蹚进这摊浑水："你得自己回去了，把美洲电信做起来。"

"这怎么行！"这段困难时期，陈总是他背后最坚定的支持，自己怎么能走！

"离美洲电信邀标，只有两个月了，你小子还没有拿到 Reference。"陈总第一次对他用了训斥的口吻，不甘心自己当年在拉美的遗憾，"你的任务已经完成了，这次 EMT 没让你去，你就别掺和。凡事有分工，你去做你该做的事！"

Jacob 知道陈总是在保护他，因为摊上这事，恐怕是真正的恐怖。Jacob 不怕恐怖，但他担心墨西哥事业部的一帮人。

"臣享，如果我晚到至少一个月，你能撑得住吗？"他当着陈总的面打给墨西哥。

臣享原本已经期待 Jacob 的回归，可接到的第一个电话竟是这样的。最终，臣享没有多言："有问题，但撑得住。"

Jacob 挂掉电话："陈总，您也听到了吧，墨西哥那边说：撑得住。"

是放给我听——陈亚非看着 Jacob 又耍小聪明："我听见有问题。"

"没错，他要是说没问题，那就是他捂盖子，我非得回去不可。所以，他的话很可信：他撑得住。"

"但你要是跟这事沾边，也许你再也回不去墨西哥和他们并肩战斗了。"

"陈总，如果我们这里失败，那美洲电信也是做不起来的，我和你一起，就是在和他们并肩战斗。至于墨西哥城，那里有我相信的人！"

恫吓赶不走 Jacob，陈总拍了下他臂膀：“那好！一起改票吧。”

两人走向了航空公司柜台，从洛杉矶改国内航线，飞往华盛顿特区的杜勒斯机场。现在关键的是华盛顿的游说公司，游说公司最熟知华盛顿运作模式。

华盛顿的街道是按字母来命名，位于白宫和国会山之间的 K 街，是“游说一条街”，在政坛的作用犹如华尔街之于金融界。

在拿到顾问建议的一份游说公司清单后，他们就开始了逐一接触。

抵达华盛顿的第二天，他们来到一栋六层的大楼，上面挂着“罗兰策略（Roland Strategy）”的招牌，一位漂亮的白人姑娘把他俩带到一间会议室。一会儿，一个一身灰色西装的三十八岁男人进来了，递了两张名片，上面写着“梅森·莫里斯”，梅森看上去英俊潇洒、风流倜傥，并善于言谈。

“于先生，陈先生，欢迎你们。也许我们有点政治文化差异，但我希望你们理解，在美国，游说是合法的，是由‘宪法第一修正案’所保护的，宪法赋予人人都有去‘国会大厅’陈情的权利，所以游说叫作 Lobby（大厅）了。”

Jacob 轻轻挠了下鼻翼。

梅森注意到了，调整着沟通节奏：“但您一定有问题吧——为什么没有见到美国公民聚集在国会大厅呢？”

但 Jacob 注视着梅森，梅森真的是个挺会没话找话的人，挺有说客的天赋。相比中国人重视“数理化”，美国在学校里对“听说读写”“社交”“演讲”的要求更高。Jacob 不禁回想起他在海外多年遇到过的老美，他们更主动、善谈、热情，充满活力，也难怪东亚诸国国民则显得木讷乏味。

梅森继续自问自答地表演：“我回答您的问题，因为美国政府各部门运作复杂，仅两院议会中，负责不同事务的‘一级委员会’就有 50 个。哪个议题该去找哪个委员会，哪个委员会里又是谁最能说上话的，普通公民很难搞清楚。所以就催生出了说客作为代理人。”

“是的，国会才是美国政治的中心，而不是政府。”陈总说。

“太好了，您真是个明白人。美国政治力量，要害并不在具体的政府行政，而是在国会！”梅森一只手伸出大拇指，赞向陈总，接着换成食指，指着自己，“而说客，原意是在国会大厅外走来走去的人，现在就引申为我们这些能出入国会、议员办公室的人。这家‘罗兰策略’的职员，大多担任过政府公职，熟悉议会制度，在华府已经积累了足够的人脉，这是我们最重要的资产。一会儿我带您参观一下……”

漂亮的女秘书推开门，打断了他的演讲。她拿来了咖啡，他上下打量了一下姑娘职业套装下的玲珑曲线，又给了两位客户一个美式坏笑的表情，以图用“男人的默契”拉近关系。梅森对女秘书说：“我来吧。”他接过咖啡，又用中式礼仪恭敬地给两位中国金主双手端上咖啡。他微笑着坐在位置上，一边喝咖啡，一边自如地介绍：

“我们的一楼是接待。二楼是我们的分析师，生产有利于客户企业的文章，起到‘智库’的作用，影响华府决策。三楼是会晤团队，组织旅行考察，搞些晚宴、午餐会和研讨讲座。四楼是培训室，给国会助理、政府官员做培训。五到六楼则是我们的办公室。虽然我们没有华兴那么大，但从政治能量上讲，我们可不小。”

五分钟的见面交流，梅森就完成了破冰，清晰简明地完成了从行业到公司的介绍，还拉近了与慢热的中国客户的距离。一位顶尖说客就是一位顶尖销售，在这个意义上，Jacob 感觉梅森是一个天赋极好的说客，这方面，梅森已经通过了面试。然而，从战绩表上，梅森排名平平，没有拿得出手的案例，可是 Jacob 见过的几位大牛，照理说水平应该更高，可实际却不如梅森热情。

这时，陈总的咖啡已经喝完了，梅森敏锐地察觉到了，他放下还剩一半的杯子，起身引导着中国客户：“我们边逛边说吧。”

来之前，陈亚非拿到了一串建议名单，他们挑选着合适的人，虽然梅森排名一般，但梅森的履历很惊人：梅森大学期间曾在白宫做过实习生，担任高级顾问的助手，而母亲则在国会工作二十年，父亲是退休的民主党议员，祖父曾是民主党党魁。

“梅森，我想问一个私人问题，”陈总走在梅森的侧面，不经意地问着一个至关重要的点，“作为政治世家之后，您为什么不走政治家的路线？”

“正因从小就浸泡在政治世家，我才十分厌恶政客。”梅森的脸变得严肃，“他们就像中世纪的红衣主教，没有信仰，却代表上帝卖‘赎罪券’。”

三人在楼梯的拐角处，陈总边走边问：“那你怎么看华兴的这件事？”

“我不觉得和所谓的国家安全有关，贝朗和Molu已经帮我排除了这一点。但是政客会出于自己法案、选票和关联利益，用冠冕堂皇的借口来攻击你。政客和法官有着不同的思维——他们不在意事实，只求目的。”梅森转过头。

“那我和他们怎么打交道？”

“华盛顿有几百个议员，政治气氛就像天空中的云，别说俄罗斯、古巴、伊朗这类国家，有时就连美国盟友法、日、德的大企业都被逼疯。”梅森继续向上走，“陈先生，这里可是华盛顿，你不可能预测这里的天气预报，只能随身带好伞。”

陈亚非看着梅森的背影，停住脚步说：“梅森，我说的不是一个项目，而是一个常设的专业说客团队，华兴需要的是——”陈亚非换了一个内行词，“In-house Lobbyist（常驻国会的游说团队），而我需要的，就是一把伞。”

他很清楚，短期对策是很难奏效的，游说是一门有长远规划的方案，梅森有天赋、有家世、有经验、有人脉，也有观点，还是个不跟风的人。更关键的是，梅森是他之前见过的说客中，相对有信心的一位，虽然依然不算坚定，但重赏之下，必有勇夫，陈亚非只能矮中拔长，激发梅森的热情。

梅森捏着扶手的手一滑，这话意味着梅森接了长期大客户，这样他就会成为这家事务所的执行合伙人。

“梅森，如果你能办成，我想给你发个offer——华兴副总裁，负责对外事务，办公点可以设在K街，你可以动用华兴公司的资源。”时间紧迫，陈总先斩后奏地拉拢梅森。

梅森抑制着强烈的兴奋，他束了下领带，收敛一下情绪：“我希望您能坦率地告诉我华兴的情况，这样我才能帮到您。”

他们直接绕过了参观的环节，跳入细情。在大楼夹层的一间隔音房间里，梅森做着笔记，不停地询问，当他听完，终于把一张图纸给了 Jacob 和陈总：“这次，阻止华兴与 Molu 交易的是 CFIUS，它是一个委员会，有九个永久席位：美国贸易代表、美国国家科技办公室、国防部、司法部、国土安全部、商务部、国务院、能源部和财政部。”

“虽然财政部是 CFIUS 的主席，”他画了个圈，勾选了国防部和国土安全，“但是这几年情报部门的鹰派已经占了上风，拒绝的是他们。”

之前几年政府和国会多数是主张自由贸易的鸽派，推崇温和共赢的国际秩序。但随着经济危机的到来，鸽派退到幕后，强硬的鹰派占据主导地位。相比“商业贸易帝国”，鹰派强调“美国国家利益”“传统保守价值观”，要求拥有“绝对优势”来确保美国的“绝对安全”，不允许任何挑战。

梅森放下笔，问陈亚非：“你听到过军工复合体吗？”

“听到过，就是深层国家（Deep State），深潜在政治表面之下的势力。”

梅森点头道：“对，由军情、巨头企业和部分国会议员组成的利益集团，能干预政策。”

经济下滑时，“美国国家利益”的大旗就特别有市场。这时，议员为了选票和政绩的“政治本能”，会鼓吹某种“威胁论”，这会给军情部门带来好处；而军情部门负责人在“本位主义”下，希望国会议员批准更多的“国防预算”，这又给承包的大企业带来了巨额订单；大企业因“利润冲动”，也会希望国会能给军情部门拨备更多的预算。而这里有一个巨大的漏洞——议员离不开大企业的竞选资金。于是，三股力量有着共同的利益，形成了“军工复合体”，共同推动了鹰派理念。

梅森说：“从商务部禁止华兴参与美国运营商投标的案子看，以前他们只会走‘301 调查’的路子，以‘贸易不公’为借口来打击外国竞标，可这次用了‘国家安全’，很显然，商务部也受到鹰派的压力。至于国会议员致信 FCC 一事，恐怕也是同一批鹰派。”

“有可能是 FRAN 弄的吗？”Jacob 问。

“有可能，它一直就是高举‘国家安全’，不让外国公司抢它的美国市场的。FRAN 每年游说费很高，不逊于烟草和医药公司的游说费，通过智库文章、会议活动、竞选赞助，影响着国会立法，连 CEO

都是白宫特别顾问。”

“你是说布雷德利是白宫顾问？”陈亚非知道布雷德利来华时，也得到过中国高级官员的接见，很擅长走高层路线，也因讲过不少好话而拿到中国订单。没想到，他一边将中国市场当提款机，一边在背后诋毁中国。

“是的，布雷德利是电子科技顾问和基础设施委员会成员，是个价值观保守的传统人士。”

窗外，华盛顿阳光明媚，蓝天白云，远处看得见白宫，但Jacob的心里已是一片阴霾。华盛顿的鸽派失声，如今已是鹰派的天下了。余婕所仰赖的那几位高级顾问，也难派上用处。

他处理过泰国的政商风波，但那是上层纠纷，矛盾集中在少数几位关键的人物上，只要聚焦关键人物就能解决，可即使是少数几位，他也花了一年多才勉强搞定。但在美国的政界是几百位高度分散化的议员主导，而一些游说集团则是对议员们“撒胡椒面”式地长期集体洗脑和同化，所以Jacob面对的不是一个人，而是一个精英群体的思潮，是一堵真正的墙。他们都有相同的集体共识、价值观，都认为华兴是有问题的。陈总想在短时间里改变一群人的死脑筋根本不可能。

华兴在海外，并没有只想着在当地赚钱，余婕也主动搭建安全的营商环境，努力承担当地的社会责任，然而她依然无法保护自己。

华盛顿的太阳已经西下，余晖落在了国会山上的国会大厦，未来该怎么走，Jacob也没底。

谁也不敢与美国政界力量抗衡，司法是“无罪假设”，而议员政客能“有罪推断”。鹰派当道下，美国商务部、FCC和CFIUS的风向都变了，愿意接这案子的人很少，都怕失败而耽误“游说排行榜”上的排名，梅森已是华兴最好的选择。

“对方的舰队集群一起涌来，我们现在开始造船，是来不及防守的。”陈总依旧镇定地指挥，他摘下眼镜用冷静的语气对梅森说，“但只要能在它舰队集结完成之前，先把它的旗舰识别出来，我们就能拟定对策，破袭突围。我希望你五天内查出来谁是幕后旗舰。”

“三天，我一定把人挖出来。”梅森颇有胆色，他决心动用一切资源，一战成名。

4

华盛顿的政治舞台纷繁，相关新闻眼花缭乱。为了寻找幕后真相，梅森就像是战局中的一名侦察兵，要在三天内挖出幕后真正的对手。

美国国会分参议院（上院，代表精英的元老院）和众议院（下院，代表民众），参议员的权力和社会地位比众议员高。但在华兴遭遇的议案立法阻击上，众议员的权力却比参议员大——立法须众议院先起草，而参议院无法首倡或修改，只能表决同不同意，而且也不是所有议案都须参议院通过。因此梅森把焦点放在了众议院。

但这规模太大，三天根本来不及排查，必须再拆开。

众议院的议案，并不是直接由全体众议员表决，而是先要经过相关众议院委员会的初审，95% 的议案都在各委员会中预处理。因此，这些委员会堪称“国会决策中枢”，拥有很大权力，更是媒体、利益集团、政府和公众各方力量博弈的核心场所。

梅森拿着电脑，一边搜索“国会网站”，一边把众议院委员会摘录在了一张 Excel 表里，大约列了二十个常设委员会，各自负责农业、建设、司法、外交、筹款、金融等。接着，梅森又把关注点进一步向这些委员会收缩。

各委员会往往设主席一职，主席被赋予了无与伦比的优势，能通过经费、人事、议程掌控、内容形式，影响议案是否设立。只要主席不愿支持，就会拒绝召开听证会，或增加反对方的发言，使议案流产。因此，委员会主席垄断着立法议案的实权，堪称大公，连总统也要被他们牵制。

梅森终于锁定了包围圈，正是这些委员会主席——虽然 FRAN 的游说布局很广，鹰派也像雾气般弥散，但主席们才是核心！

第二天，梅森通过人脉网络一个个地筛查，终于，他查到了一个可疑的人——来自密苏里州的众议员、众议院情报委员会主席麦菲。梅森发现麦菲的竞选赞助中，不少就是 FRAN 出资的，而情报委员会就是国会中负责国家安全立法、监督情报工作、评估外国的威胁，并以国会名义，监督白宫和政府机构。

第三天夜里，K 街附近的一个酒吧里，一个同行与梅森交换着情报，梅森告诉他一些，而这人也向梅森回报了些梅森关心的："麦菲这人很有野心，他下一步是想竞选州长或是参议员，老想借打击恐怖主义和国家安全来捞政治资本，现在正靠这事向上爬呢。"

梅森很熟悉那种野心，一个众议员任期只有两年，虽可竞选连任，但想真正从政必须进入参议院和做州长。

"我听说麦菲在密苏里州的时候，当过 FBI，所以对国家安全更有经验吧。"梅森喝了口威士忌，又挥挥手，让酒保再给同行倒一杯单一麦芽。

"对，他年轻时在军队服役，然后到 FBI 工作，国防和情报可是鹰派的基本盘。"那说客喝了半口，把杯子放一边。

梅森感觉不太好，要改变一个人年轻时定型的价值观几乎不可能，麦菲的野心、固执和强硬很难用一般方式去打动。

"呵，这也算是职业伤害吧。他三十三岁开始改行从政，从州议员做到国会众议员，熬了那么多年，今年终于做到了一个委员会主席。"那说客又点起雪茄，深吸一口，"问题是，他负责的情报委员会呢，虽然是一级委员会，却是非常设机构，你说他好容易做到了主席，如果不主动做点政绩，怎么能往上走呢？"

"他最近有什么事儿吗？"

"麦菲正积极地游说其他议员，为通过一个自己的法案做准备。好像是关于'网络情报与国家安全'的。他答应做'选票交易'——凡是这次投他支持票的，他会在别人议案表决时投赞成票回报。"

对啊——网络安全，麦菲的嫌疑越来越大了！梅森喝了一口，再次套话："这种议案会扩大军情和国防的预算和权力，军工复合体会一致支持他的吧。"

"哼，简直就是当红炸子鸡了。"同行有了些醉意，"他本身就是'强力部门'出身的，表现得像个爱国者，支持他的人很多，正在势头上呢。你别轻易惹他。"

嗯，指挥的旗舰，就是麦菲！

聊到二十三点，梅森打了车，回到自己的公寓，他如期完成了任务。等明天再做 Double Confirm 之后，就向陈亚非复命。

只是他躺在床上也睡不着，他脑海里还是这件事，现在虽锁定了主脑，但又该如何制定对策，怎么摆平这个麦菲呢？现在压根没时间在华盛顿打长期战役，只能部署一次特别战术。

他翻身起床，刚才喝的酒精有点多，他煮了一杯咖啡。在厨房等咖啡时，他就盯着墙壁上挂的一块巨大白板，上面绘制着一张复杂的华盛顿人际蛛网图，贴着诸多议员的照片、生平介绍和爱好，旁边配有美国权力运行的流程图，相互制衡的美式官场和庞杂的机构设置。

咖啡好了，他一手端着咖啡，一手拿着记号笔，穿行在这权力的网中，试图绕出捷径。

既然麦菲很难被攻破，他能否联合一些议员，向众议院议长提起对麦菲的调查？或找些贪腐毛病，投诉到众议院道德委员会？又或按《第四修正案》移除其资格？抑或找些媒体？

但若涉及调查，难免要依靠 FBI 等情报部门，可这些部门本身就是麦菲的铁杆；而《第四修正案》绝不是针对麦菲这种捍卫传统价值的“爱国者”；至于找些毛病去弹劾投诉，哎，那太恶心了，梅森算得上一股清流，本身就很讨厌华盛顿这种政治操作。今晚，若非无路可走，他绝不会想这些阴损的战术。

他搓了搓脸，走到阳台，望着华盛顿的那根中轴线，中轴线依次排布着国会大厦、华盛顿纪念碑和白宫。不，国父们创造出的体系不是为了这种不上台面的手段。他必须用更民主的对策——找持反对观点的议员，平衡麦菲的力量，可找谁最合适呢？

他打开记录本，这是三天来的精华分析，他撕下每一页，逐个对议员进行分析，寻找切入点。结果他撕光了一整本，却依然毫无头绪，这本活页夹只剩下麦菲的情报委员会那唯一一张活页纸。他懊丧极了。

他最后看了一眼那页，其中有一位 Ranking Member（次席，副主席）——马里兰州的资深议员罗素跃入眼帘。对啊，他就是鹰巢里的大鸽子！真是远在天边、近在眼前，灯下黑了才没注意到这位议员。只要鸽派的罗素表态不认同麦菲，并影响到委员会的本党内成员，那麦菲的议案很可能连情报委员会的层级都通不过，更别说到两院去表决。

这时，都到次日凌晨两点了，梅森的手机忽然跳来了 Jacob 的电话。

“梅森，睡了吗？”

“还没有，我在工作。抱歉说好三天给回音，但拖了两个小时，好在我有了点进展。”

Jacob 也暗自佩服，美国人真的很勤奋能干。世界第一强国不是凭空天上掉下来的！“梅森，我有个对策，想先问问你的意见。”

“请说吧。”

“我想让华兴发一封公开信，主动回应一下美国政府最近的敏感行为。”

“积极表态是正确的。”

“还有，我想在信里，主动请美国政府、媒体和国会议员，对华兴进行一次彻底全面的调查。”

“你开玩笑？”梅森怀疑酒精令他产生了幻觉。

“不开玩笑，如果可能的话，范围是深圳总部和华兴全球分公司，请他们随时检查，华兴从 CEO、高层到基层员工都可以成为调查对象，彻彻底底地调查。”

“为什么这么冒险？”

“因为在美国的这两个多月，我觉得美国对我们有很深的误会和提防，我想让美国各界了解到，华兴在国际化的路上，可以接受美国合理的检查和沟通。而且只有这样公开、透明，才能说明自己是清白的。”

梅森很惊讶，但凡有游说需求的企业，无论是中美日欧，总藏着掖着捂盖子，更从来没有跨国企业主动邀请其来访母国调查。但这是梅森刚才急切寻找的特殊战术。

“梅森，你能找到合适的人选吗？”

“Jacob，主意很好，我找是能找，”梅森显得犹豫，他再次确认，“但你确定吗？万一出了错，那就是自找死路。”

“我想过，但阳光是最好的消毒剂，只有坦荡荡让天下人都看见，才能让有偏见的人无地自容。”

“可你能说服华兴内部？”梅森知道 Jacob 有道理，可公司内部怎么会同意呢？

“我没把握，得问问陈总。”Jacob 说着，便去隔壁找来了陈亚非。

陈亚非也没睡，他很快听懂了 Jacob 和梅森的意思：“这个主意很好，我来说服总部。”

梅森不由得佩服Jacob的点子，更佩服陈亚非的决断力与担当。他遇到过不少高管，多数只会在面对重大决策时，把责任推给他。可这俩中国人不一样，他们开放透明、勤奋有担当。梅森除了这份工作的职责，竟也有点儿喜欢起他们，也更好奇于这家公司。这是他从业以来从未有过的感觉。

Jacob传来了一阵严重的咳嗽声，听得出肺部的湿啰音。梅森关心道：“你没事吧？”

“没事，咳咳……对了，咳咳……你刚才说要告诉我什么进展吗？”

“陈先生，幕后的对手，我已经找到了。Jacob，你计划里缺的议员，我也找到了，一旦他能成行，这个法案就有机会被阻止。”

“各位，我们的策略就这么定了，项目代号‘追鹰’，一定要赶在鹰派的麦菲的计划启动之前，先追赶完成。”陈亚非说。

5

众议院情报委员会由13名共和党议员和9位民主党议员组成，罗素是该委员会少数派民主党员的领袖，担任“情报委员会”次席，地位仅次于麦菲。

罗素六十八岁，在巴尔的摩成长，早年从事司法工作，然后竞选当地议会，又担任过当地议长和市长，之后又做了约十年的议员。

“追鹰行动”的第一步便是罗素。透过关系，梅森与罗素见了面。梅森知道罗素是第一次担任该委员会的次席，对这块事务并不是很懂，反而很坦诚。梅森的沟通天赋发挥了作用，他俩很聊得来，都认为商业贸易和司法的软对抗，相比军事、情报等硬对抗，是更好的解决方式。

于是，梅森向他发出了邀约，建议他去看看国外公司，拿到一手资料，比如华兴，这有助于罗素在情报委员会制订“网络设施和国家安全”法案时能更全面，既兼顾安全，又保证美国的商业繁荣和司法公平。罗素觉得建议不错，答应认真考虑。

“追鹰行动”的第二步也同步启动。几天后，在 Jacob 和陈总的内部推动下，华兴全球公关部终于发出了一封公开信，在全球媒体上，公开回应了对华兴盗用知识产权的批评、危害美国国家安全的指控，同时积极回应美方的调查，高调宣布华兴大门可以向美国打开。

在梅森的运作下，罗素终于决定借这个机会，表达自己的立场。但罗素老谋深算，他并非亲自出马，而是派自己的幕僚长和情报委员会中的本党内议员史蒂文等人组成代表团，先替他去深圳探路；同时，华兴一方，将由梅森、Jacob、陈亚非、余婕、姜牧森陪同。

这个美方代表团回国考察成功与否，将直接影响罗素的好感度与判断。现在“追鹰行动”从美国又转回了中国，指挥权也从梅森，转给了 Jacob——Jacob 必须策划好这场回国活动。

回国参观，是 Jacob 等第一批海外老总搞定海外客户的“三板斧”之一。因为多数客户一直以为中国还是停留在那个悠久的古国，是《红高粱》里的破败农村，或是 20 世纪七八十年代时人口庞大仍为温饱而挣扎的弱国。可只要客户答应来中国，尤其到深圳，99% 的老外都会被中国经济成就和城市面貌惊得目瞪口呆，也相信中国并不弱于西方，具备可信的科技与工程能力。

三天后，飞机从华盛顿起飞。Jacob 看着隐藏在云端的太阳，他对未来有一丝焦躁，但又有一分亲切。自上次离开深圳，已有四个多月没回国了。他很想祖国，那种乡愁是想要移民的国人无法理解的。每次回深圳，他有股说不清的感动，他又想起了八年前的自己，租住关外的农民房，出租屋前的兰州拉面很好吃，华强北的电子城，还有热闹的罗湖夜市，粤式的早茶，周末和朋友们去大小梅沙撒野……

“你在想什么？”陈总坐在他旁边问道。

“哦，我想起走出海外的早些年，接待过几位尼日利亚的高层，尼日利亚客户说：‘我原以为尼日利亚世界第三、美国第一、俄国第二，看来中国是第三、我们第四。’而我看，现在中国真要排名第一了。”

陈总呵呵一笑，对当年的老梗不予置评，但他也感叹着，他初出国门时，太多人对中国一无所知，认为中国很落后，才带客户回来。而现在，他却要带美国人来中国，解释中国为什么发展那么快。

那一头，华兴总部也在Jacob的协调下积极准备，接待由客户工程部负责。客户工程部经验丰富，不仅支撑了巴塞罗那展的运转，还接待跨国运营商集团的CEO、大财阀和国外政要。但美国议员地位很高，相当于中国中央委员，一来还是几位，统筹难度很大。

十几个小时后，飞机抵达深圳，没有深圳市政府的官员接机。一下机，Jacob看到了一位风度潇洒的华兴高管，正西装笔挺地等候在机场，“您协调到了苏威部长？”

陈亚非点点头：“现在可是旺季，都是客户CXO来参观，大家都在抢资源。”

当年华兴从海外请回一位中层客户都不容易，如今客户来深圳考察变得络绎不绝，连总部的接待资源都供不应求。这曾让Jacob担心“追鹰”的效果。但看到苏威时，Jacob踏实了很多，那是客工部的传奇人物——工号23号的部长亲自出马。

客户工程部的奔驰S600，VIP通道，专职司机，首席接待陪同。苏威做了周全的策划。第一天，入住在关内南山区的五星级酒店，一同陪餐、初步介绍，并调整时差。而第二天，则是重头戏并分成两块：参观公司和高层会谈，其后的1～2周，美方可以自由地展开详细调查、审核和访谈。

人到一个陌生地方，第一印象最重要，因此公司参观的每一个环节都不能掉链子。一般来说，客户都能被华兴基地的壮观性、规划的美感度、设施的先进性以及管理的有序性所震撼，这些甚至超过了一部分美国巨头的办公环境，能先给代表团留下深刻印象。

但光是硬件没用，它没有人性的温度，也不能给客户最大化的自我探索和惊喜感。

这就离不开一条“客户旅程”的动线设计，客户工程部有一整套参观流程，再傲慢的外国财阀或高管都能在参观之后挫掉60%的锐气，如此再进入高层会晤环节，华兴就能和对方平等地谈判了。

吃完早餐，苏威和Jacob就带着美方代表团围绕着总部基地按“客户旅程”参观。

先去2区的供应链中心，看的是巨大的生产工厂，这里24小时不间断生产，元器件芯片等原材料都是从全球进行采购，备货能按销售预测进行精准采购，库存很低，但又能保证安全备货量；接着，是巨型的无人智能仓储中心，海外任何一份订单的BOM编码，通过云处理工作站，转译为货架上物料的RFID，再由自动臂将零碎物料分拣，按客户订制需求打包成套，最后借传送带送往物流中心。一行人到了调度中心，代表团见到两个巨大的监控天幕，一个天幕显示的是24小时内发往世界各地的急单，另一个监控着全球海运空运的舱位资源。

代表团略带称赞，当他们离开2区，议员史蒂文意外地发现2区二楼有一条空中走廊，像一列小轻轨或一座立交桥一样，穿过了一条公路的上方，又经过另一个基地，伸向远方，看起来无比科幻。

史蒂文好奇地问："这是什么？"

苏威说："快速传送带，可以直通港口码头。"

这令美国人不由得震惊，另一位问道："太夸张了，有必要这么快速吗？"

"有必要，"Jacob说道，"华兴能赢得海外市场，并非外人说的廉价，其实是因为我们一直比友商更快速地响应客户需求。服务好，才能赢得信任。"

老外们望着这条空中走廊，发出了议论，Jacob和苏威对视一眼，初步的效果达到了。

他们的车绕过了3区"全球技术服务中心"，史蒂文坐在车里，一边思考着那条空中走廊，一边咀嚼着Jacob的话。车辆略微停靠了一会儿，他望见各区穿梭巴士的员工正行色匆匆地赶去其他区开会。另一边几十辆七人商务车，有的通往深圳机场，有的则直接去香港机场，车上的人员即将飞往各地。这种快速响应客户的工作节奏感令他很意外，也许，这样的速度就是传说中的"中国速度"，中国正以勤补缺，后发追赶。

车抵达了6区"全球培训中心"，这里像热带雨林中的神庙，有一个美妙的植物园，有花鸟鱼虫。来自全世界的外籍客户和员工，无论肤色种族、无论信仰都聚在这里一起培训，每个培训室不时发出愉快的笑声。这里没有种族歧视，没有宗教困扰，这让持鸽派理念的史蒂文十分开心。

代表团随便走进几个培训室，一些专职老师正在备课，史蒂文拿起材料，才发现华兴的课程其实是把实践与美国商学院课程，IBM、埃森哲的咨询服务融合，这些智慧都来自美国，并且都标注购买了版权。

“我们一直崇拜美国的智慧和理念，所以我们会把美国当作老师，虚心学习，并且用美国的思维来培训我们的团队。”苏威说。

“有点儿出乎意料。”史蒂文感叹华兴的成功，绝非像宣传中说的是靠中国政府的资源。它和美国企业很像，用的方法论也是美国大企业的那种，表现得同样开放、公平，鼓励竞争。

苏威看着史蒂文，似乎史蒂文被打动了些，但这次效果一般，史蒂文还有犹豫。确实，史蒂文也有一个新问题，如果华兴学美国，那为什么华兴的发展速度比美国公司更快？史蒂文对华兴的网络安全和抄袭的怀疑并未打消。

车开到1区的IT后勤中心，苏威介绍道：“这里是IT云机房，机房建在地下，保持4摄氏度室温，异地容灾，3000摄氏度高温防火，能抵御10级地震、火山喷发甚至核攻击。走，我们下去看看吧。”

机房很冷，代表团换上羽绒服，才进到这个有几个足球场大的全球机房。

“这里存放你们世界各地客户的电信数据吗？”代表团有人毫不避讳地问。美方指控华兴的最大污点，便是华兴破坏网络信息安全，盗取并监控用户信息。

“这里只保存着华兴全球各分公司的数据，我们绝不会存电信数据，其产权归运营商。而这里的数据只是用来更好服务客户的。”苏威说。

“你说的只是在理论上成立。”代表团不依不饶，有人甚至已拿出相机，取证拍照。

“干这一行，网络数据安全就是我们的生存基石，我们不会拿自己的商业生命开玩笑，”Jacob接过了话茬，“只要有一个客户发现我们在偷窃数据，全球客户都会把我们扔出电信市场。议员先生们，我们是有百亿生意的公司，不说理论，从人性上，我们毕竟是想赚钱，对数据没有兴趣。”

“但你们有技术、有条件，你如何保证不偷取客户数据？”这个是最有挑战的问题，简直就像是指控一个男人一定是强奸犯。

“凭你们啊，”Jacob 哈哈大笑，“有美国科技公司的竞争关系，有议员们的严格监督，我就算是没有底线的坏人，我也不敢做。”

大家哄堂大笑，Jacob 继续道：“竞争，充分的市场竞争才能避免。”

“没错，市场竞争，但在市场竞争之外，我们也愿意接受监管，”苏威紧紧地跟着，“我们还在几十个国家都被当地政府监管，也已与各国政府签署数据不泄露的协议，这已经有足够背书了。比如英国，我们与英国政府合作，有一个第三方安全网络评估中心，独立审查我们设备的安全性。”苏威故意举出英国的例子，因为英美是同盟，分享信息。

还有人不放心：“美国要独立审核。”

“我可以给一份书面的资料做解释，阐述数据在传输中的流程。在您保证代码不泄露给商业对手的条件下，一切对您也是开放检查的。”苏威回答。

这时，代表团再也提不出问题了。华兴如此坦荡，这令史蒂文议员对华兴有很正面的好感。在第四波效果的推动下，议员们已渐渐放下对网络安全不信任的执念。

他们穿越到了地下，参观那个博物馆般宏伟的展厅。展厅接待的女孩引导了一会儿，苏威亲自按时间线讲解了华兴的里程碑，从小型交换机到万门交换机，从固定网到无线网，从 2G 到 3G 乃至 4G，从微波到全光通信，从 ATM 协议到 IP 数据通信，从电源机箱到铁塔天线，艰难技术突破史背后都是巨大的投入。而每一条产品线面前，都站着一位当年的技术带头人，代表团与他们交流时，绘声绘色地讲起自己的创业故事。

这一切都证明了华兴的技术不是偷来的。史蒂文看着犹如外星战舰般巨大高耸的展厅，装载的不仅是产品，更是有血有肉的华兴成长史，物证人证在此，这不可能作假，史蒂文已经开始相信 Made In China 的成功，不会是简单的抄袭。

但他还是有疑惑，世界科技的策源地，不该是在美国的高通、Intel、FRAN、Google、苹果、微软吗？

这时，车载着代表团进入了 4 区“中央研发部”，十几栋研发大楼里是乌泱泱的研发人员。苏威说：“华兴的员工 49% 为研发人员，其中70%为硕士，我们每年会把11%的收入投入持续研发。在瑞典的哥德堡、德国的波恩、法国的马赛、美国的硅谷、印度的班加罗尔都设有全球研发中心，每年提交9000件知识产权，与欧美互换知识产权，一同制定新一代网络通信标准，”苏威凑近史蒂文，“一会儿到了研发会议室，您可以随便抽问任何一个研发员工您感兴趣的问题。”

抛开政治立场，史蒂文已接受了华兴，在稍后对基层员工的访谈中，他确信了他听到的东西，而不再处处怀疑。

中午陪餐后，原本要去最中枢的7区“全球销售”与“财经中心”，史蒂文表示不必，不再做停留。Jacob知道“客户动线”已经成功了，于是，奔驰S600直接开向了风景优美的湖区的0区。

绕了几个弯，车停在了茂密的树林遮蔽下的一栋别墅旁。

这最后的一刻，苏威退场，他已成功地把美方的怀疑在会前降低了70%。现在，改由Jacob和陈亚非等人引领美国议员进入别墅会谈，门口有礼仪队的俊男美女在接待，而里面等待他们的是华兴轮值主席兼副董事长的胡总、EMT战略体系的许总、EMT财务体系的马总、供应链和进出口部门一级总裁贺总。

公司参观结束，高层会晤正式启动，这个环节就是检验Jacob的“把人请来”这一策略的关键时刻了。

结果，双方非常融洽，史蒂文没有太多的刁难，而华兴为表示尊重，也没有任何法律顾问在场。胡总爽快地表态：史蒂文需要什么资料、要见什么人，只要给一份清单，他就会安排。

别墅里的谈笑风生中，Jacob感到自己是做对了。

到了晚上，美国代表团为便于次日继续调查，入住了华兴基地8区的“千花园”酒店生活区，里面住着世界各地的员工和客户。史蒂文在酒廊里喝了点酒，一天下来，他心中感慨万千。华兴了不起啊，今天基地见到的，也只是冰山一角，这真是中国的骄傲，而美国人这几年慢了，也要赶上来啊。

他又喝了一口酒，有一个好对手相互竞争，才能激发着自己进步，而不是消灭。

他走出“千花园”，外面马路上有无数员工热闹地涌动着，形成了夜市，加班后的年轻人正在露天夜市里边吃烤串边聊天，充满了活力。

“要不要试试中国的街头美食，有点脏，但味道很好，我每次回来都吃。”Jacob 也住在这个酒店。

史蒂文还有点犹豫，梅森也过来了：“很便宜，不会超过你的申报标准。”

议员努努嘴，笑了。

Jacob 也笑了：“我还是个新员工时，和一起入职的伙伴们来这里吃，”他们坐下来点了各种烤串和一打啤酒，“现在又都是一批新的年轻人啦，我一个也不认识。”

三个人坐了下来，梅森问：“你上次是什么时候来吃的？”

“六个月前，那时一位老朋友为我过三十三岁生日。那是这几年来我在中国过的第一个生日。”

“Jacob，我想听听你的故事，”史蒂文接过了一个烤茄子，认真地请求，“你的海外的故事。”

夜很深了，他们一直聊到了半夜两点，星空下，是深圳初夏的虫鸣蛙叫……

6

策划非常成功。美方代表团待了一周，调阅了很多文件资料，给出的结论非常有利。

史蒂文约定一周后，罗素会亲自来。胡总也表示，届时创始人傅山也会出席，并可以坦率地回答美方资深议员的任何问题。这是一切风波的最终赛末点。

姜牧森等人就留在了深圳筹备此事。而 Jacob、余婕、陈亚非和梅森再次回到美国，确保罗素的活动安排。姜牧森开车到宝安机场，送别四人，此一时，彼一时，之前再多的分歧，现在都结下信任，一声“保重”后，便目送他们再次出关。

登机口，余婕、陈亚非难得地与家人煲起了电话——这段困难时期，他们没法顾家。梅森则很吵，告诉女友他第一次到中国的趣闻，给她带了礼物，答应下次要带她去香港。

相形之下，Jacob 显得凄凉，他摸出电话，手指在通信录上漫无目的地翻动。

“喂，臣享，你过得怎么样？”

他的语调是想聊个家常，可臣享一开口就是谈工作，因为墨西哥城正面临极其巨大的压力——来自总部的老周，来自美洲电信 CEO 丹尼尔的重压，来自地区部，来自员工的摇摆不定。但臣享始终没问 Jacob 是哪一天回来。

舱门打开了，Jacob 要登机了：“我很快能回来。”

可是谁知道这个时间点呢？也许美国的这场危机是解除了，却赶不上 8 月 14 日，或许是一场空，又辜负了臣享和伙伴们的初衷。

他坐在靠窗位，望着舷窗外的机翼，天色灰蒙蒙的。他拨给了小玲，这次“追鹰项目”的策划，小玲又帮他斡旋了不少内部资源。只是这一周的忙碌，他们都没能见上一面。

“对方已振铃”——但小玲没有接。他心里沉沉的，也许她只是帮一个老朋友，也许她在总部见多识广，以她的美貌、才情和见识，早有无数比他更高职位、视野、财富的高管追求她了。

“在开会……有什么事？”一条消息跳了进来。

他心里猛跳。可也说不清有什么事，也许那晚和史蒂文的撸串触动了他。飞机已经滑行了，他回复：“我又得回去了，我们下次有机会见。”

就在他准备关机时，小玲发回一个笑脸符号。都说女人的柔情是英雄的解药，几个月来近乎绷断的神经，竟一下松了。

“山总很认可你哦。”小玲又发来了一条，紧接着是一条，“我也是。”

他头一次觉得山总的认可不重要，只要小玲认可就值了。飞机起飞，空姐要他关机，他来不及回复了。他厌倦了暧昧的折磨，只渴望尽快完成“追鹰”，然后一定要捅破与她之间的窗户纸。

“追鹰行动”终于走到了最后一步：罗素的出访。

他又再次全身心地投入工作中。两周里，美方用邮件致函的方式与华兴进行沟通，而华兴也书面回函，提交文件。

终于，罗素决定访问华兴总部。为达到更好的权威效果，他决定公开以“众议院委员会副主席”这一身份出席，副主席作为委员会次席，也是委员会内少数派领袖，他能将麦菲的议案锁死在襁褓之中。

大局已定，罗素能出访，就说明代表他立场的所有文本都齐备了，亮相就是个姿态。

但这么以“委员会副主席”的名义，也令麦菲知道了自己的“灯下黑”，他连忙安排同在委员会中己方的鹰派议员一起陪同。由于是以委员会的官方名义，罗素也只能答应。

第二轮会谈，这次一共四位重量级议员同时访问华兴，由于时间紧，又涉及签证和外交问题，在梅森的建议下，最终会面地点选在了比较方便的中国香港。

几天后，两辆挂着港澳直通车牌照的丰田 Alpha，从华兴基地一路到达了香港半山别墅的一家高级餐馆。在山顶 270 度透明玻璃的餐厅里，既可以一览中环、尖沙咀与维多利亚湾的热闹，又享受山顶的无比安静与清新。这个会晤地点是华兴香港办事处与罗素的助手共同确认后，今天包了全天场，而 Jacob 已提前一天来此布置踩点。

商务车车门一开，Jacob 看到了久未谋面的华兴创始人、传奇人物——六十多岁的傅山，就是在他的带领下，创造出了中国骄傲的“华兴技术”，这是国际上真正拿得出手的中国名片。

傅山一米八二，年轻时应有一米八五。他没穿正式西服，着装很随意，一条米色卡其裤、舒适的乐福鞋、白底蓝纹的衬衫，最外面是蓝色休闲夹克。他的头发像一个月前染的，已有不少花白头发冒出来了，山总的头发也不浓密了，却没刻意打理发型。不过他整个人依然神清气爽，又简洁自然。

他见到了 Jacob，笑着用一口地方口音，喊了声：“小于啊！”其实这场合，山总和手下打招呼是没必要的。Jacob 反而没回答，只是轻轻点头，并示意前方右拐。

跟在山总身后的，是一身白色套装的秘书小玲，她夹着笔记本，手里拿着一个大号手提包，另一只手里捏着录音笔。

Jacob看着小玲，她盘着头发，淡妆清丽，优雅职业。在半山美景中，她美若天仙，在以男性主导的商业里，犹如一股清泉。两人好久不见了，在这重要场合下，Jacob竟然分心了，他心跳一阵加速，比看到山总还要紧张。

"小玲。"他不小心说漏嘴。小玲的脸微微一斜，对他眨了眨眼，然后快步跟上大步流星的山总。她在不被察觉的微笑中，暗藏了一次甜美的脉冲。

董秘姜牧森指引着山总往包间走，而里面罗素正与陈总、余婕和梅森聊天。当一身正装的美国议员们终于见到傅山时，不禁起立迎接这位传奇人物。

傅山以前是学俄语的，英语一般，小玲做着全程的翻译和记录，她表现得游刃有余。Jacob头一次产生了自卑感，自己这几年成长得很快，走南闯北，接触过达官显贵，销售上亿美金，可在小玲眼前，这都太小了，她在山总和EMT身边，早已见证过无数个重要场合。

"喝咖啡吧。"山总招呼了服务人员，氛围不像会谈，倒似茶话会。

"您不喝绿茶吗？"罗素问。

"我改了，喝咖啡好，咖啡能和世界不同朋友们一起喝，更有趣，大家谈天说地，聊古往今来，我喜欢这种氛围。"

"我以为我们年纪大了，更喜欢一个人独处静思。"

"老了更要多出来交流，听听世界的新鲜东西嘛。一杯咖啡，找朋友交换意见，取长补短，学习彼此几十年人生智慧和历史沉淀，不比一个人更好吗？"

罗素笑着端起咖啡杯："当然好！"

罗素和傅山是同龄人，都曾身处那个意识形态不同的年代，也经历过冷战、越战，共同话题很多，但如今世界已经变了，经济上越走越近，许多的是非对错，不再以当年的思潮来看，而是用几十年的岁月去验证。他们就像两位在不同班级里的尖子生，年少时，竞争比较，今天来参加一场毕业五十年的同学会，往事如烟，一笑泯恩仇。

如今他们都有了更接近的价值观。世上无解的难题，并非只靠对抗，还能靠时间、融合和沟通。会谈的氛围越来越轻松，傅山和罗素的欢笑不断。这是两个有了岁月经验的老人才能有的共鸣感，罗素识英雄、重英雄，他讲起了在那个时代下，自己作为一个美国人的命运轨迹；傅山也谈起自己的少年往事，他经历了中国最艰难的时代，而后来的改革开放转变了他的人生。

茶歇时分，俩老头还黏在一起，兴致勃勃讨论哲学、科学、全球化、世界历史等宏观话题。而一直在外围的 Jacob 只好拿着咖啡，站到餐厅半山上的户外平台。他眺望着维多利亚湾和中环的高楼。这一次，他终于完成了重大的危机公关任务，罗素最终的调查报告，将会澄清一切流言蜚语。

小玲站在了他的身边，贴得很近，却又不像他们打闹斗嘴时的毫无距离感。

两人并肩看向远方，清风拂煦，她的手指不小心搭到了他："祝贺你。"

"里面还在聊呢，山总不需要你陪在身边吗？"他问。

"让他老人家即兴发挥吧。我更想和你待一会儿。"

山顶不过百米高，他却有了高原反应般的呼吸急促、脸红心跳。

十几秒后，他一把抓住了她的手："做我的女朋友吧。"

他相信一切风波都结束了，他真的想安定下来，也想有一个人能牵挂，无论欢喜或忧伤。

她微微一笑，害羞地低头："不要让大家看到。"

"追鹰"成功了，但更重要的是，他也追到了生命中的那个人。

7

事情没有那么简单，《国家网络情报防卫法案》是麦菲的提案，旨在加强网络安全，防止信息泄露被恐怖分子利用。

法案是议员的政治成就，麦菲才四十六岁，还有很大的发展空间，他的这一法案能让自己跃升为鹰派最炙手可热的人物。可真想让两院通过这条法案，也不容易，麦菲需要铺垫一系列的事件，制造"国家陷入信息泄露"的危机共识，才能拉到半数的通过票。

当张伯伦把华兴一案送到麦菲手里时，麦菲如获至宝。虽然 Molu

最终撤诉，但负面形象已扣在华兴身上，麦菲瞄准华兴，大肆表态：“华兴现在没得逞，不代表未来不会得逞。”

他游说鹰派，并向各部施压，不断向外传播道：华兴有中国政府背景，以窃取情报和美国科技为使命，能从“软件后门”泄露美国个人、企业、机构、政府的情报，从而带来重大威胁。只要他把华兴描述为“敌人”，那《国家网络情报防卫法案》逻辑就能成立，而且用华兴的鲜活案例来为舆情造势，国会就更容易通过他的法案。

唯一被牺牲的就是华兴，不但名声恶化，且难以与美国公司有商业合作。美国的基础网络也很难采购华兴的产品。

只是麦菲意外地发现华兴没有屈服，还悄然游说了罗素，现在史蒂文带回的资料极有利于华兴，会削弱麦菲的可信度，且华兴源代码也可以交第三方专家核实。一旦罗素正式发布调查报告，会彻底打乱麦菲的法案造势。

为今之计，麦菲决定亲自出场，为了法案，他要牢牢摁住华兴。

当罗素到达香港时，麦菲提前完成《国家网络情报防卫法案》初稿，并公之于众，同时他决定召开一次公开的国会听证会，质询华兴的所作所为。作为情报委员会主席，他有权确定人员、对象、内容、议程、控辩比例，以及选谁做第三方专家，以控制最终结论。

一次受到瞩目的国会听证会，其威力可以掩盖罗素的报告，毕竟报告有很多，读起来也费劲，谁会细读？关于中东的报告互相矛盾，可有谁读过吗？这个时代，真相已经不重要了，取而代之的是“博眼球”。

等罗素一回到美国，麦菲抢先于“追鹰行动”一步，在其发表报告之前，先致函华兴公司，并对史蒂文的资料有新的质疑，认为华兴的报告信息不完整，前后矛盾，要求华兴提供新文档，并在三天内派代表来国会出席听证会。

这件事，自然还是回到了陈亚非和余婕的团队手上。政府关系部部长通知了大家。

Jacob 犹如从天堂掉落到地狱一般，因为梅森说，所谓听证会就像一场形式上的表演！

他阅读着传票，最后一句话写道“本委员确保，本次听证会是公开透明的”。他读起来是如此假惺惺：“短时间就要递交海量的新报告，分明就是不给我们时间！”

“我知道。”陈总回答。

“我们要么交不齐，要么就有瑕疵，无论是哪种，都会成为华兴不配合的罪证！”

陈总也知道，国际事务上，太多透明的调查报告、第三方核查人员的公允结论，在强大的政治面前，一次听证会就能被强行推翻。

大家已使出浑身解数，可当有人明摆着借强权来搞你时，这就是一场必输的战斗。Jacob 也真的走到了穷途末路，一道又一道的墙，他绝望地止步了。他摇晃起来站到窗边，痛苦极了，毕竟，一切是因他而起的！

听证会，听证会上有什么？Jacob 想起了日本丰田那次在美国国会听证会的全球直播中真被批判得体无完肤。高高在上的议员就像在演好莱坞电影一样，想说什么，就说什么，既当警察，又当检察官，还是法官，而被责问的人不能反驳，否则就视为藐视，他只能以软弱的姿态，等待议员们的怜悯，但议员们不会怜悯。可他从不是软弱的人，他会在议员的故意挑衅下被激怒，继而在全世界面前失态。Jacob 忽然生起一阵恐惧，那种被活活剥皮的恐惧。

“别担心，我今晚过去，”陈亚非说，“这事本来就是我负责，我代表华兴。”

“您去？”Jacob 脑海里迅速地回忆着细节——好像陈总从洛杉矶机场那一刻时，就预知到今天这样的一个处境，才会如此平静。陈总是很大气、有风度的大领导，可就算是再优秀的外交官，也无法面对像巴黎和会一样的会议，那种会议只是走形式，而结局早已内定。任何抗争，只能在现场落得羞辱，回去后又被国内抨击。谁都不想在那场合被“屠杀”。

“陈总……”

陈总云淡风轻地说：“做好你该做的就行。”

陈总在总部挡在了前面，保护他，在洛杉矶机场时，陈总也让他别掺和。陈总从一开始就既给他锻炼的舞台，又在保护他。陈亚非惜才，老一代人可以退去，但必须保护好 Jacob 的羽毛，将来这年轻人还有很多大事要干！

Jacob 低下了头，这三个月来，他以为一切都是自己在舞台上掌控推进，而陈总默默无闻，但仔细回想，若无陈总在他身后的力挺，为他遮风挡雨，哪儿有他的冲锋陷阵呢？

真正的力量，并不在表面的勇武，它于无形处，牵引着方向。

8

国会山会议大厅，委员会的十三名议员一字排开，麦菲领衔居中，坐在高高的主席位。他野心勃勃，年富力强，一脸凶相，就像当年在 FBI 审讯犯人。

陈亚非一人站在下方，不得不仰视麦菲。周围坐满了媒体、业界人士，而门口还有国会山警察守护着美国的权威。十几个摄像机调试完毕，正准备直播。

梅森忧心忡忡地坐在听众席，这几天他代表华兴在与媒体做沟通。他看到了罗素坐在麦菲身边，尽管昨日他与罗素沟通，希望罗素能帮点什么，但罗素说按规则，自己也必须出席。现在，梅森也只能听天由命。

余婕也捏着一把汗，而 Jacob 心神不宁。他东张西望，忽然注意到听众中出现了 FRAN 的帕特里克和张伯伦。

陈亚非手放在《圣经》上宣誓，紧接着麦菲开始了开场发言。

“本次听证会，起因是调查华兴与中国政府和军方‘存在联系’；华兴的财务依赖中国政府的财政支持，使得华兴能在全球低价倾销产品，以实现在全球搜取各国信息情报的布局；华兴出售的产品存在‘后门’以及‘原因不明地发出信号’，为中国情报活动提供机会，对美国国家安全和基础设施构成潜在威胁。”

会场一阵躁动，摄像机镜头转到了陈亚非，似乎想捕捉中国人尴尬的表情，Jacob 握紧拳头。麦菲冷漠地说下去：“我们向华兴发出真诚的调查要求，给予华兴解释的机会，并致函希望你方书面澄清，并提供调阅文件。遗憾的是，你们没有充分响应本委员会的文件请求，事实上，华兴找了不少理由，没有反馈本委员会须调阅的文档。因此，邀请华兴参加本次听证会。”

“胡说！我们都给了，怎么能玩得这么脏！”Jacob 忍不住地说道，余婕拉了拉他。

麦非看到听众席的喧嚣，敲击了一下法槌示意安静，然后转头对陈亚非说：“陈先生，为保证听证会的公平性。我先给你二十分钟的发言时间，鉴于您的英语能力，我为你配备一位专业翻译，确保你完全理解我的意思，并准确表达你的意思。”

但陈亚非捋了捋领带，扣上西服的第一粒扣子，直接用标准的英语不卑不亢地回答：

“不需要翻译，谢谢。各位，有一种假设称华兴有个阴谋，为服从一国政府的命令，在自己的产品中植入某种隐秘设备——真的吗？这个阴谋需要成千上万人完成，而且不露马脚。华兴公开发出邀请后，情报委员会多位议员已经对华兴大量的中基层员工做了面谈，请问华兴是否藏住了所有的马脚？”

陈总的英语很好，他必须依靠自己发言，才能保证他想表达的意思和气势。一个摄像机镜头拍着他的侧身，他身姿挺拔而坚毅，似乎已经顶住了全场的压力：

“没错，华兴是个在中国成立的公司，但更是一个全球公司，展开国际业务，就如 FRAN 等许多西方公司一样。但今天把华兴单列出来吊打，为什么？因为华兴是一个中国公司！这完全是政治因素，是竞争对手的商业游说。如果华兴离开这个市场，这对美国经济而言，意味着‘更少的工作岗位，更少的外商投资，更少的创新和竞争，更高的宽带价格，更紧张的贸易争端’。

“主席先生，华兴产品的安全性在全世界都获得了证明，包括美国的盟友欧洲与日本，这是今天的现状，也是以后的事实，但唯独在您即将要推动自己法案的议程时，我们成了例外的阴谋论。很不幸，情报委员会不仅忽略了我们在美国和世界各地经过检验的网络安全记录，还无视我们提供的大量事实材料，甚至运用了谣言和揣测，来证明那些根本不存在的指控……”

陈亚非正越战越勇时，麦非打断了他原有的二十分钟发言：“我们的质询程序，并非针对某个特殊公司，而是我们要动用美国政府的所有资源，来保护美国的通信领域、科技和关键基础设施。我们需要评估外界的威胁，打败入侵活动。”

“证据？如果您有的话。”陈亚非知道主席讲话时，他不能讲话，但他不能让麦菲扯下去，给无知媒体乱联想的空间，“由于您前期没有提供华兴有非法或危及美国国家安全的证据，包括截获数据泄露在内的指控，也不十分明确，这导致我们无法做出回复。”

“安静，陈先生，情报委员会对华兴的合作与坦率程度不满意！”麦菲再次敲击法槌，“另外，也请您尊重听证会的流程和规则，我没有发问时，您不能回答。你只应回答我问的问题，回答是或否，请不要随意发挥。”

为避免陈亚非继续自己的辩词，麦菲使用主席的权力，直接跳进了会议主程序：“今天我们的大会议程会在五个方面进行对你的调查：

“1. 公司的治理结构。

“2. 与中国政府、军队、共产党的关系。

“3. 中国政党如何施加影响力、战略、运营。

“4. 华兴是国有企业，政府是否提供过不公平的特别竞争优势和财政资助。

“5. 是否遵守法律、知识产权和国际制裁。”

这完全超乎了 Jacob 等人的预料，因为原先的议程只涉及源代码、技术是否存在抄袭、泄密、后门与漏洞的问题。对于这些，华兴已经愿意交出源代码，并提供第三方审核。而麦菲未经提案，临时更改了议程，他已不是就事论事地调查了。

短短几个过招，就令 Jacob 明白，对这些敏感问题，根本不是自己能回答得了的，也没有对等解释权，一失手就会放在国际上被追打。

隔了五分钟，听证会正式进入质询流程。

麦菲说：“请介绍一下华兴创始人傅山，他曾是军队的通信信息学院的一个部门负责人，分析认为傅山与军队保持某种关系。这干扰了市场竞争，并造成情报泄露。此外，还请你解释一下，为什么华兴内有党支部这样的组织。这是否代表政党能控制华兴进行间谍活动？”

“500强的沃尔玛在中国区也有党支部，这是中国《公司法》第19条决定的。至于军队问题，美国前50强的CEO里，有十五位出自美国军队，我认为，我们不能无限追溯人的一生，也不该用双重标准评价中美企业的CEO。”

陈亚非的回击很精彩，但麦菲一记法槌敲下：“因为华兴在这样一个敏感的行业，我请问你，为何华兴不作为一家公众企业去上市，让它更加透明，去消除疑虑？如果不是公众公司，我们不能排除其是否存在军队和国有资本有关，并以此获利。”

“上市与透明没有必然关系，华兴一直由KPMG进行审计并公开信息，公司是否上市应当按照符合其本身发展的策略而定。”

麦菲拿出一份文件：“就因为你的这种说法令我们的疑惑无法消除，我们认为华兴是一家有中国军队和政府暗中资助的公司。从华兴提交的证据表明，华兴与十家国有银行签订了共1000亿美元的可用信贷额度。这难道不是国家资助吗？”

国会山警察递给陈亚非证据，陈总看了看，说：“不是的，请您仔细通读，这是给客户提供的‘卖方信贷’。是给那些手头上周转不开，但又需要电信网络的亚非拉客户提供中国银行的资金信贷。并不是华兴获得的银行信贷。”

“委员会不认可这种答复，我们需要文件证明，包括这些贷款的细节，发放和审计情况。”

“可这些不在我们这里，这是属于银行自有的机密信息。”

“中国国有银行吧，所以你们才能拿那么多补贴，你们不是串通的吗？”麦菲激将道，“你们怎么拿不出来呢？”

这明明是混淆是非，但麦菲才不管，就是要曲解！

“请您回答，你能否拿出这些信贷文件，Yes or No。”

Jacob痛苦地闭上眼睛。陈总根本难以回答。

“不能。这权利不在我们这里。”

“请抄录员记录在案，”麦菲立即抓住机会，“他说不知道，陈先生说‘不能提供’，我们认为华兴在蓄意地掩饰可疑点。财务资料依旧不向本委员会公开。”

麦菲要彻底透视华兴，赤裸裸地看个够，甚至与华兴合作的伙伴也要被剥光了从上到下查。

陈亚非反击道："我们确实无法提供，首先我们没有拿到中国政府补贴和军队资源。其次，补贴也很正常，美国不也对农业和中部地区的农民有补贴吗？行业补贴，这是世界通行的做法。您不能在美国农业和中国科技业上采用双重标准。"

可麦菲深邃的眼睛眨也不眨，像只秃鹫盯着陈亚非不放，想要摧垮他："华兴最近也在美国经历了一起案子，涉嫌盗窃美国公司机密，我们不认为华兴是一个尊重知识产权的公司。"

Jacob 的案子判了，不可能再翻，而华兴对于知识产权的管理在世界都是第一流的，在刚刚经历过的司法诉讼后，他更加确定了。

陈亚非刚想回击，麦菲又一记法槌敲下，说道："就连发给我的 PPT 材料里，未经允许地使用了第三方公司的素材，这本身就违反了知识产权。"

会议大厅里一阵哄笑，Jacob 一看，这不过是张"Getty Image"图库的照片，但这个照片是非商业场合使用，不涉及版权，可麦菲就想断章取义，让华兴在阴沟里翻船！

陈亚非刚想回击，麦菲又一记法槌敲下。

"委员会认为华兴对知识产权存在一种漠视的态度……

"我们确信华兴与中国国防部、军事委员会、国家安全部有联系……

"陈先生，我们无法采信你的话。"

…………

无论陈总如何辩解都没用。Jacob 已经看不下去了，这就像《让子弹飞》诬赖小六"吃了两碗粉，只付了一碗钱"，而小六开膛破肚来自证清白也没用，实际上人家就是要你死！

Jacob 离开会场，国会山警察给他让开了道。他走到门外，看着星条旗和前方的华盛顿纪念碑，心中满是绝望。公平只是表象，裂痕无法弥补，他这么多年在海外，从没有遇到如此厚重的阻力。

现在，如果罗素不能阻击麦菲，华兴将遇到全球性的冲击——任何上市的运营商都怕采用被美国国会点名的设备供应商。

9

听证会结束后，是情报委员会的闭门会议，议员们必须进行投票。罗素拉着麦菲去走廊，要求两个人私聊。

“他们发了公开信邀请我，你这是陷我于不义，”六十八岁的罗素老成持重，但现在格外生气，“我会单独写一份报告，以示我的立场。”

理论上，罗素作为委员会少数党的领袖，依然可在委员会里阻止野心勃勃的麦菲。

“罗素老兄，”麦菲以温柔口吻称呼，态度却毫不相让，“因为你刚去过中国，可能接受过对方的资助。我可以要求你回避本案。”

“哼，我当然可以回避不参与委员会的调查。但我会把在中国拿到的证据释放出来，你在众议院投票未必能通过。”

“你当然可以，但我已经游说过很多人。”麦菲已花了太多心血与时间，他不能倒在最后一刻，更不能让罗素挡路。

罗素也不怕：“我会找一家瑞典的第三方，对华兴设备进行技术测试，证明是否有系统漏洞。而且我会建议我国采用英国政府对华兴的机制 CSEC（网络安全中心），做减轻威胁，及安全缓冲。”

如果罗素来硬的，在媒体和议会搞大，麦菲也会面临巨大的挑战。

“罗素，我的朋友，你为什么一定要反对我？为什么要这么不热爱我们的国家呢？我做了多年的 FBI，我知道情报工作对打击恐怖主义、打击犯罪和国家安全的重要性。”

“麦菲，我是司法出身，不能未审先判，而且你搞错了对象，华兴不是你要对付的恐怖主义。至于美国，我当然爱，但我们需要的是竞争机制而非绞杀，竞争才能增加国力。”

两个人一直站在国会走廊的一角争论。忽然，麦菲拉住罗素的胳膊，往角落里靠：“嘿，我跟你说个秘密吧，你知道你为什么能被选上做情报委员会的 Ranking member（次席）吗？”

多年议员身份，罗素是第一次加入情报委员会，按理说，情报委员会高阶会员都需要在本委员会里熬几年，再升到次席，但这是委员会的破例。

“罗素老兄，原因很简单，你是马里兰州巴尔的摩选区的议员——NSA（国家安全局）的总部就在马里兰。你懂吗？”

罗素忽然意识到了一些问题，难道这是两党高层，乃至鹰派鸽派都妥协过的吗？

“为什么共和党也支持你，民主党也支持你，因为你的选区位置，可以通过做大 NSA 满足鹰派，而又为马里兰州选民创造更多的就业机会和福利啊。我想告诉你，现在 NSA 正在做大量裁员的准备，要裁掉 90% 的系统管理员岗位，1000 多名专家。因为原先的几个授权项目已经到期了，之后会有更多的失业问题爆发。”

罗素变得无法动弹，如果法案不能顺利通过，可能导致 NSA 的工作人员和家属失业，以及产业链上下变动，那会极大影响马里兰州的就业率，那他选区的票仓就不稳定了。

“再不增加国防预算，我们情报系统里的人才就不能加工资，顶尖人才都会流失啊，你为了我们爱的这个国家，也为了你的选民，应该做正确的选择。”麦菲诛心一击。

罗素像在秋千上一般极速摇摆。从大义上，他该爱国；从个人上，他不得不为选区的选票考虑。而且，两院上每一个人事岗位都是精密思考后才落子的，也许，他这一人事安排是党魁们也都专门讨论过的，自己不能不顾及。

见老罗素一软弱，年富力强的麦菲开始推心置腹：“只要华兴的案子顺利通过，就证明了我们正‘受到威胁’，不单是 NSA，我们还有足够理由升级网络空间司令部的预算和规格。”

网络空间司令部恰巧也在马里兰州，做大就能让网络空间司令部聘用更多的高科技人才，就能给马里兰州带来经济的巨大支持。虽然给华兴安的罪名是莫须有的，但罗素很难拒绝。

“在华盛顿，政治就是交换。”麦菲紧紧捏住罗素的手。

可是为了目的，罗素得抹除个人的底线啊，他的手开始发抖了。

“罗素老兄，你知道，军方很想让网络空间司令部独立于 NSA，万一分拆，恐怕这司令部就不会设在马里兰州，怎么办？但我可以和你联手，确保该机构留在你的马里兰州。”

“你再让我想想……”

“别想了，你我都是爱国者。我出身军情部门，而你追击贪腐，我知道你甚至差点儿被犯罪分子制造的车祸害死，但你依然不畏惧，我相信你的做法就是为了国家。但是我们国家现在要的是人们的安全，是防止网络泄密带来的危机！是网络安全，是网络。

“我的兄弟，你快七十岁了，不够理解这个科技时代。形势变了，网络技术变得复杂，恐怖分子、敌人和罪犯给美国带来空前的威胁。而议员们大多老了，你连苹果电脑都要交给助手来用，还怎么管理这方面的事务呢？”

老头哑口无言，自己是真的不懂了。

“交给我吧！”麦菲伸出手，去拥抱罗素，“老兄，为了美国的未来，这事交给我们新一代。”

罗素终于越过内心这道坎：“那好吧，只有这一次。”

10

听证会的结论出来了，两位议员上了《新闻60分钟》电视脱口秀造势。

麦菲在节目上说：“美国企业就不应与中国电信设备商开展业务。我会另找一家供应商——如果你关心自己的知识产权、关心消费者的隐私、关心美国的安全。”而罗素说：“21世纪是网络战的世纪，公民的数据不能被华兴交给他国。”

电视上，他俩已成了一体。“追鹰行动”彻底失败了，而邀请罗素回国也成了败笔。

Jacob愤愤地关掉了电视机，但陈亚非再度打开了电视。尽管因听证会的巨大打击，他在国内外的名誉跌到了谷底，但他极度镇静地观察这两个议员的言辞，却没有一丝情绪化。

过了三十分钟，陈亚非看完了节目，冷静道：“现在，我们该做决定了。”

“什么决定？”余婕语气紧张，她也感觉到了什么，因为当罗素也背弃时，这场仗已经无法再打下去了。

“我们提交总部做的最终决定——退出美国市场！”

余婕一瞬间崩溃了，Jacob 也咬牙切齿的，像个青春期的孩子。

梅森也很着急：“不，还有两院表决，还有总统批准。那法案才会通过。”

陈总摆摆手：“这已经不重要了，我们不幸成了他们的挡路石子，即使不通过法案，我们也会成为一直被瞄准的靶子，各种不停地调查，你看到的，他们不需要证据。现在的营商环境不是我们几个坐下，短期内就能搞定的。”

“不。”余婕的声音焦躁起来。

陈总看向 Jacob：“如果你冷静下来，会怎么做？”

一旦法案通过，华兴可能会在全球范围内被美国列入重点关注名单，甚至有大量的制裁，全球运营商也不敢采用华兴。而现在，麦菲只要通过了《国家网络情报防卫法案》，他就不会再纠缠华兴。因此主动退出，才能断臂止毒。

余总也紧张地看着他：“美国是桥头堡，是全球制高点，你不是从不言弃的吗？”

在三人小组中，他现在更掌握着关键的一票。他犹豫极了，陈总已经为他挡了炮弹，现在难道因为自己在 Boyko 上惹的祸，还要把余总这位前辈也毁掉吗？

陈总再次问 Jacob：“你还记得我们三个月前在北京遇到时，你对我说过的话吗？”

“不要让国家太为难。中美关系是千亿万亿美元的贸易，如果因为华兴一家公司，而影响国家的全局战略并不好。”

华兴留在美国硬抗，已经牵扯到了国家大局。

所以，现在最好的方案是——退出美国市场。Jacob 五内俱焚，但不得不承认失败。

以退为进，表面的失利是对华兴和中国最有利的方案。陈亚非会心地点点头，这正是陈总看重 Jacob 的地方——Jacob 脾气再暴，但是有底线的。

“好吧，就这么定了！”总部高层这次让陈总一线坐镇，是因为他总能在大是大非上，保持理智，也平衡好余总，毕竟余婕对美国投入了太多的汗水和感情。

“不，还没有到时间，你们要有定力！”余婕瘫软了下来。她在这片新世界土地上奋斗多年，一次次拿到项目，又一次次因非商务原因而失去，一次次与政府博弈公关，又一次次被打了回来，她比Jacob更明白围墙外的围墙。

陈总拥抱着余婕：“余婕，我们该走了。”

余婕当然知道什么是正确的选择，女强人的眼泪也止不住流了下来，舍不得啊……

最终2：1，现场Jacob投下了关键的一票。

客厅里，一切冷静下来。梅森给三人倒了水，自己则躲在厨房里倒满威士忌，啜泣地一饮而尽。

余婕擦了擦泪水，喝了口水叹息着：“我们几个，恐怕在中国被视为这次外交和商业的失败者。”

“没关系，尽人事，听天命，反正我在听证会上出丑了，这个罪名就由我来担吧，”陈亚非很淡然地拍了拍Jacob，“机会要留给年轻人。”

Jacob无比羞愧，从Boyko，到“追鹰行动”的策划发起，一切都是他的失误，却牵连了陈总，陈总回到总部将像Jacob在泰国时一样，背上了他制造的黑锅。

11

挡不住敌人的时候，为保持有生力量，需要撤退。但撤退绝非溃退，前者是有周密方案和严格组织的，它需要在明知失败中继续保持信念和领导力。而溃退，则会导致兵败如山倒。因此，虽然撤出美国，但也要“边打边撤”，时机由美国的一线定夺。

关键的时间点就要卡在《国家网络情报防卫法案》投票的前夕，因为法案通过前，鹰派为了让两党形成共识，拉到更高票数，会在华盛顿掀起一股对华兴滔天的舆论攻击，以便令中间派议员在政治正确的风潮下，不敢投出反对票。这将对华兴在全球运营带来巨大破坏。

陈亚非的撤退计划，便是要四人小组在美国殿后，坚持到《法案》通过前一刻，顶住美国最后这一次猛烈攻击，并让总部和全球分支机构准备好缓冲方案，将其连带伤害降到最小。

果然，表决前的大秀开始了。媒体上，麦菲煽动选民："我国人民非常敏感、非常私人的数据，还有很珍贵的资料，现在正被传到中国。"

余婕负责与之在媒体上打嘴仗——结论是调查前就预设的，请他拿出证据。

麦菲始终没拿出过凭证，只是说"更多的技术分析"增加了他们的忧虑。这样，鹰派找来了"军工复合体"工业技术专家去接受采访："虽然技术上，迄今还没找到确凿证据，但我们认为华兴在未来依然有成为间谍的能力。"

工业专家的话足以让最支持华兴的美国公司也担心了。这时，梅森便游走在华盛顿和媒体之间，为美国合作者们打气，告诉他们："没有证据，其目的只是想要通过法案。"

然而麦菲进一步动用力量，在美国本土搭建了一个不平等的舞台，美媒开始疯狂地排挤华兴，真相是什么并不重要，亲华兴的立场就显得十分孤立。但梅森和余婕没有放弃，始终保持着与媒体和业界的联络，他们的声音就像巨浪中的救生舱，不断被海浪拍到水底，却一次又一次地浮出水面。

一旦谎话重复三遍，任何事都有人信。美国的舆论像瘟疫散播一样波及全球，一旦越过某个临界点，华兴内部和现有客户的信念将会发生系统性的动摇，后果十分严重。然而，情报委员会哪管这些，为给法案再加把火，保持舆论上的高热度，麦菲的听证会结论和罗素的调查报告将在近日一同发布，这将加剧"瘟疫"蔓延。

Jacob 和陈总一直与总部制订应急预案，在罗素和麦菲发布"瘟疫"前的 24 小时，开始启动紧急方案。

倒数 24 小时，Jacob 组织着"片区联席会议"，给出第一手的"消毒"口径和"Q&A"说明书，要求海外六大片区的所有销售主动联系客户，将客户的疑虑前置，在"瘟疫"到来前先接种上"疫苗"。

倒数 12 小时，Jacob 要求 IT 部按预案，发布线上第一条安抚通知——“客户安全计划”。不久，华兴官网上出现了一个提供华兴系统安全信息的网页，允许员工、客户、供应商和合作伙伴查询，打消技术上的顾虑。

倒数 8 小时，Jacob 起草的《告全体员工通知书》，由 EMT 全体署名并全员发送，强调华兴在全世界的客户已能证明，华兴已获得了全球普遍信任。

倒数 4 小时，公司又发送了第三条安抚通知，向全世界宣布开设“媒体专线”，从一个低调的公司向全球媒体开放，同时以此专线为管道，专项发布公司要传达的信息。

倒数 2 小时，公司官网上发布创始人傅山的正式回应，正本清源，以正视听。

终于到了最后一刻，美国一线的四人小组抢在麦菲发布情报委员会调查报告前，设置好大量“缓冲垫”，准备迎接“紧急迫降”的“硬着陆”。

“准备好了吗？”陈总问大家。

“来吧。”四个人坐在一间在华盛顿临时租下的办公室，等待着冲击波。

下午两点，众议院网站上一挂出该报告，下载量立即猛增，同时 CNN、FOX、BBC、彭博社、路透社、法新社、RT、NHK、半岛电视台等，全球媒体都开始了解读，各种新闻、脱口秀、时事辩论、杂志都启动了专栏节目。

四个人瞬间陷入了漫天的电话会议，电脑上闪烁不停，他们指挥协调着在总部和各大片区的公关和客户总裁，再由他们进一步拆分到各级部长、总监，一直到各地最一线的员工。

双方就像在上甘岭的争夺，美方以“范弗利特”弹药量的饱和炮火一遍遍覆盖，把地皮都削平三尺，但山头阵地始终捏在缺粮少枪的华兴人手里。双方一直紧紧咬住，谁都不能丢。

然而，美国的影响力太大，两份报告衍生出了更多的链式反应，陈亚非和 Jacob 他们被压着打，但始终不能放弃——他们必须坚持到最后一个法案表决前的时刻。

一个偶然事件打破了平衡点——当天，美国一场大型体育活动中发生了严重枪击事件，引发了美国的轩然大波。FBI 调查显示，罪犯曾有预谋，并在网络上留下了痕迹，因此网络安全十分重要，这可以推进《法案》进程。麦菲决定将华兴与枪击两案并一案，迅速通过《国家网络情报防卫法案》。

舆情滔天，军情部门和鹰派议员全站出来了，强调电信网络中的信息重要性，更顺势要求美国互联网和电信企业遵从。一时间，在美国这样强调隐私观念的国家，连 AT&T、Facebook、谷歌、微软等都莫敢不从。这个绝佳的时间窗下，麦菲提前发动了众议院表决。

消息连夜传来，团队四人最后讨论一件事："控枪。"枪击事件中，民众认为问题不在网络信息，而是要求控枪。然而鹰派不支持控枪，反而转移矛盾。

梅森打开了 Youtube，网络电视上播放着麦菲的连线采访——"这不是枪的问题。控枪最严的地方治安反而差，比如洛杉矶、芝加哥。控枪最松的阿拉斯加治安很好。"

"可我们的下一代要生活在枪支中吗？"主持人问。

麦菲笑出声："你必须告诉孩子们，童话《小红帽》里奶奶是用枪才救下了小红帽。"

梅森轻蔑地看着政客作秀，按下暂停键："你要不要我打这张牌？"

"这没有意义，"陈总压了下来，枪支问题是最让美国社会分裂的话题，时候到了，他们转移话题了，"梅森，你帮我一个忙，我们以'退出美国市场'和不谈'枪支问题'，作为和麦菲的'停战条件'吧。"

第二天，麦菲的《国家网络情报防卫法案》终于通过了众议院表决，待参议院表决后提交总统，就能生效。麦菲一时成了大红人，想采访他的记者们排成了长队。这一仗下来，麦菲被《外交政策》评为"影响美国的 50 人"，网络军情部门将拿到新预算，FRAN 也将拿到预算下的新订单，并赶走华兴。但美国的电信运营商不得不购买更贵的设备，尤其农村地区运营商担忧其经营的困境。

华兴输了，输得很惨。由于军令状的缘故，必须有人承担后果。余婕回到总部待命，陈亚非被内部降职，两位元老还是受到了一定的处分，Jacob 也等待自己的分配。

在回深圳的飞机上，Jacob躲在洗手间里伤心了好久，与泰国不同，这次，他不再是因为个人前途，而是他引发的Boyko事件，伤害了余总和陈总。平日一直不服输的Jacob，这回感到了一败涂地，再也站不起来。

十几个小时的飞行是他最后的飞行，他打开头顶的阅读灯，用心写了一份长长的辞职信，他想回国做完检讨就辞职了。至于和小玲的恋爱，如果她想分手，那就分手吧。唯一愧疚的是在墨西哥的兄弟们。

一觉醒来，到了中国，但就在他下飞机时，他惊呆了。

“平安回来就好。”客工部的苏威部长亲自来迎接，就连EMT的叶总也到场了。美国一线团队竟受到了华兴最高等级的接待礼遇！

是山总最后为此战定了调：谋事在人，成事在天，打得勇敢，输得漂亮。他亲自撰文，号召全公司向他们学习。只是Jacob不能理解，打赢Molu案时，山总一言不发，如今大溃退，山总却高度赞赏。

12

天道好轮回。枪击案虽然帮麦菲初步通过法案，却在三天后，引发另一个意外。一位不满鹰派无视“控枪”的NSA雇员，报复性地公开了美国情报界的惊天丑闻——“魔眼计划”。

NSA这项隐秘的“魔眼计划”，是以美国国家安全为名，对全球网络进行监控。无论美国的敌国或是盟国，无论普通百姓还是国家元首，如德国总统、日本皇室都在监控范围之内，甚至连威廉王子上厕所用了多少纸都在大数据监视之中。“魔眼计划”触犯了美国法律，在没有法院授权下，直接监听了美国公民的隐私。

一石激起千层浪，“魔眼门”的曝光引起了全球的强烈反响，美国选民也奋起抵制。媒体一瞬间反转，矛头刺向了麦菲。先前，麦菲指证华兴盗取数据，现在成了由情报委员会监管的NSA在盗取数据。

媒体不断地挖料，NSA甚至直接监听华兴CEO傅山本人。国际上的情报官员也评论道：“正因为NSA无法在华兴设备上安置监听探针，所以情报委员会才针对华兴。”

贼喊抓贼，麦菲名誉一落千丈，更被鹰派视为政治包袱。罗素也受到了冲击，他连忙找麦菲询问。麦菲着急地说：“这就是我为什么急着要推动《国家网络情报防卫法案》！你还一直阻止我。”罗素这才想到，麦菲早就知道了由情报委员会监管的NSA的“魔眼计划”，可麦菲非但不阻止，还弥补性地推动立法，使之在被曝光前合法化。可惜天道昭昭，枪击案帮了麦菲，也害了麦菲，现在情报委员会被视为撒谎和渎职。

这时，美国总统也必须表态了。他宣布，即便参议院强行通过麦菲的法案，总统也将使用否决权，确保美国人民和盟友的利益。实际上，参议院也根本没通过法案。最后连美国九位大法官都表态，认定这类法案就算被总统通过也违反了美国宪法。

麦菲作为最高主脑，被国会、总统和法院都抛弃了。司法部也启动了对他的调查。这次，“军工复合体”也需要有一个顶包的人。

原本以情报委员会主席的地位，以及在“军工复合体”的保护下，连总统也扳不倒他。可“魔眼门”爆发后，保护伞撇开了关系。他只好主动辞职，并宣布放弃竞选参议员和州长的计划，提前结束了政治生涯，回密苏里州老家，当一个地方电视节目的评论员。

事情忽然峰回路转了，但风向变得太晚，华兴已公开宣布离开美国。

这已经是Jacob回国后的第六天，姜牧森把Jacob叫去了0区的湖边别墅。

他第一次到别墅列席了EMT会议，山总和孙董事长也在，小玲也在。他一个人靠在小角落边坐下。

今天会议的主题，讨论是否要重返美国。

“回到美国，意味着我们重新获得市场。”

“但我们刚公开宣布退出，短短一周之内，大公司反反复复不好。”

“我倒觉得我们该快速应变。现在美国运营商都私下表示安全风险可控，而法国Orange集团、英国沃达丰集团的CEO，也发声认可华兴。有世界的支持，我们为什么不能回美国？”

双方争执不下。山总忽然开腔：“我们的决定，不能是在庙堂上的官爷拍脑袋，得让听得见前线炮声的人来讲讲。”

大家把目光投到了一线指挥的Jacob身上。Jacob开始发表自己的意见。

而Jacob在阐述中，开始了自我批评，从泰国的主战冒进，到Boyko，再到巴展，最后是“追鹰行动”，这都是他的错——陈总正在替他受过，他想担起自己应受的惩罚。他一边做检讨，一边悄悄捏着辞职信。

山总大怒，抄起一杯子水直接泼了过去。

Jacob的西装上都是水，滴滴答答，从头淋到脚。他一阵纳闷，然后是愤怒，管那人是不是山总，他正欲发作时，山总再次骂道：

“你是不是男人，输不输得起？”

那一句话犹如禅机般的机锋棒喝，而那杯水像是醍醐灌顶，Jacob清醒了，他顿了顿，重新分析起来。

“鹰派的思维根深蒂固，暂时的损伤也会卷土重来。我们这一次靠着运气才打败麦菲，但打败的不是‘军工复合体’，事实上，我们一点都没有伤到对手，”Jacob冷静道，“麦菲倒下了，但只是前台，FRAN才是背后的主谋。”

“美国太强大，按你所述，那我们永远都回不去了吗？”战略体系的许总质疑道，“在高科技领域，不回美国，就等于失去全球！”

Jacob看了看山总，山总点头示意他随意发表观点。Jacob抹了一下脸，一字一顿地说：

“华兴的全球战略上，就是可以没有美国！”

这个大胆的观点震撼了全场EMT。屡次参加EMT会议的小玲，也发现EMT第一次这种被集体震撼的场面。

“小于，没有一个行业能够在没有美国市场参与下做大！”许总说道。

“没有什么不可能的事情，”Jacob一秒就顶了回去，“‘世界杯足球赛’没有美国的参加，照样是全球最大的体育产业。”

许总一时语塞，全场也鸦雀无声。这时，Jacob的身上涌现出了强大的决断力。

“多年以来，我们一直正面进攻，但永远都攻不进美国市场，还消耗了大量实力。‘魔眼门’只是短暂的平静，即使回去也会有下一个‘麦菲’。

“在南极，你往哪儿走都是北。只有我们把全球其余国家的市场都干好了，而当有一天，美国人睁开眼睛，忽然发现我们真正强大了，美国才会认可我们的价值！”

他讲完话，默默地坐回角落。也许再一次的出格会让他得不到重用。

傅山点了点头。作为最高领导者，他承受的压力比谁都大，刚才许总也没说错，失去科技高地美国的认可，就会失去全球。管理团队也正面临一场信心危机，华兴接下去该往哪里走？然而，山总不能失去信心，在他的层次上，他相信什么，他就看见什么，别人也才会跟着，未来也就更像什么。

他喝了口热咖啡，心里也暖些了，Jacob这小子果然不错，陈亚非没有推荐错人。他欣赏这个小伙子的个性，人是可以失败的，但是不能怕失败。这一局到底谁胜了：是华兴赢了，还是美国赢了？山总并不清楚。定义胜利其实是一件困难的事，因为时间是绵延的，山总根本无法说清一场战争是怎样开始的，也不能宣布它会在何时结束。竞争永远不会消失，它只是换着模样继续存在。而在永无终点的长路中，唯有不怕失败、越挫越勇的人，才能像摩西一样，在时间中不断领路，带着大队永远向前，再向前。

山总六十五岁了，跟他一起领路的兄弟们也四五十岁了，他们总有带头带不动的一天，而时代正迅速变化，华兴面临新老交接的挑战，他需要一批勇敢有为的年轻人走到队伍最前头，带领大家继续向前。美国这一仗血与火的考验，冒出Jacob这样的生力军，这正是山总苦苦寻找的新领路人。

山总放下了咖啡杯，双手交叉在桌面上，语重心长道：“各位朋友，我们华兴人从来就是‘泥腿子’式地成长。在中国，我们‘农村包围城市’，从贵州一个小县城里的电信局里开始走出来，用认认真真的态度跑遍整个中国六百多个县市，才赢得了中国市场。

“后来，我们为了生存，被迫走到了海外，结果又是从外国的偏远地区做起，一直拿不下什么巴黎、伦敦、米兰这样的价值城区。小于同学，他在拉美还是用 Boyko 做偏远农村，才有了突破美洲电信的一丁点机会。

“如今，美国针对华兴，我们也要走一条‘农村包围城市’的道路，打下亚非拉，拿下欧日韩，最后才是美国。”

山总站了起来，宣布道：“我决定，华兴要用三年时间成为世界 4G 第一，用五年时间成为全球市场第一，彻底包围不要我们的美国，然后我们会以另一种姿态重回美国。各位，我们今天不回去，但一定会回去！”

“三年 4G 第一，五年市场第一”成了全新的目标。座席安静无声，忽然掌声爆发了，一种共同价值观、一股斗志、一个战略方向被重新激发出来。

山总回过身来，对着 Jacob 说道：“至于 FRAN，这一次是它引起的，我们就要烧掉它的大粮仓。小于，你今晚就启程，重新回到美洲电信事业部。”

FRAN 的粮仓之一正是美国的后花园——拉美。Jacob 知道自己不会被降级，更知道了他的使命：他必须再一次回到墨西哥，打败 FRAN，完成山总的全球战略。

他的辞呈还在手里，同一间房里，还有他最重要的小玲。

他悄悄看了看小玲，她正坚定地点了点头。

他不再犹豫——“是！”

飞机再次起航，他甚至来不及与小玲道别。坐在靠窗的座位上，他打开遮光板，看着万米夜空中的积云，这次他又要在海外奋斗了。曾经，他因母亲的离世和佩妮的离开，痛苦万分，他甚至痛恨冥冥之中，为什么自己会选择华兴，又去了海外？但现在，一切像是安排好的，自从研二休学去尼罗河时，他就像被选中了一样，并一直被命运推到了今天。没错，他寻找到了自己的海外使命，也寻找到了能与他一起，并理解他使命的家人。

这一代人中，一定会有人站出来，要向世界证明一个清白而强大的中国。

“兄弟们，等我回来！”

然而在 FRAN 的总部里，CEO 布雷德利正召开着 CXO 会议，张伯伦和帕特里克汇报完，他也定义着这场斗争的胜负。

“麦菲虽然倒下了，但我们实际上赢得了战略。我们要感谢张伯伦和帕特里克成功争取到的这几个月，就在华兴疲于招架时，我们的CTO查尔斯已经开发出了新一代能与华兴‘All in 1’匹敌的产品。”

FRAN一如既往地躲在后面，借代理人之手，隔山打牛，自己毫发无损。

CTO查尔斯换了一身新衣服，他已经在CXO会议上消失了许久，压力重重地投身到开发中去。今天他又笑着站到了前头：“各位，向大家介绍一下我们全新的‘艾弗，EVO演进者’系列。”

chapter 5
事业部双璧

1

当 Jacob 在美国时，留在墨西哥的臣享压力也非常大。他要避免事业部因内外多种复杂因素而被迫解体。

屋漏偏逢连夜雨——四川省分公司副总周玉龙，被委派来支持总裁缺位的事业部，但泡在国内的老周，从未做过海外市场，也一点儿没花心思在支持上，反而研究起臣享的软肋，挑动着内部错综复杂的关系，一路踩在别人的身上不断向上爬。他认为 Jacob 永远回不来，便要占取事业部的最高总裁一职。

老周扮猪吃老虎，先向小朋友们打探，掌握了事业部的裂缝；又通过许诺或挑拨，拉拢到了地区部的资源支持；甚至利用臣享的善意，联络到了集团高层的客户关系，并以“17 国统一核心网网关”的山头项目，拉起了自己的队伍和旗帜。

老周的出现，打乱了臣享部署好的一切。如今，能摧毁事业部的各项因素，正同时向臣享一齐涌来。

那晚“利口福”餐厅的事业部聚餐，就像一道明暗分界线，老周已聚拢了足够的力量和地区部的一些领导，不仅现场誓师结盟，也拒绝了臣享的“17 国 SDP 项目”，还当场煽风点火，羞辱了事业部的一个骨干员工——年轻的核心网产品总监。

臣享与老周一同坐在主桌，身为空降兵的他十分艰难。他看着满口黄牙的老周，正不断与人劝着白酒，又在室内一根接着一根地抽烟，感到十分恶心——这曾是臣享最讨厌的中国商场里的油腻男人。换以前在FRAN时，他一定不会对这类人留情面。

但今天，他克制住了。臣享表面赔笑，内心煎熬。他猜到这个油腻男子今日的挑衅，实则是对自己底线的一次试探。自己不能动气，一生气就被老周摸透了，这人和之前的Jacob完全不同。

Jacob和周玉龙都是华兴人，如果说Jacob是个“梁山好汉”，那老周就算个“地痞无赖”。但实际上，“无赖”比“好汉”更厉害，老周浸淫在国内市场部的大染缸里，深谙厚黑，而臣享在华兴毫无背景，真硬碰硬，臣享想赢就得付出不小的代价。

饭吃完了，周玉龙搂着臣享的肩：“阿臣，走着，咱们第二轮一起再去唱歌，再整点酒？”

“没问题啊，走呗！”他笑了笑，跟着周玉龙和地区部的几个人，一起去了韩国人开的KTV。大概待了十五分钟，他手机铃响了，便出门去接，一回来他便拿起杯子先自罚三杯：“不好意思，领导有活儿，得先回去了。”

周玉龙也不好说什么，只能各祝周末晚安。

坐在回宿舍的出租车上，车窗映着墨城灯火。臣享摇下车窗，心想：换作是Jacob来的话，也许早就开干了，不过，这件事如果真按Jacob的强硬风格行事，恐怕也贻害无穷。

现在内外交困，他更需要弹性。虽然，这种弹性让臣享很痛苦，却能为Jacob在美国应付不利局面，多争取一些时间。

当Jacob离开一个多月的时候，他在第一轮辩论中陷入了不利。

阿曼多拿着墨西哥发行量最大的《宇宙报》，走进了臣享的办公室，他翻到了国际版，上面简短地描述了那场在美国的辩论。

“那，你打算什么时候坐进Jacob的办公室？”

“为什么这么问？”

阿曼多端起咖啡，透过百叶窗，朝外看着办公区：“我想告诉你，我手下刚招的一些墨西哥客户经理都被调去了地区部，另外还有些地区部的人又过来了，我们的工作很难开展。”他用小勺搅拌了咖啡，又拿出勺子指了指某个人，“Jacob 的负面消息越来越多，如果你不坐进去，就会有人坐进去。”

“你呢？受了多少影响？”

阿曼多耸了耸肩，展露着墨西哥式浮夸的笑容：“我比较滑头一些，其他人就不那么自在了。”

他说的其他人，一个是李森，一个是马里西奥。李森属于客户经理，名义上归客户线的周玉龙管理，但李森已被老周排挤到了角落打杂；马里西奥属于产品与解决方案，虽然归臣享管，但因为马里西奥太直，发生了些矛盾，也被调到别的项目组了。

“阿曼多，我要是坐进去，麻烦会更多，”臣享从座椅上站了起来，走到阿曼多身边，“来，我给你看一样东西，但我希望你保密。”

阿曼多坐在桌前看到一套加密的图，那是拉美 17 国的沙盘地图，标上了不同颜色、图标和文字，表示美洲电信供应商和其他电信对手的网络。臣享做了详尽的标注，包含美洲电信 17 国当地网络现状、设备供应商地图、政府拍卖频段计划与通信政策、客情关系和决策链。

“格局不平衡之处，就有市场的裂缝，这就是我们能找到的机会点！”臣享在他身后按下鼠标，用华兴方案与每一个国家的信息进行比对。

阿曼多惊呆了，臣享简直就像一部行走的生物雷达，利用不同的算法，搜索他说的市场裂缝处。

“你看，阿根廷、巴拉圭、乌拉圭、巴西、危地马拉、洪都拉斯，这些国家存在老厂商的设备退服的可能性——西门子和西电，他们的经营很糟糕，可能要在 2～3 年内退出电信市场，那他们的老旧设备区域，自然就是我们要抓紧去抢的真空地带。

“海地、多米尼加、牙买加，还有哥斯达黎加，这些国家因为财政缺口，今年一定会拍卖新的 3G 电信频段，还要卖几张新的电信运营牌照。美洲电信一定会去购入，所以这是我们‘新牌新网’的机会。

“哥伦比亚、智利，这些地方比较难，看上去没什么机会点，但我觉得华兴的技术可能在局部上还是有机会的。”

臣享的“雷达”洞察了“新牌照区域”“退市区域”“新技术区域”三大类机会点。

“你注意到我调整过部门结构了吗？我是说‘国际部’，凡是新调过来的，我都暗中把他们安排到第一线去了。他们的任务就是去挖掘机会点，拿到 Reference。”

阿曼多猛地反应过来，最近办公室里的人是少了一些，自己竟毫无察觉。翡翠大厦的办公室里地区部和事业部的员工是座位混杂的，刚到的老周，恐怕也认不清人头。

“可你把自己人都放走了，还怎么和老周斗？”

“斗？我希望你们能和我一样忍住。我的目标只有一个——8 月 14 日之前，取得 Reference。”

阿曼多看着臣享，这人真不一般。普通人如果整天和一个拿刀威胁的人相处，会失去冷静的判断力，要么是因恐惧而归顺，要么就会过度反击，两种情况都会导致决策失控。谁能像臣享保持如此理智的判断？

臣享问他：“如果我和老周真打起来，你认为总部会怎么看？”

“总部现在把你们‘2 in 1 box’，你俩是联席负责人，但总部看不了那么远，处罚只能 50% 比 50%，和稀泥。”

“50% 比 50% 就意味着没有赢家，然后被人‘黄雀在后’——我和他各自剩半条命，接着，地区部就会正式接管此事。而林强在美国因我们 Boyko 被牵连，还会站在我们这一边吗？”

阿曼多摇着头。臣享也不打算透露是自己让帕特里克释放林强的事，他转头望了一眼百叶窗外的老周：“各打五十大板，还只是在‘小打小闹’下的处罚，但老周不是那种省油的灯，一旦闹凶，可能直接把事业部裁撤了，这对我们没好处。”

臣享的洞察力和推演十分合理，阿曼多也很信服，更对臣享的定力产生敬意。但阿曼多也不得不担心一件事——臣享能忍，但老周是会一步步来蚕食的，万一吞光了怎么办，又要到什么时候才能还手？

阿曼达不好意思直说，先对着那沙盘数了一数，默念起来：

“中美洲有两个 A 级机会点、一个 C 级机会点，加勒比海有两个 B 级机会点，新格兰纳达大区有两个 B 级机会点，秘鲁大区有两个 B 级机会点，巴西有一个 A 级机会点，拉普拉塔大区处有三个 A 级机会点，安第斯地区有一个 C 级机会点。”

“臣先生，那我们在各一线的进展怎么样？”

臣享双手往后伸展了一下，像是在舒缓压力：“还在等，等他们从各个子网把项目拱上来，传递到美洲电信的墨西哥总部后，我们再推动墨西哥 COO office 的审批流程。”他打开 Outlook 的日程表，标红了 8 月 14 日，距今大约还有三个月，“在这个时间之前，我们得顶住老周的压力，你明白吗？”

阿曼多恍然领悟了臣享的隐忍——他是想走自下而上的 COO office 审批模式，而这份忍耐，是为了维持住名义上的决策权。

“明白，”阿曼多合上屏盖，转头向臣享，“不但是老周，而且墨西哥地区部一旦主导事业部，一定会放弃非墨西哥地区的拓展，撤回你投入在安第斯、巴西、拉普拉塔等跨地区部的‘国际部’资源。”

“Amigo！”臣享笑着竖起大拇指，这家伙确实有做客户线的天分，“你在老周底下，尤其要稳住，一旦子网拱上来了，还需要你和 COO office 的‘五柱’周旋。”

“哈哈，那我一定自我保护好。对了，你觉得有几成把握？”

“方向上我觉得是对的，至于能不能成，就得祈祷了。不过，我绝不能把人都留在我身边来保护我自己。”

“但您也不用孤注一掷，美洲电信集团不是给了两个项目吗——‘17 国 SDP 应用平台’和‘17 国统一核心网网关’？”

“丹尼尔拒绝了 Boyko，又凭什么要给我们项目？”

“为了安抚卡蒂纳斯，而且这两个项目也都符合丹尼尔的‘One AT（一个美洲电信）’口号。”

“那这两个集团发起的项目，最终决策权在谁那里？”

“技术是由集团新技术部的胡安，商务是由集团采购部的佛朗索瓦……”阿曼多眼睛圆了起来。

“都是 CEO 的人。所以，这两个项目不是卡蒂纳斯能决策的，这是安抚，也是障眼法，但不是我们该去的方向。我们只能选择 COO office 能够批准的‘项目路径’。”

“那您不也参与集团的‘17 国 SDP 应用平台’的标了吗？”

“FRAN 也在观察我们，不是吗？”臣享无奈地笑了，他太了解帕特里克那只老狐狸，绝不会因为 Boyko 牵制住了华兴，就放松对墨西哥集团总部的围剿。

那次 Jacob 在巴展上直闯 FRAN 晚宴，已经钩住了卡蒂纳斯的心，帕特里克怎会再次对 COO 不设防呢？况且“下一代 4G 网络”的邀标规则，又正是 COO office 的几个人牵头制定的，FRAN 一定看死华兴与集团 COO。因此，参与墨西哥总部投的这两个标，正是对丹尼尔和帕特里克的反障眼法，掩护各地一线的秘密行动。

阿曼多深吸一口气，再次被臣享的惊人推演所折服。

“因此，我们在墨西哥城的团队也必须全力以赴地参与集团的投标。”

“我明白了，可如果你选了与周玉龙一样的‘17 国统一核心网网关’，你俩的冲突不就会缓和些，也为自己多争取到时间？”

“第一，我选择项目，不会基于他的态度考量；第二，无论我选哪个，他都会来找我麻烦。”臣享把百叶窗调暗，在白板上画了起来，“现在 SDP 和核心网网关，你自己怎么分析？”

“核心网网关是 FRAN 的传统强项，也有现网优势，是有战略意义的电信级项目，还有 CEO 的两位助手——胡安和弗朗索瓦会亲自把关，我们几乎不可能中标。

“而 SDP 是运营商的移动互联网门户或应用商店，算是客户投石问路的尝试，一个边缘型的创新项目。这种项目周期长、协调难，需求变动大，集团都对 SDP 部署没信心，估计就是把招标当免费咨询吧。”

“免费咨询，讲得不错，你很接近答案了。”臣享把阿曼多的分析写在了白板上，“你知道 SDP 谁来投标吗？”

阿曼多报了几个公司的名字，都是些拉美名不见经传的软件公司。

“你发现了没，SDP 没有 FRAN 参与。为什么 FRAN 不参与？因为 FRAN 也认为 SDP 是鸡肋，这个互联网型的软件不可能在大象般的电信公司身上成功开发。现在，仅有那些拉美小公司愿意来投标，但他们根本做不了。这一点胡安也清楚，他也认为 SDP 是个伪项目，所以才发给我们投，当免费咨询。我们最后的结局，无非是标期来来回回，无限期延长罢了，无疾而终。

“而统一核心网网关是一个真项目，FRAN 毫无争议地有着巨大的技术和现网优势，是必胜的。然而我们要与FRAN硬抢，依COO卡蒂纳斯目前的心态，他一定拼了命帮华兴。只是，他闹也没用——FRAN在这个领域存在绝对优势，连这一项目的决策流程也不在他手里。反而还与CEO丹尼尔撕破了脸，我们就白白浪费了一次机会。”

臣享在白板上核心网网关的标记上画了个“×”：

“卡蒂纳斯的子弹也只有一发，我需要卡蒂纳斯能够专心在他能够掌控的流程里，也就是拉美子网上报墨西哥COO office，由他名正言顺地审批通过，那时，他与丹尼尔对决，丹尼尔也无力阻挡。

“这是我们目前唯一能赢的路！”

今天这一下午，阿曼多终于明白了其中艰难的取舍，也看懂了臣享重新布下的大局，如今的事业部是难上加难、处处掣肘，但臣享在一切可能性中倾尽他的洞察力，找到了一条胜率最大的路径，或许还真能在Boyko令事业部绝命绝体之后，挽狂澜于既倒。但阿曼多也知道，胜率的背后会有巨大的牺牲和代价，这是一条极其危险、布满荆棘的路。

“臣总，您现在付出的，可远远超过Jacob之前的预期。”

这次，臣享没有应答，他心情很复杂，他关心的不是自己，而是事业部即将投入集团投标的两个产品行销部——投SDP的业务软件产品部的高杰团队和投“统一核心网网关”的核心网产品部的陈青团队，这些兄弟将会牺牲很多。

此时，外头传来了一阵喧嚣，语气飞扬跋扈：“走，抽烟去。”

那是老周和地区部的一些人。臣享还得忍，老周的问题，让Jacob这道霹雳回来后亲办，而现在，他必须全神贯注地瞄准8月14日的最后冲刺。

2

华兴一线销售组织分工，一个作战单元有三条线：客户线、产品和解决方案线、工程交付和服务线，组成铁三角。但实践上，客户线比产品线高半级，而产品线比工程线再高半级。

老周并没得到正式的任命，但Jacob的迟迟不归，让出身客户线的老周更容易被视为新一任事业部的负责人，他不断挖掉新派来的员工，扩张小团队，并获得地区部的支持。

臣享作为客户线 Jacob 的副手，沿袭的是产品线的副总，虽然是 Jacob 的代理负责人，但随着 Jacob 的离开，臣享的影响力正慢慢被削弱。而他不但不增加人力，相反，还按之前部署，将自己的员工往拉美各国一线输送。

臣享留在墨城的人越来越少，势力也就更弱了。处境非常微妙，既要在战略上维持输送拉美一线的布局，又不能与抢权的老周发生正面冲突，而 Jacob 的归期又不定。到了第二个月，Jacob 一方瞬间陷入美国情报委员会的猛烈攻击时，老周便毫不客气地蚕食起来。

“该死，这个 Jacob 净不干好事，给公司闯了那么大的祸。”老周一边在翡翠大厦下抽烟，一边不断散播 Jacob 的负面消息，加强自己的权威。

地区部市场部部长申平，又给了老周一支烟：“我估计他回不来，你很快就起来了。”

两人一阵嬉笑，露出黄牙，显得油腻而猥琐。那种腔调惹得一旁抽烟的墨西哥女职员十分反感，她们只好走到更远处的吸烟点。

“走，我们上楼，陪我去面试一个新员工。”老周说完又把烟头扔在地上。

6 月的天气很热，申平给老周一罐啤酒解渴，虽然墨西哥规定室外不能喝酒，但老周才不管。

墨西哥女郎吐了口烟圈，嫌弃地摇着头。而穿衬衫、系领带、梳背头的墨西哥男职员，耸了耸肩，无奈地对她说：“Los Chinos!（那些中国人）”

楼上，外派员工张婧来报到了，她二十六七岁，名校毕业，曾在客户工程部工作了两年，西班牙语很好：“周总，你好！”

老周一打量，她声音动人、身材高挑，又很职业干练，是一个巾帼女将。老周对她很满意。由于阿曼多和马里西奥都不服他，他英语又不好，急需一位语言能力很强，又有公关能力的漂亮女员工。

“张婧，我很看好你，你干得好，我就在事业部内委你重任。”

“谢谢，周总，我会努力的。”

“很好！我最欣赏你这样的女生！当然你也知道，华兴人很狼性，喜欢为项目而抢资源，我要你也拿出狼性，不要怕在工作中得罪人。虽然这里男生多，但女生也一样能够做高管的。”

张婧年轻的眼睛，被老周点亮了，她在总部接待海外高管时，就一直渴望自己也能在海外成功。

“我再问你一次，你能做到吗？不能做到，我劝你早点回国，我可不会把你当女孩子呵护的。”老周欲擒故纵。

“周总，我一定做到！不负您的期待！”

“好！我在四川打过一个公司级大项目，被派到这里临危受命，你跟着我，我能教你很多。”他不断暗示她，自己过往的功劳说明他将是正牌掌门人。

二十六七岁的女孩，第一眼不喜欢这样油腻的男人，可要强的她还是相信了老周。

3

周玉龙看中“统一核心网网关”，因为核心网是网络的大脑。如果美洲17国的“统一大脑”能由华兴连接起来，那将是华兴历史上的一项突破性成就，极有全球宣传价值，这一点连墨西哥地区部都很心动。

很快，老周把项目立为公司级重点，还拉拢地区部来分羹——墨西哥地区部市场部部长申平、核心网部部长老杨、商业咨询部部长林东，都在他门下，一起参与。办公室里，常常看到他们几位跟在老周身后一起招摇过市。

事业部的核心网产品部部长是二十九岁的陈青，他刚到墨西哥没多久，就开始负责“统一核心网网关”，地区部核心网部部长老杨很吃醋。老杨三十五岁，资格很老，对这个项目既眼红，又不满。自打“利口福”聚餐后，老周把主导权分给了老杨。得了令的老杨，每天呼来喝去地指挥陈青，甚至在大庭广众下斥责他的方法不对，自己却光说不练，陈青刚到墨西哥不久，不断严重加班，被压到崩溃。陈青团队的员工，更被折磨得死去活来。

而张婧的加入，更像一瓶助燃剂，让熊熊火焰烧得更旺。她为了推进工作，不断拉上产品团队开会，但问的问题越多，就越听不懂专业见解，这导致她对项目产生不安全感，而这又激发出她更强的掌控欲。

“陈青，今天下午把这个材料做完，我要去见客户。”

“可总部也没有结论，你能不能拖住客户，稍等一下？”熊猫眼的陈青脸色发黄，长时间日夜颠倒地加班，使他整个人看上去很虚弱。

“这我不管，”张婧毫不示弱，老周的话言犹在耳，任何阻碍只会令她的语气变得更强烈，“这是你们的责任，你不要耽误了我见客户！我可是跟客户有承诺的！”

陈青是个好脾气的人，便解释道：“这个需求不简单，需要和市场部做路标规划的确认。”

在研发和产品上市上是有一套 IPD 流程的，不是说开发就能开发的。为了搞定总部研发，陈青已经与总部 PK 了一周，并想了很多办法，像绞毛巾般挤干研发水分，争取着资源。

但张婧并不管，也不愿搞懂，继续强压道：“陈青，你要是出一点错，我就拿你是问！这个公司级项目有闪失就都是因为你的失职！”

“错就是我们背锅，赢就是你们功劳！”陈青团队里，一个叫钟文山的员工嘀咕着。

女孩狠狠地瞪着这位舞协会长：“钟文山，除了会跳点拉丁舞，你还会点什么？”

“好了，我知道，项目节奏我知道。”陈青阻止着钟文山，自己则有气无力地回应道。

“哼！你不知道，客户会给我压力，你必须快速响应客户。”她觉得自己领悟了华兴的狼性，短短几天，已有样学样地学老周。办公室到处充满着一个年轻女性的叫骂声。

“要不你带我去客户那里，我跟客户当面解释一下。”陈青委曲求全道。

“你过去干吗，安心做方案，我去就行了！”她意识到陈青正在触碰她敏感的东西。

钟文山终于忍不住了：“那之前还一直是我见的客户呢！我为什么不能去？李森管的时候，他和我一起去的。”

张婧不让半分：“李森做得不好。现在我才是事业部的客户经理，之前的模式我不管，现在我说了算！”

钟文山气得说不出话，但又不能和同龄的女生干架。他看了看陈青，陈青拍了拍钟文山，示意算了，还是要谋求合作。张婧风风火火地离开了，钟文山对着陈青嘀咕道：“窝囊！”

一位无线网络产品部的年轻员工，一边在饮水机边倒水，一边说：“你们真能忍啊！换我，才不管她是不是女的、后台是谁。”

钟文山撑了回去：“安哲，你少说风凉话，滚回你的‘无线网络’。”

安哲和钟文山，一位来自无线网，一位来自核心网，都是在Boyko实验局期间一起到达墨西哥的，两人算是好朋友，可今天钟文山憋得难受，头一次对他发了火。

“你还没有去拉美一线啊？”陈青转移话题，以劝开他俩。实际上，陈青是明知故问，因为安哲的水平还不够，臣享就没派他下去。

“嗯，就快了。”安哲的口气还像个学生，他在总部时就认识陈青了，现在也“哀其不幸，怒其不争”，不懂陈青为什么就这么㞞。

这时，另一头又传来张婧的声音，三个人望了过去，然后近乎异口同声地叹了气。

她本是一个清雅秀丽的女孩，很容易让这帮海外未婚的男生喜欢，可现实是，事业部男员工都讨厌张婧。因为她一来，既无法对项目提出建设性的意见，又总对专业性的决策横加干涉，这样一个破坏合作却少有贡献的人，却想学女强人掌控一切，没哪个男人能接受这样霸道的异性。只是她背后有老周，大家敢怒不敢言。

张婧没意识到，她成了老周的避弹衣，火力都集中到她身上。而她也年轻气盛，越受大家的气就越对抗。当安哲和钟文山都干不过张婧时，这股无处发泄的烈火，就会反向燃烧到另一头——上司臣享身上，他为什么不能帮大家做点什么？

安哲倒满了热水，离开陈青和钟文山，走回自己工位。当他路过臣享的办公室时，悄然瞟了一眼——张婧刚刚走进去，而门里，周玉龙、申平、老杨正纠缠着臣享。

门开了，臣享把马里西奥和阿曼多撵了出去，其实是在保护这两人。

“嘿，马里西奥、阿曼多，下午好！”安哲急忙闪避，然后装作若无其事地和他俩打了招呼。等人走了，他头又往里一看：老周真的嚣张啊，那种语气，是会刺痛人的。安哲还记得，老周刚来时对自己这样的小兵也很讨好，接着也谄媚过臣享，而现在站稳了竟然是这样。这种办公室政治让年轻的安哲感到很不舒服。

门再次被推开，老周带着几人走了出来。“周总……”安哲跟他们打了招呼，老周压根没搭理他，一边和申平、老杨大声喧哗着。安哲心里一股子闷气，也发不出来。

臣享注意到门口的安哲，便叫他进来：“最近和汪秦学得怎么样？”

“还……还行。”

臣享看了看安哲，这孩子也还年轻，也像汪秦刚来的时候，只是眼下他没办法像带汪秦一样带安哲了。

“把你派去危地马拉如何，你想去吗？”臣享问。

“好啊，好啊。”安哲连危地马拉在哪儿都搞不清，年轻人闷在墨西哥三个多月，只是一听能“公费旅游”就特高兴。

“那边和中国尚未建交，需要你先弄一张加拿大签证，然后找卢娟，她能帮你搞定危地马拉大使馆关系。”

“我一定完成任务，拿下 Reference。”

臣享看着这傻孩子，也许事业部还真得押在他身上了：“安哲，先别想那么远，下周一定要把签证拿下，人必须到位。”

“嗯，明白！”

“去吧。”臣享拍了拍安哲。

现在，他向各国一线投送兵力已达两个多月了，虽有进展，但仍未能打通一条豁口，而离 8 月 14 日已不足一个半月，他把能动用的人力和资源都用完了，甚至要把“预备队”顶上各子网。然而动“预备队”这事，动作有点大，今天被老周发现了，指责臣享耗尽资源，并要求臣享把人员都拉回墨西哥来。臣享想尽办法才稳住了老周。

此时，Jacob还深陷于听证会的旋涡，臣享只能再次部署。原本，他想派自己的得意门生——“无线网络”的汪秦，为了安抚老周，“预备队员”被迫留在了墨西哥城，而像个小透明一样的安哲，很稚嫩，连老周都看不上，但好歹他是学过无线网络的，派他去危地马拉没人在意，这也是没有办法的办法。

安哲回到工位，正要发邮件给卢娟，听到隔壁“业务软件”部繁忙的讨论声。

“无线网络”与“业务软件”的高杰团队坐得很近，仅隔着一排办公隔板，安哲每天都能听到高杰忙着SDP的各种答复，这是他见过最忙的部门。听说SDP是个超复杂的项目，美洲电信的需求又一日三变，连地区部都不愿意支持，只有高杰在以一力硬抗。

高杰手下的王昆，与安哲住同一套公寓。他知道王昆每天凌晨四点才回宿舍，每天七点却又要起床了，这种状态持续了两个多月。而这一周，王昆几乎没睡过觉。王昆二十六岁还能挺得住，高杰三十四岁了，身体没那么好，两个眼睛血红。但作为负责人，高杰咬牙坚持着。

“昆昆！”安哲叫着兄弟。

“啊？”王昆也有一阵没跟室友讲话了，因为他俩白天黑夜地错开，压根就见不到面。

“我下周终于要出差了，我想大家周末一起来咱宿舍High一下。”

“恭喜……确实好久没玩了……小白……你也来吧。”昆昆有气无力地回答，与他同一部门的小白，原是个搞笑的家伙，现在也累成了憨憨。

只有高杰还努力地发出雄浑而洪亮的声音：“小白、昆昆，今天一会儿要把这个文档赶出来，跟总部开个会。下午就要交给客户。”

这时，总部也是北京时间凌晨两点了，昆昆拿起电话给总部打过去，总部一听到他们的声音就怕了。SDP太复杂了，相关性如蔓藤缠绕，客户也说不清自己的需求，而华兴总部对这种定制产品，连技术文档都是空白的，这些给客户的资料都得由中墨一起连夜生产。

4

安哲的宿舍里会聚了事业部的很多基层员工，无线网的汪秦、核心网的钟文山、业务软件的王昆和小白都到了。此外，商业咨询、网规、项目部的同事也围坐在一起。二十五六岁的年轻人，容易玩到一起。

还有一些是他们的女友，这些“随军家属”，平时在男生上班时，会去上上西语课，学着买菜烧饭，原本在周末，家属和员工可以一起去墨城的景点玩一玩，比如特奥蒂华坎金字塔或是公园烧烤。但最近一段时间，工作太忙，家属们也去不了。

“来了，再上一道菜。”市场部的阿屠端来了一盆水煮鱼，他是安哲和昆昆的室友。

阿屠是四川人，擅长做饭，只要有他在，满屋子都会飘起花椒大料的香味。他还会酿酒、做豆浆。在 Bokyo 实验局那会儿，阿屠总把这里当聚会的根据地，给大家做各种美味。

“你把我都养肥了五公斤，我老婆都抱怨了。”小白对老屠说。

叮咚，外面又有人，安哲开门一看，是工程部的小雪。“恭喜你，安哲，终于派出去了。”说着，她拿出一瓶洋酒。

“喂，小雪，你们都带酒，吃完你们不去 Zona Rosa 喝酒吗？”

“外面有新型流感呢！”

昆昆接过酒瓶，放在酒柜上：“那今晚在家喝个一醉方休吧。”

行政部的卢娟笑了笑，猪流感是在墨西哥的圣周日期间暴发的，大家在宿舍工作几天，就又回到办公室去投入战斗。这些员工的父母都让他们请假回国，但项目上一个人也走不开。卢娟就一个人去超市采购口罩，分发给大家做好保护。

小白的老婆拿着单反四处拍，她会每天在博客上发一些这段日子的家属故事，很快就成了网红日记。虽然有温暖的话鼓励着在墨西哥工作的小夫妻，可网上的恶语也很多。这些可爱的年轻人没有什么可依赖的，也不被父母和网友所理解。在病毒性流感下的墨城，能聚在一起的人，也成了孤独里彼此的朋友。

“开吃！开吃！”阿屠又端上一盆盆香气四溢的菜，大家吃得欢乐，一起举杯，祝愿安哲快点在中美洲开单。酒过三巡，时间到了，小雪打开投影仪，要看孟非的《非诚勿扰》。毕竟，男大当婚，女大当嫁，恋爱才是大家最关心的话题。

“安哲上台的话，我觉得你12盏灯全亮。”一个女孩说。

小雪说：“我也觉得，等你啥时候回国，就去参加吧。”

“那你觉得我呢？”钟文山喜欢小雪，不想让安哲抢走风头。

“今天，安哲不是唯一的主角，”阿屠忽然站起来，“我也要宣布一个重大消息！”

“你要结婚了？”有人开着玩笑问。

“不，我要离职了！”

大家哑然，因为在难得高兴的时刻，即将失去一个朋友。安哲问：“为什么走？”

阿屠拿出一本*LONELY PLANET*，勾画出路线图，“看！”他绕开了中美洲，从哥伦比亚，到厄瓜多尔，再到秘鲁、智利和阿根廷，最后在阿根廷南部的火地岛等轮船去南极，“你们知道吗，我很想去坐阿根廷的‘云间列车’——会在云中间开过的列车。现在我想离职去拉美走一个大穿越，从墨西哥一直到南极。”

安哲问道：“可留在事业部，不是更有机会去拉美17国出差吗？到底是什么原因？”

阿屠喝了一大口红酒，这才说出了心里话。“该死！我和中平不合，我也不想为五斗米折腰。可惜啊，邓博人不错，但我没办法再配合邓博了。”阿屠脱下了大厨的袍子，“我去过三个地区部，在俄罗斯，我穿越过西伯利亚和伏尔加河；在北非，我也在茫茫沙漠的利比亚生活过。这么艰苦的地方我都没问题，可这一次，我在墨西哥只待了三个月就受够了。”

大家没说话，过了许久，有人问：“那回老家能干什么呢？”

“没事，我下个月就三十岁了，也该安稳下来了。我哥在国内搞房地产，需要帮手。”阿屠在海外久了，与日新月异的国内脱节，也和朋友失去话题。男人三十岁会更焦虑，他本打算再在海外坚持干两年就申请回国，没想到遇到了申平，他选择了辞职。他打算最后疯一次后，就彻底回归。回想自己海外的生活，起初是神秘而有趣的，但如今这样结束也不免伤感。

“申平……”大家一阵唏嘘后，就想到老周，又想起了现在的事业部，没有人觉得在事业部工作开心，萌生退意的人很多。阿屠没有继续说下去：“别说这些了，蘸料不够了，我到1202房去借点调料。”

为了忘记不快，大家便玩着“狼人杀”，到凌晨零点，大家却一点没有睡意，就改玩起了“真心话大冒险”。前几轮，大家玩得很开心。输了就喝酒，反正酒柜上的酒很多，从龙舌兰，到百利、伏特加，再到白兰地、威士忌、金酒和干红。

大约玩到凌晨两点半时，大家都喝得又笑又晕，但没人想结束。

“小白，终于轮到你输了。”大家觉得这个搞笑的家伙一直讲荤段子，决心给他出个难题——“说说你有没有对不起过你老婆，选真心话，还是喝酒大冒险？”

“饶了我，我大冒险，我喝。”可他刚喝了一口酒，忽然，他的眼泪像夏日暴雨般止不住地掉，淤积胸口的话倾泻而出。他看着老婆：“我对不起我老婆……我。”

小白泣不成声，大家愣在那儿，也不知怎么回事。

“真是浑蛋，我老婆陪着我太辛苦了，来这里她真的太委屈了。你高杰……你什么玩意儿。呜呜……”

小白老婆一把搂着他，也哭了起来。她知道更辛苦的是丈夫，每天小白都没有好的睡眠。同为SDP项目组的昆昆也忍不住地哭了，起初还是偷偷地呜咽委屈，最后情绪失控，痛骂个不停。作为高杰团队的成员，长时间的重压把他们逼到了极限。

高杰团队每天上午九点前，就要把头晚临时生产的资料交给客户，下午一点又要去客户那里澄清，下午四点回来时，又带了几十页客户询问回来，他们通宵达旦到凌晨四五点，24小时轮转几天，可这已长达三个月了。

酒精作用之下，哭泣的情绪会传染。钟文山也哭着骂起了陈青。一直目睹着高杰和陈青两个部门痛苦的安哲和汪秦也哭着同情这些朋友。

接着，小雪、卢娟等人，还有家属全都哭了。大家在一起几个月了，可从没有这样失态过。公开责备上司是职场大忌，今天大家都反常了，谁都不知道为什么哭，可就是想哭。高压下时间太久了，基层的努力、期待，迎来的却是委屈，从涓涓细流变成了火山喷发，最终矛头都指向副总裁臣享。

只有稍年长些的阿屠没哭。他知道，大家需要一场发泄。有人在厕所里吐完抱着马桶睡着了，有人直接吐在了客厅，有人走在窗台上大吼，被他赶紧拦下来。当隔壁墨西哥邻居受不了打电话报警，阿屠又忙不迭地赔礼道歉。

他把一个个醉汉醉女拖回床上或沙发上，为他们盖好被子，又清洗地板。这时，天已经亮了。他给自己来一杯酒，点上一根烟，才偷偷擦去自己的眼泪。

第二天下午，大家头痛欲裂地醒来后，对昨天的事都很尴尬，但是生活还要继续，只好相互沉默地告别了。

基层已濒临崩溃，臣享也许能自我克制，但他手下的中层也快压不住了。陈青和高杰的体力与精神的负担更重，作为中层，他们不可能像基层那样肆无忌惮地发泄情绪。

5

老周曾经不太关注高杰的SDP项目，但由于高杰团队一直保持着超水平的客户沟通，团队近三个月每晚只睡上两三个小时，披星戴月、日夜颠倒下，打通客户与华兴总部端到端的直连关系。尽管多家公司的解决方案同质化，但他们天天坚持不懈地拜访客户，前一天收集客户问题，次日就高效提供免费咨询，最终，华兴在客户的心里竟变成了比客户还理解客户痛点的特殊候选者。三个月的交流下，SDP需求已经被梳理顺了，项目显得瓜熟蒂落，客户内部逐渐有了启动呼声，就连胡安居然也对华兴起了极大的兴趣，甚至将一个伪项目假戏真做，决定要真正地去试试看。

“张婧，记住，我们要把老高那里的客户关系掌握好，以后我们是客户线，是项目的发动机和控制者。”

张婧走到了高杰的座位边，在高杰忙着准备客户材料的时候，要求他额外给出一份汇报材料。高杰已经累极了，但还是同意了，只是想先口头汇报，但张婧不能忍受任何拒绝，她立刻表示出了不满。

高杰忍了，抽出原来给客户的时间去为张婧写。毕竟三十四岁的男人，不该与小女孩太计较。可小白看不下去，觉得这个女人太过飞扬跋扈。

到了下午一点，高杰团队好容易赶出客户要的资料，饭都没吃一口，又都得去客户办公室例行澄清。可张婧又出现了，要求所有信息出口由她负责："以后什么时候去客户那里、由谁去、讲什么东西，都由我来控制。"

高杰和他的几位中方员工顿时蒙了，眼看就要见客户，怎么能临阵变卦？

高杰团队专属的墨西哥客户经理马努埃尔（Manuel）很生气，这是他与中方奋斗了三个月的项目，怎么忽然就被抢走了，墨西哥人愤愤地说了两句。

"必须这么办！周总说过了。"办公室里，张婧的声音响亮而坚定，仿佛故意向全世界宣告不容置疑的主权。

"老高？"小白忽然轻声地问。马努埃尔也看着高杰。高杰知道，员工们都众志成城，连续近三个月了几乎没睡过，无论是技术需求，还是客户关系，团队已经用顽强的拼搏精神，赢得了客户的十足敬意和总部的钦佩。这种成就感如果就此被剥夺，那项目就不要做了。

"小白、昆昆，你们和马努埃尔先去客户那里。我跟张婧说清楚。"温文尔雅的高杰忽然变了个样子。

张婧忽然受到了巨大的抵触："谁都不准走！"

可老高也决断了："张婧，我们一直忍让。如果你真有本事，我不反对你自己去搞定客户。但你也别拦着我们搞。"

"不行！必须我说了算，不然我就通报周总。"

老高也不再把她当女孩看待："够了，这个事我就这么定了！"

张婧第一次触雷，像个宠坏的熊孩子被人欺负了，气得讲不出话来，只得离开。

小白热血沸腾，像是烧掉了自己的疲劳，但他知道一会儿老周就会带着一群权高势大的人来，老高一个人顶不住。

"高老大，我们陪你。"小白说。

“可客户那边？”老高显得不安。

“不要紧，以现在客户对我们的认可，他们愿意等。”马努埃尔在手机上给客户发了会议推迟的邮件，他也准备好了。

安哲在隔壁听到对话，虽然他讨厌办公室政治，但现在 SDP 项目成败的关键已不在外部客户了，而完全是办公室内斗了。

不一会儿，老周亲自出马了，身后跟着申平等几个人。

“老高，你怎么啦，我听说你欺负我们的张婧啦？”老周的嘴脸，阴阳怪气。

“老周，我解释一下，我们这个项目已经做了两个多月了……”

“不要跟我诉苦嘛。你应该服从安排嘛，我告诉你，我们现在做的‘17 国核心网网关’就很成功啊，所以啊，你要让张婧来帮你们呀。”

申平等人也在点头，给了高杰更大的压力。

“老周，我不是不合作，我太需要人帮了，但是我需要的是支持者，不是让我们再向她汇报和受干扰。你看我们几个兄弟都已经累成什么样了！”

昆昆也很激动，原来老高知道自己的苦啊。他站了起来，随时准备着要护卫高杰。

周玉龙表情变了，他手指戳着高杰：“你千万不要搞错，我们帮你你不要，给脸不要脸，你小子是不是想吃独食？我告诉你，你不配合客户线，不配合公司领导，自由散漫，要不要我到地总那里投诉，再投诉到你总部的二级产品线老大这里？”

高杰鼻子一张一合，他犹豫了半晌终于发火了：“老周，你几个月前不来帮忙，一声不吭的，等我们干到 70%，忽然来掺和了，要抢走项目领导权，还说我吞功劳？这个功劳我一概不要，项目成功都是他们几个小兄弟的！”他指着小白、昆昆等中方员工和马努埃尔。

“有你的啊，老高，你可以，要是项目丢了，就是你得全责！”老周威胁道。

“老高，这就是你不对了，怎么能这样？”身后的几个地区部管理者也指责着。

“好啊，失败了就是我全责！够了吗？你不要管我这个项目！”

老高的声音越来越响，整个办公室都能听到。事业部的员工们都凑过来围观。

“讲真的，以后我一点资源都不给你。”老周也开始耍无赖。

老高不再顾忌：“你有什么，我都不要，只要别给我添乱，我们要去见客户了。”

老周下最后通牒：“你现在走，就是抗命！”

老高也爆发咆哮：“要么我们自己干，要么就你自己干，我们谁都别占人家便宜。”他不看周玉龙，盖上笔记本电脑，背上电脑包，谁也拦不住他。

高杰有客户的认可，也能拿到总部的报价授权，资源也能向总部申请，老周也没有办法。终于，老周软了下来，他的恐吓失效了。他以为老高是头本分的老黄牛，但没想到一头黄牛发怒也能顶翻狮子。

退败时，张婧跟在老周后面，她经过无线网络产品部时，与安哲的目光交会了。安哲看到一直骄傲的她也低下了头——三周前，从阿根廷报上来一个机会点，安哲想去沟通，可张婧不允许他去见客户，愤怒的安哲甚至气到把张婧骂哭了，老周还呵斥了他。

安哲失败了，上次陈青也失败了，但老高这次成功了！

“老高，你等着瞧。”老周还在背后高声唤道。他转头训斥着张婧：“项目可以丢，但客户绝对不能丢，我们什么都不会，这是我们生存的唯一价值！”张婧抹着眼泪点点头。

“这样做行吗？”马努埃尔担心起高杰。

老高看着团队：“我们在干自己的活！No Fault！”

一分钟后，老周直接冲进了臣享办公室，要求处罚高杰。老周添油加醋，甚至威胁起了臣享，因为SDP是臣享力主的项目。

臣享十分意外，他曾嘱咐过陈青和高杰务必忍辱负重，而且自己每周都要面对面地安抚一次，看来人际之弦已绷到了临界点。

但臣享再次让气势汹汹的老周碰了壁，并用高超的弹性拉回了一次近乎闹崩的对话。他也终于意识到，局面正在失控，现在自己还能尽力保住高杰，要是下一次自己与老周直接冲突，又有谁能出面来保自己呢？答案是没有。谁都能发火就他不能，可火已烧着了高杰，那离他也不远了。

臣享送走老周，这时阿曼多走了进来，看着乱糟糟的办公室，说道："墨西哥人都能看出来，我们正在经历一场严重的内战。"

臣享十分难受，老周让外籍员工看到了中国人窝里斗的好戏。

"臣总，'它'已经来了，您避是避不掉了，得准备好应战。"

6

阿曼多料得没错。老周已下了决心，要发动一场逼宫夺权的战争，卸掉臣享的职权。

三天后，周末上午，翡翠大厦的大会议室里坐了三十多人。

事业部要进行项目分析会，所有主管都要参加，但这一次地区部也被邀请了，申平、老杨和林东等人带着团队来参会。此外，老周还请了地总林强和林强的铁三角：产品行销、销售、工程服务的三位副总裁也一同参与。

老周摆出一个开放的姿态，"17 国统一核心网网关"就在墨西哥地区部发生，如果地区部支持老周上台，那地区部可以分功劳，甚至美洲电信事业部未来能割让指挥权给地区部，这对地区部高层们都是很大的诱惑。

会议室的中心放着一张椭圆形长桌，高层围坐着，外圈是主管与骨干员工，房间的一面是投影幕布，一面是落地玻璃，看得到环城大道和对面的桑坦德银行。

"拉上窗帘。"老周命令——这是一种安全考虑，在国内时，商业对手甚至会从远处用望远镜窥视会议情报。

卢娟拉上后，会议正式开始。会议的形式是一个个市场机会点过堂审，再由臣享和老周两位提问。

投影仪打开，一张项目分析表投在巨幅幕布上，每个人目不转睛地看着今年的机会点。

无线网络，是 2G/3G/4G 的网络主体，本该是重中之重，臣享一直在问，但被老周故意忽视——他觉得 Boyko 案之后，无线项目肯定没机会了，而且自己离得越远越好，惹一身骚就成自己的罪责了。

不过，老周没有发现无线产品部的安哲已经走了，臣享故意在这一次会议之前，先把他送走。

“来，过一下‘17国统一核心网网关’。”申平倒是替老周先挑头了，这才是老周立功的项目。

臣享早就看出来，申平已经觊觎事业部产品副总裁一职了，想要取代臣享——他听说老周已对申平做过封官的许诺。

事业部的核心网部部长陈青入座后，开始汇报。由于核心网项目的客户关系是靠臣享在美洲电信集团CTO肯的人脉铺开的，所以由陈青与CTO office进行技术交流。

陈青说了没多久，地区部核心网部部长老杨开始批评了：“进展太慢，这方案也做得像屎一样。”老杨一次都没见过客户，却公开训斥臣享部下的工作，这让大家很不爽——墨西哥地区部公开插手事业部了。

陈青实在忍不住了，但一开口就被老周打断了：“知道为什么进展不大吗？你的方案，技术排名肯定低，因为根本不是客户要的方案啊。”

“这是我与CTO office沟通过的。而且杨总，你不也当时确认过吗？”陈青说。

“哎，你接触的层次太低了，理那几个傻鸟干什么？”老周嘴里的鸟人，都是集团CTO的核心幕僚。老周竟用脏话形容客户，在场的销售人员更不舒服了。

事业部的人都知道，老周一路踩着别人肩头往上爬，只是踩同事就算了，居然还踩着客户。臣享记得，他第一次把老周引荐给CTO office的高级技术官时，老周还很不适应与海外高级客户打交道，只会以结巴的英语，吹嘘在国内的“丰功伟绩”以图称兄道弟，而今天老周又一脚踢开了这些客户。

“那你有别的消息？”臣享发声，他决定为陈青解围。

“那当然，你都不懂怎么运作客户关系，”老周用鼻子说话，“我搞定了肯，他给我看过竞争对手的方案，有照片。”

大家一惊，能拿到友商的方案，这客户关系绝不是一般地好。

臣享也一震，在AT&T项目共事时，肯是个极有职业操守的高管，绝不会给供应商看别家的方案，就算真有，老周也不能为凸显自我价值而当众出卖客户吧。

“啪”——老周放在投影仪上，得意扬扬。所有人都屏气凝神看着这情报。

这是一张手画在白板上的技术方案，从上面的型号来看，能推测是出自 FRAN 的。

“哇，FRAN 的都拿到了啊。”地区部的人兴奋了，项目有戏啊。

正当众人惊叹时，臣享想起来，有一天肯很不乐意地打电话给他：“你们新来的周，偷偷跑到我与 FRAN 的会议室，对着白板一通乱拍，太 Dirty 了，胡安也知道了，你让我怎么在丹尼尔面前交代？”

臣享原来还不信，可老周还真把国内的恶习带到了海外。在客户依然对中国抱有怀疑时，这会击毁中国人的商业信誉，也陷 CTO 肯于不义。

可分析会现场，老周颠倒黑白：“肯答应我，一定会给我帮忙。”

“老周，干得好，一切要为这个核心网项目开道。”地区部的几位副总蠢蠢欲动，拉美很久都没出精品项目了！

可臣享知道，这项目并不握在 CTO 肯手上，而是在集团新技术部部长胡安手上。但这样的场合，人人欢欣鼓舞，他明知老周是胡说，如果反驳，自己就是与大家为敌。而且臣享更明白，华兴根本无力与 FRAN 竞争此项目，方案选择上一定是落后的。

陈青一看 FRAN 的草图也怀疑起来：“周总，FRAN 方案太激进，我们如果 1：1 地学着它的思路，华兴的‘产品规划’不可能在短期就有这类产品，只能另辟蹊径，绕道找到别的方法。”

“你什么意思？”老周面露不悦。

“我觉得可能是虚晃一枪，诱导我们。”

“放在你面前让你抄，你都不会，那就换人吧！”老周一下子就火了。

陈青低着头，他知道任何宣讲人员，在离开客户会议室前都要收走资料，所以但凡留在白板上不擦的，很可能是故意留给对手的假信息。

老周问：“臣享，你觉得呢？”

FRAN 是现网的主要供应商，有防守优势，而防守方一般想把利润吃透，方案也应以稳健可靠为主，怎会主动祭出激进方案呢？如果现在去模仿 FRAN 的“钓鱼”假象，不就说明华兴连一点识别力都没有了吗？恐怕还会被胡安当笑话看，集团更不会相信华兴在 4G 投标上有与 FRAN 一较高下的存在价值。

臣享权衡着客户与老周的双重挑战，可为了再争取一些时间，他选择一条“中道”：“那就做两套方案吧。”

“什么，我没听错吧……”老周鄙夷起来，“你是想让客户自己选吗？”他声音扬高八度，穿透了整个会议室，“我们华兴如果没有自己的态度，客户不就要看不起我们吗？”

话音一落，臣享明白判断失误了，今天不能绕了，老周铁了心要掀翻牌桌了。

“对了，臣享，如果我没记错，我想你也有一个月没见客户了吧，一个月不见客户，还妄谈什么方案，申平最近跟着我天天见客户，成长倒很快。”老周转头看着地区部的高层，背诵着华兴最高首长的“红宝书语录”，“山总不是说过——‘要让听得到炮火的人决策’吗？”

申平乐而不语，事业部员工也都哑火，地区部的高层则哄笑了。

可臣享不见旧友肯，是为了避开老周抢夺客户的锋芒，现在却成了老周的靶点。他这才反应过来，那张偷拍 FRAN 资料的照片，原来是故意让自己出丑的。

林强未加阻止，老周知道自己“抢班夺权”的时机出现了。

7

臣享的情绪控制力很强，脸上不露半分尴尬。

见他不上套，老周开始过第三个项目——高杰的“集团 SDP 应用平台”。

高杰走到长桌的最前方汇报，他双眼通红，让人为他长期不眠不休而心疼。

“各位，技术上，新技术部这里一直在沟通，现在只剩下我们和另一家了。采购部这里，我们也报了‘人力单价’，客户反馈我们很有优势。”

SDP的技术决策在胡安的新技术部。胡安惊讶地发现这个SDP创新项目可以作为客户新增收入的来源，但原先设计过于多变，系统问题多、资料少，论证为“不可行”，可手下却向胡安反复强调，在华兴的韧性下，SDP很可行，投资回报极佳。

“原先，我们也不觉得SDP能做成，因为客户都搞不清自己的需求，更别提成功部署了。不过老高让客户看到了希望，现在美洲电信对SDP重新认定，可能会加速上马，”臣享表扬着高杰，“销售也是一种服务态度。这么高强度长时间的沟通过程，没人能跟得上节奏，但高杰的团队做到了。”

“你什么时候能拿下？”老周开始对付高杰了。

高杰回答：“客户还没定，现在在内部论证，然后重新申报。”

老周追问：“你说还有一家，那另一家的技术方案你分析过吗？”

“这是订制化项目，需求每天在变，已经变更了四十多次了，版本迭代太多，虽然有一些对手信息，我们也不好说那是能完全对标的最终版。”

“那客户的预算呢？”

“项目规模一直在变，可能是……”

“好了好了，我听够了，我问了三个问题，价格、对手、时间，你什么都不知道！你们到底怎么做的项目？”老周借机发飙。

臣享站了出来，护在高杰前面：“怎么能这么说！客户还在确认需求和搜集方案的阶段，项目还在早期的RFI（咨询，定义需求）阶段。”

大型项目采购投标顺序一般为：一是RFI（Request for Information，信息请求）；二是RFP（Request for Proposal，解决方案请求）；三是RFQ（Request for Quotation，报价请求）。RFI为征求供应商的初步意见，以使需求明确化。RFP为需求较明确，征求供应商尽可能多的解决方案，RFQ为各方案的报价，作为比价的参考。

老周用高分贝压过了臣享：“高杰，你搞了半天客户关系，还搞不下来！”

高杰很生气，老周是在报复自己，但高杰又不敢在地区部高层面前犯冲。

周玉龙指责起来："我怕是老高一直隐瞒实情，捂盖子，耽误战机。上次我就让张婧帮忙，老高的态度上就有问题，不但严词拒绝，几个大男人竟还当众欺负一个小女生。你是不是还有什么项目风险故意藏着掖着的？"

"什么耽误战机，你这话不能这么说，上次吵架肯定是有理由的。"臣享护下老高道，"老高他们的辛苦，人人都看在眼里！他们也太累了。"

高杰心头一暖，眼睛更红了。可周玉龙才不管："太累就换人！隐瞒了重大风险，谁担待？总之，你们必须合作！"

会议室里一片死寂，两位领导正面呛了起来，地区部高层也知道老周的野心，但都不便表态。事业部的员工捏着一把汗，不断在心中为领导加油。

"现在不能换人！"三个月来，臣享第一次改变成了对峙的强硬语气，"项目从无做到有，客户现在就认准了老高，我不允许任何人随便摘走他人的果实！"

大家从来没见到过臣享展现这样的一面，不禁暗自叫好。老周被正面猛打了回来，一时无法适应。

申平连忙补位："臣总，您'以人为本'的善意我很赞赏，但还是太外企思维。您来华兴时间短，还不了解华兴是'结果导向'，有危险那就别人补上咯，怎能为一人感受，耽误了大局呢？我们是集体作战的，要大度，讲合作。"

臣享鄙夷地看着申平："高杰的项目进展，你们一直都在邮件抄送里，怎能说不合作呢？你们之前不过问、不帮忙，高杰一干出点名堂，就要接走他的客户关系，又是什么原因？难道你为了控制欲，就不怕影响整体的项目运作吗？"

老周已经调整了过来："我，控制欲？我是怕他隐瞒风险！"

"风险，哪个项目没风险？你又凭哪些数据来评估风险？"

"好吧，"老周放慢语速，像抽烟一样地摸了摸嘴唇，"之前啊，我不碰老高的项目，是因为我想大度一点嘛。但现在我收到情报，就不得不管了——客户建议我们放弃 SDP 项目！"

会议室一下喧闹起来。

臣享震惊："哪个客户说的？"

"阿瓦罗说的！"

"COO office 的五个人之一吗？"高杰也忍不住向老周发问。

"没错，阿瓦罗被卡蒂纳斯安排来参与项目。最近张婧拿下了和阿瓦罗的关系。"

臣享惊异于老周居然已经扩张到卡蒂纳斯那里了，阿瓦罗是负责秘鲁、哥伦比亚、厄瓜多尔的安第斯山脉区域的国际业务经理。由于卡蒂纳斯曾在阿瓦罗区域的哥伦比亚担任过分公司 CEO，因此，阿瓦罗被认为受到卡蒂纳斯的高度信任，在"五柱"中地位很特别，实力甚至能跟安赫尔竞争。但卡蒂纳斯怎么着急地跳了进来？这样下去可对 Reference 不利。

臣享说："我要听到客户的原话。"

"张婧也跟我汇报了。"申平不怀好意地说。

臣享大声说："我要听原话。"

"好，去把张婧叫过来。"老周冲着会议秘书说道。

神仙打架，凡人遭殃。会议室门一开，那位秘书像脱水的鱼儿回到水里一般，大口呼吸，而会议室外面的员工窸窸窣窣的，已感受到了里面的内战。

秘书快速跑到张婧的位子上："领导叫你开会。"

张婧点点头："别急，我先给客户回完这封邮件。"

等她的时候，会议室寂静得可怕，就算地区部几位副总裁也都感到尴尬，但今天一定要分出胜负。隔了两分钟，张婧像女武神一样刚毅地走进会议室，一看情形，她就知道自己的立场。

"客户是怎么建议我们放弃 SDP 项目的？"臣享问。

她说："阿瓦罗原话说：'新技术部与 CTO 是互相竞争的。'"

"这我知道，怎么了？"

"他说'新技术部是支持 FRAN 的'，这个你知道吗？"她在大庭广众下，质问起臣享。

"知道啊。"

"核心网是 CTO 的项目，SDP 是新技术部胡安的项目，"她语气正色，仿佛要给大领导难堪，“您知道？那还让华兴坚持往死路上走吗？”

事业部的员工紧张地看着局势，吵归吵，也要有原则，张婧也太出格了。

“你还没听懂吗？SDP这项目没戏！老高再找胡安，集团两个项目就全都没戏了！”老周接过话匣子，重重地拍击着桌面，“你在SDP项目上走得太深，还得罪支持我们的CTO和阿瓦罗。我们必须学会站在全局上放弃！”

老周看了看高杰，深吸一口气，一刀破下去：“老高为了自己一点蝇头小利就捂盖子，两个项目现在不能再分小团队运作了。今天起，事业部要有大局观，把SDP和核心网两个集团项目，全都汇总给我，我来统一规划安排。”

刀已出鞘，砍向臣享手上的缰绳。

申平随即补枪：“是啊，现在两个项目是互冲的。大家更要一条心，最好把事业部的所有项目都列成一张表，全部一盘棋，我也会用上地区部的市场资源，配合周总统一规划。”

不对，这不是证据，而是推理，推理还是错的。长期以来，CTO肯是丹尼尔安排，角色定位只是项目的技术参谋。

“你搞反了吧，”臣享说到他的信息，以揭穿老周的无能，“核心网的技术决策人不是肯，而是新技术部的胡安。那照你说的放弃胡安这条线，也应该一并放弃核心网吗？”

老周缓缓地说出蓄谋已久的必杀句：“是放弃核心网项目，你敢放弃吗？”

“为什么不敢？你来统一规划，要是你也带错了方向呢？”臣享亮剑了。

“你就是这看法吗？”

“是的。”

“好吧，看来你才是一直真正藏着掖着，反对做核心网项目的人。”老周当头一棒。

这时，地区部几位总裁打破沉默，交头接耳起来了。

糟了，臣享发现中计了！原本地区部对两人的扯皮是没兴趣的，也不会决断，但地区部太重视核心网项目了，太希望开花结果了，臣享说漏了刺耳的真话，不小心站到地区部的对立面了，地区部高层不得不选边站了。

一瞬间，他飞速回忆，勾勒出了一张全局图——老周早就知道了新技术部胡安才是这两个项目的真正实权掌握者，也知道 SDP 是更好的项目。但老周故意选择了难以实现但更有声誉的“统一核心网网关”，其目的从一开始就不是赢得项目，而是营造内部局势，获得地区部支持，登上事业部总裁的职位。一旦登顶，回手又可以摘 SDP 的胜利果实。

老周笑了，他的哲学一直就是“项目能丢，权力不能丢”。

他转向了地总林强：“林总，为了完成公司级的‘17 国核心网’项目，事业部在这一特殊阶段，希望接受地区部的管辖，我也需要您地区部的充分授权。”

老周精深于华兴的灰度，臣享的代理总裁身份是不稳定的。一线完全可按结果导向，从权处置。而老周的臣服姿态，更让蒙受过牢狱磨难的林总心动。

地区部几位副总裁，走到外面一间透明玻璃的小会议室，紧急商议：

“Jacob 不会回来的，这个面子为什么不卖给老周呢？”

“不能再吵下去了，再闹大，事业部就没了，现在二选一选老周，而且我们还能调用他们的资源配额。”

“不要纠结了，老周有本事，就让老周上吧。”

…………

玻璃房外能看见他们激烈地争辩，总裁们都能看出老周是有问题的，可是 KPI 的诱惑又让人无法抗拒。

三分钟后，他们打开玻璃门，大步流星走回会议室。大家屏气凝神，听着宣布：

“该公司级项目的 KPI 为地区部与事业部双重考核，鉴于事业部受 Boyko 牵连，无法全力冲刺，‘墨西哥及中美洲加勒比海地区部’慎重决定后直接介入，转由地区部主导，具体将会同周总商讨细节，也请臣总全力配合。”

地区部这一招很厉害，丝毫没有越规，但又合法地把项目权先挪到地区部，再由地区部转给老周，两个项目互冲，这样老周就成了事业部的实际控制人。事业部员工彻底蒙了，如果老周做了领导，前景一片黑暗。

“我不同意，”这时，臣享选择了一种更危险的抵抗地区部的方式，“我是代理总裁，你们要是逼迫，我就辞职。”他打开电脑，向片区总部的巴西发出邮件。

臣享是外聘高管，等级很高，年薪数百万，一旦离职需要经过片区的审计和调查，片区也必定会介入，重新商议调停，就算斗争失败，至少也能多争取到一个月的主控权。

地区部的产品副总裁发话了：“你可以向片区辞职，但项目不能停。现在地区部的资源要注入你部，请美洲电信事业部马上共享资料与信息。”

臣享立马拒绝：“抱歉，我不能分享。我决定事业部下的产品行销、投标、工程、商务、市场，今天下午就搬离翡翠大厦，到对面的桑坦德银行大厦办公。”

卢娟之前租用的那间办公室一直没有驻扎进去，是臣享还不想撕破脸，但装修一直在进行，就是为了应对今天的不时之需。

林总本不想太激进，也不想因为 Jacob 迁怒于臣享，可现在被激怒了：“臣享，你到底要搞什么？”

臣享眼睛冒着火光：“今天谈不出结论。”

周玉龙建议道：“我建议还是将地区部和事业部的争议上升到拉美片区吧。我们一起打电话给片区总裁方总吧。”

地区部也已是箭在弦上，不得不发：“打吧，打吧。”

老周早有如意算盘，地区部一定会答应：如果片区同意，夺权就被合法确认了；而如果片区不同意，那“17 国核心网”项目打不下来，责任就推给片区。

电话拨到了巴西，方总秘书接起来，“二号首长”平时与各总裁周旋打岔，可一听都是急躁暴戾的语气，也吓了一跳：“方总在阿根廷出差的路上。”

方总正一个人在机场候机，处于顶层的他，所有解决不掉的、要争吵的，总部交办的，客户投诉的，凡是下面能解决的早都解决了，而升级到他这一层次的，都是像被蒸馏过滤后留下的最难决策，总让他烦心不已。他耐着性子听完了臣享和林强各自的说辞，一时也无法安抚双方，更没法在众人面前匆忙调停。而另一面，Jacob 已彻底被众议院情报委员会主席麦菲打垮了，接下来要受到处罚，事业部该交给谁呢？

“方总、方总，是我，”老周连忙抓住机会，“方总您好，我是老周，周玉龙啊，我需要您的授权，拿下这两个项目。”

不比谁对谁错，老周要诱导方总先做一个简单的决断，这对老周最有利。

“你吵什么，不要动不动什么授权不授权的。没授权，你就干不好了吗？我要上飞机了。你们俩再商量不出结果，就按林总的意思办。”

方总也没办法：华兴退出美国，Jacob 会受到处罚。Jacob 一走，事业部必定动荡。如果臣享还无法得到承认，比起狡猾的老周，让受了委屈的老部下林强暂代事业部会是唯一稳妥的选择。

一切又打回到林总手里，可方总不知道，林强已把管理权转让给老周了。

胜负已分，眼看林总即将开口宣布，臣享快步走过去，轻声耳语：“林总，不必让员工看着我们撕逼。”

老周听见了，他站起来，对大家说道：“无关人等先都出去。”

剩下的是高层闭门议事。臣享准备好了，这段时间以来，他一个人面对客户的不信任、员工的埋怨、地区部的挤压和老周的挑战，这四重压力，他要竭尽全力，搜刮出点滴利益，与老周和地区部做最后的交易，不惜代价，也要延长到 8 月 14 日之后，为 4G 邀标留下最后的火种。

轰的一声，三十多个“无关人等”起身离席，合上笔记本，低声叹气，场面一片混乱。但谁都知道，这一走，就留下臣享一个人身处险境，独立与四人决斗。

里面的人正要往外走时，会议室紧闭的大门却从外面推开，一个陌生而漂亮的女孩走了进来。她在人流中拨开了一条逆行的路，好为后面的人腾挪出空间：“让一下，让一下。”

门口赫然站着一个高大健壮的男子，手拖着一个银色旅行箱，窗外的金色阳光，照在他的背后，照出一道立体的黑白剪影。

“Hey Guys，Guess What！”旁边还有一个墨西哥人——司机艾迪，“Our Mr Jacob is Back！”

“于总？于总！”邓博和李森激动到要流出眼泪。

时隔三个半月，Jacob终于回到了墨西哥城！众人爆发出了欢呼狂响！

“出来干吗？都给我坐回去开会！”他一吼。

刚被老周和林强喊出去的人，现又如潮水般卷回来。老周的命令已失去了效力。

8

老周第一次见到Jacob，一看这气度，老周已经紧张——流氓不怕君子，怕好汉，他自知完全不是Jacob的对手。

怎么回事啊，一切已经超乎了周玉龙的预料。听说Jacob在美国被爆锤，华兴被赶出了美国，一线应战的高层也被降职，可罪魁祸首竟然经历了这一切，还能像不死鸟一般活着回来？

臣享也惊讶地看着Jacob，自打Jacob离开美国，他便不好意思再联络Jacob，怕触痛了Jacob的自尊。然而，今天看来真替Jacob多虑了，那家伙可真是一颗响当当的铜豌豆啊！蒸不熟，煮不烂，锤不扁，炒不爆，放在太上老君的炼丹炉里，都熔不掉这家伙。

臣享神经终于可以松弛了，一阵虚汗像决堤般涌出，湿透了他的背脊。这三个半月来，他一人独自坚持住大局，太累了。他用手擦了擦额头，人有点软，只好再用双手撑着椅子，维持住仪态。

Jacob一直被抄送邮件，他知道墨西哥的形势。与EMT的会议一开完，他就紧急赶到了。

“你……什么时候回来的？”林强面带尴尬。

“昨天中午到的墨西哥城，不好意思我太累了，在美洲酒店睡了一觉。”

“没回宿舍？”

“回宿舍？那我还能看到这一幕吗？”

一听这话，地区部都害怕了——Jacob能回来，一定是有高层定基调了，而自己趁着Jacob不在下手，这位“暴君”绝不会善罢甘休！

“项目我很清楚，我们继续讨论下去，”Jacob却格外安静地坐下来，“林总也清楚信任是一层层递进的。你想选核心网，为什么？因为核心网太重要了，我们都想要，可是客户也觉得很重要，他能随便给你吗？

“我们只是个努力的穷孩子，跟地主不熟，第一次见你就要地主家把女儿嫁给你，可能吗？臣享之所以主推你们不喜欢的SDP，是因为FRAN也不喜欢这种吃力不讨好的项目，但我们能用SDP去与客户建立信任。现在，老高已经靠自己赢得了客户信任，我们要去破坏？各位，信任是我们海外销售唯一的资产。”

三言两语，会议室的氛围就被Jacob带回了正道。

“臣享，我们还有一套办公室对吗？”Jacob又问。

“是的。桑坦德大厦，离客户更近。”

Jacob凝视林强五秒钟，林强感到如芒在背。

Jacob低头摸了下鼻子：“那退掉吧，省点钱，今年大家压力都大，我们要和地区部更加紧密合作。林总，今年我们和地区部双算的KPI不会变化。”

林强终于松了一口气：“哦，也好。我本意也是要把事情做起来。”

Jacob并没有乘胜追击，相反，他站了起来，在众人前给林总深深鞠了一躬：“前几个月，我给您添麻烦了，希望林总和地区部各位领导原谅我的莽撞。”

林强看着Jacob，这和以往的他不太一样了，Jacob剃了头发，人也瘦了很多，眼眶和两颊凹了，脸色可能是因为长期熬夜而发黄。林强自省了起来，自己在纽约度过了两个不愉快的夜晚，但是Jacob面临的是整个公司乃至华人圈给他的压力。合则两利，分则两弊，林总又看了看一嘴黄牙的老周，充满敬意地伸出了手：“于总，你回来我就有信心了。”

林强说完，便对地区部的同事说：“我们走吧，这里是事业部的项目分析会。”

他们走了出去，Jacob 转过头，冷漠地问：“你是老周吗？”

“啊……是我，于总。”

“你否定的正是我的方案，臣享跟我说过，我亲自同意的。你还有意见吗？”

“我……我不知道您同意了。”

“你在国内磨炼了这么久，这道理你再清楚不过了——如果你要我同意才能定正确方向，那你的业务水平是不能坐我的位置的。一会儿你到我办公室来一下。”

一直飞扬跋扈的老周，瞬间就被 Jacob 收拾了，台下爆发出一片哄笑，这一次的笑声终于能肆无忌惮。

“大家散会吧。”

老周忧心忡忡地跟 Jacob 进了办公室。Jacob 关上门坐在久违的老板椅上，老周坐在了客椅，Jacob 什么话都没说，沉默了许久。老周的汗也冒了出来。

Jacob 用英语说了一串话，老周是蒙的。

“你听懂了吗？”

“我……您说什么……”

Jacob 皱了皱眉头：“你这英语水平，见客户不觉得丢人吗？我帮你安排一下考个雅思，你考过 7.0 才能见客户。”

“啊，于总……”

“但我不是针对你，我们代表着华兴，事业部所有人出来前都考过，你也需要考试。”他指了指和他一起来的女孩，“这是我秘书吴雯婷，你到她这里去报名吧。”

老周恼了：“你不能给我穿小鞋，我在国内的经验很足，中国区老大还是我……”

Jacob 打开电脑，然后把屏幕转给老周看：“哦，对了，你之前在墨西哥的发票报销 OA 电子流都流到我这里，大量项目经费都不对，这是你的国内经验吗？你明天下午整理一下情况，我听听你的解释。”

这下老周真的慌了，他的发票不少都是私票公报，问题一堆。

“老周，”Jacob 双手交叉，身体前倾在办公桌，“你如果英语提升、财务清晰，我可以让你留在这里。但是如果你不愿意，我帮你找了非洲安哥拉的一个项目。”

“非洲？”老周又蒙了。

“安哥拉有疟疾和战乱，但公司鼓励大家去艰苦地区，那里补助高、提干快。你想要钱，也想要位子，在安哥拉，你会如愿的。”

“……”

“愿去艰苦地区的兄弟心胸很宽，那里的氛围很好，”Jacob 瞪着夜叉般的眼睛，语气如刀锋，“不像我这么计较、记仇、狭隘。”

秘书吴雯婷看着老周垂头丧气地出来，她笑了。在美国战斗时，她已太了解 Jacob 了，Jacob 早一天就到了，但谁都没通知，故意要让炸弹引爆。他总是敢把一切压到极点，再像弹弹簧一样把积压的恶物彻底清理掉。

“Jacob 有空了吗？”臣享走到了吴雯婷的身边。

“嗯，空着呢！”她说，“他就等您呢。”

臣享一进门，Jacob 一把把他拥抱过来：“卧槽！兄弟你怎么都是汗啊！”

“切，别摸我，”臣享一脸嫌弃地推开了他，“你回来也不早说一声！”

“我昨天到了，先问阿曼多了，他说你们今天才开会，除恶务尽嘛，被我抓个现行才能有机会干掉老周这种老油了。所以，今天你就得牺牲一下。”

“你真是不明白状况啊，告诉我，我不也能配合你演戏吗。”

“哈哈哈，一会儿带我下去吃猪肉 Taco，我真的很馋那东西。”

臣享继续摆着嫌弃脸：“走吧走吧，Vamonos（西语：走吧）。”

阿曼多站在门口，听不懂中文，但笑得一样开心。他俩双剑终于合一，都在各自的战线坚守到了最后一秒，任何一方放弃，都将造成不可挽回的失败，然而他们相信彼此，才有了自己不顾一切坚持下去的动力。

三个半月的磨砺，知己之间本该有说不完的话，但现在已是 7 月中旬了，他们都不在乎对方受过什么罪，两人心里只有一件事——4G 无线网络，这才是头等大事。现在离发标只剩一个月左右，华兴还没拿到决战入场券。

在天桥的街边摊，两个穿西装的男人边吃边聊。

臣享在整体战略的设计之初，压根不考虑对付老周的方案，在设计中就是交给 Jacob 这道雷火，而他只是在绝境中，寻找一条突破 Reference 的最佳路径。眼下，由于高杰和陈青团队的奋力拼搏，美洲电信并未因美国针对华兴，而断绝与华兴的交流窗口，而且 SDP 平台更赢得了美洲电信的尊敬；同时，臣享的战略沙盘上，依然列着三大类、十几个项目机会点，已经逐步接近了最终的一步。

Jacob 听着臣享的精密部署，真是个战略高手，区区几个月，就在美洲电信这种寸草不生的地方，发掘出除了 Boyko 之外的新头绪。当初真没看错，他身上果然有自己不及的那种专业洞察力。

只是老周的出现带来了一点麻烦，让臣享的计划施展不畅，而且 Jacob 也确实因为协助陈亚非而晚到了一个多月。

“臣享，离 8 月 14 日就一个月了，你有什么新的办法吗？”Jacob 猛咬了一口裹着 Salsa 酱的 Taco，离开三个半月，他也很难迅速抓住现状的要点。

“既然 4G 是无线网络的项目，华兴最佳的 Reference 其实既不是核心网，也不是 SDP 业务软件，而是要在无线项目上有一个证明。否则，丹尼尔一定会找借口阻止。如果 SDP 能拿下 Reference，我们也只不过是一个画龙点睛、锦上添花，”臣享喝了一口可乐，抹了抹嘴，“墨西哥 Telecell 是听丹尼尔的，自从 Boyko 后就没有了无线的机会。所以，这个破局点，我们还是要继续在 17 国的子网找无线项目了。”

臣享伸出两个手指，又要了两份鸡肉卷，摊主麻利地在铁板上翻炒，冒出食物的香气。

臣享直直地看着冒出的油烟，说道：“原定的‘自下而上’策略是没问题的，只是执行上遇到了困难，对于下派的员工来说，或许这点时间就要打通关节确实太难。另外，现在我更担心一件事——老周已经知道了他们在各子网的隐秘拓展，以老周喜欢与客户吹嘘的个性，这个计划很可能在新技术部、CTO office、采购部，COO office 阿瓦罗那里全都散播了出去，也就是说 FRAN 也会知道，可能已在一线做好防御。”

摊主的肉炒好了，拌着料，搁在Taco的玉米皮里，递给了臣享。

“现在唯一的办法，就是我们俩都得亲自下去，”臣享递给Jacob一个卷饼，也给自己留了一个，“以我们的能力，加上一线兄弟们的前期基础，或许能在一个月里打出一个Reference来。而且FRAN能封得住一般的员工，可未必能封得住你我。”

Jacob端着盘子：“墨西哥城怎么办？Reference从子网到了集团总部，还要有人和时间来攻下COO office。”

“阿曼多能打通。”

Jacob点点头。反正只有一个月了，而且对FRAN也都透明化了，既然打明牌，那索性自己也就放开火力，到一线去行动：“你就把我放到最难的国家去吧！”

“我来找一下。”臣享从西服口袋里拿出纸笔，勾勒出分散在拉美一线各国的拓展地图，前期各小组就像他派出去的一支支寻找新航道的先遣队。臣享终于能放开手脚地将纸上的战术落实施展起来。Jacob和臣享，就像母舰的炮火和雷达，只要他们联合，没有轰不掉的目标。

“我忘了一件事。”臣享在给Jacob挑选去哪个子网时，整理出了一个重要发现，“还有一个国家是FRAN的漏洞，是FRAN唯一不知道我们有人去的。”

“哪儿？”

“危地马拉，老周还不知道，所以FRAN也不会知道。安哲刚刚被我派下去，可他还是太嫩了些。”

Jacob想起了安哲的简历，有点发虚。那男孩是大城市长大的，工作循规蹈矩，更像总部文职，然而一线行销却不该拘泥于规则，一定得勇敢地去掌握弹性。

“不仅是嫩，他五行缺了股‘野劲儿’，还有点软。”

chapter 6
危地马拉的难与易

1

曾在非洲乍得代表处的冯程，正扑在中美洲的哥斯达黎加。拉美“二进宫”的罗笑，转战加勒比海的牙买加、多米尼加和海地。有消息称，卡洛斯家族正与中美洲和加勒比海各国政府谈判，想进入一些新的电信市场。一旦牌照获批，就将重金投资，建一张全新的移动网络，这便是臣享计划中的三大类机会点之一的“新牌新网”。他俩正为此事在当地布局。

安哲去了这一带区域的危地马拉，但并不属于新牌项目，而是难度最高的——搬迁老旧基站。

他二十五岁，研究生毕业刚一年多，长着娃娃脸，一股青涩的学生气。他从没有想到，这辈子居然会去危地马拉，以前他甚至没听说过这个国家。

坐在 COPA Airline 上—— 一个专飞中美洲的航空公司班机，他心里忐忑着：“危地”——是不是很危险的地方啊？中美洲好像素来以谋杀率高而出名！还有那著名的“天坑”。

但他止不住地好奇：这是一个还没和中国建交的国家，恐怕没多少中国人能有幸来过这个国家吧。他打开飞机上的杂志，上面都是西班牙语，他很好学，已经能看懂一些：危地马拉是玛雅人起源的地方，哇，真是充满神秘的色彩……

年轻人想冒险的心思占了上风，他想很快就能去大干一场了。

两个小时后，飞机抵达首都危地马拉城的上空。他拨开窗板望出去，天气晴朗，阳光照耀，浓绿的连山环抱着人类的栖息地，整个城市沐浴在美丽的山谷里，三条蜿蜒的河流把城市切割开。青山绿水中，除为数不多的高楼外，多数房屋都低矮，虽不算发达，但保存着殖民地时代的宁静风光。

飞机降落，停机坪身处一个热带雨林中。他拍了几张照片，跑道边还能看到一些小机库，停放着 20 世纪 60 年代的旧式小飞机和在越战影片里见到过的直升机。这一切对一个毕业不久的学生都充满了神秘感。他唯一熟悉的，是飞机接驳廊桥是 Made in China 的。

这个国际机场叫“拉奥罗拉国际机场”，还算现代化，虽不大，但因人流少而很空旷。

很快，他就走到了令他最紧张的海关检查口。他不知道会顺利通关，还是会被遣返，因为中国和危地马拉没有外交关系，他的签证走了两个步骤。先在墨西哥办理加拿大签证，再送到危地马拉驻墨西哥大使馆做返签函——卢娟打通了使馆关系，拥有申根、美加签证的人，即使是中国人也能入境。

但是这样的签证，与一般的危地马拉移民局颁发的签证不同，是由大使先生特别盖章，就怕海关官员不认可。在海关排队时，他摸了摸口袋，里面准备了 50 美金，但关于贿赂海关官员的说法只是见于报纸，具体怎么操作，他一点也不懂。

“Adelante！”官员喊道，那是西语中“向前”的意思。

他向前走去，交出护照，微笑着说：“Hola，Senior（你好先生）。”

海关官员犹豫地看了看这份签证，在这里几乎从没碰到过中国护照。海关官员便叫来周边的另一位海关同事商议了一会儿，忽然问他：“Porque va a Guatemala?（为什么来危地马拉？）”

安哲被问蒙了，他脑袋里跳出两个西班牙语词“Trabajo（工作）”“Turismo（旅行）”。但要命的是，他忘记问这份签证是“旅行签证”还是“工作签证”！如果讲错了，可能就要被遣返。

难道要在这场合公开掏钱贿赂吗？官员会不会觉得被羞辱了呢？他

紧张了起来，而两位官员正怀疑地凝视着他。忽然，安哲看到了一幅巨大的广告——“Clara”，那是美洲电信在拉美子网的统一品牌名。

“Con Clara，Meeting，Ayuda Clara。”他也说不清自己的语法对不对，反正意思就是“与 Clara 开会，帮助 Clara”。

“Clara？”海关官员问道，看着这个略显青涩的中国青年。

显然 Clara 在危地马拉有着很高的地位，危地马拉 Clara 的前身曾是重要国企 Telgua（危地马拉电信）。大约十年前，卡洛斯家族收购了 Telgua，并统一改名为 Clara 品牌。

“Si！Si！”安哲激动地回答。

两个海关官员讨论了一下，盖了一个入境章，一个月有效期。

2

安哲暗自庆幸地走出来。他经过门口，已经学会了要观察机场，因为任何国际机场的广告牌都有电信运营商。除了排名第一的 Clara，广告牌上还有另两家欧洲电信集团建设的子网——卢森堡的 MIC 集团旗下的“Tigo”品牌和美洲电信的老对手——西班牙 Telefonica 集团的“Movistar”品牌。一个排名第二,一个排名第三。

“安先生？”一位小个子司机挥了挥印着华兴 Logo 的 A4 纸。

“是我，是我。”安哲像找到亲人一样，他担心在这个犯罪率很高、语言又不通的城市里，要是找不到司机就完了。

司机帮他放好行李，出发去危地马拉分公司。丰田车上，安哲显摆起三脚猫的西班牙语：“还有多久车程到公司？”

“很近，十五分钟。”司机英语很差，却努力用英语沟通，他不像普通的拉美人那么热情，但性格温和，看起来比墨西哥的司机艾迪更靠谱。司机年纪不到三十岁，身高只有一米五五，已是两个孩子的父亲了，他说自己是从农村到首都大城市来找机会的玛雅土著后裔。

读万卷书，不如行万里路——原来书里说什么玛雅人神秘消失是假的。司机告诉安哲，危地马拉城还有像他这样的数百万玛雅人来找工作！安哲兴奋极了，从识字看书时起，他就被神奇的玛雅吸引，没想到真来到了书中说的地方，真是太幸运了。

“Mira！（看）”司机一指，车刚好绕过机场外的一个环岛，安哲看到一个巨大的玛雅人雕像，他像个孩子般嘴里不时冒出惊叹词。接着，车开始向城区里开，此时司机却不断地重复一个词“Peligro（危险）”，并西语英语混杂地强调道：“安先生，很危险，这里危险。”

司机说，只有公司和宿舍是相对安全的。危地马拉依然有大量人口处于极端贫困线上，这成了社会不安定的原因，首都危地马拉城更是世界前十大犯罪城市之一。在这里，贩毒团伙是很大的一股势力，此外延伸出抢劫、劫持巴士，甚至警匪一家。安哲还长着一张东亚人的脸，尤其容易成为目标。在这里一旦发生危险，而因为中国与其尚未建交，连中国大使馆的保护都没有。

车进入了城区，城市一共有二十二个区，按照1区、2区、3区……这样命名。街道也是用数字命名，横的路叫“街”，竖的路叫“道”，比如“第6区的第7大道”。

最终，司机将车停在第10区的第3大道上，第10区是城里最繁华富裕的区，他下车的地方正是第10区的核心区——ZONA VIVA（活力区），周围有不少高级酒吧、俱乐部、高级餐馆和办公楼，与外城平民区的破落迥然不同。数周前，美国总统在危地马拉访问时，就下榻在ZONA VIVA的洲际酒店。

华兴的危地马拉办事处就在洲际酒店隔壁的花旗银行大厦第十七层，安哲到了楼上，办事处CEO包总正在等他。

“你是小安吗？终于把你盼来了。”这是包总第一次见到安哲。包总四十岁左右，热情地把安哲带进了自己的独立办公室，甚至还帮安哲拎着一个箱子。

包总刚卸任墨西哥地区部供应链副总裁一职，又担任了新危地马拉办事处CEO。包总不记得安哲，但安哲却见过包总一次——包总还在地区部时批评过一位女员工，训斥响声雷动，态度凶狠，把对方骂哭了。之前，安哲一听危国CEO是包总时还很紧张，可眼前的包总温柔又客套。

安哲被包总的反差给吓到了，他放好行李箱，忐忑地说：“包总，臣总让我尽快来危地马拉。”

包总客气地说："我给你先泡杯咖啡，然后帮你找人问问。"

包总泡起了咖啡，这种过分讨好，暴露出缺乏自信。安哲猜想：包总虽曾是地区部供应链副总裁，但只管过后勤，从没亲自上过战场当销售一把手，更不懂产品武器，所以才对懂得无线销售的他有很强的依赖感。想到这里，安哲也就心安了，自己若想在危地马拉拿下 Reference，就必须借到办事处老大的东风，那现在就大胆地秀点本事，镇住包总。

"谢谢包总的咖啡，那在讨论之前，我也跟您先讲一下美洲电信在墨西哥总部的形势吧。"

"好啊，好。"

安哲假装成熟，拿着臣享的理论，又对比美洲电信的供应商地图，竞争对手方案、沙盘推演、SWOT 分析，最后还拿出了卡洛斯家族的决策鱼骨图。总之，三个月里臣享、邓博教过他的东西，他都还牢记着，现学现卖。

"包总，从全局来看，危地马拉可能有大机会，甚至是撬动美洲电信的第一块砖。"

"真的吗？"包总眼睛发亮。

"是啊，按臣总的分析，危地马拉 Clara 是'供应商格局不平衡'的地方，上一代 2G 用的是加拿大的西电（WESTEL），而现今这一代 3G 用的是 FRAN，两代网络在全国范围内重叠并存。一个基站站点上，放两家供应商的两套设备，这样'制式划分'的供应商管理，会有很多扯皮的事，Clara 管理也很复杂。未来，'All in 1'才是趋势，Clara 就能把危地马拉的东部 2G/3G 都归一家，西部 2G/3G 归另一家，各自包干好，没有扯皮，Clara 会觉得方便。"

"哦，从'制式划分'到'地理承包'，一旦洗牌，就是我们的机会吧。"包总是物流专业出身，也不太懂网络，但安哲讲的机会点也令他感到大有可为。

"没错啊，Telgua 被美洲电信收购前，2G 设备采购的是西电，但西电这几年衰落了，还可能会破产。危地马拉 Clara 一定担心它的 2G 供应商破产了怎么办，如果咱们提前布局，就能搬迁西电的 2G 网络，这不就是咱们突破的机会吗？"安哲在白板上画画写写，费尽全力煽动包总，“您看一下，全国西电 2G 的总盘子会有多大啊，如果借着搬迁西电 2G 设备的机会，占了它全国 2G 的地盘，我们还可以用‘All in 1’把 FRAN 的 3G 一起撵走，那危地马拉全国的网络都是我们的，恐怕销售额甚至上亿美金吧。”

“上亿美金？”包总嘴里的咖啡喷了出来，“现在卢森堡 MIC 在这里子网的交付也只有 1500 万美金啊。”

“呃，可能打点折吧。”安哲尴尬地笑了笑，他压根没做过报价，这数字是乱说的，刚才一不小心，牛皮吹得用力过猛了。

“看来机会是有的，”包总像变了个人，安静地坐下来，“来，你看到外面这些本地员工了吗？”

门外是二十几个危地马拉的本地员工，还有四名中方员工。

包总拉上百叶窗，掏起心窝：“华兴海外分公司，都是先从销售做起来的，短则三年，长则五年，慢慢签单成长，这样团队稳定、客户融洽。可危地马拉办事处不同，这个办事处的建立，是源于去年欧洲片区拿到了卢森堡 MIC 集团的试水项目，MIC 在中美洲几个国家有子网，所以就把一个中美洲小项目扔给华兴来投石问路。

“所以，这里是因一个紧急的工程项目而成立的。成立时间太短，员工都是以 MIC 工程队为基础，没有配备销售，力量太弱了！”

包总被下派到海外才半年不到，只有供应链相关的知识，他凭借极长的工作年限才熬到做个地区部供应链的头儿，但这只是一线中最弱小的体系。当 MIC 项目交付到尾声时，未来得及熟悉海外的包总又从地区部被下派到了危地马拉，让他接手建设办事处，这更让他眼前一抹黑。当地关系、产品技术、人员组建、法律财务、业绩冲刺，诸多一把手要懂的业务，他都不熟悉，所以心里才没底。他空降到此，非常焦虑。

包总说：“今年海外改革，一线‘四体系’改组为‘铁三角’，‘供应链’太弱，就并入‘工程交付线’，我的去处就成了问题。林总说危地马拉缺一个管理者，问我愿不愿意去当办事处 CEO。我能怎么说嘛，只能回答：‘领导，你需要我去哪儿，我就去哪儿。’”

包总叹了口气，现在他有了销售考核，而 MIC 项目收尾，暂无营收，如果他没有新的增长点，恐怕办事处会解体，他 CEO 位置也保不住，事业级别会一降再降！现在，地区部已经把投在 MIC 项目上的中方专家陆续撤回，危地马拉本地员工如果没有新业务做，也会很不安。包总虽不全然相信安哲，但安哲给了包总一个“故事”。有故事讲，包总就能向地区部多续命几个月。

“那现在就交给你来办吧。”包总说。

“没问题！”安哲心里乐开了花。

“你们进来吧，跟大家介绍下事业部派来的专家，你们要认真听他的思路。”包总打开门，叫来几位员工，有工程和运维的，有售后网规的，有中方的，有危方的，安哲俨然成了办事处的二把手，这感觉真是棒呆了。

忽然门被推开，一个身形瘦长的三十多岁的墨西哥人进来了，他斯斯文文，但又阴气沉沉。

“哦，忘记介绍了，这是恩里克（Enrique），中美洲客户总监。”包总笑着站起来迎接。

“怎么了？”恩里克刚外出回来，意外于办公室里的气氛变化。

“没什么，安哲是专家，从墨西哥过来支援我们。”包总笑着做介绍。

“你好。”安哲忙不迭地回应，站起来握手。

“OK，那我先出去了。”恩里克扫了一下几人，只是跟安哲点了下头，便冷漠地回到了他的独立办公室。

整个危地马拉办事处，只有两间独立办公室，一间是包总的，一间是恩里克的。

安哲愣了一下，危地马拉不还有客户线吗，级别也不低吧。他想起自己见过这人——恩里克原隶属于墨西哥分公司，算是经历了墨西哥三朝 CEO 的老员工了，听说早年华兴刚进入墨西哥时，最初想招募些当地有关系的代理人来打开局面。恩里克自诩有丰富人脉就进来了。他不知怎的被调离了墨西哥主战场，一直游弋在外围的中美洲负责销售拓展，但始终没做开。三个月前他回墨西哥开会，曾坐过安哲的身边，推销过中美洲的机会点。那时的恩里克谨小慎微，祈求着资源，然而现在的恩里克很高傲。怎么说呢？这个恩里克好像有点像老周。

正当安哲尴尬地想缩回手时，旁边一个五十多岁的危地马拉员工沃特（Walther）伸出手，握了握安哲：“你好啊，安哲。”

3

“沃特，原来是你啊！真是太高兴了。”安哲和沃特也在三个月前见过，那时因为MIC中美洲项目，危地马拉办事处派了一些员工回墨西哥培训。

沃特个头不高，白人，但又不像欧洲白人。当年的殖民时代，除西班牙皇室派驻的白人官员之外，凡在美洲长大的白人都被称为“克里奥尔（Creo）人”。危地马拉办公室里大多是这些“克里奥尔人”，但沃特的祖辈并不是西班牙人，而是有着严谨态度的德国人。

沃特在电信业浸淫很久，堪称中美洲电信的活化石，他曾是Telgua（危地马拉电信）初代员工，在Clara收购Telgua后几年，他做了西电的中美洲总监，地位不低。可当西电在科技业日渐衰落时，就必须裁员了，这位老字辈也被迫离开了西电。他年纪大了，再想找一个好工作并不容易，这才来了华兴。

“是啊，我们又见面了。”沃特温和地笑了笑，一边握手，一边给了安哲一个拥抱，“对了，你怎么会到这里来的？”

“我得在一个月内拿到危地马拉Clara的合同。”安哲悄悄地把老沃特拉出了包总办公室，小声问道，“沃特，你有什么办法吗？”

老沃特像看着自己的孩子一样，充满了善意：“我会帮你想办法。来，你坐我对面吧。”

“谢谢。”

“别客气，有什么事就找我，想去附近玩，我也可以带你。”

沃特刚入职时，面对特别复杂的华兴IT和内部流程，其中不少还是中文系统。作为一个年纪大的人，他有点跟不上，那时是安哲帮了他很多忙，现在他也想回报安哲。

“好啊，好啊。”安哲也很喜欢老沃特，不但能学到前辈的很多知识，也能了解异国风趣。

老沃特很有心，他把办事处的本地同事一一引荐给了安哲：“这是何塞（Jose），负责与这边传输网络。这是路德维希（Ludwig），负责我们的供应链，所有清关、机场码头和内陆运输事宜都要靠他。”

大家聚到了休息区欢迎新来的安哲，办事处很小，氛围很好，本地员工也很热情。安哲想了想，连忙从行李里拿出在机场免税店买的十几份小瓶装香水和巧克力。他很开心这么快就能融入环境。安哲看了看恩里克的办公室，唯有恩里克不愿跟大家聚在一起，刻意与大家保持距离。或许是因为他来自拉美大国墨西哥，自觉比中美洲小国要高人一等。

路德维希也瞄了眼恩里克的办公室，然后掏出手机，添加安哲的 Skype，发了一个视频，“看看这个”——那是 Youtube 上墨西哥缉毒警察开车撞树的滑稽视频。本地同事们都嘲笑起了墨西哥人：“安哲，我们危地马拉也有一句话，‘离天堂太远，离墨西哥太近’。”

见安哲顺利融入环境，这时，沃特悄悄把安哲拉出人堆，凑到他耳边：“我先带你熟悉下吃饭的地方，下午再带你去 Clara 吧。”

下午，沃特开车载着安哲去 Clara。这一路上，安哲有种说不清的不安全感，就像他看过的好莱坞影片中迈阿密犯罪街区一样，许多店面都有私人雇用的持枪保安，即便是一个小饭店也有两三名保镖。

“这里真的很危险吗？”

“危地马拉是可以拥有私人枪支的国家。持枪率很高，黑市里也很容易买到。因为美国不控枪，就都流入中美洲了。你是中国人，在这里太显眼，以后出门尽量坐大公司的出租车，不要搭公共交通。”老沃特一边开车，一边一路教他。

Clara 危地马拉的总公司在一条高速公路般的大道边。Clara 大楼并不大，一栋七层的小楼，外面还有铁丝网，入口很小。门口设有两道保安岗，保安仔细地搜查了安哲的背包。

安哲问：“沃特，我们一会儿见谁？”

“无线网络建设部的总监戈麦斯·李（Gomez Lee），还有 CTO 和 CEO。”沃特放下包，通过安检，“想要拿到 Clara 子网的合同，就必须通过从戈麦斯·李到 CTO 再到 CEO 的三级审批，才能到墨西哥总部。你得先拜访一下客户。”

安哲倒吸口凉气：三级审批……一个月来得及吗？一会儿跟客户又能聊些什么呢？不过沃特办法很多，居然一次性能见到一条线上的所有关键人物，也许还就靠沃特了。

上了电梯，里面很暗，布局也很局促，窗子外是铁栅栏，办公环境有些破落。他俩第一站先去四楼找戈麦斯·李。沃特介绍起来："戈麦斯·李是个华人。他祖籍好像是香港。"

"香港人？"安哲很意外，难怪姓Lee，但愿同宗同源，会好沟通些吧。

他俩穿过几十个人的格子间，到了公共区域的最后一排。戈麦斯·李正襟危坐，他的背后是一扇窗，桌前有三块屏幕，上面是各个网络站点信息和日常报告，作为承上启下的岗位，戈麦斯·李要处理特别多的事。

"嘿，戈麦斯·李，"沃特温和地打着招呼，"这是安哲，他从墨西哥来，负责无线网络。"

戈麦斯·李手中的鼠标停了下来，眼睛向上打量着安哲。

"戈麦斯·李，你好。"安哲表现得彬彬有礼，他观察着客户，戈麦斯·李微胖，三十岁出头，但脸上毫无表情，这让安哲觉得很难接近。

"OK，欢迎，请坐。"戈麦斯·李座椅一转，接待起他俩。

安哲寒暄起来，他说了些套近乎的话，但效果不好，戈麦斯·李没有共鸣。安哲自知不是那种能说会道的社交能手，可不拉拢感情，之后怎么谈合作？难道一上来就谈让华兴的2G替换掉西电的2G吗？这也太直白了吧，而且人家西电的网络还在正常工作呢。

安哲琢磨半天，最后他只能在戈麦斯·李的桌面上做一次华兴的公司汇报。可戈麦斯·李依然表情僵硬，偶尔"OK"一声，就像在看安哲的表演。安哲有些顶不住压力，现在连第一道关的戈麦斯·李都无法突破，那之后的CTO和CEO就更无能为力了。

安哲顿了顿，又换了个思路，想制造下气势。他认识COO office五柱之一的里卡尔多，正是里卡尔多负责中美洲四个国家，应该算是戈麦斯·李上级的上级的上级。安哲就开始讲自己与里卡尔多一起吃饭聊天，显摆与戈麦斯·李的大老板的密切关系。

"里卡尔多啊，我刚给他发了封邮件。他是个怪家伙，我不太喜欢。"戈麦斯·李竟大胆地嘲笑了一把里卡尔多。这让安哲目瞪口呆，又感到自己的稚嫩——没搞清人际利害时，真不该装腔作势。

几个回合下来，安哲已像只斗败的公鸡。戈麦斯·李一句也没抱怨过西电，安哲想搬迁西电 2G 基站看来没啥希望。无奈中，安哲只打算把《公司介绍》PPT 讲完，就结束了。

他翻开最后一章——《全球案例》，刚讲了两个 Case Study，其中一个正是 MIC 项目。戈麦斯·李居然冷笑了："哦，你们好像军火商。"

"啊……这是。"安哲尬笑，猜不透客户的讥讽。

"你们给 Tigo（MIC 集团在中美洲的品牌名）用的就是这种方案啊！"戈麦斯·李的表情终于丰富起来，并指了指窗户。安哲从铁栅栏看出去，Clara 大楼正对面竖立了两块巨大广告牌——和机场广告牌一样，就是西班牙 Telefonica 集团的 Movistar 品牌和卢森堡 MIC 集团的 Tigo 品牌——这两家都是美洲电信集团 Clara 的竞品。

"我们被 Tigo 追得很厉害，再这样下去我们 Clara 的用户都要流失到他们那里了！"他拿起电话，"哈罗德（Harod），到我这里来一下，有个人你得见一见。"

哈罗德来了，他三十岁左右，是危地马拉白人。

"安哲，欢迎你。"哈罗德长着一张娃娃脸，戴个棒球帽，与戈麦斯·李不同，哈罗德很热情，"在城区里，我有几十个关键站点都不符合网络的质量 KPI。客户投诉意见很大，我们需要扩容。但现网 3G FRAN 和 2G 的西电基站太大了，2G 和 3G 合并一起，就有两个大铁疙瘩，再加上配套设备，我们根本找不到大场地再安装大型基站了。你们卖给 Tigo 的基站好像很小，没有征地问题。"

戈麦斯·李把三块屏的最右边的一块转向了安哲，展现着运维数据："哈罗德是我们的运维总监，现在他维护的网络随着竞争加剧，为了留住客户、提升用户体验，就必须扩容，但我们的无线基站个头都太大了，物业和政府不批地，我们很难再扩容了。你把这个 Case Study 好好讲一讲吧。"

"哦，好的，那是全新的'分布式基站'，部署很灵活，嗯……"安哲拼命在脑海里挖出培训资料，"日本和欧洲用过。欧洲那边工程费很贵，有时候安装一个基站需要大吊车，甚至直升机，但我们把基站像模块一样分散开，这样工程师可以像拼乐高一样安装。

而在日本那边，东京寸土寸金，我们的基站可不能占地方。”

“分布式基站”是华兴的又一个创新，它个头小，把一个传统大基站打碎，化成一个中央的基带处理单元 BBU（Base Band Unit）加数个远端的信号发射单元 RRU（Remote Radio Unit）。两种单元能以细细的光纤拉远互联在一起，不但占地小，还能实现多点散状覆盖，就像分体空调一样，一个主机能一拖三，甚至更多。

这个方案曾经是一个欧洲小客户提出的，因为欧洲机房空间小，希望 FRAN 把基站做小，但 FRAN 拒绝了，当时的华兴什么脏活累活都接，便做出了分布式方案，只是这个方案当时也没能商用。到了近期，“分布式基站”虽然已经开始量产，但应用时间很短，并非主流，安哲所说的日本和欧洲案例，也只是几个规模极小的新运营商，老牌电信运营商还不敢铺开。

可听完了介绍，戈麦斯·李却要得很急，甚至有些不顾风险：“哈罗德说的有网络质量问题的 20 个站点，我可以把经纬度给你，华兴能搞定吗？我希望在一个月内。”

“能啊，当然能！”安哲脱口而出，一个月就有 Reference，这不正是臣享最想要的吗？自己真是积了什么德，来危地马拉简直就是抽中了幸运大礼包，先是包总愿意听他的，又有沃特的支持，现在客户还把机会送到面前。

但他一想，又怕自己夸大其词了，毕竟刚才承诺前都没确认技术细节和货期呢，可他刚要开口，戈麦斯·李又说了：

“如果你的东西成功部署，我就下个 PO（Purchasing Order，订单）吧，直接采购。我们急着用呢。”

哈罗德也跟着说：“你不快点，我们就要落后于 Tigo 了。”

安哲不敢相信，可直接商用？还卖钱？幸福来得太突然！这是在墨西哥子网 Telecell 想都不敢想的，美洲电信集团下的每一个分公司真是千差万别啊。但安哲还是试图让自己冷静下来，别高兴得太早，以免其中出了什么岔子，功亏一篑。

“你们要跟 COO office 的里卡尔多汇报一下吗？”

“不用的。”戈麦斯·李说，他显然是真不喜欢里卡尔多。

安哲迟疑起来。凡是“自下而上”的项目，不都要经 COO office

审批吗？如果擅自本地决策，岂非这个 Reference 不合规，反而拿不到下一代 4G 邀标的资格？

“不用跟里卡尔多汇报。”戈麦斯·李斩钉截铁地重复道。

“要不，我申请个折扣，这最早几个基站第一次合作，就作为免费赠送处理吧。”这样就可以不涉及经费，不必到 COO office 去进行复杂的审批，既符合 COO office 的规范，又免于触怒子网的戈麦斯·李。

戈麦斯·李说：“没关系，我们上一个财年还有剩余预算，预算不到 200 万美金的订单不用升级到墨西哥。”

看着客户正为 Clara 与 Tigo 激烈竞争而烦恼。好吧，自己想那么多干吗呢？赶紧发货并启动工程交付，部署完就能签单拿 Reference 啦。

“你邮箱地址给我，我把地理位置和基站载波数、频谱的信息发给你。”这时，戈麦斯·李切换成了一口粤式普通话。

“哇，你能说中文啊。”安哲说，双方疏远的感觉一下子就拉近了。哈罗德也笑了，三人欢笑起来。

真是的，戈麦斯祖籍是中国，早点讲普通话不好吗？

会议差不多结束了，初战即胜，安哲有点兴奋过度。沃特全程只是陪着安哲，不太说话。老练的沃特看出安哲在最初的局促时间东问西，就缺一句话：“您的网络现状有什么瓶颈吗？”

他本想给安哲留些面子，只待最后时才替安哲发问，但现在安哲和戈麦斯·李用中文说笑起来，自己不会说中文，又对华兴的产品插不上嘴，倒有点成了局外人。不过没关系，想来这过程也奇怪，沃特和戈麦斯·李都是本地人，交流应该用西班牙语，他们只是照顾安哲才换了英语，原本安哲才是局外人，如今……能给第一份工作的老东家 Clara 带来价值，又帮到年轻人，他也心满意足了。

“走吧，我们还得继续拜访 CEO 和 CTO。”老沃特带着兴奋中的安哲坐着电梯从四楼到了七楼，沃特和管理层办公区的女秘书热情地打了招呼。

安哲也上前，挟胜利者的余威想和秘书搞好关系，可女秘书毫无热情。沃特走上前，把随身带的小礼物送给她：“是这个中国帅哥为你准备的礼物。”女秘书这才对安哲挤出点笑容。安哲方才意识到，刚才真是太膨胀了，自己不过是一个陌生的中国人！而且，他竟忽略了沃特的参与价值。

两人坐在门口等候。安哲看着身边的老沃特，有一种英雄迟暮般的安静，单手转着一支 Parker 金笔，似乎是他多年前用的。“哦，来了。”忽然他用胳膊肘戳了下安哲，自己站了起来，切换到另一种热情的状态——Clara 的 CEO 和 CTO 出来了。

“Hi，老沃特，你好啊。”CEO 是一个 40 多岁的男子，神气活现，打扮得像个“钢铁侠”范儿的花花公子。

“嘿，老朋友，最近好吗？我想给你介绍一下，墨西哥过来的一位同事。”沃特把安哲介绍给了 CEO。

CEO 握了握安哲的手，切换成了英语，安哲递交了名片和见面礼后，刚寒暄了三五句就找不到话题了。

CEO 抬了抬金表，又转回到西班牙语，对沃特说：“嘿，老兄，真抱歉，我得走了，下次有机会聊。”然后笑眯眯地对着秘书说，“我今天不回来了。”

此时正是下午三点，安哲看着 CEO 离去的背影，CEO 看上去和戈麦斯·李、哈罗德很不同，他似乎什么都不知道，甚至没有与 Tigo 竞争的压力，说是 CEO，倒更像一个一概不管的富家子弟。

“沃特，CEO 刚才说什么啊？”

“他说，恩里克找他去玩了。”

“恩里克？”安哲想起那个墨西哥人，“他在 CEO 任上干了多久？”

“很久了，”沃特说道，“走吧。”

4

安哲回到了花旗银行大厦，赶紧把今天的好消息第一时间写邮件发给臣享。

臣享除了在中美洲，还在加勒比海岛国、南美的巴西、秘鲁和哥伦比亚等地派过人，每天都能收到情报，但大多雷声大雨点小，吹得越凶的往往离成功越远。所以安哲的反馈并不特别。

包总倒是情绪高涨：“你这小伙，可真是福将！一出手就拿了 20 个无线基站站点的订单啊，还不快签单啊？这可是零的突破啊！你缺什么跟我讲！”

这个项目是“先完工后签单”，因此必须先期交付，但安哲一切的知识都来源于PPT和Word文档，工程经验几乎为零。安哲连一个站点的“测试局”都没玩过，这次一口气就20个站点，没有工程交付线的工程师可不行。

“我需要无线网络的工程师。”安哲说道，他也搞不明白对不对，他还不太清楚工程交付线的工种细分。

“好！我给你安排。”

由于MIC项目，包总这里倒不缺工程师，不过大部分交付人员已经返回墨西哥了，剩下的都是维护人员，包总把维护MIC的中方工程师张工交给安哲来对接。

安哲把20个站点信息共享给了张工，张工一看就摇头：“安哲，这是不可能的事情，这20个站点周围都是2G西电和3G FRAN的基站，华兴的基站被包围在一堆其他厂家的网络里，这叫‘插花组网’，就会产生同频干扰。”

同频干扰，是指两家公司的产品部署于同一制式网络时，一家公司可能对另一家产生的排异现象，会造成该区域的信号彼此干扰，乃至完全混乱。

安哲大吃一惊，产品白皮书和功能清单里可没写过啊。他急忙问道：“我会在报价系统里，下单两个2G和3G的控制器，我们走独立网络通道，接到机房核心网里，不跟FRAN和西电发生关联，这能解决吗？”

张工说：“不行，干扰不在机房，而是发生在户外空口的无线信号。”

“难道同频干扰就不可能消除吗？”安哲这下紧张了，自己答应得太快，方案果然有麻烦。

“几乎无解，除非你一遍遍去人肉测试，根据反馈再校调参数，可谁能各态历经性地测试啊？这还不包括异厂商设备的周期跳频。”

安哲大概猜到了，这就像逆向工程，拿到一个药片，化学家得盲测出药片的配方，华兴在拿不到其他厂家的配置参数下，只能在成百上千次的信号收集中，一遍遍地去猜去试，逼近最优的方案，这需要能配置参数的网络规划专家支持。

“这里有网络规划吗？”

“李工负责参数配置，但是他是售后的网络优化，不是你们售前的网络规划。他没我好说话，估计不会同意。”

“售后？还分啥售前售后啊，叫他来吧。”

过了一会儿，一个身高一米九的中方人员过来了，他就是李工，负责 MIC 项目维护网络优化的。他资格老一些，工号也更靠前，确实不太愿意，只是碍于包总面子：“好吧，你尽快把 20 套设备发过来。赶不上，我可就要回国休假了。货期你能搞定吗？”

“能，我立刻就向深圳启动借货。”借货就是在客户没有订单的情况下，先行发货，但需要陈述足够理由，并且后续要用正式订单来核销。

不过如果货期不满足，或无法解决同频干扰，订单就没了，还无法核销，这巨额罚金就要扣在安哲身上了。安哲已不像下午见客户时那么兴奋了，麻烦和风险似乎越来越多，他回到座位上沉默了下来，脑海里满是“灾难式思维”。

一波未平，一波又起，这时，戈麦斯·李的电话打来了：“安哲，我看见过你们给 Tigo 的基站能挂到杆子上。我现在没法申请到能落地放置的土地使用许可证，你们这次的分布式基站也能上电线杆吗？”

“能啊！”安哲再次脱口而出，他记得资料图中，分布式基站可以挂在屋顶上一米五的抱杆上。

“太好了，我们保留过一些自有电线杆的使用权，只要基站先挂在电线杆上，不用政府土地审批，就算一些新建站也能打个擦边球，免去许可证了。”戈麦斯·李兴奋之余，也流露出无奈，“没办法，现在为了不被 Tigo 追赶上来，我也想不出别的招了。”

安哲听客户被逼成这样，也有几分心酸：“戈麦斯，那我也全力以赴吧。”

“好，我可真要请你吃饭了。”

“您客气了。哦对了，另外一件事，同频干扰……我也会全力解决的。”安哲故意试探性地讲起同频干扰，戈麦斯·李不可能不清楚这种事情麻烦很大。

戈麦斯·李没有问，反而再次用中文说道："你是个可信的人，真应该早点来危地马拉。"

看来戈麦斯·李是真的着急了，已完全顾不上"插花组网"这种大忌，他把华兴当成了救命稻草，而安哲被戴上了这顶高帽子后，就更加骑虎难下。

安哲挂掉电话，心中越发不安，眼下太多不确定的事情，可对他期待的人太多了，他怕自己做不好。

回到座位上，他打开客户需求表，准备下单时，一瞬间傻眼了——MIC 集团 Tigo 这次采购的是 1900mhz 频段的 3G 版"分布式基站"，可美洲电信集团的 Clara 危地马拉子网，要的是 2G 加 3G 一起的"分布式基站"。

Tigo 挂在电线杆上，因为是单频段，标准三扇区，一共只要 3 个 RRU 模块（3 扇区 ×1 个网络），再加一个 BBU 盒，电线杆负重是 OK 的。

而 Clara 不仅是 1900Mhz 的 3G 网，还多了一个 900Mhz 的 2G 网络！那 RRU 模块就要翻一番，要 6 个 RRU 模块（3 扇区 ×2 个网络），电线杆能受得了这重量吗？

但这还不是最难的，当安哲再看到 2G 频段时，简直崩溃了——危地马拉工信部给 Clara 的 2G900Mhz 频段太少了，所以另外从 1900Mhz 拨备给了 Clara2G 使用。这意味着 Clara 的 2G 是 900Mhz 和 1900Mhz 的双频段，因此每个基站还得再增 3 个 RRU 模块，这就意味着共要 9 个模块。那种重量就是 Tigo 的三倍了，电线杆都快要哭泣了吧！

安哲一阵头皮发麻，自己把事情想得太简单，又答应得太快，还把好消息迫不及待地汇报给领导。这可咋收场？

他在公司网络上查询 9 个 RRU 模块 +1 套 BBU 以及备电传输的设备总重，又估测一根电线杆的可能承重，还得考虑到季节风速、地质状况，但没查到定论。等到危地马拉晚上六点，中国区上班了，他给研发整机部打电话问，可研发分工太细，谁也给不出答案。

白天在 Clara 收获的成就感一扫而光，现在从内到外、从光荣到压力，都压在安哲身上。

已是晚上九点，他再也无力思考。

司机把他送回了公寓。司机告诉他，他住的是一个很安静高档的地方——第 10 区的大型封闭式富人区 Millenium（千禧年），这里的环境甚至比墨西哥的富人区更好：安静的内部马路，郁郁葱葱的树林、别墅、网球场、泳池、高尔夫球场、公园，大得像一片沙漠中的绿洲，很容易就让人忘记外面的危险。

他推开宿舍门，这是一间 200 平方米的公寓，仅供两个人住。他还没吃晚饭，但也没胃口，只在厨房里给自己搞了一杯咖啡，便倒在棕色的皮质沙发上休息，然后在胡桃木大桌子前收了会儿邮件，便躺到了欧式大床上。他才毕业不久，这么好的居住环境舒缓着他的压力。

危地马拉很安静，这里也远离了纷杂内斗的墨西哥办公室。窗外开始淅淅沥沥地下雨，中美洲进入了雨季，雨雾让什么都看不见，然而看不见不代表危险不存在！

阴阳怪气的恩里克、摸不透的戈麦斯·李、冷漠的 Clara CEO、满是质疑的李工和张工、不容他有失的包总、无解的同频干扰……

最麻烦的是电线杆。要不硬上 9 个模块？万一电线杆倒了怎么办？谁说电线杆一定倒的？不上就能拿到 Reference 了！他大脑转不动了，没脱衣服就睡着了，可即使在梦里也出现了电线杆。

5

第二天，去公司的路上，他预定了出租车去花旗银行大厦。车上，他一路盯着电线杆看，看到出神。

“Por Aqui（在这里停车）。”他最终决定走去公司，方便研究这一路电线杆的情况。

危地马拉的上午阳光灿烂，鲜花绿树、蓝天白云，漂亮极了，他一根根的电线杆看过去，就像只格查尔鸟（Quetzal，危地马拉国鸟）一样关注着电线杆。

他抬头望着天空，寻找着 Tigo 挂在半空中的“分布式基站”，但并没找到，那只是电线杆上悬挂的圆筒形配电箱，而非无线基站的模块。

他忘了，这一段路要走十五到二十分钟，虽然在第10区，但也未必安全。现在安哲已走出了封闭富人区，也越走越远，终于他走到了一条横隔在他面前的主路，才警觉起来——除了来往的车辆，还有一些躁动不安、奇装异服的青年就在马路对面，他们露出如猎人看着猎物一样的眼神，一看就像拉丁裔的毒枭黑帮。

安哲身着西装，拿着电脑包，他只有沉稳地走过去。尽管他听说美国前几大青年黑帮都是中美洲人，可现在，他不能也不敢露一点怯。

那帮人总算没跟过来，他迅速走进一条极安静的路，那条路直通公司，路边有些带着田园风光的高级餐厅。好在这条路上一个人都没有，这让他松弛了下来，这时，四个衣衫褴褛的中年游民，拿着铁棍，正好和他迎面相逢。他是一个外国人，危险可能随时会降临。

戈麦斯·李刚巧打来了电话，安哲接起电话，故意用西班牙语回话："Hola! Gomez, Buenos Diaz."

那些人似乎也有所顾忌，也就擦身而过。

"嘿，怎么跟我说西班牙语了，对了今天晚上你有空吗？"

"有啊，怎么了？"

"今天是周五，昨天说了，想请你一起吃个晚饭，有空吗？"

安哲愣了一下，昨天还以为客户开玩笑呢，向来只有他约客户吃饭，很少有客户一开始就主动请的："行啊，可我对这里还不太熟悉。"

"没关系，我带你去些好地方，'Fonta Bella'（西语：美丽的喷水池）去过吗？"

"哪儿？"

"Fonta Bella，'枫丹白露'。"

"哦，没有。"

"你们住Millenium（千禧年）对吗？我晚上开车来接你，去'枫丹白露'。"

下班后，戈麦斯·李开着一辆丰田威驰停到了安哲的楼下，安哲在路上试图说些客套话，但戈麦斯·李面色依然凝重。

"枫丹白露"不是法国那个地名，而是第10区里最高档的一个购物消费区域，类似上海的新天地，里面充满了复古风情的精品店。戈麦斯·李找了个安静的海鲜餐厅，点了生蚝、Ceviche（鲜虾鸡尾酒）和波龙。

这一次聊得比上一次愉快，但客户特意找自己吃饭，总是有目的的，难不成还真只是表示感谢？

吃到半晌，戈麦斯·李才说道："这一次的项目，安哲你一定要帮忙做成！"

"您放心，那是必须的。"

戈麦斯·李低头拿起了可乐："Clara 的用户数已经下滑很快了，如果持续下去，墨西哥总部一定会对我们有意见。"接着，他吸了一口可乐，变为一种奇特的口吻，"有一件事，我能不能相信你？"

"能……能啊。"安哲紧张起来，自第一次见面起，戈麦斯·李就怪怪的。

"我们的 CEO 是个浑蛋，什么事都不管，我更不喜欢你们的恩里克！恩里克让 CEO 失去了竞争中的领导力。"他放下可乐，认真道，"我提的方案，跟恩里克说过不止一次，但他也从不在意我说的方案。"

他想起那个恩里克，就连上次臣享也曾说他不喜欢恩里克。

"你不是第一个听我说这些话的人，"戈麦斯·李低着头，继续道，"我跟你们以前的人都说过我的建议，但恩里克都阻挠了——他担心别人会动了他的客户，削弱他在 CEO 和你们华兴面前的权威。"

安哲张着嘴，原来如此，所以戈麦斯·李才会在初次见面时不太信任自己。

戈麦斯·李抬头看着安哲，抿着嘴巴摇摇头说："现在，我已经被逼到没办法了，这个项目我非干不可了，即便要绕过危地马拉的 CEO 和 CTO，甚至里卡尔多。"

安哲睁大眼睛："这是不是太冒险了？你不会被……"

戈麦斯·李摆摆手："我才不怕，反正他们也不管事，但如果我改变不了网络问题，解决不了用户数下滑，我一样得辞职。"

安哲不知该如何安慰他。眼前的戈麦斯·李也许是太想做点实事，危地马拉的 Clara CEO 山高皇帝远，好日子久了，纲纪废弛，就成了土皇帝，Tigo 跟得有多快，他一概不清楚。而墨西哥的里卡尔多却在督促危地马拉进步，鞭子又总落到戈麦斯·李身上。在本地 CEO 和集团总部中间受夹板气，恐怕这是他讽刺上峰，讨厌官僚作风的原因吧。

“我这次豁出去了，如果真的被迫辞职了，华兴能招聘我吗？”

“这……”安哲被这问题问呆了。他吓得不敢说话，说不呢，怕得罪客户，没了项目；说是呢，自己是基层，哪里来的招聘权！而且，华兴更不能挖客户墙脚，这太像拿 Reference 跟戈麦斯·李做利益交换，不道德。最终，安哲搜肠刮肚，干笑着应对道：“我很乐观，这一次你会成功的！”

“那就好，我们一定要干成，干杯！”

晚餐后，戈麦斯·李又开车把安哲送回了“千禧年”。客户越是礼遇有加，安哲越心慌。现在戈麦斯·李已经相信了安哲的承诺，赌上前程，安哲自然是不敢辜负，可是，真的没有整体的解决方案啊。

煮熟的鸭子就在眼前，Reference 就在手里，难道要眼睁睁地看它溜走吗？

整个周末都在下雨，他躲在公寓里设想着方案，解决那 9 个 RRU 模块的电线杆问题。他想起“All in 1”的方案在巴展上出现过，刚好能把 1900Mhz 上的 2G/3G 融合在一个模块上，这样，900Mhz 2G 3 个模块，1900Mhz 2G/3G 3 个融合模块，共 6 个模块，那电线杆问题就不大了。

对啊，“All in 1”咋忘了呢？他连忙查了内网资料，可翻遍了天，最终却发现“All in 1”里压根没有“分布式”这种形态。

现有的“All in 1”方案只能做到“传统大型基站”，根本不能分拆为“乐高积木”，此外“All in 1”明显过度宣传了，目前只是能在大机柜的中央基带母板上混插不同的 2G/3G/4G 射频信号模块，尚不能做到把 2G/3G/4G 的射频模块融合在一起。也就是说，现在的“All in 1”只是基站级的，并非模块级，因此危地马拉需要的模块数量无法从 9 个缩减到 6 个。

再细查下去，别说分布式了，华兴的“All in 1”模块库里就没有拉美 1900Mhz 的产品。

这下完了，不仅是同频干扰和电线杆，现在“分布式基站”根本不适用于 Clara，“All in 1”这种大招根本还没练成，就算练成，也没有 1900Mhz 拉美频段。

他努力地一个个电话打回中国，哪怕这是周末，从行销到营销支持，再到研发，一直问了总部十几个部门，没人能给他答复。

窗外传来噼里啪啦的雨点声，危地马拉的雨下得很猛。戈麦斯·李都跟他掏心窝了，他不能打脸反悔啊！

周六的深夜十点，包总忽然电话来了："喂，小安，吃过饭了吗？"

"没……没呢。"他有气无力地回答。

"这么辛苦啊，走，我带你去吃点。你可不准说'不'！"

包总开着车，带他去半山一处高级餐厅，山边点点星光，包总点了最好的五分熟肋眼肉，还开了一瓶高档红酒，犒劳安哲。

饭局中，包总说他打算起草一份给地区部高层的喜报，他想证明危地马拉的新功绩，安哲被包总顶到杠头上。当安哲试图告诉包总那些困扰时，包总却不愿意听。

"别说这些扫兴的，这个项目只能成，不能败。来，干杯吧，我对你有信心，你总有办法搞定。Salud！庆祝我们拿下项目。"

"嗯，Salud！"安哲察觉已不能讲扫兴的话了。

回到宿舍，他酩酊大醉地躺在床上，脑海里却闪现着诸多怎么办：电线杆倒了怎么办，同频干扰怎么办，"All in 1"怎么办，戈麦斯·李要来华兴怎么办，包总逼自己怎么办，Reference拿不到怎么办……到处都是怎么办，才到了三天，他的心情就从巅峰跌落谷底。

他翻了个身，把脑袋压在枕头底下。天哪，一个个怎么办，平日里他总自负得看不上陈青和高杰，觉得别人做决策一点不难，可轮到自己就不知所措了。

这时，已是危地马拉凌晨两点，又一个电话进来了——竟是Jacob的电话，Jacob刚回墨西哥，才看见安哲在两天前的周四给臣享发过的邮件。

"危地马拉的情况跟我简单说一下。"

"是，于总，您回来了。"安哲惊喜万分，Jacob竟能从美国事件中脱身而出，这太好了。他冷静下来，详细汇报情况后，也说起自己的重重困惑："现在，我不知该怎么处理。"

"你自己的项目，你自己说，你想要怎么决策？大胆说！"

"我……我觉得最好放弃危地马拉，这个解决方案的风险太大了，但又怕对不起戈麦斯·李。”

“打仗时，你不可能在万事俱备下才出战！你已经领下这个山头了，就一定把这个山头打下来，把 Reference 从子网拱到墨西哥！”

“可……”

Jacob 直接打断了安哲的丧气话：“不要轻易说不行，只要你敢做，无论你捅出什么天大娄子，我都会替你扛。”

“嗯……”安哲不免感动，比起可怜的戈麦斯·李，自己有一个坚实后盾，在职场上是多么幸运。

“好，那我现在再问你一次，你的决策是什么？”Jacob 这次的语气比刚才更严厉了。

“采用‘All in 1’的‘分布式基站’，请您一定帮我搞定无线研发。我只有四周时间。”

“可以！”Jacob 满意了，安哲已经学会了向自己“呼唤炮火”，更有了一线必须存有的野蛮气息。

“于总，我希望能做一次高层互访，确保落单。”

“这我不能答应你，这事你必须一个人完成。”

“啊？”安哲倒吸了口气。

“您不来危地马拉？”安哲问。

“我不能来，来了就会暴露你的存在。”

“这是怎么回事？”

“你现在是 FRAN 唯一不知道的一股奇兵。安哲，你必须靠自己，你可以做到。”

忽然，安哲听到了“叮叮叮……”的声音，那是电话对面 Jacob 背景的空灵声，正变得清晰——那是机场大厅的声音，Jacob 正在墨西哥城国际机场，准备再次出发。

Jacob 一回到墨西哥，先斩了老周，又立即约见了卡蒂纳斯，他恳求卡蒂纳斯能延迟邀标截止日。但卡蒂纳斯拒绝了，招标必须公平，不会因华兴吃了暗亏就拖延。况且 8 月 14 日的邀标规则是 COO office 自己定的，卡蒂纳斯不会为任何人开绿灯。

此刻，已是 7 月 17 日凌晨两点。唯一庆幸的是，臣享已布局三个月。现在，Jacob 要做一次拉美巡回出差，赴一线最后督战。

chapter 7
海地围城

1

Jacob 飞往了全世界最穷，也是最危险的国家之一——海地。

这是一个“新牌新网”的项目，美洲电信计划今年在此投资建网，原先由“二进宫”的罗笑负责。可罗笑在加勒比海拓展了三个月，也不敢深入海地。最终这位“老拉美”只能在海地邻国的多米尼加先建立个据点，远程拓展。因为海地真的太危险了。

至于有多危险呢？当美洲电信想在海地投建一张无线网时，竟没有一家西方科技公司愿意去承建。因此，现在这个海地新网项目被搁置了。

臣享在沙盘中挑了海地这个风险最高的项目给 Jacob，就是因为当西方对手们都吓得不敢来时，华兴就获得了一个空白的机会点。

海地，坐落在加勒比海上的一个大岛——西班牙岛，当哥伦布在大西洋里漂泊到快放弃时，面前出现的第一片陆地就是海地。西班牙人在这里建立了第一个美洲殖民地和种植园，并以此为基地，占领了古巴，而后征服者科尔特斯攻下了墨西哥及泛美大陆。

大约到了 16 世纪末，这里的土著灭绝了，殖民地也废弃了，成了海盗的据点，其中法国人最多。大约到了 17 世纪末，海地被西班牙割让给了法国，西非黑人随即被法国人大量引进，并成了种植园的黑奴。18世纪末，法国大革命，海地乘机摆脱法国殖民统治，成了拉丁美洲第一个独立的国家，但全海地的白人也在独立运动中被屠戮殆尽，海地渐渐演化为一个100%的纯黑人国家。自独立以来，这个国家经历过无数次血腥政变、管理失败、自然灾害，现在海地治安极差，到处是饥饿的人民，疾病率、文盲率和谋杀率极高，国家甚至被联合国军队代为托管。

盛传海地的国家财政赤字巨大，难以为继，电信部委决定拍卖通信频谱使用权，支付高额费用的外国投资公司能获得海地的运营牌照。美洲电信也积极加入了与海地政府的谈判，准备囤一张牌照，并筹建Clara海地子网。

但卡洛斯家族一贯通过资本并购来扩张帝国版图，美洲电信并没有从0到1新建一个网络的经验，集团内部对“建还是不建”的争议很大，而想建的话，就必须在危险的海地采用项目管理难度极高的“交钥匙”工程，这极易导致投资计划失败。

而华兴在海外也做不好“交钥匙”项目，因为“交钥匙”除了负责传统工程中的安装调测，更要与当地法律、民风、实情、政府和地头蛇打交道。尤其在征地问题上，随时会被政客、议会、暴民反对，管理风险极大。人们经常听到的中国大型的路桥、水利、电利工程在海外遭遇到政客、媒体参与的大规模示威抗议，说的就是“交钥匙”工程。

Jacob在泰国DGG受到重大挫折，就是因为“交钥匙”工程，而海地的难度又远比泰国高。照理说，他多少会留下些心理阴影，但也正因有了泰国的经验，Jacob反而对“交钥匙”有着深刻的洞见：“交钥匙”的核心关键，就在于有没有可靠而强大的当地分包商，并且能否有效管理分包商。

现在，华兴欲做海地，就须向美洲电信证明华兴有海地的“交钥匙”能力。于是，Jacob就把工作重点落在寻找一家可信、可靠，并有丰富海地资源与经验的分包商。

但地区部CEG（采购认证中心），却找不到一个合适的海地分包公司。

在加勒比海寻找项目的罗笑，经过几个月的摸索，透过离岸群岛的咨询公司和人脉网络，锁定了唯一一家潜在合作方。可这家公司投资结构很复杂，也并不是纯粹的分包商，而是一家诡异的电信公司。它会从全球低价收购二手的退市电信设备，运到贫穷的海地，自己亲自完成“交钥匙”，并提供电信服务，它是有一定能量的。但这种公司，一般背景都很特殊，很多电信业咨询师接触不到，在一般国际电信市场也不会有交易记录，它们是一种亚生态里的怪物。

罗笑给对方发过邮件，但没有人回应，透过中间人传话，对方要华兴派人当面去谈。可罗笑是老拉美，他也只敢在西班牙岛东侧的多米尼加共和国找机会，不敢去西侧的海地。他甚至一直奉劝 Jacob：“加勒比海是美国人的度假天堂，可只有海地是地狱，你千万别去！”

此话不假，华兴给员工购买的全球商业旅行险，里面明确拒绝承保海地。但 Jacob 不能错过这个机会，他决定一个人闯一闯。

与安哲通完电话四个小时后，Jacob 乘坐的飞机抵达海地的首都太子港，整个机场就像中国一个三线城市的火车站。里面挤满了黑人，也许是卫生和营养的问题，他们的眼睛充满了血丝，像喷出着“伏都教”邪灵和魔鬼的火焰。而 Jacob 在一堆人中，精致的打扮，外加黄种人身份，太显眼了，毕竟，80% 的乘客都是海地国内乘客。

在海关里，他还是安全的，但如果他走出机场，那安全就难测了。一到机场大厅，这里的一切都像是失去了秩序，他的耳朵被轰鸣声炸翻，鼻子也被恶臭的气味熏倒。机场外三教九流人员众多，更有随时准备对外国人下手的小黑帮。黑人围绕着他，随时准备向他奔涌而来，生吞掉他。Jacob 不得不握紧包裹，肌肉紧绷，因为机场竟是海地抢劫和凶杀率最高的地方之一。

这时一个黑人，外加三个高大白人走了过来，他们戴着墨镜、贝雷帽，穿着防弹衣和沙漠靴，身上斜挎着微型冲锋枪：“是于先生吗？”

“是的。”他出示了一下名片。

“好的，请跟我们来吧。老板等着呢。”这些人是雇佣军。他们带 Jacob 去见当地的地头蛇，商谈 Clara 海地的分包项目。

Jacob 坐上了一辆改装过的走私路虎，一路飞驰。港口有一些商业区，除此之外，太子港的基础设施十分糟糕，主要区域外都是破旧平房。Jacob 对这个国家的第一感觉就是太脏，可以说，这是他旅行过的四十多个国家中首都看起来最肮脏的，没有之一。

但当车开向山上，这里渐渐宁静，且香气四溢，甚至能看见远处的加勒比海。车速缓缓减慢，他们终于到了。这是半山上的富人区，在浓密树荫和缤纷鲜花包围的一栋漂亮考究的法式别墅里，Jacob 见到了此行的核心人物——CariCel 的老板，凯利（Kelly）。

凯利是一个欧洲人，背后资本是注册在欧盟免税地爱尔兰的一家公司，但他不走寻常路，专注于在动荡的中美洲和加勒比海做电信运营商。

2

“欢迎欢迎，于先生。”凯利头戴草帽，胸口插着一副墨镜，喝着朗姆酒，穿着大花裤衩和短袖海滩衬衫。

“你好，凯利先生。”Jacob 穿着蓝色 POLO 衫和白色长裤，像一个意大利船长，他伸出手，“终于能见面了。”

凯利手劲很大，把 Jacob 都捏疼了，这给 Jacob 施加了一种很强的控制感。

“这是全加勒比最好的朗姆酒，来，让我们庆祝一下，你安全到达了。”凯利递给 Jacob 一樽方杯，口吻轻佻地问，“告诉我，像您这样温柔的东方绅士，以前有在这样危险的场合下工作过吗？”

雇佣军明明已完成了任务，但他们依然围绕在老板身边，显示出凯利的排场，也给 Jacob 制造了不小的压力。

“有过，而且很多次了，你想听哪一次？”Jacob 一口干掉，然后又要了一杯。他知道凯利就是在施压，以便掌握对话的控制权，所以自己绝不能示弱。

“那就听听你的第一次吧。”

“第一次，好吧，”Jacob 顿了顿，稍作回忆，“我二十多岁，在索马里的时候，收到过一个政变上台的军阀的邮件，对方要求我们为他的区域新建民用的通信网络。我那时一个人坐着20世纪60年代生产的螺旋桨军用飞机，飞机上连座位的螺丝钉都是脱落的，一路上气流颠簸，一会儿把我顶到舱顶，一会儿把我摔在地板上，螺旋桨发动机吵得我耳鸣，而呼呼的大风甚至能从金属缝隙中灌进来。最后，我在一支武装卫队护送下，见到将军。我浑身被搜了个遍，当时因为是大选期间，挺危险的，总统、副总统、将军各自为政，都市会变战区，水电也都切断了。我睡觉的地方，也听得到炮声，就连我房间的外墙上也有好几个弹孔。"

"真是神奇的故事。结果怎么样？"

"网络当然是建好了，否则我怎么能活着跟你聊天呢？"

"哈哈哈，但你确定，这不是军用？美国人可刚刚搞过华兴一把。"凯利又抿了口酒。

"原有网络的欧美科技公司跑了，没有人维护了，而我们中国公司服务的只是在天灾人祸时需要网络的普通百姓。华兴CEO有一句话，在任何时候，华兴都要保证网络的通畅，无论是天灾，像地震，还是人祸，像战乱，哪怕是日本核泄漏。这不是军事，而是人道主义。"Jacob义正词严，站在道德高点，凯利反而有了几分失言的尴尬。

复古的风扇一直在摇摆，发出嘎吱嘎吱的声音。凯利本想打压一下Jacob，却被反制着，他不太甘心地想挽回局面："哦，看来你们不太一样，很多人以为生意一定要在安全的地方才能做，但我就喜欢在危险环境下发展自己的事业，因为人的需求从不因危险而消失。我很高兴，这一点我们有共识。"说完，凯利拍了拍沙发的空位，邀请Jacob坐他身边。

Jacob坐了下来，结果发现屁股底下竟有一把手枪，但Jacob没有慌乱，凭着泰国射击场的经验，他熟练地拆掉弹夹，扣上保险栓，然后冷静地把枪放在了茶几上。

"凯利先生，商业自古以来就是冒险，因为越是危险的地方，其实越没有竞争，你是这么干的，我也会这么干。现在我有一个合作机会，你愿不愿意跟着我干！"

"不，Jacob你别搞错了，如果我们合作，得我说了算，我在这里有政府关系，和各种势力有来往。虽然我很欣赏你的胆识，但你并不知道在海地该怎么运作。我要高薪雇用一批欧洲退伍军人，组建一支小型军队，来维持安全；我的电信营业厅，不能直接对外，而要隔着铁栅栏交易；我的每一个无线基站，都同时有两名持AK47的保安看护。但相应地，在这样的危险下，我可以保证开业的每一天早晨，海地人就排好了长队等着我们放新的手机号段，业务多得做不过来。”

“我完全认同你的经验，我可以按照你的想法，但主要条款必须按我的来。”Jacob递给凯利一份合同，他知道“交钥匙”的成功，不仅是要签下牛烘烘的凯利，还要能管住凯利。

凯利戴上玳瑁的圆眼镜，看了一下主要条款，他不喜欢华兴那严苛的建站质量验收标准，但他没有当场发作。读完，他摘下了眼镜，说：“Jacob，看到了吗？圣何塞教堂附近的广场是太子港的主要街区，街上垃圾成山，尘土飞扬，污水横流，垃圾山就在中央焚烧，散发着阵阵恶臭，马路边的污水成河，人们就在这里生活、经营着，我都觉得不可思议！你告诉我，你还就真觉得华兴有机会吗？”

“凯利，你可以直接一点，不必试探我对这里的决心。”

“我想给你展示一下海地的现状，你是职业经理人，可能因为看不到机会而一走了之，而我却要面临苛刻的验收标准，收不到回款。”这时，凯利一下就把合同扔在了茶几上。

“华兴不是那种会抛弃客户的公司。”Jacob重新把合同放在凯利面前。

爱尔兰商人不为所动，他没有这种信仰。

“我也从没有觉得海地没有商业机会。”Jacob喝了口酒，换一种方式说，“如果真那么不堪，为什么这个世界上最贫困的国家还没有崩溃？”

“你说呢？”凯利看着他。

“正因为商业支撑着整个社会的运行！这就是我的信心。”Jacob放下酒杯，“海地依然有工厂，比如制糖、水泥、酿酒、制药、制鞋，这里是全世界生产棒球最多的国家。海地依然充满了商业机会！如果美洲电信的外资进来了，就能带动更多的商业机会，这个国家也才可能恢复生机。大好的前程，我为什么要放弃呢？”

凯利用手指拨弄了下合同：“好，就算你有这份诚意，但我能拿多少？”他将有验收标准和回款的这页轻轻折了个角。

Jacob 说：“这是个‘交钥匙’项目，定价极高，凭借你在海地的深耕关系，你能轻松搞定，利润甚至远高于我卖通信设备。我有设备和技术，而你有经验与关系。你我合作，我可以把这部分收入都归你，你干得出色，自然就赚得轻松，但你干得敷衍，我自然要把关，所以验收条款不能让。”

但凡“交钥匙”工程，是离不开地头蛇的，就像一个知名开发商和本地拆迁队的关系一样。知名开发商虽然有品质声誉和技术，但依然很容易被本地拆迁队讹诈。Jacob 死死咬住，绝对不能为了赢得项目而失去控制力。

凯利摸了摸衣领，又拿起茶几上的枪，插在皮带上：“利润是丰厚，但 Jacob，美洲电信是你的大客户，你别忘了，我也是电信运营商，Clara 一旦进入，将是我 CariCel 的敌人，我为什么要帮美洲电信呢？你要知道，我在海地是有着寡头垄断地位的，我的电信费甚至是欧洲的三倍！”

这话谈到点子上了，但凯利是个商人，他更像是在要价。

Jacob 调整了下坐姿，脸色严肃下来：“凯利，面对现实吧。海地的国家财政很难支撑，无论你答不答应，也无论你政府里的朋友怎么帮你，海地政府一样会发电信牌照。如果你不跟我合作，就算美洲电信进不来海地，但还有一家电信也会过来！你不重新加入新的关系网，早晚会被你的朋友边缘化的。”

“谁？谁敢来这个危险的地方，欧洲的 MIC 和 Telefonica 集团都不敢。”

“欧洲不敢，但亚洲敢。Viettel 电信——那是越南军队旗下的电信公司。”

“越南军队？”凯利从未听说这消息，他的信息面远远没有 Jacob 多。

Jacob 锐利的眼睛中释放着强大的势能，重重地压在凯利身上：“是的，军队产业，他们之前在非洲安哥拉、乌克兰也筹备着分公司。你别以为只有你敢做危险的市场，也别以为只有你有武装部队。Viettel 也在走向海外市场，并会把自己的军队派到海地来交付，我知道他们已经雇用了黎巴嫩的职业经理人开始在这里工作了。军队的一位阮中校也亲自担任董事长，他们的工程兵能以极低的成本完成土建、施工，维持治安及运营。你跟他们竞争毫无成本优势。而且，还失去了本次和我合作赚钱的机会。你想好了，真的要选 Viettel 吗？那会是你的终结！

“想一想吧，我的朋友，你曾经拥有的政府关系，并不能阻挡这一切，你新的竞争者终究会出现。而当你缺钱的时候，你的本地盟友关系、你的资金支持，也会分崩离析。你现在最好的选择，而且也是唯一可以选的，就是应潮流而变，站在我这一边。”

Jacob 紧紧捏住凯利的手，捏得越紧就表示他越重视，凯利没法逃脱，这一回，Jacob 对凯利产生了控制力。

“你确定 Viettel 会来吗？”凯利低着头问。

“确定。华兴遍布全球，一个电话就能在华兴里找到遍布全球的人脉。而我之前就出自东南亚地区部。”谈判时，情报就是力量，Jacob 领先了凯利一局。

见对方犹豫，Jacob 乘胜追击：“我不但能帮你解围，而且能帮你转型——你现在的业务只是集中在海地，但我未来加勒比海的‘交钥匙’工程都可以交给你来做。你愿不愿意绑在华兴这棵大树上一起扩张？”

“不，Jacob。Viettel 虽然可怕，但是我也许能活的，可要我转型是大事，‘交钥匙’项目的风险很高，也许在海地我能赚钱，但出了海地，我也可能会亏到活不下去。”

凯利又找到了个谈判缓冲点，为自己争取更好的要价，但这样绕圈子拖下去会对 Jacob 很不利，敌主我客，Jacob 建立起的任何优势都是一时的，主场作战的凯利能用时间化解。

“凯利，我进这个门的时候，你还在夸夸其谈什么冒险的商业精神，又试探我有没有勇气在这里开展业务。我告诉你，华兴在一百多个国家都有分支，在海地又有什么不敢的呢？现在倒是你，原来这么畏畏缩缩！”Jacob 的语气变得鄙夷，当着雇佣兵的面要激将他。

可凯利老谋深算，居然忍住了情绪。

美洲电信的邀标时间容不得久拖，为了打破无止境地绕圈子，他站了起来，整理好包裹，准备离开，以退为进。

凯利有点儿意外："怎么了，你要走吗？"

Jacob说："是的，我要走了。如果你刚才这话是故意在要价，我可以当你是个商人，可以再聊聊，但是你如果是因为太胆小，那我恐怕找错人了。"

"嘿，别这样，Jacob，你没有地方去的。你今晚得住我这里，外面住很不安全。"

"我来了海地，怎么可能只找一家谈，罗笑已经安排好了另几家。"Jacob撒了一个谎。

他背好单肩包走到门口，等着凯利反悔，可一连走了十几步，凯利并没有追出来。

Jacob回过头，最后放一个大招："另外，我想要告诉你一个消息，华兴正在成立一家华兴海洋公司，铺设海底光缆。美洲电信也会在加勒比海铺设环大西洋光缆。我不希望你在加勒比海上，错过了最好的机会，多年以后对我们今天的谈话感到后悔。"

"你什么时候走？要不要拿一把枪。"凯利不但不回应，还把枪给Jacob扬了一扬。他要看看Jacob是不是虚张声势，一旦Jacob回头来拿，凯利就拥有谈判的主导权。

"后天。"他也不给凯利时间，倒计时就是他的杀器。

"那我到时候派人送你。"凯利也不接口。

这言下之意，今天就不送Jacob了，而这段下山的路Jacob也得自己一个人走下去。Jacob背对着凯利，挥挥手："Adios（西语：再见）。"

一场谈判就此结束，凯利没有上Jacob的钩，Jacob也没有对凯利松口。越是这种谈判僵局的时候，就越比谁先动摇。Jacob也在赌，他已搭上自己的安全，去赌爱尔兰商人的定力。

天色已经暗了，Jacob一个人走到了危险的山下，唯一的防身物是一罐辣椒水。在海外，电力资源并不像中国那么充足，很多地方没有供电，他在漆黑中叫了一辆当地彩色小篷车，司机是个四十岁的中年人，Jacob告诉司机去当地最好的宾馆。可司机一路上伸出一个食指，去捅另一只手弓成的圈，暗示着要给外国人找妓院，以多赚一点钱，无论 Jacob 怎么讲，司机却装糊涂，说最好的宾馆就在那里，一定要带他去，以便拿妓院的介绍费。

但那里太危险了，且不说中美洲加勒比海超高的艾滋病率，或是金钱讹诈，那种黑道经营的地方，他有去无回。

Jacob 给足了钱，相当于把嫖资都给了，司机终于满意了，让 Jacob 下了车，但他露了富，必须迅速地避开，以防司机回头再带人来抢。

他全凭着记忆和地标，一路孤独地走向最繁华的港口区。此时，天色全黑了，路上没有人，忽然背后有一阵“突突突”的声音，他吓坏了，以为是大批暴民来了。这是他第一次感到在异国生命受到威胁。

是一个开车的老人，胸前挂着十字架，看起来是有信仰的：“先生，去哪里？”

“港口。圣何塞教堂那边。”那是主广场，人越多的地方越安全。

“好的。”

“等等。”他想起来了，来的时候看到过联合国的蓝帽子维和部队。海地的军队已经彻底解散，维持治安的警察也很腐败无能，依靠的都是联合国部队。

他比画了一下，“UN（联合国）”。老人点点头：“OK！”

他相信 UN 附近，一定有当地最好的旅馆，至少是外交官级的。终于花了两个小时，他找到了。可即便是外交官级别，里面也有些不堪，电视机还是 20 世纪 90 年代初的 21 英寸很厚的 CRT 电视，空调也是老旧的窗式空调，好在热水是有的。

他在床上躺了一天，这里没有稳定的互联网和国际漫游，如果这时候死掉，也许真没有人知道吧。回想自己草率地来海地，一点准备都没有，确实令人后怕。

他安安静静地待了一整天，然后又等了一天，他一直憋着不动，内心煎熬着。他想起臣享，心里就要骂这个浑蛋，但又有谁能像他这样刚猛如火，敢来这里，并降伏凯利呢。

第三天，凯利担心 Jacob 次日会走，终于忍不住，破了功，把 Jacob 叫了回去重新协商。强悍的凯利，在更加强悍的 Jacob 面前，也败下了阵来。

“那就这样，我可以成为华兴的合作伙伴。”在那个花园里，凯利答应了条件，“合作愉快，我保证我给你的承诺说到做到。”Jacob成功签下合作协议，现在，海地项目就成功了一半，华兴极有可能拿到4G入场券了。

在保镖的护送下，他终于要离开海地了，他已迫不及待地要与臣享联系。

“Jacob，一路平安。”保镖送到了机场，帮他把行李拎下车。

“保护好凯利先生。”他接过行李。

“是的，先生。”

Jacob看着那保镖，以前也是因在外驻扎而离乡背井的军人吧，心头闪过一丝情绪：“你也保重。”

他拎着行李转身离开。走到大门口，一个未想到的事情发生了——海关故意不开大门，脏兮兮的大厅排了一条无尽的长龙。所有人都静止下来，但公共交通枢纽站，往往乌烟瘴气，还有地痞流氓，他在一堆黑人中间排队格外显眼，就像猎物被扔进了狼群之中！

他再一回头，想叫保镖，可保镖的车已经走了。海地最危险的地方之一就是机场，每10万人就有200人在此被谋杀。这时，只要他有一点点胆怯就会引发危险，而且没有人会劝架。

天气很炎热，身高一米八的他，已经浑身紧张得冒汗了，可机场的大门依然不开。有三个神态异常的黑人，摸着腰间的什么东西朝他走来。Jacob别过头不去看，以免引起敌意，但手插在口袋，食指放在凯利给他的电击器开关上——凯利告诉他在机场前，武器还是要备好的。

而另一边，又有一个游手好闲的黑人正向他挥手。天哪，自己是被盯上了！

“冷静！”但他吸了口气，好像看出来了点什么，那人好像是让他过去，意思是有VIP通道——对了，这是个海关黄牛！他连忙掏了100美金，这个黑人飞一样地拉拽Jacob，直线突破了重重的人群，从绿色通道入关，摆脱了危险。

飞机很快飞离了这个危险之城，降落在西班牙岛的东侧，虽在同一个岛上，但那是另一个国家——多米尼加共和国，这里相对安全很多。

一下飞机，罗笑就来接机：“跟你说过，千万别去那里，你怎么先去了海地呢？”

“我已经谈妥了。”

“真的？”油滑的罗笑也服气了。他在这里三个月，一次都没敢涉足海地。

3

车开往市区，远处还看得见几百年前遗留下的甘蔗种植园——当年的蔗糖很昂贵，要按克在药房才能买到的，比黄金更贵，多米尼加气候极佳，成了殖民者重要的蔗糖生产基地。

车开过中国城，Jacob 看到这个离中国最遥远的岛国竟也有不少华人，他深感吃惊，而且多米尼加也未和中国建交呢。

“第一批华人是祖辈过来给美国人修铁路、挖运河的老广后裔，他们修完后却因《排华法案》无法在美国立足，然后流落到了这岛上。第二批是国民党离开大陆后，有人也逃跑到了这里，所以有些港台人。最近的一批改革开放后的中国人，大多是逃司法引渡的经济罪犯，毕竟还没建交嘛。”罗笑一边开着车，一边介绍。

但这里更多的还是本地人，这里的人种不再是海地纯黑人，而是典型拉美的莫拉特人种（欧洲白人与黑人混血），个个身材超棒，长相很好看。

“你这三个多月都在忙啥？”Jacob 摇下车窗，看着海滩公路边的美女前凸后翘，他还记得上次在翡翠大厦挖苦他的罗笑，“是不是把工夫都搭在谈多米尼加女朋友了！”

“于总，您不要一来就埋汰我，我这几个月也挺苦的。”海风吹进了罗笑的车里，吹起他浪子的发型，口吻却依然油腔滑调，“我初次见您时，有眼不识泰山，您非要记我一辈子仇吗？”

“人家地区部的员工，在古巴哈瓦那开一次会，就用一篮子鸡蛋娶回了一个古巴老婆，你可别输给地区部了。”

罗笑哭笑不得，他每次都在跟 Jacob 的斗嘴中落败，每次又都不甘心。

“这次你海地的信息挖得不错，立了大功，”Jacob 的脸正经了起来，“不过接下去，你更要和 CariCel 那边 Follow 好了。”

“是。”罗笑笑了，他一脚油门，车飞驰而去，现在不能再荒废一秒时间。

十几分钟后，车到了。罗笑租下了首都圣多明各的一间雷格斯（Regus 联合办公，类似 WeWork）的办公室，Jacob 坐进办公室。现在，与凯利的合同签下来，也只是第一步，接下去得把资源注入海地，并且向上拱入墨西哥集团总部的 COO office 审批流程。

墨西哥城的电话会议接通，那边坐着臣享、李森、邓博、阿曼多和马里西奥。

当大家听到 Jacob 搞定了海地分包商时，都欢欣雀跃。这是个重磅消息，本以为无望的 4G 邀标，看来又有希望了。而且光是敢去海地交付，就显示华兴对美洲电信有区别于 FRAN 等西方公司的价值。

可大家缓过神来——谁敢去交付啊，安全性谁来保障。

这时，会议电话里出现了一个陌生声音：“这个项目一旦成功，我亲自飞过去驻扎，做交付项目的总监！请大家放心，我在巴基斯坦的俾路支、伊拉克的摩苏尔都干过，恐怖袭击虽然可怕，但我有足够的防范流程，确保员工的安全！”

“大家好，我介绍一下，这是我们公司级的金牌项目经理——李丞。”

李丞此刻正在巴基斯坦远程上线，他在公司赫赫有名，加入华兴之前，他曾是中铁集团在海外援建的大将，在非洲有丰富的“交钥匙”经验。进入华兴后，他负责华兴全球的三大“超级交钥匙”项目之一——巴基斯坦项目。

巴基斯坦项目是一个有数万个基站的超大型“交钥匙”工程，当时华兴尚无海外基建能力，项目做得一塌糊涂，方案和验收一变再变，迟迟无法结款的分包商带着地头蛇提着枪来要钱，政府官员也对华兴施加了极大压力。此外，反政府武装的袭击，洪涝地震等天灾又不断破坏完工的部分，即便是“巴铁”客户都骂华兴无能。

整个项目已经烂到了根，全公司派了数拨项目经理去挽救一片混乱不堪的管理，这时李丞是火线加入，作为最后一拨力量了，他若失败，公司就无兵可派了。然而他凭着丰富经验，调整了大量部署后，打通关键瓶颈，交付效率奇迹地提升三百倍，一举打下“三大交付”的巴基斯坦之战，还在实战中培养了大量生力军。Jacob 在泰国负责 DGG 时期，李丞与他有过交往，还专门指点过他。

“巴基斯坦的主体项目结束了，李总即将加盟事业部，成为我们工程交付副总裁。”Jacob 靠着总部领导的帮忙，费了很大劲，把开山大将李丞招揽至门下。

这下，大家信心大增。Jacob 部署了新命令，在剩余的一个月，墨西哥这边要把这消息传到客户集团内造造声势，以便拿到受邀的标书，并且准备决战 4G。

可等所有人都下线了，臣享悄悄给 Jacob 打了电话：“SDP 项目有了问题——胡安今天私下透露了，他不能把 SDP 作为 4G 邀标的 Reference 了。”

“胡安不支持我们吗？”

“完全相反，胡安意外地被高杰给打动了，他很想启动 SDP 平台，但美洲电信顶层大佬的阻力很大，所以胡安也提前跟我们打了个招呼，希望我们不要影响在 SDP 上的积极性。”

“这跟你预判的一样，SDP 是一个软件项目，不是电信设备，很难作为 4G 的 Reference。”

“不一样，原先预判的是美洲高层内部的决定，但胡安给我的暗示是，这一次是 FRAN 给集团顶层公关洗脑了，说的不是 SDP 是否符合 Reference 资质的合法性问题，而是直接攻击华兴没有能力做好 4G 这种重大项目，要取消所有华兴的 Reference 资格，釜底抽薪！”

臣享刚才不敢在会上说，怕打击到团队。他深感无奈，这就是中国厂商的“出身论”，自己的沙盘不过是纸上谈兵，现在他才发现大佬眼里只认 FRAN，你是华兴，你就有错，你做再好，我也不认。连作为 CEO 丹尼尔心腹的胡安都没有办法。

“我担心现在上报海地项目，也会重蹈 SDP 的覆辙。”

“不会的！”Jacob 大声答道。

“可 FRAN 这种大佬能把邀标的规则都改写啊……”

是啊，神话里再强悍的英雄，也无法与随意修改世界运转规则的魔人匹敌。

“就算他们能修改，”Jacob深吸一口气，“但只能改写一次，要么两次。我不信美洲电信会允许它一直改！

“事业部得不间断地做最后冲刺，如果一个Reference不够赢，那就两个，如果两个不够赢，那就三个！

“臣享，海地的事继续上报，你一定要让FRAN也知道，我要让帕特里克知道我们是不会停止的。”

事业部这艘小船在暴风中航行，一浪高过一浪，让人喘息的机会都没有。可Jacob偏偏不往海岸线跑，还要迎着大浪冲上去。但不知为何，哪怕像天方夜谭，臣享还是相信Jacob。

第二天，墨西哥城里，兵分四路。

第一路，汪秦。臣享要求他每天找奥斯卡和玛尔克斯做宣讲。任务只有一个——“标前引导”，即把华兴最强大的“All in 1”技术，引导到这两位4G标书起草人的技术规范里去。一旦华兴受邀4G投标，就能在技术上提前卡位，做到“人无我有”的绝对优势。

第二路，马里西奥。他每天要陪着高杰去SDP项目，与新技术部胡安的团队良性互动起来，多谈谈4G，建立起除CTO office以外的技术支撑点，让胡安也认可华兴的“All in 1”。

第三路，臣享则去集团CTO肯那里，一边讲技术优势，一边透露华兴在加勒比海有了交付能力。

但这三路只是在技术上和外围决策上扫清障碍，真正重要的还是第四路阿曼多，他要先把海地项目报上COO office，毕竟集团COO才是子网“自上而下”的审批人，也是决定4G投标流程的控制者。

阿曼多来到集团总部，在那栋专属于卡蒂纳斯的小楼里，他约见COO心腹——国际业务经理。顺着扶梯，他上了二楼，这里是“五柱”的办公地，整层楼只有他们五人，安静而私密，阿曼多小心翼翼，不敢在樱桃木地板上踩出声音。

前台女秘书看了一下预约表，才让阿曼多进到核心区域。

他沿着一道U形走廊进入，走廊边依次排布五个办公室，“五柱”一人占一间。每个房间都有一张高档的木质写字桌、三把椅子，老派复古，摆设也充满了旧欧洲式权力的味道。

办公室按顺序依次是中美洲新西班牙大区的里卡尔多、新格兰纳达和秘鲁大区（安第斯山脉诸国，秘鲁、哥伦比亚、厄瓜多尔）的阿瓦罗、巴西区的“五柱”之首安赫尔、拉普拉塔大区（巴拉圭、乌拉圭、阿根廷和智利）的安东尼奥。他们的地位相当于Regional CEO，统辖几个国家的CEO，年龄在三十岁出头，都是年轻有型的白人，颇有精英范儿。

在墨西哥社会里，依然充满了等级划分，白人，尤其这么年轻就任此高职，必然家世不凡。而他一个平民出身的梅斯蒂索人与一等白人相处，会有潜在压力。

每一个办公室的门都是半开的，阿曼多一间间走进去，与每一位握手、打招呼，不怠慢任何一人。每个男士都那么有质感、有教养，但这只是表面的，阿曼多觉得他们都清楚，华兴一定是前来游说，为“下一代4G网络”投标做垂死努力的，因此嘴上有礼节，心里却想着推托之词。

阿曼多准备进入第五间办公室——这间是负责加勒比海区域的路易斯。

他敲了敲门，这是他第一次见路易斯。路易斯是个显赫的富家子弟，年仅二十五岁，身着白底格纹衬衫、羊毛西裤，打蓝色领带，蹬黑色切尔西鞋，正坐在桌前办公。路易斯听到声音，礼貌地站起来迎接。

路易斯身高一米八，皮肤洁白、蓝眼睛、金卷发，有些漂亮的女性奶油气，就像希腊神话美男子阿多尼斯（Adonis）一样。外面风言，路易斯家族与卡洛斯家族有些渊源，先派到这里来锻炼，是个要镀层金的公子哥。

“路易斯，你好，今天过得好吗？”阿曼多向贵公子问候。在残酷的等级社会里，阿曼多早已磨炼出强大的内心，不惧社会阶层的压力。

路易斯非常有教养，即使初次见面，他也以待熟人的礼节，握手后就拥抱阿曼多的肩膀：“我很好，阿曼多，你呢？”

“我也很好。”

“坐，找我有什么事？”

“我想跟您汇报一下海地的项目。”

“海地？”路易斯迟疑了一下，“噢，您说，我洗耳恭听。”

阿曼多看着这位资历极浅的年轻人，华兴的命运之轮正在其手里，他担心路易斯是否有这个本事。

原先的COO office只有四个人，卡蒂纳斯沿用历史上的西班牙帝国的四大总督区来划分国际业务经理的管理区域，前四人就像帝国四大总督各管一摊。而加勒比海不属于其中之一，也没有业务。只是随着路易斯的到来，卡蒂纳斯为照顾他，无中生有地创造出“西印度群岛大区”一职，负责加勒比海业务。

万万没想到，从去年起，加勒比海冒出了一些“新牌新网”机会，卡蒂纳斯本来让他的首席安赫尔来协调，没想到，这个养尊处优的贵公子责无旁贷地分析起来，并协调资源，认真与海地电信部门谈判，最后测算出海地的ROI会很高。安赫尔看了也很认可，认真地帮起路易斯，最终海地项目被放到集团董事会的桌面上，囤积了一张牌照。

“Jacob去了海地，这是我们的最新方案，我们有强大的本地分包商和‘交钥匙’团队，有能力做好海地项目。”阿曼多拿出打印好的PPT，从团队、产品到交付逐一讲解。

路易斯惊讶极了，来回翻看材料，就像找到了加勒比的宝藏一样：“你们真能做海地的‘交钥匙’工程？FRAN都说他们不做，也没有分包资源。”

“我确保可以，美洲电信可以把罚息和验收标准，都写入合同里。”

“嘿，阿曼多，你稍等下，我把安赫尔叫来。”路易斯兴奋地奔出门外。

阿曼多坐在客椅上，回头看向U形走廊，路易斯已跑到安赫尔的办公室里。贵公子挥舞着手，认真讲述，又用笔标注，可等了快七分钟，路易斯还没有回来，看来是撞到墙了。

阿曼多不免为天真单纯的路易斯捏把汗，这个年轻人只是一心想做事，但并不一定知道自己想做的“好事”所产生的内部影响。不过阿曼多也相信，成熟的人总是投鼠忌器，也只有年轻人才能没有历史包袱，推动变革！

大约过了十分钟，安赫尔走了过来：“阿曼多，情况我大致了解了，下午我会找卡蒂纳斯谈谈。”

等阿曼多走后，安赫尔静静地想了一下，他不能像路易斯想得那么简单。

已是7月下旬了。这是集团的“下一代4G无线网络”统一招标前的最后时刻。本次，COO office扮演核心角色，眼下任何变动，都很敏感，一不小心就会犯政治错误，而这个海地项目，会直接让华兴拿到入围资格。有没有必要做海地，安赫尔得评估风险。

“帮我推掉后面所有的会，我要召集大家开个紧急会议。”安赫尔让秘书安排，因为在向COO汇报前，他必须先了解五个人的看法，保持团队内部一致性。

4

“下一代4G无线网络”是美洲电信最重要的计划，直接关乎未来的竞争力。每一代网络变化就意味着一次大洗牌，一有闪失，美洲电信就会被Telefonica和MIC等欧洲集团追上来。

这也是家族事业的重中之重，集团管理层的一次大考。哪个部门挑大梁，哪个部门就有最大的话语权。集团采购部总监佛朗索瓦志在必得，然而安赫尔拦截了他，双方为赢得主导权展开了争夺。安赫尔棋高一着，把“采购选型”扩大化、复杂化，从“选好供应商”变为“管好供应商”，端到端地从谈判、选型到部署、商业化，确保4G成功，这样漫长的战线远超采购部的能力。

终于，经过高层和董事会商议，COO office赢得了主导权。

安赫尔在制定规则时，为了确保公平透明，免遭人说闲话，凡在美洲电信，有过交付记录和合同Reference的公司，均能入围受邀。他一共预邀八家，分别来自美、加、瑞典、芬、德、日、韩、法。八家公司将通过复杂的比拼和谈判，经过多轮后，最后选两到三家做4G。

可今天，阿曼多拿来了海地，允许华兴做海地，华兴就成了第九家，那一切规则、晋级标准、人力安排、场地协调，都要临时修改，这将被供应商和集团视为一种偏袒不公、管理失序，而令COO office将承担巨大的舆论压力。他想讨论的重点，便是这个。

秘书把 COO office 的三楼会议室准备好了，四个人环坐在一张小圆桌边。

路易斯和安东尼奥坐在一起聊天，安东尼奥二十九岁，与路易斯关系不错，有着共同话题与热情；三十三岁的阿瓦罗，位置与他俩隔开了些，他年纪稍长，经验丰富，也更为忙碌；三十四岁的里卡尔多离所有人最远，他性格内向、孤僻，阴冷，很难猜到他在想什么。阿瓦罗刚与分公司开完电话会议，从疲惫中稍稍解脱出来，他讲着不很好笑的笑话，过问一下别人的进展——当安赫尔不在时，他就会扮演大哥，在“五柱”中实力排第二。

“不好意思，到晚了，”安赫尔拿着一沓刚打印的材料走了进来，并分发给大家，“海地项目，华兴表示能做，你们怎么看？”

几人一听就知道利害。

阿瓦罗看了看资料，率先表态：“这是最后关头，放一家进来，佛朗索瓦一定会找我们麻烦。”

美男子路易斯说：“可连 FRAN 都不愿意做，现在华兴能做，我们还不做吗？”

安东尼奥性格平和，但也更为犹豫：“路易斯，‘下一代 4G 网络’是我们好容易争取下来的，我怕闹出了点问题，会影响到卡蒂纳斯！”

“但卡蒂纳斯也想做新市场，”安赫尔纠正道，“老大是要背增收 KPI 的。”

安赫尔的嗓音略显尖锐，也更富犀利的攻击性，就连长相也像“角斗士”，他在“五柱”中具有无可置疑的领导力，他继续引领着团队的谈话基调：

“我们若想要扩大集团的营收，就不是继续在原来的战线里，与 Telefonica 和 MIC 在红海里零和博弈，最快的办法，应是开拓新市场、寻找新国家！这也是我们向董事会汇报的既定战略，如果我们在这时间点变了，就意味着 COO office 战略混乱，也不具备领导力。”

现在美洲电信，拉美能进的国家都进了。剩下的，有委内瑞拉、古巴这种与美国对抗的国家，这些市场有政治和市场的风险，甚至还会遭到美国的制裁，卡洛斯家族必须放弃。而剩下的玻利维亚，海拔 4000 米以上，崇山峻岭，建站和运维成本太大。放眼望去，就只有中美洲和加勒比海。

路易斯见安赫尔表态，连忙说："所以，我们还是得做海地的。海地需求很大，但人力成本很低，竞争又少，因此投资回报很好。"

排名第二的阿瓦罗摇摇头："别忘了，这是'交钥匙'，还是在海地。为什么 FRAN 不做？因为根本不能做！"

"稍等一下，"路易斯连忙拿出文档，对着画红线的地方，说，"华兴愿意做合同条款保证，网络 KPI、工期、罚息都愿意做承诺。"

"合同？合同没什么用的，路易斯，法律也没什么用，最终靠的是你个人，你能管得住你的供应商吗？"阿瓦罗笑了笑，"一个中国供应商哦！"

路易斯便不再说下去，他的经验不及阿瓦罗，而阿瓦罗又看了看安赫尔，安赫尔一定能够理解。

阿瓦罗继续说："路易斯，想一想，现在你这么做，先是佛朗索瓦和八家供应商一定说我们袒护华兴。华兴万一在海地'交钥匙'陷入泥潭，而你又管不住，这就是 COO office 的错，全集团都会认为 COO office 的判断力有问题，我们在集团的地位就一落千丈，搞不好'下一代无线网络'的主导权也得交出去。对吗，安赫尔？"

"下一代无线网络"是安赫尔辛苦抢到的，是他押上声誉的政绩，安赫尔也很为难。"交钥匙"不但考验供应商，对运营商自身也是磨难。

"如果我们能管得住海地呢？"安赫尔问。

阿瓦罗反问："怎么保证？"

"比如说，我和路易斯一起管加勒比海。"

大家都很惊讶，安东尼奥几乎站起来了："你亲自上阵？"

"是的，"安赫尔淡定道，"我刚了解到，今天，华兴已经在新技术部胡安、Telecell 阿里汉德罗和集团 CTO 肯那里，都宣传过他们能搞定海地，现在满城风雨，谁都知道华兴一定会来找我们。虽然很矛盾，但集团也都在考验我们的态度，我们不能骑墙投机，一定要给出个旗帜鲜明的立场。而我们身为国际业务经理，是各大区域的业务 Owner，这是我们的立场根本，如果海地明明能做而我们不做，只考虑办公室政治，那我们才会丢掉立身之本！"

“那潜在的代价，就是失去‘下一代无线网络’的主导权。”阿瓦罗说，排名第二的他已经几次与首席的安赫尔有明显分歧。

“失去主导权，我们还是我们，如果我们丢掉自己的根本，董事会和卡洛斯会怎么看我们？”安赫尔透着一股坚定的领导力，超越了阿瓦罗的计算和取舍。

阿瓦罗耸耸肩：“好吧，这不是一个容易的决定。”

即使争论激烈，但五人的说话声音一直很轻，像极了旧式绅士们的商议场景。某种程度上，COO office 的运作很像一种委员会机制：“好了，我们投票吧。”

有人想了起来，有一个智商极高的家伙：“抱歉，里卡尔多，忘记问你意见了。”

孤僻阴冷的里卡尔多还没发过声，他低头看着文件：“我们也许应该还有别的办法，”他耸了耸肩膀，“但无论如何，你想怎么干都行。”

“什么办法？”安东尼奥和路易斯同时发问。

“中美洲和加勒比海还能找些别的‘新牌’机会，我们不做海地，改做其他国家，那华兴在海地的唯一性就不存在了，又能保住 COO office 的扩张目标。”

安东尼奥说：“对啊！是个两全的办法。”

安赫尔没有点评，但他觉得，中美洲其他国家的竞争比海地大，利润率会下滑。ROI 论证上，投委会需要花时间通过。

“各位，我们恐怕是逃不过海地这个问题了，投票吧！”

里卡尔多和安东尼奥投了弃权票，但能附和集体意见，路易斯投了赞成票，而阿瓦罗投了反对票。这个问题，最终又留给了安赫尔。

到了下午，安赫尔拿着结果去找了卡蒂纳斯。卡蒂纳斯在小楼三楼的西翼，他的办公室并不大，布置也与“五柱”的一样。

“Jacob 去海地了？”宛若希腊天神般健美的 COO 好奇地问。

“是的！”

“呵，他还真去了。你觉得他怎么样？”

安赫尔注意到了老大的细微表情：“嗯，海地项目我们想做，但供应商都不敢，这说明华兴有利用价值，能更好平衡供应商。”

卡蒂纳斯扬起头，阳光照在他的金发上：“华兴是一条鲇鱼，也许我们需要它。”

“卡蒂纳斯，那请您做好准备，因为我一旦做出选择，集团内一定会有很多杂音。也一定会不可开交地上升到最高层，这将是您要与丹尼尔、家族成员、董事会之间的 PK。”

COO 要下决心。他看着海地 Clara 的投票记录，COO office 里也是平局，最亲信的阿瓦罗和安赫尔也是一正一反。所有的数理分析，逻辑分析、历史分析、PPT 或表格，到了最高位的决策都是没用的，因为最后的决断都是一瞬的感性。

“安赫尔，你相信 Jacob 吗？”

面对试探，安赫尔不知如何回答。

“行，你先回去吧。”卡蒂纳斯知道，即使安赫尔也难避免本位主义——阿瓦罗和安赫尔有竞争关系，所以给出的答案也非百分百客观。

他得一个人做决策，也得一个人承担。他对华兴没有偏好，但一旦决定做海地项目，就意味着他要独自向一个僵化的组织开战，他想过要动手变革，但没想到来得这么快。外有重重压力，内有各种疑云，基层只会人云亦云，中层又有利益阻碍。即便他够强大，他也会在极度自信和极度自我怀疑中反复切换。

他拨通了 Jacob 的电话，戏谑地问：“喂，在海地过得怎么样？”

“还真不怎么样！”

“危险吗？”

“有点。”

“你就这么想做吗？”

“因为我在巴展上答应了你，我说的话，说到做到！另外，我还答应了我的员工，今年一定要拿下美洲电信。卡蒂纳斯，我必须说到做到！”

卡蒂纳斯记得在巴展晚宴上对 Jacob 说的“改变规则的代价与后果”，Jacob 没有放弃，甚至在 Boyko 后，在美国两起两落，最终被暴击出局，但 Jacob 依然重振起来，这家伙真的没让他失望。如果卡蒂纳斯做不到，那就是背叛！

当一个领导者要下很大的决心时，唯一能做的就是抵御外界、相信内心。五分钟后，卡蒂纳斯给安赫尔发了一封邮件：“批准海地项目。”

5

所有人都知道Jacob在海地，当卡蒂纳斯审批了海地项目后，很快引起了一番风言风语。

帕特里克立即从西雅图飞到了墨西哥城。FRAN的拉美片区已进入一级戒备，他们最担心的就是放华兴这条鲇鱼入围，而这即将在一个月内成为现实！

墨城的新区圣达菲，拉美片区的销售副总裁、产品行销副总裁、工程交付副总裁，都到达作战室。

“你们怎么搞的？”帕特里克直接把行李箱拖进了房间。

帕特里克让他们封死SDP和核心网，怎么海地成了一个大窟窿，又让华兴钻了进去？后来，在无线4G的Reference上又釜底抽薪，海地怎么突然审批了呢？华兴真防不胜防。

“Jacob回来了。”销售副总裁古斯塔夫说。

“Jacob……”帕特里克一惊，众议院安全委员会的调查后，华兴已经被打出美国了，“这家伙还没被开掉吗？”

古斯塔夫耸耸肩：“我们也这么认为，可听说他又重新回来，还亲自去海地谈判。”

帕特里克原以为是古斯塔夫失职，没能看住臣享，谁想竟又是Jacob。真是冤家路窄啊，这个对手从泰国到Boyko到巴塞罗那展到得州的官司再到华盛顿的听证会，现在又阴魂不散地回来了！帕特里克也有些不自在。

“客户那边，谁主导这件事？”他把西服挂在椅背上。

“卡蒂纳斯。COO office正分两拨人，一批在更新4G招标流程，一批则对接海地项目！”产品副总裁西蒙回答。

这些准备动作的潜台词就是：COO已准备让华兴进来一试。

西蒙向帕特里克建议道：“唯一的方法，就是我们重新提出参与海地项目。”

“你觉得能做吗？”帕特里克问工程副总裁戴斯蒙德。

“可以强推，但我非常不建议。”戴斯蒙德恳切地说，“我们从没筹备过，拉美我们不做‘交钥匙’，一旦强做，这将是我们在美洲电信口碑灾难的开始！”

销售副总裁古斯塔夫对此不太满意：“为什么人家都能做？”

“之前，不是你也不想做这项目吗？”戴斯蒙德还击，“而且员工一定会拒绝去的，要不您去海地亲自做项目总监？”

“都别争了，”帕特里克果断地转向，“Jacob 人现在在哪儿？”

“他又去了多米尼加，听说还会去哥斯达黎加。”古斯塔夫在 TeleMex 有不少内线。

“不回来吗？”帕特里克不解。

“也许是担心 COO office 对海地的决心不足，考虑后手，”古斯塔夫抚了一下自己精心修饰的胡子，“这一点，Jacob 的判断是对的，里卡尔多就曾谏言要放弃海地，换一个别的国家。总之，在最后一刻前，什么都有可能发生。”

帕特里克陷入了思考，大家都在等他下达指令，半分钟后他站了起来：

“古斯塔夫，你要盯紧 Jacob 的行踪，这家伙估计最后一个月不会停歇。所以，Jacob 到哪儿，你就要看住 Clara 各国的 CXO！你要让 Jacob 走到的每一个国家，都成为一场空，让他一站站地奔波，回不了墨西哥指挥现场。

“西蒙，你负责‘下一代网络’投标，联合其他几家围标，一起投诉美洲电信对投标管理的不公平性，给卡蒂纳斯制造舆论压力，但这得让别人冲在前面，你附议。

“戴斯蒙德，你得补齐‘交钥匙’能力。另外，你还有一个使命——在责任模糊的领域，放任一些网络事故，让客户知道离不开我们。记住，一点点释放，先找人口少、影响小的区域。”

“是！”

帕特里克起身穿上外套，准备出门：“从现在起，我们要全面封锁华兴！”

“但是海地呢？Jacob 已经拿到 Reference 了。”

“这个交给我，我来对付丹尼尔和董事会。”帕特里克推开了门。

6

卡蒂纳斯审批完的第二天，双方便开始争分夺秒。

事业部工程交付副总裁李丞，已穿过大半个地球，从巴基斯坦的卡拉季奇，火速到达墨西哥城，随行还带了自己的嫡系团队，聚拢起从项目管理、工程测试、土建到网络规划、维护、培训的人马。

地区部也非常配合。地区部的售后交付资源、分包商信息、中美洲人力基线、产品竞争分析、历史投标文档、价位管理、折扣率，全由事业部调配。一切繁杂交叠的流程上，地总林强一路开绿灯。

阿曼多与路易斯也开始海地的细节谈判，阿曼多很有技巧地把大项目拆碎了谈，这样就能尽快从一个小单入手。

然而仅仅第三天，一连串的负面声音如期而来。有集团采购部佛朗索瓦的批评，有“下一代网络”筹备组成员的抱怨，有供应商的集体控诉，还有墨西哥 TeleMex 的元老们的指指点点。更麻烦的是，似乎有人疏于管理，令网络稳定性下降，事故变多了，这让墨西哥工程人员也疲于奔命。

在卡蒂纳斯批准后的第五天，一次例行的集团 CXO 会上，CFO 凯罗尔回顾上半年营收，为即将发布的半年财报做准备。卡蒂纳斯则汇报各国业务进展、海地“交钥匙”和 4G 网络筹备。集团 CTO、新技术部、采购部都出席了，但大家都等着一出好戏。

会议表面还算太平，但大家心照不宣地等 CEO 丹尼尔的表态。然而丹尼尔更关心财报，只抓着 CFO 问问题。

散会后，丹尼尔在走廊里偷偷叫住了卡蒂纳斯：“你等一下，刚才会上，大家都等着我的意见。我没提，是我不想当众让人看家族里的争论。”

“丹尼尔，你觉得我做错了什么吗？”卡蒂纳斯也早有了防备心。

“为什么你要在这个时候制造混乱？”丹尼尔摊开双手。

“嘿，听着，制造混乱的不是我，”卡蒂纳斯撇清着关系，“我对华兴没有什么特殊好感，我一切都为了美洲电信能在 4G、5G 有更好的发展前景。丹尼尔，你想过吗，我们的垄断还能吃几年？”

丹尼尔摇头叹息：“看来你误会我了，我已经把 4G 的重要主导权都从弗朗索瓦交给了安赫尔，正是因为我相信你，我知道你有想法。为了让你慢慢改，我要给你创造机会证明自己，你知道我在集团和 TeleMex 为你顶住了多少压力吗？可你操之过急，做的第一件事就让大家失望了。”

“为什么会失望？”

“美国，还用说吗？”丹尼尔把卡蒂纳斯拉到墙角，“你沾上华兴，却自认为是在帮美洲电信激活组织吗？高管们现在犹犹豫豫，他们心存怀疑时，还能相信你的判断力会把 4G 商业化方向带对吗？”

前一周，胡安找过 CEO 丹尼尔商量重启 SDP 平台的问题，胡安告诉他，SDP 不是一个复杂的技术，但是一个要不停高速响应的、需要有耐力的项目。三个月下来，也只有华兴干得最好。胡安心动了，SDP 一旦部署就将对运营商的新业务赋能，但丹尼尔依旧把胡安按住，华兴也许真的有“独特价值”，但华兴绝不能那么快进来，Boyko 的事情后，他已经后悔了。

丹尼尔继续说：“墨西哥 TeleMex 的元老，个个都是和卡洛斯一起打江山的叔叔，本就有各自的利益，老一辈又看不惯后生的做法。你这不是给他们找借口闹事，又给卡洛斯添堵吗？

“董事会要考核你的盈利，但如果你不能团结队伍，他们很快也会怀疑你的领导力，无视你之前的付出，甚至抛弃你。

“就算是家族也会有考验，卡蒂纳斯，事情没有对与错，只有轻与重，卡洛斯会看你处理问题、拿捏人情的艺术，有没有真正领导者的素养。”

“每个人都在看着啊！”丹尼尔的话，字字在理，卡蒂纳斯也可能会招架不住。

可卡蒂纳斯淡淡地问：“丹尼尔，你是不是受到很多压力了？”

丹尼尔一愣，他被戳中了——明面上一切如常，私下无数暗流涌动都奔向他。虽然贵为集团 CEO、家族核心业务的掌舵人，但他也有自己的执政基础，如果基础松动了，谁还能支持他呢？

卡蒂纳斯忽然抬起头：“你说得很多，也说得很对，我确实没想过，因为我的决策从不掺杂这些细节，如果考虑这么多，那就做不成任何事了。”

“一定不能意气用事！”丹尼尔力阻着。昨晚帕特里克来过，跟他分析过局势。墨西哥 Telecell 和 TeleMex 的 CXO 们，也在工作午餐时给了丹尼尔很大压力。Telecell CEO 赫克托还表示：如果集团硬来，他们将不再遵从集团的标准。

“不，我决定了，这是我在哥伦比亚 Comcell 当 CEO 时学到的。”

Comcell 曾是哥伦比亚第一大国家电信公司，虽历经多次增资扩股，扩大规模，却因为亏损严重，最终被美洲电信收购。

当时，Comcell 股权复杂，有两家哥伦比亚国有资本和三家西方资本、多家本地私营企业和欧洲股权混合在一起。而哥伦比亚的电信业态极为混乱，全国割裂为三个破碎的区域运营。

卡蒂纳斯是家族空降过去的 CEO，那时才二十八岁，毕业不过几年，却要解决这一切。一群当地土皇帝、老官僚、政客、股东、银行家、工会和技术专家，都在糊弄这个外来的毛头小子该怎么干，把他当傀儡，甚至背后讥讽“墨西哥人的西语口音比哥伦比亚人难听多了”。

然而，卡蒂纳斯用了三年，不顾一切地大刀阔斧改革后，Comcell 股权结构稳定了下来，成为 100% 的美洲电信全资子公司。他还通过收购，把 Comcell 的无线网络从一个区域扩张到全国，实现全国覆盖，成了哥国第一大电信公司，用户占全国 75%，Comcell 也一跃成为集团除巴西和墨西哥外的第三大市场。

丹尼尔知道这段往事，却不认同：“哥伦比亚是国家，这里是集团总部，不同的规模要用不同的管理，你不能不顾总部的实情就硬来。”

“那我要关闭海地吗？扩张是集团的既定战略。”

“重点不是你允许海地，而是你会得罪一大批人。”

“那么，这些人早就该滚蛋了！”卡蒂纳斯忽然大声起来。

CEO 秘书玛莉亚都听到了争吵声。

丹尼尔这才冷静下来，他意识到，卡蒂纳斯不是在哥伦比亚时才改变的——早在他去 USC 时，从十八到二十四岁的青年时代起，他就被灌输“开拓者”精神，甚至一定要在美国做自己的企业，最后是卡洛斯硬把拽他回来的，可这小子至今没被磨平。

“好吧，”丹尼尔叹了一口气，他模仿着SDP项目的模式，“我给你一个折中建议，海地可以做，但不要在8月14日之前。”

“这有什么意义吗？丹尼尔，我不想做这种屈服。”

“听着，我不想和你争，那我只能提交董事会和家族决定了。”

“丹尼尔，我也很抱歉，但我已经决定了。”

卡蒂纳斯独自下了楼，安赫尔还在楼下等他。安赫尔看着COO，他非常自信，认定的事，如果不是天塌下来，就不会改变。作为幕僚，安赫尔也没了退路，但他觉得这才是领袖之风。

忽然，安赫尔觉得卡蒂纳斯像极了一个人，想了半天——嗯，挺像Jacob！

chapter 8
哥伦比亚之结

1

Jacob在多米尼加待了两天，他继续奔波，下一站是中美洲的哥斯达黎加的首都圣何塞。

臣享预测集团总部不会太平，因此他必须一刻不停地继续找新的Reference。

也正如COO office的里卡尔多谏言，为缓冲内部矛盾，美洲电信可以放弃海地“新牌”，因为哥斯达黎加今年也会有“新牌”的机会，而且美洲电信业正在分析，找到的概率很大。

从非洲乍得调来的冯程，已在这里准备了三个月。现在，这里准备充分，而且地区部在哥斯达黎加交付过一个小项目，交付资源也有储备。

可是帕特里克行动了，海地项目在集团内发生了大动摇。海地很可能被延期到8月14日以后，这使海地项目无法成为Reference。Jacob意识到FRAN也能像堵住海地一样，再一次延迟哥斯达黎加的时间。况且美洲电信对哥斯达黎加“新牌新网”的项目启动比预期中慢，目前还处于调研阶段，恐怕赶不上8月14日。

虽然卡蒂纳斯不会放弃，但他不能全寄希望于卡蒂纳斯，作为事业部的头儿，他必须掌握主动。

“如果8月14日之前启动了，哥斯达黎加交给你，你行吗？”他问冯程。

“没问题，我一定搞定。”

Jacob便决心再次出发，眼下“新牌新网”这个类型恐怕是不行了，得找一个别的机会类型，开辟更多的战场。然而就像下围棋一样，无论Jacob落子到哪儿，帕特里克就会堵到哪儿。

Jacob看着臣享的拉美沙盘，规划下一站的计划。剩余的时间连一个月都不到了，他这次要选的，也必是最后的决战场，绝不能选错。

沙盘上，从巴西收到的消息不错。在巴西最发达的东部沿海地区，还有老旧的西门子2G设备，老设备早已不堪负荷，巴西Clara要求扩容，但西门子已经停产。客户改向巴西占有最大市场份额的FRAN求助，希望替换掉西门子基站，但FRAN反应迟缓，现在巴西Clara正在询问华兴，这是华兴的重要机会。华兴巴西分公司、南美南地区部，都在呼唤Jacob投入这里！

但Jacob犹豫着，只要华兴一冲上去，FRAN就会给巴西客户更换！巴西客户只是用华兴来要挟FRAN，FRAN也许只是诱导Jacob在这里盲目消耗掉最后一个月的宝贵时间。

不行，巴西是错误的方向。他把注意力往下移，看到另一个拉美大国——阿根廷。

阿根廷Clara没有FRAN的设备，而且北部与巴拉圭、乌拉圭接壤的三国边境处，有大量快撑不下去的西电的老旧2G基站，阿根廷很担心西电破产后，这摊子怎么处理。该项目也曾被拱到了墨西哥的集团总部，可惜的是，张婧抢走了负责“拉普拉塔”大区的安东尼奥的接触权，这机会点也就消亡了。

新牌新网、老旧退市、格局不平衡，现在这三类机会点都没有，同时当地最好没有FRAN分公司，免去被盯梢干扰，这样排除下来后，Jacob几乎找不到合适的国家。

大约二十分钟后，他注意到了一个国家子网——哥伦比亚Comcell。Comcell很稳定，不存在“不平衡状态”或“老旧网络退市”，但他一直忽略了三件事：

一来，Comcell是卡蒂纳斯的源起之地，想拿到一个商用的

Reference，难度远低于其他国家。这一条线，从子网到总部，卡蒂纳斯一个人能拍板。

二来，哥伦比亚没有 FRAN 分公司，是 100% 的诺阿（Noah）。

三来，哥伦比亚地形复杂，有两座大山、热带雨林及数条河流，将整个国家破碎化。如此复杂的场景，必将容纳更多的技术需求，这就是机会点。

这样，哥伦比亚至少会有一个技术需求、一个完美的客户关系链、一个 FRAN 防不到的区域，那就是他的机会！

但帕特里克的阴影再次浮现在 Jacob 脑海中，即使哥伦比亚没有 FRAN 分公司，帕特里克也会如影随形盯上自己的。既然如此，一个人是不够的，他索性打明牌，再从墨西哥找更多的帮手。自己是非科班出身的销售线，哥伦比亚这类机会点，更需要以“技术需求”驱动，干脆就让马里西奥这种“解决方案”型悍将，也来支持。

2

Jacob 搭乘 Avianca（哥伦比亚国家航空公司）的飞机，飞到哥伦比亚首都波哥大。

马里西奥准备好技术资料，也即将启程。

另外，前美国 CEO 余婕，已调任华兴商业咨询部部长，她也给 Jacob 派了一中一英两位高级咨询专家，他们能在马里西奥的技术之外，以商业分析来打动 Comcell 的高层。

哥伦比亚紧邻中美洲，虽然在赤道上，但因为太平洋和大西洋的洋流作用，气温并不高，尤其波哥大在海拔 2800 米的山林中，即使现在是 7 月底，气温也才 20 摄氏度。这样的环境非常适宜咖啡豆和花卉的生长，哥伦比亚咖啡和花卉也闻名世界。但同时，这气候也非常适合毒品生长，因此，哥伦比亚也以毒品世界闻名。

Jacob 小时候就听说哥伦比亚超过东南亚金三角，控制着全球 80% 的毒品市场。如果说美国是全球最大的毒品消费市场，那哥伦比亚则是最大的毒品工厂。墨西哥和中美洲的大毒枭都只是小角色——那是哥伦比亚贩毒网络通往美国的物流线路上一个个环节上的分销商，唯有哥伦比亚才是幕后的大老板，甚至美国军队和CIA都要直接奔赴哥伦比亚剿灭毒枭。

林强被羁押于纽约监狱时，曾遇到过墨西哥的世纪毒贩古兹曼的手下。古兹曼是自本·拉登被击毙后的世界头号通缉犯、锡那罗亚贩毒集团的老大。他改造了墨西哥各大州毒枭的旧体制，统一分销管理，成为“万王之王”，其武装和社会影响力逼得墨西哥总统将“毒品战争”视为头号工作。但即使这样的黑帮教父，也曾向哥伦比亚的麦德林集团和卡利集团的毒枭低头臣服。

飞机降落了，机场内外，不少穿着绿色迷彩服的武装军人保卫着机场，海关人员的着装也和军服一模一样。Jacob看了一下机场，除了Comcell等电信公司的广告外，另外一个广告牌赫然醒目，那是国家旅游局的标语——

“Colombia, the Only Risk Is Wanting to Stay!（哥伦比亚，唯一的冒险就是想留下来！）”

这一句标语真是“此地无银三百两”，在世人的印象里，谁不知道哥伦比亚依然危险。但竟然还用risk来做宣传。

哥伦比亚的危险缘起于它的独立。法国大革命后，法属的海地独立，起了示范作用，而后当拿破仑攻占西班牙帝国后，既然母帝国都没了，那拉美诸子也谋求脱离西班牙的统治。哥伦比亚的国父西蒙·玻利瓦尔率先起事，在独立战争后，将原西班牙新格兰纳达总督区改建为“大哥伦比亚共和国”。但在他死后，因为“大哥伦比亚”太大，地形又太复杂，难以中央管理，在失去强人后无法凝聚，分裂成了四个国家。这埋下了以后哥伦比亚不安的种子，结果内战不断，多位总统被刺，军人屡次政变。20世纪30年代，由于贫富分化，自由派和保守派又产生了巨大纷争，互相攻伐，自建国以来，数十万人丧生于内战。

到了20世纪五六十年代，广大贫穷偏远的农村地区开始觉醒。他们与哥伦比亚精英、城市居民成了两个阶级，哥伦比亚30%人口分布在农村约80%的区域，他们反对代表城市阶层的政府，并建立起了几支强大的反政府武装，在森林里做游击队。为了维持军需开销，便以毒品和绑架为资金来源。在20世纪80年代到2000年，毒枭盛行，犯罪集团大规模成长，不停地绑架政要人物。

当 Jacob 出机场大门时，已是晚间，天上下着小雨，还有点冷，周围警察很多，穿着荧光服，不少还带着缉毒犬在四处搜索，几个车道上更有骑着高头大马的骑警在巡逻。

这次，并没有人来接他，他手里只有一个地址："第 7 大道，68 号大街，33 号 402 室。"那是宿舍，他在机场叫了一辆车，便直接去了。

他第一次到达这座城市。波哥大和墨西哥一样，是拉美最大城市之一，曾也是西班牙帝国四大总督区"新格兰纳达"首府，但这里与墨西哥有着完全不同的风格。墨城还有点美式味道，波哥大则满满的是伊比利亚风情。

车经过了一些小路，晚上黑灯瞎火，建筑显得破乱，基础建设很陈旧，墙上画满了乱七八糟的涂鸦，似乎这个国家停滞了很久。这景象，让他想起了在黎巴嫩贝鲁特和越南见到的样子，那曾经都是美好的国家，但因为战乱不休，几十年战争下来，经济也停止了。

他下意识地看了下出租车的计价表，想看看司机是否会因贫困而讹诈，却被哥伦比亚的货币单位给吓到了——这里价格 1 美元：3400 比索！

这印证了他的假设，越南的汇率为 1 美元：22000 盾，黎巴嫩为 1 美元：1600 黎巴嫩镑，远超其邻国。而哥伦比亚也和黎巴嫩、越南一样，因战乱而造成货币贬值。

哥伦比亚每一次混乱，GDP 就要下跌 50%，百姓遭受重创，他不由得感叹起来，正因为他长年在海外漂泊，才能更深刻地领会到稳定对一个国家和百姓的重要价值。

车开上了前往宿舍地址的"第 7 大道"，这是波哥大最重要的大街，环境相对好些。刚才在城市的南区，那是贫民区，而进到了市区，其市中心已显老旧，也不算安全。直到出租车继续向北，进入波哥大北部的 Chapinero 区，那才是市中心外另开发的新城区，也是金融区、使馆区和富人区，这里最好，也最安全。

宿舍就在 Chapinero 区，车终于快到 68 街的宿舍了。在与"第 7 大道"垂直的"70 号大街"之间，有一栋"BVC 大厦"，那是华兴哥伦比亚分公司的办公点。

他临时起意，先去公司看下。

BVC 大厦门口有五名军警看守，并有数条警犬护卫，进门要出示证件。军警在开箱检查完 Jacob 的行李箱后才放行。

之所以这么严格，是因为这栋 BVC 大厦是“哥伦比亚证券交易所”，也是波哥大的重要地标。超过花旗的世界最大金融集团——日本三菱日联金融集团曾入驻 BVC 开办哥伦比亚业务，但一次事故后，最终决定撤出哥伦比亚。敢留下来的跨国企业不多了，哥伦比亚政府必须提升安全等级，才能吸引外资。

Jacob 上了楼，但华兴办公区的灯几乎全关了，自动门也打不开。可这才晚上八点啊，换作墨城或曼谷，华兴员工都会加班，这是一种海外工作的必然，尤其是拉美片区总戏称“拉美夜总会，夜里总开会”。这里令他疑惑，难道哥伦比亚不用跨时区与中国开会?

Jacob 按着门铃，隔了一分钟，才有人来开门。

“找谁？”是一个矮矮的哥伦比亚员工来开的门。

“我找鹿明。”

“您是于总？一个人过来的……”鹿明走了出来，面露惊讶，“真抱歉，没想到你来得这么快，我以为您要下周才来。”

3

Jacob 放下行李，走了进去。办公室空荡荡的，只剩下鹿明等几个人，还有一个独立办公室里坐着一个哥伦比亚高管，远远地一个人躲着。

鹿明是哥伦比亚的无线产品行销主管，刚才那个开门的哥伦比亚人，是他的员工费尔南多（Fernando）。此外，在场还有另两人，一个是臣享先遣来哥伦比亚的吕风，也就是北非地区部那位在坠机事件中大难不死的产品经理：“Jacob，忘了给您接机了。”

Jacob 摆摆手：“接机浪费你们时间。”

旁边的另一人笑了起来：“要是领导都像您这样就好了。”

“现在拓展的情况怎么样？”Jacob 一边问，一边却四处张望，

“就你们几个人吗，怎么没什么人？”

“下班了！”吕风答道。

“哥伦比亚分公司的生意就这么好吗？这么轻松？”Jacob不太开心，虽然都是华兴统一的规章制度，但每一个分公司却衍生出不同的氛围来。

“不单是哥伦比亚，我们安第斯地区部都这样。”那个陌生人说道。

鹿明叹了口气：“安第斯地区部可比不上墨西哥地区部。客户线和工程交付线权力很大，唯独我们产品部最弱，不像我在墨西哥时，产品行销能独当一面。”

这个鹿明曾在墨城工作过两年，也负责过美洲电信的无线拓展，后因无果而被调来哥国。他从骨子里就渴望拿下美洲电信Comcell，一直与事业部的吕风积极配合，但在哥伦比亚分公司的氛围下深感无力。

“我们想推动内部，但推太猛，就会得罪人。”那陌生人又说。

“您是？”Jacob问。

鹿明介绍起来：“这是安第斯地区部的无线产品的总工——杨力，是地区部无线部部长老杜派来支持我们的。臣总打电话说过Reference的重要性，所以过两天，老杜会亲自过来。”

“真得感谢大家齐心合力，等老杜来了，一定要请各位好好吃顿饭。”Jacob说道。

“那要找个最贵的。”大家也松了口气，原本都以为Jacob脾气暴，结果倒没什么架子。

交流中，Jacob的眉头却越皱越紧了——虽然他是客户线出身，但他一直认为在海外实现零的突破，产品线才是项目发动机。因为信任是销售的基石，但海外互信很难凭空建立，特别是外国客户对中国科技和中国人有着根深蒂固的成见。只有依托产品经理，靠解决方案说话，在一个个技术难题和需求上，找到客户的痛点，反复攻坚，才能赢得认可。因此，面对作战时，产品经理的“解决方案型销售”十分重要，而客户线的“关系型销售”只能锦上添花。

所以臣享下派的大多是产品经理，然而，哥伦比亚的产品部竟如此弱化！

这样显然有问题。可Jacob没法插手，作为事业部的领导，他最麻烦的就是要跨多个地区部进行管理。现在墨西哥林总是支持了，可林总管不到哥伦比亚，这里又离片区总部所在的巴西有很长的距离——Jacob到了一个“三不管地区”。

Jacob问：“对了，安第斯地总，是不是叫严奉？”

“对，是严总。”杨力说。

严奉正是Jacob参加大队培训同一期的班长，排名第二，实力比Jacob更强。第四的Jacob一直想超越他。当年，他俩一起拿到了金牌员工，被认为是华兴年青一代“双子星”，然而Jacob一直不喜欢他。自泰国后，晚出国两年的严奉反超了Jacob——他做成了委内瑞拉第一大国有电信公司CANTV的大项目，从一位客户经理，变成委内瑞拉CEO，又在总部独立出一个“安第斯地区部”后，三级跳担任地总，成了让人艳羡的明星总裁。

“那间办公室里的人是谁？”Jacob看到那外国高管，五十岁左右，身材魁伟、气宇不凡。

鹿明说：“雨果（Hugo）是分公司CTO、产品行销部的哥方外籍负责人，他之前是这里诺阿的高管，也做过一家电信公司CTO和政府的工业特别顾问，还挂着一家哥伦比亚能源公司的独董，挺有地位的一个人，不过雨果跳来以后，发挥不出价值，也挺压抑的。”

此时，那间办公室的门打开了，雨果出来倒了一杯咖啡，他看了眼Jacob，又坐了回去。

Jacob有种不好的预感，他好像押错了宝，不该来哥伦比亚。

“安第斯的客户线全是中方吗？”他望着雨果的房间。

“是的。”总工杨力点点头。

在海外，如果不把当地有水平的人用活，又不给产品线以“项目发动机”的地位，只靠一帮中方客户线搞关系，这样就算一时能打开局面，也不可能做长久稳定！可严奉为什么这么做呢？

Jacob印象中的班长，是一个对伙伴高冷，却爱攀附教官、善与上头谈笑风生的人。培训期间的活动，班长总能找到捷径，这与Jacob啃硬骨头的个性不一样，他们虽然和韩菲、小玲混在一起，但两个男人间有隔膜。培训结束后，他俩分到不同的分支，Jacob驻扎陕北偏远的地级县市，班长一通关系运作，设法去了最繁华的上海分公司。而后，当Jacob主动请缨中东北非时，班长赖着不去海外，直到总部大规模向海外输送人员时，班长没办法，就通融关系想去欧美。但总部卡得很严，不允许擅自挑选，班长退而求其次选的是离家近的泰国，而恰因Jacob也选泰国，班长不得已改道安第斯，现在倒是因祸得福。

谈到半夜，大家得回去休息了。鹿明和Jacob不住一栋宿舍，但为了安全，他步行送Jacob回去。Jacob住的是六层楼的高级公寓，是用极具当地风格的红砖建造的，背后还紧贴一座大山。

走到公寓门口，鹿明拉住了Jacob："刚才一直没跟您谈这里的机会点呢，我们这几个月来，最好的一个机会是在哥伦比亚一个卫星基站的项目。客户规划了64个偏远站点，但诺阿实施困难，我们花了四个月跟Comcell谈，好容易才有了个卫星实验局，做比拼测试。"

Jacob的眼睛在黑夜中放光："能不能成？"

公寓楼下的哥伦比亚看门老人出来了，老人像个绅士，身着西服，虽然满头白发却梳得很精致，颇有英式管家的样子。老人彬彬有礼地用英语问："先生们，要进来吗？"

"哦，马上马上。"鹿明急忙应付。他抓紧跟Jacob说："但工程交付的员工也不上心，我们与现网的诺阿一起做比拼测试，居然输了！"

"什么？！"Jacob勃然大怒。比拼测试，是华兴赢得客户技术认可最有效的招数，能用数字向客户证明中国产品也是一流的。因此，华兴在比拼测试上，必须永远拿第一，这是产品拓展的铁律。否则，作为外来者，还有什么理由替代当前的西方供应商？

"有没有升级，去投诉工程部门？"Jacob问。

"我说服不动工程部的老大，也搞不动他。"鹿明说。

真是闻所未闻，按照华兴的企业文化，一旦比拼测试输掉，工程部会被产品部喷到死。可见哥伦比亚的产品经理们太弱势了。

"费尔南多就是因为看不惯工程线那边，才转到我这里来，想做点实事。唉……"鹿明摊了摊手，他三十多岁了，虽出来很早，却无功无建树。如今血性少了，无奈多了，也不愿冲撞领导。

这时，一辆丰田的陆地巡洋舰呼啸着停了下来，上面下来了三个漂亮的哥伦比亚姑娘、一个哥伦比亚小伙和一个中国帅哥。

“金总。”鹿明喊了一声。

“哦哦，鹿 Sir 啊。”对方并没叫他“鹿明”，而“鹿 Sir”的发音像极了“Loser”。

“这位是？”金总推开车门，他又高又帅，能在哥伦比亚开上好车，住富人区房子，在当地人眼里，也是很有身价的。

“不好意思，实在没宿舍了，到您这里挤一下。”Jacob 没让鹿明泄底。

“哦，没关系，那我先上去收拾一下房间，我不知道你们有同事要来呢。”金总说完，就带着三女一男上了楼。

“这么公然吗？”Jacob 回头问鹿明。

鹿明耸耸肩：“在这里就是这样，他就是工程交付的头儿，每周会有不同姑娘来玩。出了名的‘安第斯四公子’之一，来了几年，开心到不想回国。”

“‘四公子’……四个？”

“嗯，最绝的‘公子’，是另一分公司销售副总，搞了当地女员工，被人家家属追着打到办公室，甚至投诉到大使馆。结果严总把事压住了，让那‘公子’逃回中国避了三个月风头，又换到厄瓜多尔做副总。”

“操！”

鹿明走后，Jacob 上了楼，这套高级公寓有两个卧室，只有金总一个人住。现在 Jacob 占了次卧，显然破坏了金总的兴致。那间主卧里传来男女打游戏的声音，然后是派对嬉笑的声音。

“反正只要听严奉话的，就有机会。”Jacob 躺在床上，刚才的聊天还言犹在耳。他听说班长在国内市场部时八面玲珑，总能讨好客户一把手。他在委内瑞拉崛起，会不会也是这样拿项目的呢？

至于现在糟糕的团队，当过一把手的 Jacob 心知肚明——严奉把客户线和工程线拉成自己的心腹，就能在行政费用、工程分包上做小动作，上亿美金的采购过一过手，可比薪水高多了。而鹿明这些产品经理，在流程上不但没油水，还会在一些决策上分掉严奉的使用权，那就只能遏制像鹿明这样的产品线和像雨果这样的本地高管。

唉，很多事为什么做不起来，就是因为有些人做的事，不是为了成事，而是想尽办法捞钱。Jacob 看着天花板，这里是严奉的安第斯地区部，他没有亲兵，也调不动人马。

4

一早，Jacob 到了公司食堂吃中式的早饭，电视里放着中央四台的《神探狄仁杰》。来来回回的员工里，他发现了哥伦比亚分公司 CEO，Jacob 端着盘子，打了招呼后，便同桌吃饭。

“你跟 Comcell 熟吗？”Jacob 吃着泡饭加酱瓜。

“跟你说真心话，我不太熟悉，我刚来这里，而且内部事情很多……”这位哥伦比亚 CEO 充满了疲倦与无奈。

新 CEO 刚被提拔，空降到此不足四个月，而这里冰冻三尺非一日之寒，陈规陋习、人事风气，CEO 也控制不住，可能还不得不“和光同尘”。

CEO 说：“于总，我要到委内瑞拉去述职开会，离开两周。恐怕帮不上您。”

“产品副总呢？”Jacob 问。

“他回国休假了。如果你急着协调的话，给我打电话吧。”

CEO 在现场都没用，那打电话还有屁用啊！

“哦，于总，我带来过一位客户经理，您可以让他帮忙。”CEO 想到了什么。

Jacob 一看，是个胖男生，缺乏客户线的英气，而且这男生也被边缘化了。他听杨力说胖男生为了存活下来，在严奉来哥国出差时，沦为接送孩子、陪家人游山玩水的打杂者，至于客户关系嘛……算了，Jacob 叹了口气，一口把粥喝干了。

回到 BVC 大厦，他坐着发呆，既然人到了波哥大，当然要拜会 Comcell CEO。如果哥伦比亚分公司靠不住了，那就自己上吧。

他要到了 Comcell CEO 的邮箱，发去约见邮件，就静等回音。没想到，很快就有回复了——“下午是否有空？Comcell CEO 冈萨雷斯

（Gonzales）。”

他坐着公司专车，一路向城北开去，从“70 号大街”一直开到“90 号大街”，这里环境也很安全。在 Comcell 大楼下，他经过安检，坐电梯到达八楼，这里就是 CEO 办公室。冈萨雷斯高大气派，就像华兴的雨果一样：“欢迎你，Jacob。”

也许是卡蒂纳斯的老部下，冈萨雷斯倒也不见外，没等 Jacob 介绍，就主动聊起了 Comcell 的历史：

“Comcell 以前是一家只在波哥大地区运营的国企，那时候内战严重，政府没法在全国范围进行统治，资金也不够，所以政府决定，把政府统治区分三个区域各自经营，Comcell 在波哥大中部区，由两家国有资本出资，后来政府为进一步发展，就引进了外资。”

“美洲电信是那时候进来的吗？”Jacob 问。

“不是，非常非常……非常非常复杂。全国那时分三个区，中部波哥大区，西部麦德林—卡里区和大西洋沿海区，一共六家运营商，几套不同频段，分配得真的太复杂了。”

Jacob 听得有些诧异，一个国家竟连统一的电信公司都建不起来。长期处于分裂状态的哥伦比亚，竟按一个个小诸侯邦来管理，成本内耗实在太大了。

“外资进来时，一开始由加拿大电话公司入股了中部 Comcell 30%，又收购了西部大区一家电话公司。这时，沿海大区还有三家独立的电信公司，其中一个又被美国电信公司收购。”冈萨雷斯拿笔画着复杂的图，以便 Jacob 理解，“你看，这时还有两家独立的电信公司，一家在西部，一家在沿海。

“但因为美国和加拿大公司水土不服，很难整合好这一切，而且哥伦比亚的政局实在太危险，北美资本准备撤资，而这时，卡洛斯家族才开始进入哥伦比亚市场的。”

Jacob 感叹道：“这是一个很乱的局面啊，是卡蒂纳斯让它成为市场第一的吗？”

冈萨雷斯说：“没错，卡蒂纳斯来的时候，才二十八岁，他要面对很多难题，整合来的 Comcell 里既有国有资本，又有来自美国和加拿大的外资，还有本地财阀的。如何退出，如何商谈价格，每一方利益都不同，很难协调，没人知道怎么兼顾政府法律与豪门之间的风险。

“另外，这六家运营商，就算资本上融合了，但在品牌、团队、管理层上都没有融合，还得将其统一化。你知道这里面有多少利益纠葛，办起来有多难。太多人给卡蒂纳斯下套了，又想趁乱牟利。而那时，Telefonica 集团和 MIC 集团也开始进驻哥伦比亚市场，跟他在用户市场和项目资本收购上全面竞争，真是内忧外患，稍有闪失，卡洛斯的收购就失败了。”

Jacob 听得入神，冈萨雷斯叫来秘书，给 Jacob 上了些哥伦比亚特色茶点和 Empanada（牛肉饼），边吃边聊。

“不过他挺过来了，他的核心打法只有一个——Comcell 一定要做到全国性的网络覆盖和统一品牌。在政府都没办法统一全国时，他却在偏远农村地区第一次用卫星基站来打电话，让反政府的农村人和土著人都通了电话，大量增加覆盖区。这是投资回报率很低的亏本买卖，但无论成本多高、融合多难，有多少资本商人和专家反对，他都坚持要打这张牌。

“之前哥伦比亚是一个地区一个运营商，就像这国家一样支离破碎，这是第一次有一种全国统一的感觉。当信号覆盖大片国土，还包括了反政府地区，这就像在宣示主权，国民们的内心都充满了喜悦，也许就像你们把统一的资费和信号都放到台湾一样吧。

“这时，全国 80% 的用户都被吸引了，竞争对手只沦为地区级对手，国有和私人资本也都放下了成见，哥伦比亚团队和品牌也统一融合了起来。而且，他考虑到国民情绪，坚持不把 Comcell 改为美洲电信的 Clara 品牌，从此 Comcell 成了国民品牌。一切阻碍都消失了。”

那段时间，正是反政府武装最猖獗的阶段，他们出没在全境的 33 个省，政府的地盘都在收缩。国际上，认为哥伦比亚是个“不适合通行”的国家，这种“末日审判”式声音也越来越多，外资纷纷撤退。可卡蒂纳斯采取了反向扩张的策略，当众多公司退出哥伦比亚市场时，他逆势收购，低价接手了大量电信地盘，完成了大一统的管理整合，奠定了 Comcell 第一的地位，这种成功需要极大的胆识。最终这一仗保住了卡洛斯的投资，并赢得了家族对其才干的高度认可，对他重点培养，调回墨西哥担任集团 COO。

听完这段历史，Jacob 也不禁要钦佩起他的客户："卡蒂纳斯是个真英雄！"

"他确实是个年轻有为的家伙，"冈萨雷斯起身道，"讲了很多，有点累了。我们去旁边'93 号大街公园'走一走吧。"

三条街外的"93 号大街公园"，是一片长方形的公共草坪，算是波市的一个地标。这里环境幽雅，有高级餐饮、酒吧、咖啡馆、休闲空间，是年轻人聚会的胜地。

冈萨雷斯把他带到一间"JuanValdez"连锁咖啡馆，给他买了杯咖啡："试下纯正的哥伦比亚风味。"

"味道很棒。"Jacob 坐在小小的圆木桌边，呷了一口，优哉游哉地品味着下午的时光。他感觉气氛很好，自己已与冈萨雷斯关系很近了。

两人坐了下来，窗外就是大山，公园四周大树参天，白云很低，似乎举手便可摘得。阳光下，云影像列快车，掠过翠绿的山脊。美丽的新建筑都使用了考究的红砖，风格统一，有文化质感，犹如一朵朵红花浸在一片翠叶之中。静谧的街道上，还错落着殖民时期的老房子，白净的墙面，配上橘红的门廊，一股百年历史的韵味呼之欲出。青山绿水，红砖褐瓦，令人沉醉。

Jacob 不由得觉得这座漂亮而魔幻的山城，全世界也难找出一个类似的，只可惜被内战耽误了。这让他想起了马尔克斯的小说，他喝着咖啡，人也全然地放松了下来。

冈萨雷斯问："哥伦比亚怎么样？"

"太美了。这样的山城独一无二。"

"当然，波哥大本该是比肩纽约、迪拜、旧金山、柏林的城市。"冈萨雷斯颇有自豪感，"还有什么吗？"

"人很快乐，也很美。"Jacob 听说哥伦比亚盛产世界小姐，一看果不其然，周围年轻人都欢声笑语，热情洋溢。

他又端起杯子，向 CEO 示好："这里的咖啡比星巴克好喝。"

"哈哈，在哥伦比亚没有星巴克，被我们抵制走了。我们只有 Juan Valdez（胡安·瓦尔德斯）咖啡，你看看，他才代表着真正的咖啡。"冈萨雷斯指了指这家店 Logo 上的一个哥伦比亚中年农民的形象，"哥伦比亚不富裕，但我们都特别爱自己的国家、自己的文化，就像我们也都很珍惜 Comcell 品牌。Juan Valdez 咖啡和 Comcell 都已经成为生活的一部分了。”

Jacob 笑着又喝上一口，用力地点点头，恭维着 Comcell 的 CEO。

“你也觉得 Comcell 很重要吧，”这位 CEO 看出 Jacob 已经准备好了，“我今天说了很多话，因为我也有一些特别的目的。”他一改之前亲近的语调，“Jacob，我知道你来这里的原因——‘下一代无线网络’。也许你觉得卡蒂纳斯会允许华兴在这里拿个 Reference。”

Jacob 一愣，放下了杯子，意识到一张宣判书将突然而来。

“但我不会同意的。”

“为什么呢？”反转来得太突然，Jacob 争辩起来，“我们不正与你们有一个卫星实验局测试吗？“

“本来可以慢慢谈，但时机变了。这是最后几周了，如果你在我们 Comcell 这里弄到 Reference，就明摆着搞赛前作弊，那会伤害 Comcell，更会害了卡蒂纳斯。”

“等一等，这是谁说的？”Jacob 错愕着，冈萨雷斯怎么会有这种认知，难道是 FRAN 的人来找过他？不会吧，Comcell 的全套设备是诺阿提供的，FRAN 在哥伦比亚没有分公司，昨天自己才刚到波哥大，难道帕特里克就追来了吗？

“墨西哥有一些董事跟我打过招呼，FRAN 的古斯塔夫这两天也着急要见我，至于他见我的目的，表面上是谈合作……”

“您认为他想威胁您。”Jacob 说了出来。

“总之，这很敏感，Reference 不该发生在哥伦比亚，现在人人都盯着卡蒂纳斯的哥伦比亚。”冈萨雷斯摆摆手，回避了这个问题，“我花了半天时间陪你，就是想让你知道卡蒂纳斯对 Comcell 的贡献，你今年已经得罪了美国，也得罪了集团高层，我不想因为你而令他在集团受伤害。希望你能理解这一切。”

Jacob 面露难色，僵在那里一动不动，是帕特里克再一次封杀了他。

“卡洛斯的元老们与美国关系非常密切，有几十年的错综关系，而你就像大象横冲直撞地闯进了瓷器店，不明就里地打破了规则。”冈萨雷斯毕竟五十岁了，更加沉稳而深邃，他起身拍了拍 Jacob，安慰道，“年轻人，你就和卡蒂纳斯一样，但很多事要慢慢来。有些改变，也不在一朝一夕，你们的时间还长着呢。”

可是Jacob没有时间等，一代通信技术过去后，也许就会是十年。

“好吧，我明白了。”Jacob无能为力，只能这样。

“这杯咖啡，我来请吧。”冈萨雷斯笑了笑，拿走了账单，“但之后的一个月里，我恐怕不会再见你了。请理解我的难处，也不必在哥伦比亚浪费时间了。”

5

冈萨雷斯走了，Juan Valedez的咖啡凉了，Jacob还坐在“93号大街公园”。他越发地犯愁，帕特里克似乎把他逼到了绝境。

夕阳西下，树叶沙沙，一阵雨忽然落下来，人们都躲进来避雨，开开心心地交谈着生活琐事。唉，如果自己索性认输，倒能和这些普通人一样，获得生活中的小确幸。

一阵小小的叹息后，他摸了摸脑袋，强大的逆商总会让他慢慢地缓过来的。

“Poker Face，Poker Face……”拉美最流行的Lady Gaga铃音响了，打断了Jacob的思考。

鹿明打来了电话：“Jacob，余总派的两位咨询专家马里西奥和老杜都到了。加上我、费尔南多和杨力，一共八人，就等你回来开会。”

“好，我马上回来。”

他冒着小雨跑出去叫车，一出门，一个小姑娘从咖啡店里追了出来。

“嘿，您的钱包别忘了。”她拿着他昂贵的手包追了出来，显得热情又单纯。

真急糊涂了，现金、信用卡不算啥，可关键里面有护照、入境纸、联系方式等重要物件。

“太感谢了。”他赶忙收好，尴尬地回应，“不然我真回不了家了。”

“先生您别大意了，波哥大还是有小偷的，尤其这里人来人往的。”女孩很认真地关心着这个外国人。

他看着年轻的女孩，她头发乌黑，睫毛卷得像洋娃娃，皮肤光洁，刚才她就站在他旁边避雨，怎么这样的小美女他竟没察觉到？他再一打量，她身上的牛仔裤、黑T恤，并不合体，这身打扮实在太朴素，甚至有点穷酸。

他抽出一点钱想感谢她，可被她直接拒绝了。这倒让Jacob立感羞愧，这女孩的物质条件很普通，但精神很富足，要她真想贪什么，光这个包就值很多钱了，自己可不该低估一个年轻人的美德。

看着这个姑娘，他不免产生了一种复杂的情感：虽然哥伦比亚也有着沉重的历史，然而年轻人那么善良又富有希望的朝气。他真心希望哥伦比亚越来越好，这一代年轻人值得一个更好的未来，不必再像他们的父辈、祖父辈、曾祖父辈那样被蹉跎。

"你人很好，英语也好，将来一定有很好的工作和未来。"他祝福着小女孩。

"谢谢，我在这里读大学一年级，英文系。"小姑娘眨巴着眼睛，对他很好奇，"您的英语也很好，对了，您来自哪里？"

"中国。"

"啊，这么远啊？来玩吗？我只在电视里见过中国。"

"我来这里工作。"

"哦，"她腼腆而羞涩了一秒，然后问道，"对了，我能跟你合影吗？毕竟很罕见呢。"

在哥伦比亚的东亚人极少，姑娘们很喜欢韩流组合，偶然见到个亚洲人，女孩就把Jacob当作了明星。她一招手，身后爆发出一群年轻人的笑声——原来是她的同学。

"那就叫她们一起来吧。"Jacob看见朝气蓬勃的年轻人，刚才被冈萨雷斯打击带来的沮丧感也迅速消退了。

"咔嚓咔嚓……"欢笑声，打闹声，大家不停摆着搞怪的pose，她们看着照片很开心，最后还热情地发出了邀请："等你工作忙好了，欢迎你到我们老家那边玩。"

"你们不是波哥大本地人吗？"

"不是，我家是在莱蒂西亚（Leticia），那里是亚马孙河的源头。""我家在莱瓦镇（Villa de Leyva），很有名的小乡村。""我家在派帕（Paipa），那里的山里有温泉。”“我家在波帕扬（Bopayan）。”“我家在咖啡三角区，在山上，以后欢迎你去咖啡庄园玩。”哥伦比亚人异常热情，而且对传说中的中国人也很有好感。

“是不是很远？”这些地方 Jacob 没听到过，他只知道麦德林、卡利、卡塔赫纳这样的大城市。

“再远也没有中国远啊，哈哈。”她们拿出纸笔，画出了地图。一个女孩说：“对，就在这里，我回去可能要开车两天才能到，路很难开。”

Jacob 看着图，联想起刚才冈萨雷斯对哥伦比亚电信史的介绍，她们的老家好像也是最初无法覆盖的偏远地区，不属于政府规划的三大电信服务区，即使想做全国覆盖的 Comcell，一开始也没办法，最后因传输线路缺乏，用了卫星传输。对了，这一次鹿明的实验局测试，好像也是为了给偏远地区做卫星基站啊！

他又问：“那里能通移动电话了吗？”

“小时候不通，但现在可以了。”女孩拿到了照片，用着 Comcell 的手机，传到 Facebook，分享给老家的朋友和亲人，“小时候不行的事情很多，现在都变了，我就没想到自己能来波哥大读书。”

“为什么，太远吗？”

“因为我家那里，还曾是 FARC 游击队（哥伦比亚最大反政府武装）区域。”女孩笑了。

原来，随着科技的发展，Comcell 已担负起了这个国家的责任，向偏远地区提供更多的业务，缩小着这个国家的认同差异，用链接建立起政府与反政府地区的共同意识。

他忽然想明白了——实现真正的全国信号覆盖，就是 Comcell 最大的历史使命！这使得国家进步，百姓拥有改变未来的可能。

他坐着出租车，街景迅速地倒退着，虽然还不够现代化，但青山绿水、白砖红瓦很美，也很有潜力。或许，这个善良的女孩能拥有更美好的未来。

是的，Comcell 用现在这 64 个卫星基站项目，能联通偏远地区，这方向不会有错！

6

Jacob 回到 BVC 大厦时，会议室里，由八个人组成的产品团队早已围坐在一起，讨论起来。

事业部的吕风正主持着："眼下最有机会的卫星通信项目，用于偏远地区的信号覆盖。"

"这和墨西哥农村通信很类似？"马里西奥问。

"是的，哥伦比亚 70% 的人口都生活在城市，然而 70% 的国土是农村区域，这些偏远地区没有信号，总是被运营商忽略。"鹿明回答，他在两国都有常驻的经验。

"电信业，国外和中国在理念上有巨大的区别，"安第斯地区部无线部部长老杜接过话茬，"我以前是在福建省分公司工作，自从'村村通'之后，省内山里的农村和原始森林都有信号。而在国外，除了主要城市，不少偏远地方都是盲区。"

吕风看到 Jacob 来了，便停了下来，其他人也注意到了，正欲站起来迎接。但 Jacob 简单地招招手，示意继续，因为大家讨论的方向是对的。

吕风打开了卫星地图，"安第斯山脉把这个国家一分为三，政府控制着'中西部山区'和'北部大西洋沿岸'两大板块的五大城市，"他用激光笔指了指，"'中西部山区'三大城市，首都波哥大、麦德林和卡里，以及北部两个港口城市，卡塔赫纳和巴兰基亚。政府占据了中西部和北部，约国土的 1/3，这里都有信号覆盖。

"但剩下的一部分，即安第斯山东部和南部广袤的地区，这里占国土 2/3，都是亚马孙河流域的平原和热带雨林，居住形态为乡村和小城镇，相对落后，没有信号。同时，这里也是三大反政府武装 FARC、M19 和 ELN 的势力范围，他们的游击队会在此出没。现在，Comcell 希望加强这 2/3 地区的信号覆盖。不过，因这片地区基建太差，甚至主要公路网都不完全开通，交通极难到达，且电网、传输网铺设很差，无法联网，这让普通的施工和运维都很麻烦，因此急需一套卫星通信方案。"

商业咨询部的英国人詹姆斯（James），受余婕之命来此支持，但他刚到哥伦比亚，有些不解："既然连政府都对 2/3 的东南部没有投入，也没实际控制力，Comcell 为什么想做这些地方的信号覆盖？”

“因为哥伦比亚没有分裂，那 2/3 也属于我们。”鹿明的哥籍属下费尔南多有些激动。

“我来解释一下，”鹿明缓和道，“哥伦比亚共有三大电信运营商——MIC 集团的 Tigo、Telefonica 集团的 Movistar，以及美洲电信集团的 Comcell。MIC 和 Telefonica 是欧洲资本，他们精打细算，只覆盖最有经济价值的五大城市。只有美洲电信的 Comcell 愿意覆盖全国，如果 Comcell 不做，就没有覆盖全国的信号了。表面上，这是亏本买卖，可哥伦比亚人很爱国，觉得只有用 Comcell 才最好，因此才奠定了 Comcell 在哥伦比亚的‘一哥’地位。”

“没错，”费尔南多拿出自己的手机说，“我身边很多人，都愿意用 Comcell。哥伦比亚人口总数约 4500 万，Comcell 就有 3000 多万的用户。即使有人用 Tigo 或 Movistar，他也会给自己添一个 Comcell 的号码。”

“回到正题，”Jacob 倚在门上，他手托着下巴，“你们现在卫星通信的进展呢？”

鹿明说：“我们目前在亚马孙省的莱蒂西亚（Leticia）有机会。那个地方靠近亚马孙河的起点，如果去亚马孙河顺流而下坐游船玩，一般就会从莱蒂西亚出发，经秘鲁的伊基托斯（Iquitos），再到巴西的瑙鲁斯（Manos），因此有一定用户基数。Comcell 想在那里建网，然而中间的传输线路因为易受反政府游击队的阻隔，所以得搞卫星基站方案。”

“我们的机会，Comcell 让我们和现网的诺阿一起比拼测试数据业务的速率和容量，但我们测下来还不及诺阿。”鹿明重重地捶了下桌子，感到万分可惜，“现在我们再想办法，找新的地方。”

Jacob 又问：“这个局点是现有唯一的实验局，再找新的来不及，你看能否要求重测？”

众人听得有点愣了，鹿明也皱着眉头，为难地说：“可是客户不会再给机会了。”

“你没试过怎么知道？”Jacob 说。

房间里一阵安静，只听得见八个人的呼吸声。

现场，唯有马里西奥熟悉 Jacob 的刚猛打法，他支持道：“我同意，我可以找个借口，先把在墨西哥的经验和 Comcell 做一次交流，然后借机要求重测。”

总工杨力说：“但我们的工程部不给劲，重做一次就能成功吗？”

这话让安第斯地区部产品线想起了金总和严奉，大家面面相觑，也没了声音。

这时，Jacob 离开了倚着的门板，走到众人的正前方：“各位兄弟，现在就三周多了，与其在混沌中重新摸索新方案，不如坚持打偏远地区的卫星基站，只要你们能把手里的旧招数用到狠，用到极限，那就是你们的王牌！”

他的决断清晰而果断，毫不拖泥带水，众人听着也像开了窍一样，也许真可以一试。

“詹姆斯，余总让你们过来，拓展计划是什么？”Jacob 问。

詹姆斯说：“我们有一套欧洲的 3G/4G 数据资费报告，还有一套互联网业务下的新理论，Comcell 市场部会对此非常感兴趣。”

西方的新电信理论，总能吸引第一次听的第三世界 CXO 们，也能给高层讲个好故事，甚至会被电信公司的人奉为圭臬。詹姆斯的战术不失为一种好套路。

但 Jacob 说：“不，这个短期来不及，还是配合鹿明，改为‘偏远覆盖’的品牌效益。”

他又对鹿明说：“至于工程测试，我想办法从墨西哥调人过来。你就负责赢下来。”

鹿明面露难色，他知道如无有效美国签证，直接走哥伦比亚商务签时间长，恐怕来不及。这时，费尔南多站出来说：“我就是工程部里做测试出身的，我自己去莱蒂西亚测试。”

鹿明脸上露出欣慰的笑容：“好，我向各位保证，一定重新启动这个卫星基站！”

“好，莱蒂西亚的测试一定要赢回来。”“我可得把华兴前一次‘技不如人’的测试报告拦下来。”八人互相鼓舞起来，大家沿着 Jacob 给出的路径，规划自己的任务。

士气正变得越来越高昂，只要有这群人在，哥伦比亚依然能打出漂亮的翻身仗。

“那我会去说服 CEO 冈萨雷斯，推动子网上报。”Jacob 才不会理

Comcell CEO“不见面”的要求，如果一次无法打动，那就两次，如果两次不行，那就三次，直到冈萨雷斯答应。他拍了拍手，做了个休止的手势：“先休会，我答应过请兄弟们吃饭，今晚，我们好好吃顿开工饭，明天加油干！”

“好，那我们就去 BBC 吧。”

“英国广播电视台吗？”英国人詹姆斯一脸蒙。

众人乐了起来——“是波哥大啤酒公司，Bogota Beer Company。”那是在波哥大著名的休闲娱乐区 T-Zone 的一所酒吧餐厅。

是夜，群情激昂，BBC 酒吧里，中方用中文喊着“8 月 14 日”，外籍就用西语回喊“莱蒂西亚”。“8 月 14 日，莱蒂西亚”的决战口号，响彻 BBC 酒吧。

第二天，鹿明带着地区部无线产品部部长老杜和事业部 CTO 马里西奥，以这两人的身份拜见 Comcell CTO，等回到 BVC 大厦时，却告诉 Jacob 一个半好半坏的消息。

“CTO 不在，是无线网络建设部的总监劳乌（Raul）接待的，劳乌倒是同意重启。”老杜皱着眉头，“我们跟他聊过了方案，但……”

老杜没说下去，但 Jacob 已察觉出问题——CTO 闭门不见客，让下属挡在前面，这是“拖”字诀！也许，就算测试，也会一拖再拖，拖过 8 月 14 日。这可大事不妙。

Jacob 立即给冈萨雷斯发了一封邮件，要求再次见面，却在不到一秒钟就收到对方的回复——是 CEO 设置的邮箱自动回复：“本月休假中，有急事请联系 CTO。”

CEO 推托 CTO，CTO 又推托总监，Jacob 想起了冈萨雷斯说的话是认真的：“上层与美国的关系非常密切，有几十年的错综关系，而你就像大象横冲直撞地闯进了瓷器店，不明就里地打破规则。之后的一个月，我恐怕不会再见你了。请理解我的难处，也不必在哥伦比亚浪费时间了。”

冈萨雷斯，你在哪里？

chapter 9
智利探险记

1

墨西哥城，一条普通的小街道 Lago Alberto（阿尔贝托湖），从名字上就能看出 500 年前这里曾经是一片湖。

街道还很旧，对面有贩卖 Taco 和 Quesadilla 的小吃摊。

这里有一栋两层的小楼，卡蒂纳斯被叫了过去。里面等他的是他岳父，普拉多（Prado）先生。

“爸爸，您找我？”卡蒂纳斯毕恭毕敬地敲门问候。

“来吧，孩子，过来坐。”普拉多已六十多岁了，留着精致的灰白胡子。

他的办公室很简朴，木头桌子用了很多年，木皮也斑驳了，就像年久失修的小学课桌。桌子上没有电脑，只有一本传统的笔记本——他年纪大了，不怎么懂电脑，审批也都是用纸质文件。

墙上挂着些拉美英雄人物的肖像油画，边柜上杂乱堆着慈善荣誉和联合国颁发的证书，而玻璃柜里则是他和墨西哥历届总统的合影。

唯一看上去现代化的，就是一个电话机，上面印着“TeleMex”——二十多年前，卡洛斯完成了他人生最重要的一笔投资，TeleMex 从此资产迅速膨胀，可以说，TeleMex 也是今天美洲电信的母体。

普拉多从 20 世纪 90 年代到现在，一直被卡洛斯安排为 TeleMex

的CEO兼董事长，并不是美洲电信的董事会成员。

普拉多说："我听赫克托（Hector）说，你想在这一次投标中打压FRAN？"

"爸爸，我不知道为什么会这么说。海地项目，因为别的公司不做而停止了。但华兴能够做，我才重启的，董事会也是批准的。我只是按既定的战略走而已。"

"但这个结果，就带进了华兴，而FRAN有意见。"

"爸爸，带进华兴不是我故意的，赫克托也不该管这些。"

"你完全可以放到8月14日以后，另外，你也要尊重赫克托的想法！他比你明白更多事。"普拉多的脸变得严肃了，是老一辈人的那种狠绝。

赫克托就是丹尼尔说过的那批元老。卡蒂纳斯不想硬顶岳父，便低下了头。

赫克托五十多岁，是墨西哥Telecell CEO，也在董事会里，他和普拉多、卡洛斯相交也有几十年了。Telecell也不隶属于卡蒂纳斯管理，地位远高于拉美的普通分公司，能直接向丹尼尔汇报，如果赫克托想的话，他甚至能绕过丹尼尔。

很多事，都是有历史原因的。赫克托最早是普拉多在TeleMex的老部下，十四年前，受普拉多任命，带着一批人从TeleMex分家，创立了墨西哥移动Telecell。至于牛烘烘的美洲电信集团，则晚于Telecell，那是卡洛斯和普拉多对泛拉美各国的电信公司展开一系列眼花缭乱的收购后，为统一管理、统一品牌，好打包去美国上市，才成立的一家集团控股公司。其实，在老人的眼里，美洲电信在当初更像是一个"包装盒"。

那时，丹尼尔被引进了"叔叔堆"，三十六岁就被任命为集团CEO，就是因为美洲电信当时并不重要，只起到投资的作用。这从2003年给美国证监会递交的高管材料就能看出，丹尼尔是最年轻的，而当时身边的高管，都是比他大至少十五岁的老辈，所以丹尼尔至今也不愿意惹。

"爸爸，我也很尊重赫克托，但华兴能做海地，就能参加4G投标，我没有对华兴有特别的照顾。一切都是按规则。"

普拉多点起了一支雪茄："世界所谓的规则，都是有边界的，谁都不能例外，连我和你舅舅卡洛斯也时刻要在界限内走。你说你在按照规则，实际上却越界了！"

卡蒂纳斯沉默着，但年轻人的沉默并不意味着认同，房间里安静得令人尴尬。

普拉多又抽了几口，便把雪茄放在烟灰缸边，自己走到小阳台打开窗，散散烟味，也散散心情。窗外的马路上，依然跑着20世纪六七十年代的大众牌墨绿色甲壳虫出租车。在当年这可是很棒的车啊，可这墨西哥城几十年没变了，这简单的一瞥，让他的思绪一下子回到二十多岁的壮年岁月。

普拉多与卡洛斯从1970年就认识了，在卡洛斯踏上他世界首富之路的最初，他就是卡洛斯的左膀右臂。

20世纪70年代，是"石油美元"的时代，据勘探公司称，墨西哥发现了比沙特还要巨大的油田，同时因第四次中东战争，引发阿拉伯OPEC国实施石油提价和禁运，造成西方世界的"石油危机"，油价涨了四倍。这令墨西哥进入狂飙的时代，政府因石油储量而信心大增，大举借债发展经济，卡洛斯也赶上这一拨经济上升，通过收购，成立了"卡尔森（Carson）实业"和"安博斯（Emburse）金融"。

然而当石油的投资热情下降，经济就严重泡沫化了，结果到了1984年，国家财政濒临破产。卡洛斯及时保住了资本的胜利果实，并且在其他公司为了还债而大量抛售资产时，卡洛斯抄底购入了极优质资产，进一步扩大产业。

1990年，墨西哥政府债务持续恶化，受美国新自由主义思想的影响，墨西哥政府也像苏联一样，将国有资产拍卖给私人，其中包括极有价值的TeleMex（墨西哥国家电信）。有三家进行抢标，想要拿到20%的大股东地位，需要至少20亿美金。

这是卡洛斯一生一次的大投资，那一年，三十八岁的普拉多火力全开，一只手搞定政府，一只手搞定资金，才完成这笔交易。自此卡洛斯背靠现金牛TeleMex，能进行更大的资本运作，并从墨西哥走向了国际舞台，建立起美洲电信帝国，成了今天的世界首富。

"我的孩子，你知道我们当年怎么开始这条路的吗？"老人在窗边看着街对面的老树，那是墨西哥最美丽的紫花楹。

“靠20亿美金。”卡蒂纳斯说。

“但那是谁的钱？”

“谁的，不是安博斯金融吗？”

“年轻人，想得太简单，”普拉多转过身，望向墙上当年的照片，“1990年，要我们拿出20亿美金现金，这是不可能的，我们只能去国际上找钱。”

普拉多记得那一笔TeleMex的交易，一直颇有争议，是“国有资产私有化”，总统甚至因此受到严重批评而被弹劾，最终流亡到了欧洲。其中的往事已讳莫如深，成了首富的一个污点，卡洛斯也没解释过。

“那你们是怎么搞定的？”卡蒂纳斯也很想知道。

“‘私有化方案’是美国智库出的点子，背后自然是代表美国资本的利益。所以，很多美国资本是主动找上我们的。有银团，有基金，有财阀，也有公司，联合我们一起围标，拿下TeleMex，而我只要撮合政府，搞定当时的执政党，绕过各种立法问题。”

卡蒂纳斯大吃一惊。普拉多继续说：“为了方便行事，我们还找了几家美国电信和科技公司，组成联合竞标公司，由他们代持股份，以后再转回来给我们，采用的资本手法很复杂。从此以后，我们掌握了TeleMex，但我们和美国人的关系就变得极为复杂。”

老头打开桌上的账本，他至今还习惯把流水记在本子上：“钱不会是白借的，联合竞标也不能白搞。此后，卡洛斯做的任何国际项目，都要相互帮忙，利益高度绑定。你仔细想想几件事的关联性。

“一、我们和不少美国企业交叉换股了；二、我们在美国上市了；三、我们在拉美快速并购扩张。

“我们为什么能源源不断地买下拉美这么多公司？这需要资金支持，还需要大量运作。”

“背后是美国的资本？”卡蒂纳斯问。

普拉多回到座位上，重新点燃雪茄：“你平日负责的是美洲电信的整合和运营，而丹尼尔则一直负责着资本，不断操作收购。所以他也比你清楚这一点。就拿你的Comcell来说吧，你不要以为Comcell是你做大的，如果没有美国的资金支持，Comcell就不可能从一家只在波哥大运营的地方公司，成为哥伦比亚最大的电信公司。这背后，是有三家公司、两个银团的谈判合作的。”

卡蒂纳斯感到浑身不自在。他对 Comcell 感情极深，而岳父对 Comcell 的批评，仿佛是釜底抽薪，掏空了他的精气。

“来，坐下，我考考你的判断力。如今，美洲电信在与用户、政府、员工等诸多关系中，哪一个是主要矛盾，是立锥之本？”

“难道不是我们在泛美洲的三个亿的电信用户吗？”卡蒂纳斯现在已不敢确认他长期以来的信念。

“我们最重要的关系，不是用户和收入，而是与利益的分配关系！

“从 TeleMex 之初，我们与他们之间，就形成了一种复杂的共生关系，需要精心地维护。卡洛斯一直会给美国人输送利益。最近的经济危机中，我们也支持过他们，比如买了纽约时报的股份，挽救了他们的媒体；另外，我们一直跟纽约前市长朱利安尼搞好关系，保持与政商的互动，我会用高价买下他的报告；当然，我们还得跟着比尔·盖茨和巴菲特一样做慈善。总之，我们会答应美国许多条件。

“我们必须 Follow 他们的思维模式，和美国人交朋友。你一直要记得，我们能构建一个帝国，成为世界首富，背后要有人支持的！否则，仅凭我们这个可怜的国家行吗？”

楼下，卑微的墨西哥街头小贩的叫卖声凸显了出来。

“卡蒂纳斯，不但是我们，是整个墨西哥都得靠美国资本和政商！”

这一番谈话让卡蒂纳斯醍醐灌顶，他之前从没仔细梳理过。他细想起来，美国最大的贸易伙伴国，就是这贫困的墨西哥，而卡洛斯家族垄断着墨西哥多个产业，怎能没有交集？

普拉多又问：“你知道我们为什么要从 TeleMex 做成现在的美洲电信吗？”

“这……不是业务扩张吗？”卡蒂纳斯被岳父的奇怪问题弄蒙了。

“我们投资海外运营商，最初并没考虑做一个跨国电信帝国，纯粹只想把钱挪到海外，这样更安全一些，因为当时 TeleMex 的收购案带来了很多麻烦，弄得墨西哥政府倒台、总统流亡，执政七十年的‘革命制度党’也第一次失势了。

“但美国的资本才不管这些内部事务，它们盘踞在卡洛斯身边只要回报，见我们在美洲有投资，也就顺着我们蔓延到了拉美诸国。而我们身不由己，在海外市场扩张再扩张，倒形成了如今美洲电信和世界首富的地位。”

那些年，普拉多为了给这些资本分配利益，让账面滚动起来，只能不停地收购海外网络，动辄消耗几十亿美金，这些钱都是将 TeleMex 做抵押贷款，发行企业债，再度把生命线都交给了美国资本。之后便不断循环投资、抵押、再投资，越滚越大，可美洲电信只有不断地扩张收购下去，才能续命。债务随规模也越滚越大，一旦有一个环节出问题，无论是美国政治风向、利率汇率或是标普评级，都可能让资金链绷断。一个再大的集团也会破产，届时一切会灰飞烟灭。

普拉多举起那本小笔记本：“我们借了多少糊涂债，我也搞不清账目了，我所能做的，就是给他人分配利益，用利益去维持平衡。卡洛斯的资产越大，我们和美国资本的勾连就越深。我们交叉着进入对方的董事会，相互绑定，为了稳住局面，我要花大量的精力去维护方方面面的关系。可哪一天，他们转过头来敲打我们时，我们毫无武器去还手。”

卡蒂纳斯轻叹着：“所以，美洲电信的扩张，成了一条不归路。”

普拉多摁掉了烟头：“是的，不归路。但我们也没办法，只能稳固好联盟来保护自己。我们几百亿美金在世界的金融体系上运转，没有美国人在国际政治和金融舞台上的支持，我们可能会失去一切。简单地说，我们是‘白手套’，只是替他们代为掌控而已。”

他拿出钥匙，打开木桌抽屉的锁，拿出一摞相册，那是他和前几任美国总统、华尔街高管和顶级富豪的合影。

“美洲电信所有跨国业务的外汇资金，全是在美国金融体系上清算，卡洛斯本人的道德合法性都靠美国智库和政府的证明。为此，我们每年都要向美国社会做募捐，要和美国的政客搞好关系，要与美国的资本和实业进行联动。”

卡蒂纳斯低头看着这些照片，无奈地说：“对我们家族来说，在美国政商环境的重要性，甚至超过了本国墨西哥。”

“不但如此，卡洛斯做到了世界首富，也令家族与墨西哥社会的裂痕越来越深，媒体挖苦说‘一个穷国出了一个世界首富’，政府说‘我们垄断墨西哥经济’，人民也对我们充满了敌意。因此我们就更要找到靠山，才能有生存空间，靠山就是美国。我们已经变得太庞大了，需要一个生存空间，只有美国能给！”

“离天堂太远，离美国太近。”卡蒂纳斯说起了墨西哥人人会说的那句话，语气忧伤。

这话是19世纪末墨西哥总统波菲里奥·迪亚斯的名言。迪亚斯总统依靠着美国资金做后台，发展了墨西哥经济，然而终因美国资本对政局的干预，他给墨西哥社会带来巨大的裂痕，最终流亡巴黎。

“是的，这就是我们的命运。”老人合上了相册，看着年轻的COO，“这是卡洛斯家族的事情，不是你一个人担得起的，我希望你知道自己该怎么办。”

FRAN的股东，FRAN的上下游产业链，FRAN的合作伙伴，早与卡洛斯的美国投资者有着密切而复杂的联动性。之前，丹尼尔允许华兴参与“17国SDP项目”的非核心项目，无伤大雅，但若给出“下一代无线网络”，那就是总采购额高达几十亿美金的大事。卡蒂纳斯想放华兴进来，尤其是华兴刚被美国国会启动调查的情况下，还允许华兴参与，这会被视为世界首富对美国国家利益的蔑视，更有背叛的意味。

“我明白了。”卡蒂纳斯沉吟半晌后，终于乖顺了，今天岳父是掏了心窝在劝他。

卡蒂纳斯退出了这栋小楼，在对面街头的Taco摊坐了下来。普拉多也经常把这家小贩的食物当午餐。

“来两个牛肉Taco、一份汤。”他对小贩说。

“好的。”小贩麻利地做了起来，铁板上烤出了喷香的墨西哥风味，再用玉米卷将食物包起来。

卡蒂纳斯掏了钱，想着这小贩一生赚的钱，也许都没卡洛斯家族一秒钟赚得多。可是，这钱却是有债的，是血酬，家族要世世代代地还，而小贩却没这负担。

他一边吃，一边看着那栋不起眼的水泥小楼，卡洛斯和普拉多都深居简出，努力工作，但办公家具旧到不能再旧，吃饭也从不讲究，简直就像清教徒一样。有人说，这是因为要刻意塑造亲民形象；有人说，他们中年时办了错事，现在是在赎罪。

但卡蒂纳斯已不再这么认为，他觉得或许老一辈知道，所得即所失，富可敌国的财富也是朝不保夕的，所以才像这小贩一样，卑微又努力地工作。

好吧，Boyko 案消停了，国会调查风波也过了，但背后的军工复合体、国会山和华尔街的资本呢，他们不会。所以在这个世界，就算是世界首富，也需要低头。

他喝完了最后一滴汤，拿出手机，给安赫尔和路易斯发了封邮件，然后给丹尼尔打去电话："海地项目，我会延到 8 月 14 日之后。"

2

与胡安交流 SDP 后，臣享已预感到海地的问题非卡蒂纳斯一人可以独断，现在他也要亲自到一线，在最后的一个月里，开拓新的 Reference。

这是他的最后一搏，沙盘上，他选择了去智利。

他和 Jacob 不谋而合，也放弃了原先"新牌新网"等三大类机会点，把第一标准设为找一个 FRAN 的防区之外的国家。之所以选了智利，是因为智利正与哥伦比亚有着一样的要素：

第一，智利 Clara 没有 FRAN 分公司，是 100% 诺阿。

第二，COO office 中对接智利的安东尼奥，对华兴认可度较高，能获 COO office 支持。

第三，智利地貌堪称世界最复杂，而复杂就意味着客户的需求。

相比 Jacob 的偏销售，臣享则是从技术到市场的全才，有着深厚的解决方案功力和超高的市场敏锐度。如果 Jacob 需要哥伦比亚一整支产品团队，臣享一人就足以与八人匹敌。

在阿曼多找路易斯上报海地后的次日清晨，臣享便搭乘智利 LAN 航空，坐着第一班飞机，飞向智利的首都圣地亚哥。

这是世界上最南端的国家，航线跨越大半个地球。飞行长达十多个小时，连日的疲劳让他在飞机上睡着了。

大约飞了三个小时，他忽然被乘客们的欢呼声吵醒——“Canal！”“Canal！”大家都打开遮光窗板，向外眺望。他揉了揉眼睛，好奇地从机舱向外看了看，但一下就惊呆了，臣享从空中看见了那条著名的运河——巴拿马运河！

西语的“Canal”原来便是英语“Channel”，说的正是“运河通道”，巴拿马运河是世界航运的主动脉，航运会带来贸易和金融，这条运河也令巴拿马拥有了美洲“新加坡”、美洲“迪拜”这样的地位。

眼前的景色太壮观了，浩瀚的大西洋上，许多航运公司的集装箱邮轮星罗棋布，船身上印着“马士基”“地中海航运”“美国轮船公司”等。这些西方巨轮正在排队等待进入狭长的运河。

臣享从空中望去，十万吨级的巨轮像一粒粒小米，静静地撒落在一张无垠无痕的蓝丝绸缎上，轮船之多，蔚为壮观。即使任选一颗“小米粒”，其中便载有近两万个集装箱，每个集装箱长达20英尺，里面则是各国生产的石油、商品等物资。它们被集中在一起，准备通过细细的巴拿马运河，再去往世界各地，进入另一些国家人们的生活中！

“全球一体化”——这句口号他听得耳朵生茧，也没真领悟过。这一次，他在巴拿马运河上空亲眼见证，知行合一！

他像孩子一样，趴在舷窗边，数着轮船的数量。忽然，他欣喜极了，他看见不仅是欧美船公司，至少20%的轮船是“中远集团COSCO”的轮船！而且港口上还有中国“振华港机”的码头起重设备，都是中国的！集装箱里货物，大半也是中国的！或许此刻，某一颗“米粒”的集装箱里正装着华兴的高科技设备，赶赴某国，一种身为中国人的自豪之情油然而生。

以前作为一个外企的中国区高管，他曾享受着舒适的生活、优渥的收入、500强大企业的归属感，嘴里还念叨着“Work/Life Balance”。而这半年，他走出舒适区，日子过得非常疲惫，却找到了新的意义——中国正踏上国际大舞台，真正参与到了国际循环的大分工中。

臣享曾经崇拜着西方企业和西方文化，看不起中国野蛮生长的华兴。然而，在墨西哥的每一天，他都感觉到自己不仅是为了一份工作，更是背负着一种责任。每一次见客户、见供应商、管理外籍团队，他都不单单代表着个人，而是十几亿中国人在外国人心中的形象。他曾抱怨中国的弱小、不争气、阴暗面，然而 Jacob 从来没怨天尤人过，每一件事 Jacob 都自己身体力行，一点一滴地去改变。

而现在，Jacob 的使命，也变成了自己的使命。

哪一国国民富足离不开国家强大？哪个国家能一边快乐享受，一边就变得强大？哪个国家的崛起，不是靠着一批勇敢开拓者的冲锋陷阵？一切都需要争取！光靠嘴巴抱怨没用，强大富足没有捷径，必须像华兴一样脚踏实地地下苦功，开辟一条路！

在巴拿马转机后，再次腾空起飞，飞机进入了南美洲，现在是哥伦比亚领空。Jacob 一定还在下面吧！这家伙好像在海外已经漂泊八年了。辛苦了，兄弟……

一路上，臣享已再无睡意，他胸膛鼓满了蓬勃的勇气。他看着窗外，LAN 的航班沿着太平洋东侧飞行，经过了厄瓜多尔的海岸线，又到达秘鲁境内，时而是大洋的海浪波涛，时而是印加马丘比丘的青山翠柏，时而是海拔 5000 米以上的安第斯茫茫雪峰。

飞机终于抵达了南半球的智利圣地亚哥上空。即便从北半球的墨西哥直飞也要九个小时，足显强大的美洲电信帝国疆域之辽阔。

这也是南美洲的最南端，离中国最遥远的国家首都！这座城市西边是太平洋，城东紧挨着 7000 米的雄峰，但无论大海或高山，都阻挡不了华兴。

他顺利地走出圣地亚哥的机场，虽然是 7 月下旬，但天气很冷——南半球正是大冬天，智利的天空正飘着寒冷的雨雾。

此时，手机里推送着阿曼多发来的邮件——“卡蒂纳斯已把海地项目推迟到 8 月 14 日以后，须立刻召开电话会议。拨入组号：……”

他立即拦下一辆出租车，赶往圣地亚哥最豪华的大都会区——孔德斯（Condes）区。

“司机先生，罗萨里奥北路（Rosario Norte）——华兴智利的分公司。请您尽快！”

3

四个电话终端：墨西哥、海地、哥伦比亚、智利。

“现在怎么办？”墨西哥城，阿曼多通报了最新情况——卡蒂纳斯刚刚把海地项目推迟到8月14日之后，海地项目失去了4G Reference的效力。

“废SDP，又废海地，那我是该在海地，还是回守墨西哥？”海地的李丞问。

在巴基斯坦火线加盟的李丞看来，现在产品线、工程线和客户线的三位总裁都在外面跑，而墨城空虚，就必须返回驰援，先攻墨西哥集团总部。

“我的团队该不该回墨西哥？”李丞又一次问。

电话里静默着。

“您应该回来。更改到8月14日后，这恐怕是高层‘拒绝华兴’的信号。”墨西哥的李森说道。阿曼多和李森在同一会议室，他把电话静音，两人讨论了一番后，阿曼多重新打开免提，凑着电话说：“按墨西哥人的表达方式，那就是拒绝。如果华兴要入围，现在再从美洲电信17国子网里找Reference没有意义了，我们应该先说服集团总部，要求重新认定海地和SDP项目。”

海地项目被延的消息一出，大家都认为，美国余波依然震慑着集团高层，无论华兴在一线弄出什么浪花，都会被墨西哥总部封杀，应绕开形式化的4G邀标的Reference规则，直接与集团高层展开谈判。

“把拳头收回来吧，”阿曼多附议着，“集中一点，强攻美洲电信总部关系。”

“我也这么想，”李丞得到大家的支持后，这位事业部工程副总裁也明确态度了，“之前客户说，华兴缺乏一线的Reference，但现在已成了挡箭牌，高层运作才是我们要先解决的。一个月，也许运作一下墨西哥的高层还有机会！”

墨西哥地区部的林总也在线，他本不想干扰Jacob的判断，但也觉得李丞的话不无道理：“这样吧，我们做个备案，我策划对墨西哥的高层公关，请片区总裁方总来跑一次，甚至把EMT请到墨西哥来会晤，直接走高层路线。”

然而，智利和哥伦比亚两方还是没有回音。

臣享曾在与胡安交流SDP时，预感到海地项目可能被作废处理。当Jacob在多米尼加宣布拿下海地的好消息时，他就在会后找Jacob私聊过，最极端的结果，是集团要取消任何华兴的Reference。当时，Jacob决定事业部继续执行臣享的“自下而上”计划，并加速行动。考虑到员工会受打击，他们并没公布这种可能性的存在。

但是，他俩显然低估了这只靴子落地时，对全团队产生的压垮性的心理波动。这令大家第一次怀疑Jacob在最后一个月里的行动路线，甚至产生了巨大的阻力。

“不能悬而不决了，于总给句话吧，做还是不做海地？”李丞嗓门非常大，他做惯数亿美金的超级大工程，因此决策快、性子直，讨厌任何的犹豫。只是大家也没想到，李丞竟直接吼向了最高决策者。

大家也焦急地等待Jacob的决定，但渴望的答案是很有偏向性的：海地项目已经丧失意义，还将无意义地消耗大量人力和资源，事业部现在再投在一线，就是南辕北辙！最好的办法，就是回来与集团高层谈判，围绕海地项目的Reference效力做文章，以求获得4G邀标资格。

波哥大的BVC大厦，马里西奥也同意这一意见。他一开始就疑惑着，海地拿下后，在最后的宝贵时间里，大家都期待Jacob回来坐镇指挥，带大家强攻墨西哥总部，可为何他还往哥伦比亚跑？

“你怎么看？”Jacob问他。

马里西奥连忙把座机调成静音：“Comcell CEO休假，CTO也不见人，或许我们该聚焦……”他已猜到这是墨西哥集团高层的态度传到了Comcell子网的高层。

“我们或许不用舍近求远。”马里西奥换了一种婉转的措辞。

Jacob没再问下去。哼——“不用舍近求远”，其实他自己也想啊，可自己一路走来，永远都不得已，才走上了那条最难又最远的路。

会议室里，他踱步思考：撤回墨西哥，又是一次180度的大调整，要求所有一线攻击力量“前队改后队”，放弃现有进展，会不会自乱阵脚，这最后冲刺，是攻总部还是攻一线，策略究竟改不改？

电话里大家都按着静音键，人们屏气凝神，都在等他的决断。

Jacob 拿起电话筒开始发问："各位，海地改到 8 月 14 日后了。但如果我们真在此之前，弄到别的 Reference，美洲电信的精英贵族，能允许屡次被打脸，反复否定邀标规则吗？"

阿曼多倒吸了口气，墨西哥上流阶层非常老派，极度在乎荣誉，所以海地只是"延迟"，是一种对 4G 邀标规则的"打补丁"，而非彻底否决。只要一线 Reference 够巧妙，卡洛斯家族也得不怕麻烦，不停地制造新借口。

"Jacob，这有可能，但……"阿曼多说。

"好！"Jacob 打断了阿曼多，"那客户是愿意在我们又有一个强力的 Reference 情况下，接受我们的投标，还是没有新 Reference 就能接受我们？"

"应该是有新 Reference 的情况下……"这一点没人能否定。

"好，我再问大家，如果我不做海地，来跟你讲理，假设你们是客户，你们又会怎么看我？"Jacob 停了一下，留了几秒给大家反思后，又说，"如果我们不按 4G 邀标规则走，争个头破血流，就算得到了 4G 邀标资格，客户又会不会在 4G 投标选拔里，二次封杀华兴？因为华兴在第一轮里没服从他的规则，华兴就永远要被贴着'瑕疵'的标签。"

Jacob 的话让人一时无从辩驳，墨西哥和海地两地都被压了下去。

Jacob 继续追问："海地不做，我又没 Reference，就算你们请 EMT 过来与集团高层谈，连一张谈判的牌都没有，你让 EMT 怎么谈？他们只能是锦上添花！"

Jacob 再次按下静音，对马里西奥说："对不起，我决定了，舍近求远，"他打开免提，"世界上没有公平的客户，即便是被人故意欺负了，我们反而要用更高的满意度、更忠诚的服务态度去打动他们。越是这种关键时刻，越考验自己的本质属性。

"信任是一切的基石，你们贸然去集团拿海地争是非，那就吃定闭门羹。李丞，客户并没取消海地项目，你绝对不能离开海地！而且要加速交付！另外，我和臣享，以及所有在一线的产品经理都留在子网，原地继续探索机会点。如果几个子网同时对华兴的价值有呼声，我不信高层能坐视不理！”

三个总裁全都在一线，包括事业部CTO马里西奥也不能回来，李丞闷声不吭，其他人也没敢反驳，会议成了Jacob一场失去观众的独角戏，电话会议在尴尬中结束。

臣享还留在智利的会议室。刚才他一直没发话，他有些自责，是他建议Jacob和自己必须亲自下去一线。只是，越到最后关头的一个月，变数越是层出不穷，弄得计划赶不上变化，沙盘也会被动态的战况所改变。Jacob鼓励过他：既然迈出这一步，就只能一条道走到黑，而不能“鬼打墙”地打转。

刚才Jacob在会上的这些话，其实也是替自己挡了枪，并在鼓励自己相信自己的判断。

他拿起电话，先拨给了墨西哥的阿曼多，接着又拨给了海地的李丞，最后打给地区部的林强，安抚各位，也进一步做着新的部署调整。

正当臣享不停地调和安抚时。一个电话打进来——是Jacob的。

Jacob的声音不及刚才会上的响亮：“你老实告诉我，我是不是一意孤行了？”

“大家太害怕失败了。”臣享能理解大家。这半年来，员工们经历了太多“一步之遥”的挫折：农村通信、Boyko、巴展、美国诉讼、老周捣乱、SDP作废，好容易又有了海地，成功又在眼前，所有人都像只剩最后一枚筹码的赌徒，紧张到了极点。

电话那边的强人，变得沉吟不语了。

“Jacob，你做得对，你必须这样做，我也需要你这样做。别人都撑不住了，但你能带我们闯过去。”

在艰难处境下，臣享虽然能给出方向，可引领前行的压力都集中到Jacob一人身上。

臣享握紧电话：“我们继续去拿Reference，拿到就是客户理亏。理亏，我们的高层领导就有了凭据，那才有的谈。客户内部绝不会只有一种声音。我保证给你在智利找出来。”

4

臣享挂掉电话，径直走向华兴智利的CEO办公室，想尽快了解拓展现状。

智利CEO叫文芝，正凶巴巴地训斥着几位员工。智利的产品副总白峰也坐在里面，一声不吭，生怕会跟着挨训。臣享静静地坐在白峰身边，却见文芝开始骂臣享派来的事业部产品经理了。

“你觉得自己错了没？”文芝质问道，他个子不高，极年轻，语速快，不是很沉稳。

“我？我不知道。”事业部员工叫肖华，他摇摇头，很不服气。

臣享觉得肖华没什么过错，相反，文芝有点霸道。听说文芝很年轻，二十六岁就从产品经理一跃当上了CEO。有些年轻领导，提拔得太快，一面扛不住压力而情绪失控，另一面也怕自己服不了众而过度使用威胁。

果不其然，臣享猜对了——文芝怒目圆睁对肖华威胁：“你再说一次？你试试。”

肖华也怒不可遏，自己不归文芝管，说起来还算是支持智利分公司，凭什么挨你文芝的骂。倒是白峰及时打岔，肖华才收了回去。

“文总……”臣享却忍不住了，哪有CEO这样跟普通员工吵的！可刚一开口，白峰就拉住了他，耳语道：“先别说了，兄弟，今天你到了，我先请你们吃个饭，餐厅里慢慢聊。”

这丧气的会终于开完了。白峰开着车带臣享和肖华去市中心，要找个好餐厅。

车绕着巨大的阿劳科（Arauco）公园，从富裕的孔德斯区驶向市中心。这里并不像拉美，圣地亚哥的殖民地色彩很淡。远处绵延的安第斯雪山、路边的枫叶，看起来更像在加拿大。城区马路宽阔、高楼林立，公园很多，看起来十分现代化。

“你刚才是怎么了，怎么要跟文总顶嘴？”臣享看着车窗外的景色。

“他只会怪我项目做得不对，没出结果，又不肯听我解释。”

白峰开着车，只是笑笑，还不想接这个话茬儿：“臣总第一次来智利，觉得环境怎么样？”

“有点意外，智利很现代化，甚至不像拉美的感觉。”

“那当然，智利可是拉美唯一的发达国家！许多科技企业将拉美总部设在圣地亚哥，而不是巴西里约热内卢，或金融枢纽的巴拿马城。”白峰腾出左手，指着外面，“看这里的产业园区！”

外面是玻璃幕墙的高级写字楼，臣享隔着车窗数了数，惠普、路透社、英特尔、可口可乐、联合利华、雀巢、柯达、IBM、摩托罗拉、微软、福特、雅虎，还有金融巨头，都是500强，非常现代化、产业化，这里科技业很强。

“所以，这里又叫作圣地亚哥的‘圣哈顿’，对应纽约的‘曼哈顿’。”

“听说诺阿的拉美总部也在这里，是吗？”臣享问。

白峰说：“对，片区总部就在这里，它还在这里建立了一个全球创新中心，投资了不少电信科技中的创新公司。您听说过Ubisys吗？”

“Ubisys？听说过。是一家专攻‘微型基站’的公司，细分领域里实力很强的新锐，这种微小化的产品形态适应面很广，虽然眼下是不起眼的小场景，但五到十年内会成为主流。”

“臣总果然博学，但您知道吗，是诺阿创新中心投资的Ubisys，Ubisys的研发总部也在圣地亚哥。另外，还有一家用高端路由器重构出新一代核心网的AVAIA公司，提供了流量解析、数据包监测，而且成本比传统设计要低很多。AVAIA也是诺阿创新中心投的，他们也在智利。”

臣享也听到过忽然冒头的AVAIA，在行业Newsletter里，这家新晋的小公司已在全球内角逐过多个电信投标，斩获颇丰，风头正劲，用颠覆式的设计实现了跨越式发展，已能与FRAN和华兴等深耕行业的传统巨头一较高下。

“诺阿不是FRAN一样力量型的行业王者，却能在技术思想和洞察领悟上，屡屡降维打击，改变行业。所以，在智利与诺阿对打，文总也很头疼。”

诺阿是美洲电信的第二大供应商，欧洲科技巨头，仅次于FRAN。臣享本想挑一个没有FRAN的子网，却又进入了诺阿创新实力最强的地方，臣享要在这里挖掘对手的弱点，真是鸡蛋撞到了石头。

“臣总，我和文总都是‘产品线’出身，更敬畏诺阿的解决方案，所以才会对您的产品经理小肖指点，是心急小肖会绕弯路。小肖，平日我说得不对的地方，请你原谅。”

肖华羞愧地低下头：“白总，是我的错，我没能在智利找到突破口。”

臣享在美国时，印象里的拉美很落后，可是智利孕育出了不同于其他拉美国家的发达气质，令诺阿在这里能有创新的土壤，也令跟随传统技术的华兴跟不上智利的节奏。

车开到了奥希金斯大街，这是条横贯全城的主干道，两边林荫遮道，每隔不远的地方就有一座喷泉和铜像，很有西方古典文化的感觉。经过市中心，就到了智利最大的武器广场，四周是主座教堂、中央邮局、国会、高院、总统府、国家美术馆，充满格调的咖啡厅、步行街和精品店也散布其中。一切保养得井井有条，干净宽阔，人们的穿着和素质也更像是发达国家。总的来说，圣地亚哥真的很像一座有品质的欧洲大城市。

“就快到了。”车向东穿过智利大学，到了基督山，山脚下是全城夜生活中心的 Bella Vista，这里汇聚了各色酒吧。

白峰的车就停在那里，路边有三三两两的警察维持治安，只是着装很像二战军人。白峰挥了挥手，示意酒吧区也很安全：“放心吧，智利犯罪率很低。这样的军服，是智利 1970～1990 年皮诺切特的军政府时代留下的风格。”

智利盛产海鲜，白峰找了一家海鲜餐厅，点了鲍鱼，要了瓶“新世界”葡萄酒。

“法国的葡萄在 20 世纪被芽瘤菌灭种过，只有智利还保存着 19 世纪前欧洲的葡萄原种。来，我用好酒敬两位，希望我们能在最后时刻找到突破点。”

“谢谢，我今天听您说了很多关于智利的与众不同，”臣享好奇地问，“但智利是怎么变得和其他拉美国家不一样的呢？”

“皮诺切特搞成的。”肖华卖弄起来。

“是吗？”臣享皱着眉头，他记得少年时在新闻里看到这人八十岁后被押送西班牙法院审判，“他可发动过针对民选总统阿连德的军事政变，实施严酷的军人独裁二十年，还镇压杀了不少人。”

白峰摆了摆手：“1973 年他接手时，智利早已满目疮痍，但他用非常手段，白天抓捕，晚上宵禁。没他的允许，这个国家一片叶子都不能动，然而他却把智利从经济危机的边缘拯救了出来，避免智利和其他国家一样陷入‘拉美陷阱’，实现腾飞。1989 年，他‘还政于民’时，智利是‘拉美第一国’，也没有拉美常见的偷盗、抢劫、黑帮等犯罪，全民教育大幅提高。他这人既臭名昭著，又功德无量，你很难说他是恶魔还是英雄。是非功过，也不是我们能评价的，但能搞成这样挺不容易的。”

白峰看了看周围，不由得有些敬佩：“智利不像墨西哥能产石油，它是个缺地多山的小国，而且，全球 21% 的地震都发生在这里。”

“21%，这还怎么求发展？”

“是啊，不仅多，而且是超级地震，最强有 9.5 级呢。你看到那高耸的雪山吗？”白峰一指远处的大山，“从海平面升到 6000～7000 米的雪山不过短短几十公里，积蓄了大量的地壳能量，这些滑雪胜地，都是两大板块挤压出来的火山。而智利国土宽度也就这几十公里宽，全在最危险的地震能量带中。”

“等一下，”臣享敏感地嗅到了机会，“智利地震那么多，我们能找到客户的特殊需求？”

“有啊，地震防护等级。当一个国家发达后，眼界也会变高——你想过为什么能在多震的智利看到大量高楼大厦，而在墨西哥却看不到吗？”

“是因为智利对工艺要求远高于墨西哥？”臣享试探道。

“没错，客户对抗震要求非常高。”白峰望向基督山的顶部，“你看那里，看到了吗？”

臣享回过头，基督山不高，顶上有一座圣母像，在那里可以俯瞰圣地亚哥。

“圣母像在基督山，就像里约面包山上的巨型耶稣像，但这里的小雕像架一个基站可比里约的大雕像还难。”

“就像日本的无线工程那样工匠化，严格苛刻到变态吗？”

“智利的地震烈度可是超过日本的。这么窄的几十公里，海啸、火山、震群一波波来，8级抗震是必须的。你知道是谁建设的吗？”

“诺阿的创新基地……”

“对，诺阿抗地震的创新方案好，工艺精细。最关键的是，他们跟客户磨合很久了。与地震的巨大风险相比，我们华兴的价格就算便宜，又有什么用？在智利，连FRAN都难进入。”

“难啊，”白峰忽然放下刀叉，叹起了气，“我们智利隶属于拉美的南美南地区部，也是去年才从办事处升级为分公司，交付来自欧洲Telefonica集团的试探性小项目。一旦智利Telefonica子网交付不好，欧洲集团总部就没戏。然而智利Telefonica子网的客户不认可华兴的抗震，一直向西班牙总部抗议只要FRAN，又向地区部投诉文芝太年轻了。”

“现在，你明白为什么文芝那么大脾气了吧，他压力大啊。”白峰摇了摇头，“如果失败，我们就拖累了欧洲的开拓，而肖华没搞定美洲电信，我们智利分公司就会被并掉……”

肖华顿时哑然。白峰苦笑了一下，喝了一口酒，在Bella Vista的喧闹中陷入了沉默，他来了多年，自觉无力回天。

“白总，您来智利多久了？”臣享忽然打破了沉默，“很多年都没回家了吧。”

“嗯？”白峰抬起头，不知道臣享何意，但智利确实成了他奉献青春的第二故乡。

“您和文总一起先把Telefonica的工程交付好！另外，您跟文总说，给我臣享三周时间，我一定帮你找出诺阿在智利的弱点，突破智利Clara！现在，请您基于在智利多年的生活经验和您对解决方案的洞见，给我一个方向，告诉我智利最大的机会在哪儿。”

白峰深呼吸，调整了情绪，冷静地思考了很久。他望着Bella Vista熙熙攘攘的人群，脑海里飞速检索着这几年圣地亚哥的风风雨雨。

“圣地亚哥占智利50%人口和GDP，曾是我主攻的方向，但诺阿实在太强了，我攻不下。所以我觉得要放弃圣地亚哥，华兴只有从没人关注的薄弱地方做起。”

白峰走向酒吧墙面上挂着的一幅智利地图。

“智利南北狭长，国名叫 Chile（辣椒），国土如其名像个‘长辣椒’，它跨越了 38 个纬度，长达 4300 千米，最宽处不足 100 千米。东部被挤出 7000 米雪山，北部是酷热的干旱沙漠，中南部有大片湖区，海岸边又有无数群岛，南部是极地地区。这都是极端地区，但也蕴藏了 50% 的人口和 GDP。诺阿就算创新能力再强、解决方案再牛，也不可能完全封锁所有需求。这就是机会！

“但臣总，我只有一个非常模糊的方向，我说的这么多区域，有太多的可能性和不确定性，我也不知道哪个才是您要的最终答案。”

臣享走到地图前，看着上面的雪山、高原、沙漠、极地、海洋和群岛：“好，已经足够了，你能帮我尽快约到智利 Clara CTO 和无线总监吗？我想谈一谈。”

“可以，但您要谈什么？”

臣享指着地图：“就谈圣地亚哥以外的一切。”

两天后，臣享见到了 Clara CTO 和无线网络总监，他和盘托出了自己的计划——智利全境考察。客户一听，表示非常感兴趣。

五个月前，臣享在 Jacob 主导的墨西哥农村考察时，毫不用心。但现在他要用自己的才智，在智利做一次全境探险，把一切可能性都包进来。

5

臣享与肖华乘 LAN 飞往北部小城伊基克，也是秘鲁、玻利维亚和智利三国的交界地。

这里坐落着令人敬畏的阿塔卡马（Atacama）沙漠，说是沙漠，更像戈壁，从空中看去，就像外星球表面一般。这里也被认为是地球最干旱、最荒凉、最恶劣的地区，几十年不下一滴雨。

但因气候恶劣，这里倒诞生了世界上最大的硝石矿区和铜矿区。此外，还有一座巨大的快蒸发殆尽的“塔尔塔”高原盐湖，也有“天空之镜”的样子。盐湖边有吃藻类的火烈鸟栖息，附近还有火山，每天早上会有由熔岩热量产生的间歇泉，为周边地区提供热源。

整个智利北方，依靠这些能源和矿产，产生巨大的经济价值。因此即使环境严苛，北方也不是无人区，这里足足有100万人生活和工作。

从飞机下来后，他和肖华又坐着大巴车，前往阿塔卡马的小镇阿里卡（Arica）。在那里落脚后，他们又雇用了一个熟悉当地情况的向导。

第二天，向导带他们骑车走了一些离小镇聚集点不远的区域，调研现场情况。这里的环境很像新疆的魔鬼城，他们走在高耸的戈壁夹缝，时而又翻越巨大的黄土岩坡，这里既像古代商人的丝绸之路，又像风干了的古河道。虽然极度干燥，但因能见度高，向导告诉他们这一大片区域摆放了南半球最大的射电望远镜阵列，探索宇宙。

忙了一整天，臣享记录下每一个场景细节。看着看着，他被一块嵌在坚硬岩土壁上的东西吸引了——是一块贝壳化石。沧海桑田，这世界最干旱的地区，竟然曾是太平洋海底。

他驻足端详，感叹着大自然的鬼斧神工，再一抬头，肖华和向导却消失了。刚才大家是一前一后，绕着起伏蜿蜒的迷宫般的古道行进，一个不留神就会掉队。他大声呼喊，可没人回应，他又沿着各条小径奔跑，想寻找肖华和向导，也没见到任何人影。

此刻已是下午四点，太阳眼看就要落山，戈壁的气温会迅速降到零下十几摄氏度，而臣享却只剩下一小瓶水、半包饼干和一件薄外套，戈壁里，手机完全没有信号，联系不上任何人！

夕阳只剩微弱的光芒，阴影渐渐笼罩大地，沙漠的夜晚，是会冻死人的！

另一头，智利向导也因找不到人，而进退两难：晚上留在戈壁找臣享，自己也有危险；可离开去求援，就怕之后更找不到臣享，臣享肯定熬不过这个夜晚；如果自己留下找臣享，让肖华去求援呢？这也不行，肖华不认得出去的路和援救渠道。向导一摸手机，哎，没信号，要是能打通电话就好了，他们就能给阿里卡的警署打电话，而自己能留下寻找臣享。

结果他俩只是在一边大声呼喊臣享，一边搜索着信号。

“再找十分钟，如果找不到，晚上我们必须离开。”向导对肖华说。

时间一点一滴地过去了，肖华的眼泪都流了下来，他不停地拨打电话，而信号却是“搜索中”。

天色渐渐暗下，臣享搂紧薄衣，也紧张了起来。他爬到岩石的制高点，想找到向导的踪迹，可除了一个个隆起的巨大戈壁块，什么都没有，月儿已挂上了深蓝色的天空，再过一会儿，等太阳彻底落山，他就什么都看不见了。人到最危急的时候，眼前就会一幕幕地倒带。臣享眼前浮现出父母和妻子的样子。

热风凉了下来，他站在巨石上望向茫茫的戈壁，有一种被大自然扼杀的绝望。

怎么搞成这样了？难道今晚我要冻死在这儿吗？失魂落魄中，他一屁股坐在岩石上。可手一摸屁股下的石头，巧了，居然发现岩石上有几千年前人类刻在上面的红色壁画，这些壁画竟还保留着。他忽然想起自己曾在博物馆看到资料说一万年前的原始人就曾在这一带活动过，古人都能生存，一个现代人就活不下去吗？

当一个人相信自己能“活下去”时，就不会坐以待毙。臣享告诉自己，他还不能死，他对家人有责任，更对 Jacob 和白峰有承诺。

他从飞沙走石中，找到了在这里艰难生长的仙人掌和杂草灰，将石头垒在一起，再用石头拼命地摩擦，然而这石头毕竟不是打火石，他也找不到燧木来燃火。

但他没有放弃，抓紧最后的一丝光线，拆开手机，拔出芯片和电池，用牙齿咬开电线。故意让电池短路，电池迅速地膨胀开，鼓起爆炸。爆炸的火星，点燃了杂草灰，在夜空中，生起了一处袅袅烟火和火焰。

这就是最古老的通信方式——烽火，他用了最先进的移动手机和古老的通信方式，这成了他的活命机会。

他不断地寻找着新的可燃物，使烟火不灭，既释放信号，又能取暖，也防止野生动物。作为一名通信从业者，苍茫大地上的这处火苗“信号塔”，让他产生出宗教般的神圣感——这就是他的“行业保护神”。有它的守护，就这么一夜他也不害怕了。

黑暗里，火苗噼啪作响，他在石头上回想起来：太太怀孕八个月了。他又想起了很多往事，不禁笑了起来，自己阴差阳错来了拉美，来到事业部，遇见了 Jacob 等人，真是一种有趣的缘分。渐渐地，他一点也不害怕了，喝完最后一口水，吃掉一片饼干，他索性准备冥想完在这里静静地睡一觉。

忽然，一阵轰隆声传来，一堆人正骑着摩托车，呼喊着他的名字。他站了起来，赤身脱掉外衣，沾了沾火苗，在空中挥舞，高喊着："Ayuda, Ayuda!（救命）"

摩托车灯光近了，肖华从后座跳下来，一把冲过去抱住他："臣总啊，刚才真快吓哭我了，你刚才……刚才，一个人在深夜漆黑的荒漠里！"

"别哭，不过我倒是有了个主意。"臣享镇定地笑了笑。

这危险的经历也许就是天赐的灵感，让他联想到了一个应用场景——华兴有一个方案，"增强版 SOS 紧急电话"！

一般基站发射功率越大，信号覆盖半径就越大。华兴有特殊的 120 瓦 / 单发射模块做大功率覆盖。此外，华兴可以将多模块信号用"合路器"汇聚为一路，让发射功率提升一倍，同时采用"分布式基站"的光纤替代铜缆的天线系统，能降低信号在基站内部到天线发射口的衰减，达到 2G 网络的理论极值——35 公里的覆盖半径。

但理论极值是可以突破的，如果容忍承载的信息量减少，把这部分信号的时延交给传播距离，就能实现"蜂窝小区半径的扩展"。这样，一个基站覆盖的理论半径就能达到 70 公里，甚至 120 公里。

唯一的损失，就是信息量和用户数。但在这块辽阔的北方戈壁，覆盖半径更重要。当信号微弱时，基站可以放弃信息量和用户数，聚焦"语音覆盖"，这样覆盖半径就如呼吸效应般倍增。

"对啊，在生命援救时，大家不一定要很高信息量，但至少要一个电话！"肖华一拍大腿，他待在智利首都太久了，考虑的只是发达地区的需求，而臣享用 120 瓦发射模块 + 合路器 + 分布式基站的光纤降低损耗 + 小区扩展，这套解决方案中的很多要素是诺阿没有的。

智利的救助人员围了上来，把臣享带到当地的警署。警察和医务人员告诉他，每年都有一些人失踪，尤其最近旅游业发展，因徒步而走失的人数攀升，大家都没有办法。他当场大声说道："我有办法！"他拿出了华兴的名片。

警长给镇议会和镇政府打了个电话。政府和议会本身就为救援而头疼，只是一直没有方案，只能在警力搜救上加大投入，一听当夜就谈了起来。

他向小镇的行政长官讲解了“增加版 SOS 紧急电话”，大家听得很认真。

“那位置怎么锁定呢？万一人来之前，被困者手机没电了呢？”议长问。

他说：“基站还有追踪定位能力，运营商可以根据最后的信号位置，派出无人机。无人机上搭载小型基站或直放站，实时确定航路，由于上面有摄像头，电池能维持 1～2 小时，在高空很快就能找到人。”

“多少钱？”议长和警长都站了起来。议长需要警长救援，但救援消耗的警力很大，需要议长拨预算，但当地议会又没那么多钱。

“一个基站设施一次性 1～1.5 万美金，每年的成本维护只要 1000 美金。”

大家一片欢腾，警长对着议长笑了：“该死，预算你该批了吧。比我每年人力维护还少。”

“批！”议长也笑了，警长早已处于人力极限了，今天终于找到方案。

“您不用批，这不是政府采购，而是电信基础建设的改造。”臣享说。

“我立即就打电话！”议长在这群人中，给智利 Clara 伊基多的电信分局打了电话，“我要求在这里装个基站，一个月内解决。”

“走吧，今晚是美洲杯决赛，你们得放松一下。”众人把两个中国人拉到了小镇的酒吧看足球赛。智利赢了，阿里卡镇里高喊着“智利万岁”。议长看着晴朗的夜空，对臣享说：“看见那颗星星了吗，是南十字星，北半球看不到，下次你要再在沙漠迷路，就让它来指引你。”

臣享抬头看，望着南半球的天空，这里孕育的是不同于西方希腊星座的另一种神话。是啊，世界上还有别的美，一直没被发现。

议长喝了口啤酒：“当然，我相信有了中国的设备，也许以后就不需要南十字星了。”

这一刻，臣享觉得自己的探索已不是为了投标，而是找到了另一种说不清的价值感。

6

“我们智利铜产量占世界40%。我帮你打个电话引荐一下。”在阿里卡镇议长的介绍下，次日，他们马不停蹄地赶往了沙漠戈壁腹地的国有企业——智利铜矿公司。

臣享相信矿区周围荒无人烟的地方，也可能有危险。这样的“SOS紧急电话”，会有人需要的。

铜矿公司在安托法加斯塔（Antofagasta）——阿塔卡马沙漠里的另一个小城。快要到达时，臣享从大巴上眺望到远处有一个惊人的巨大矿井，这矿洞之大之深，比他在中国北方见过的超大型煤矿还大得多。车渐渐开近时，他探头望去，那洞如几百座体育场之大，深不见底，犹如通往地心的神秘之门。他无法形容那种感觉，简直就像是神话里上帝把地球当成个冰激凌，用小勺挖出了个坑。

“太壮观了！人类就像在制造一个无比巨大的倒金字塔，不，简直是一个地下城市！”肖华趴在车窗边，吃惊地看着外面。

这时，大巴正绕着矿区，盘旋向下开去，迎面开来了数百辆巨型工程翻斗车，每辆超级工程车有五米高，粗厚的轮胎都有一人高。巨型车队见不到尾，一字长龙地绕着一条人工环形路，排队把石土往外运。下方，数不清的“卡特彼勒”牌超级挖掘机正同时向地心不断开挖，与矿洞相比，人类的超级工程车群就像一群小蚂蚁。这样看来，矿区像是科幻中一尊人类为防御外星人而建的地球大炮一样，很有机械朋克的味道。

在一间简易的办公工棚里，臣享终于见到了矿区的总经理，并向总经理介绍起了“SOS”和“无人机+小型基站”的方案。矿区总经理叫来安全总监听，但是安全总监说：“我们这里很安全，人员不会失踪，我们每个员工都有Push to Talk的呼叫集群（步话机）。不必再用运营商的公共系统了。”

臣享也不得不承认，智利铜矿公司确实比阿里卡镇更安全。可如果仅有偏远的阿里卡政府的Case Study，也未必能说动智利Clara CTO，但铜矿公司是一个必须服务的大型单位，Clara CTO绝对会感兴趣的。可现在矿区领导对自己的方案一点也不认可。

就在总经理送客时，臣享忽然看到一个矿洞的门口，放着一尊小小的圣母像，保佑着下井矿工们的安全，一批矿工坐矿车下去前，都要在门口的圣母像前画十字祈祷。此外，另几口井边，摆放着矿工自发放的蜡烛和献祭花坛，还有黑白照片，这像是在纪念曾死去的矿工。

臣享的灵感又一次涌现了，对于矿区真正的危险并不是地面人员的走失，而是井下安全措施不到位。他听说中国的煤矿经常会有渗水塌方的，因此安全生产管理上，井下一般要求铺设电线、避难所、灯光照明、氧气传感器等。另外，还配备井下的通信线路，而这种通信线路，必须在井下每隔一段距离，就设一个固定电话，一方面是为了方便传达业务要求，另一方面也保障危急关头的通信联络。

“井下安全怎么样？”他停下脚步，问起安全总监。

“当然，我们很重视。”安全总监很自信。

“井下是固定电话通信吗？”

“是的，我们有，而且设备很完备。我们的安全措施是走在世界前列的。”

“万一有工作人员，因为种种原因，无法到达指定的固定电话点，那怎么办？”

安全总监愣住了：“这不可能吧，我们是按照业界最高标准做出规划的。”

“矿难可不会按照规划的剧本走，安全要做好最灵活的准备。我建议可以把固定电话改为无线移动通信。”

矿区总经理疑惑地看了他一眼，问：“难道用手机吗？”

“是的，用手机，无论矿工在哪儿，我们都能让他与外界保持联系。”

“可井下都是石头，无论是基站信号或步话机信号，都穿透不进来的。”

臣享摇摇头，这一次，他的解决方案就是要把无线信号打到封闭的地下去。信号不是穿不透地下吗，那就把基站放进地下！

“我们有微微型基站，它可以简易地布到地下，供电和信号传输可共享一条线路，用电力线做传输。”他拿起一张纸，在上面画了起来，整个坑洞，都可以覆盖无线信号。

“基站不都是很大的吗？”总经理问。

“不大，这个叫作 FemtoCell，Femto 在英语里是毫微微的意思，比‘纳米’的‘纳’级还小的单位。基站覆盖小区很小，跟刚才 SOS 电话的覆盖，完全是 180 度反方向。正因为覆盖小，所以个头也很小。可以很容易地布满整个矿井下方。矿工不必再到指定地点打电话。”

“我怎么没听说过。”安全总监纳闷着。

“原本，这方案用于一些欧洲家庭做信号盲区的补盲覆盖，但是在中国的一些矿井里，已经把它撒豆成兵，级联组网，保卫井下安全了。”

矿区总经理摘下了他的安全帽，凑近臣享：“真的有应用？给我介绍下。”

臣享一皱眉，他刚才是灵机一动，但并未准备资料。可客户面前，这显得不够专业。而且，他还真的怀疑资料的正确性，毕竟中国那么多的矿难事故，也不像安全措施充分的样子。

肖华挺身而出：“中国确实有应用。外面热，要不先进去聊，我把资料先整理一下。”

三人再次走进室内，肖华留在门外，扑面的灰尘和热光打在他脸上，他立即给上海无线研究所 FemtoCell 产品线经理和全球行销代表打去电话。

智利和中国是以地心为基点完美对称的，智利冬天的一两点，是中国仲夏夜的一两点。“好，我们马上就做个 PPT 资料给你们。”上海的专家们却都一口答应，立刻整理案例。

臣享还在里面吊住客户：“矿难发生，矿工围困在地底深处，就算救援人员投放饮水、食物、衣服和清洁用品，但长时间与外界隔绝、信息缺失、无所事事，会产生抑郁、恐惧、争吵。所以，除了提供维持生命的物质，井下必须有通信，用网络提供娱乐，放松情绪，也便于井下救援。铜对公司是有价值的，而对矿工生命来说，通信也是有巨大意义的。”

“手机没电怎么办？”安全总监因为立场，有些不想承认自己的短板。

“我不担心，井下的车辆和紧急庇护所，都有大容量蓄电池，可以改造。”总经理已感兴趣了，主动替臣享解释起来。

总部的FemtoCell用于中国煤矿的资料已经传到了，肖华打开电脑给智利人讲解起来：“您看，这里是中国的北方矿业重镇，这个是中国联通的FemtoCell与当地矿业达成的部署，这是解决方案的Layout，这是客户发的证明函。”

还真有啊，臣享一惊，中国并不像他曾听到的那样永无保障，安全管理措施也一步步从无序走到了有序，了不起。这下智利人一定会满意。

“臣先生、肖先生，请留下来一起吃个午饭吧，慢慢细聊。”矿区总经理终于展现了信任，也袒露了自己的顾虑，“之前智利出了一个全球关注的特大事故，某铜矿塌方，33名矿工被困井下，总统中止了对哥伦比亚的访问，回国号召总动员，可矿难发生在地下700米，上方又遇到70万吨巨石，施救点找不准。虽然在全球合作下，靠着机械、意志和团结，挖了三个多月终于把人救出来了。但我也希望，这样的事不要再重演。”

7

已经到了7月底，安第斯山的一些路段会大雪封山。但臣享执意坐走公路的长途汽车。在山路上，他才能陆续看到一些南美洲的特别场景。

传统南美文明并不像欧亚文明，会分布在大河沿岸或三角洲。相反，亚马孙文明很少，印加帝国都位于高原和安第斯山脉上，无论是秘鲁、厄瓜多尔，还是智利都是如此。即使到了21世纪的今天，很多城市依然在高原之上。

路过一处滑雪胜地，他拿出小本子记录下来：虽然在这里SOS特性可能可以用，但高山对于基站最大的挑战，一是海拔，二是寒冷，三是维护。

海拔超过3500～5000米，芯片和电路中的粒子电泳就可能出现不稳定性，使电子元器件失效；气温低于一定程度，没有完备的防护，元器件也将被冻坏，电子性能也将衰减，尤其在大雪道路上，一旦衰减就不容易打通电话，而万一打不通，在高寒地区就很危险；至于维护，因为这里实在偏远，来一次太难，必须能做到“自动维护”。

当车开过海拔3800米后，他平生第一次体验到了高原反应，迅速降低的气压，使他大脑开始膨胀，涨得脑袋痛极了。他想拿一块饼干吃，垫肚子缓解，整个饼干袋子已经鼓囊囊地胀满了气。

他坐在车里，不敢动，只要一动，就心跳加速、心慌甚至大出汗。在这里待久的人，心脏都会变得过于肥大，以便将血液输送到全身，这很伤害心肌，即使常年在高原生活的人，寿命也会降低。他拿出了一片古柯叶，放在嘴里嚼。安第斯山上生活的原住民，都靠这些植物才能克服高反。当他看到天上的信天翁，又看到小跑的羊驼时，觉得人类真弱小。

他路过了一个个高原小镇，感慨着当年人类先祖在此翻山越岭，才征服了这片土地，而后人类建设一条公路也真的太不容易，终于打通路网，让人能走得出去，又进得来，不再受困于封闭。远处，安第斯高山上架设的高压输电线组成了电力网，这是公路网之后的第二张网，让人们的生活不再因大自然的春夏秋冬而受困。而他今天来做移动通信网，则是人类建立的第三张网。

路、车、电，这些人类的技术，曾经只是幻想中的未来世界才会有的，现已成了一种基础建设。现在连网络也成了天经地义，似乎手机一开，即便偏远也必须有信号，人类改变这一切只有二十年。这样看来，人类也挺强大的。

车辆的颠簸，容易让人睡去，臣享调整坐姿以便保持清醒。他又摸了摸脸，这几天沙漠和高原之行，让脸已晒到脱皮。哎，自己精致的生活不在了。他也意识到曾经荣耀的通信科技业并不再光鲜了，当代中国互联网才称得上伟大，动不动就高市值。一个小小的App都上亿市值，他来华兴前，也曾想过去互联网公司。

他情不自禁地拿出手机，看看琳琅满目的App。对了，好像有几天没和Jacob沟通了。不过看这高山之上，也不知能否打通电话，但他还是尝试着拨过去。电话连接的图示，就像一个旋转的陀螺，忽然陀螺停止，电话接通，Jacob 那边传来了热带森林的背景音。

“Jacob，我在安第斯山，这里有进展。”

“我也是，我在亚马孙平原呢。”

“加油，还有二十天。谁先搞定，谁就立即回墨西哥城！”

挂掉电话，他又仔细端详着手机，App 真神奇啊，可背后无形的是网络。互联网的产品也许会有种种体验问题，而移动通信必须具备 99.999% 的可靠性，一秒都不能中断。他望着崎岖的山路，“世界是平的”，可世界真的是平的吗？真实世界没有坦途，信息不可能无缘无故就能翻山越岭。如果人类不能脚踏实地把网络铺好，怎能让信息一秒钟就传递呢？有人总是说汽车和子弹列车是伟大的，可道路和铁轨才是更伟大的，你感觉不到，是因为它们在背后默默承担。

肖华醒了，似乎也在看着远方。

“想家吗？”臣享看看他。

“想！”

“有没有想过去互联网公司？钱多、离家近、有前景。”

“不去。”

“为什么？”他疑惑着，这一届年轻人不都追求互联网里的财富偶像吗？

“那些互联网 CEO 每天喊着我听不懂的‘一夜暴富’口号，我喜欢脚踏实地的感觉。”肖华翻了个身，“另外，海外的经历是我一生难得的财富。”

“嗯，好样的。”臣享忍不住称赞年轻的后生。

“没什么啦，”肖华腼腆地笑笑，“我只是觉得，中国好像总被世界误会，又很少能有机会去解释。到了我这代年轻人，中国终于走出来一批人。这批出国的人不再是在外国洗盘子，不再是开餐馆，不再只是留学生和移民，而是靠华兴这样的企业，向世界真正展示出另一种中国形象。所以到了我辈，我来海外工作还真有一种特别的海外使命感，想去改变一些什么。”

“但我一个人没用，所以我会来华兴驻外工作，用华兴去实现。”肖华坐正身子，认真道，“因为一滴水很快就会干涸，只有融入大海才能涓涓不息。”

臣享像被下属上了一课，悄然羞愧起来。他十五岁就到了美国，也感到亚裔的迷茫与压力。他努力地让自己更优秀，除了成绩第一外，他参加社团、学乐器、搞体育，削尖脑袋去融入当地，他想证明自己、改变现状。但他这样一个人的努力并没有用，至今华裔还是不被认同，因此，自己总抱怨是别的华裔不努力，拖累了他的付出，他也曾越发看不起华人了。

可华兴安排了高学历的中方员工大规模常驻海外一线，在全球范围与西方最尖端的电信科技企业一较高下。现在华兴的员工遍布世界各地，因此每个国家的人民或多或少地，第一次感受到“现代中国”的存在。这不是华兴的本意，却通过每一个员工的付出、每一个项目的努力，歪打正着地改变了中国人在海外的形象。

“臣总，我大话说得都不好意思了，这方面还得看 Jacob，他才是八年海外，牺牲很大。”

“牺牲很大？”

“啊，您没听说过他的故事吗？那我给您讲讲吧。”

这是臣享第一次听说 Jacob 在泰国时失去母亲，背上黑锅，又被女友抛弃的经历。但 Jacob 都无暇回国，他一次次背过黑锅、一次次度过危机，经历了太多的磨难。自古忠孝难两全，臣享听得震撼五内，而现在，Jacob 还在哥伦比亚再度为 Reference 闯关。华兴人在海外的意义已远超一份工作，更担负起中华民族的海外使命。臣享轻轻用手指抹掉眼角的泪。

巍峨的安第斯雪山下，一辆渺小的巴士开过，华兴在海外漂泊的浪子，太不容易了！

8

车开到了中部山谷，这是河流冲积出的肥沃土地，那里有很多的葡萄酒庄，藤缠蔓绕，风景如画，犹如到了法国中部。

而离这里不远，是一座美丽的海滨城市瓦尔帕拉伊索（Valparaiso），它是智利的军港，见证过无数次轰轰烈烈的海战，也是智利海军司令部所在地。而如今的和平年代，这座城市作为最大的商用港，运送无数智利的海鲜、红酒以及铜矿石去往世界各地。

城市依山而建，道路陡峭曲折，让人想起旧金山。因19世纪的欧洲移民潮，环境比较欧式，但旧城区和墨西哥一样，五颜六色，画满涂鸦。这座文化混合的城市如今成了世界文化遗产，也是拉美第二位获得诺贝尔奖的诗人聂鲁达的故居，他的诗歌作品的地位在拉美比马尔克斯的《百年孤独》地位还高。

“下车啦，聂鲁达故居。”大巴车上人们纷纷离开，不单是智利本土人，还有很多墨西哥人、阿根廷人和欧洲人，不同种族的人都决定要留下来，专门看一眼聂鲁达这位大师。这位诗人的威望已经跨越了国家与种族。

肖华继续乘坐，准备去往下一个目的地。

“我们也下车吧！”臣享却更改计划。

“您喜欢聂鲁达？”肖华猜着领导的私心。

“不，而且我并不知道他。”

肖华不解，这里没有什么机会点，而时间不等人，不该停留。

“正因为我不知道，所以我才要去了解。聂鲁达是智利的国宝，如果你不知道，又不愿花一点时间去了解，那Clara的客户怎么会把你当自己人？怎么相信你会认真对待他们最重要的资产——无线网络？难道就靠嘴上说说、PPT上写写吗？将心比心，你会买账吗？”

肖华充满歉意地点了点头。

“肖华，一会儿你要仔细看，我会考你。”他拿着行李箱，下了车。时间再紧，他也宁可在这里停留半天，也许以后肖华常驻智利，未来将是漫漫长路，要靠这一批年轻人感化客户。

臣享还记得在阿塔卡马一个烈日当头的中午，小镇白色教堂边，一棵大树下，除了他俩，还坐着一个美国女游客，她逗弄着一个八岁智利小孩。美国人不会西语，而八岁的小孩会一点英语。

孩子用童音稚嫩地问美国女士：“你会说西班牙语？”

“不会。”美国女士笑着回答。

“那你来智利干什么？”孩子忽然很严肃，表情十分嫌弃，“你来这里，难道不该学着说西班牙语吗？”

正午很热，可气氛很冷。臣享一直记得那孩子的表情，孩子是不会掩饰的，但客户会。中国是离智利最遥远的国家，历史上彼此也很陌生，今天中国人来赚钱，但明天出了问题就跑回中国怎么办？臣享想向客户证明，中国人会与智利同舟共济，共同成长。

他们在这座城市消耗了十二个小时。午夜，他们重回汽车站，一路向南走了十三个小时，又到了中南部的蒙特港（Puerto Montt），这里是第 16 大区的首府，智利第二大港。

司机喊道："这里是智利的公路网和铁路网的尽头了，都下车。"

"那我们再下去怎么走？"臣享问。

"船或者飞机，"旁边的乘客主动道，"怎么，你们是来这里旅游吗？"

"哦，不，是工作。"

"别让工作浪费了难得的风景。"乘客指了指不远处的火山，圆锥体很完美，顶上白雪皑皑，旁边有大湖，"瞧，那是奥索尔诺（Osorno）火山，和你们日本的富士山很像，你们应该去那里的小镇放松下，那是度假的好去处。"

想必那乘客把他俩当日本人了，这倒也不奇怪，日本许多企业都遍布世界各地，在全球差旅时，总能看得到日本员工被派驻海外一线，日本人工作也是出了名勤奋。所以，在这最遥远的小角落，谁会想到他们是中国人呢？那还要好多年呢。

不过奔波上千公里，也该休息下了，臣享决定安心休整一天，整理一下这一段时间的资料。

本地接驳车经过了一片黑色的火山岩和瀑布后，终于到了火山山脚附近，他们住在有"小瑞士"之称的巴拉斯港（Puerto Varas）。这港并不是海港，而是湖港——被隆起的几座火山夹出来了一片火山湖。

四周没有西班牙建筑，全是德式风格。1850 年，一群德国人来到这里建立了这个乡村小城，小城镇里多是木制小屋，端庄典雅，还带有精致的大院子，里面种满了鲜花。除了这座奥索尔诺（Osorno）火山，小城镇边还有三座火山，无比壮观。

两人坐在湖边餐厅吃着午餐，休整体力。这一路真是太累了，而这里是智利"大湖区"，风光绚丽，有人在湖里钓鱼，有人上山滑雪，有人开着游艇。这景色，湖碧蓝、天碧蓝、海碧蓝。这个世界的节奏仿佛停了下来，无忧无虑，臣享也竟忘了身在何处。

忽然，一辆轿车开了过去，他兴奋地瞪大了眼睛——就在这离中国最遥远的仙境小镇，他见到了中国的长城汽车。

他站起来盯着看，就像看到奇迹一样，不免触动。国产车一直被人诟病，自己都看不起，可在这角落已有中国车，赢得了当地市场的信任，他不得不自豪。看来自己也并非孤军作战，一定也有别的中国人在这里拓展！

“吃完赶紧回去，抓紧写材料吧。”他把饮料一饮而尽，起身买单。

“嗯……等等，现在还早啊。”肖华的嘴边还挂着片火腿和奶酪，他被臣享忽快忽慢的节奏搞得晕头转向，“不是说要休息一下吗？”

“不休息了，还得新加一个主题。”

臣享看着那座白雪皑皑的火山，虽然村镇美丽迷人，却不能沉湎其中，现在不是无忧无虑的时候！他今晚还要彻夜新增一个主题——火山防灾。

地震和火山是分不开的，这几座是能“超级爆发”的活火山，火山灰柱可喷达 20 千米高空，升腾出蘑菇云和电离雷暴。一旦发生天灾，通信会被干扰而中断，他们必须保证在面对火山喷发时，做到抗电离干扰，并保证政府能够提前预警、及时撤离、统一组织、定位追踪，实现人道救援。

9

熬了一天一夜，终于写完从阿塔卡马沙漠，到奥索尔诺火山的报告材料。接下去是最南部，臣享在旅馆里查了查地图，整个南美大陆好像在这片区域沉入了太平洋里，只有高耸的山尖才冒出海面，形成了成千上万个岛屿。

“真是苦了做地图的人。”臣享苦笑了一下，在智利南端的大陆，就像一块玻璃摔成了碎片，“肖华，赶紧订船票。”

在“泛美公路”的尽头，他们改搭船，沿着海岸和群岛，一路向南进入智利的第十一大区——伊瓦涅斯将军的艾森大区。

从这里起，在地理上都叫作“巴塔哥尼亚”地区，一开始还风和日丽，风景很像英国。渐渐地，风大了起来，人也稀少了，只有荒凉的草原和高纬度特有的针叶林，犹如进入了北欧秘境。附近出现的岛屿上不时有高达 1000 米的高山，有瀑布，也有冰川。除了一个国家公园，这里连来旅游的人都没有。

船在岛间航行，沿途看到企鹅和海豹，信天翁在空中翱翔，但走兽却不多，四周发出如同西伯利亚大自然般的回响。达尔文写《物种起源》所搭乘的“贝格尔号”军舰，就曾在智利这一带停留科考。

“再往南开，许多岛都是无人的，这一片可以略过吧，节约点时间。”肖华站在甲板上，甲板上风越来越大。

臣享抓住栏杆，把冲锋衣的帽子戴上：“嗯，我们的时间不多了。这里是人口最少的大区，总共也就九万人口。场景我大概能估计到。”

肖华进舱拿来相机，拍些照片做考察记录。这种环境下，主要人口都聚集在沿岸，只要覆盖好几个人口集中的区域就行，诺阿的解决方案难度不高。另外，这一带主要是国家农林人员和军事人员，他们会有专门的通信系统。

他们没有下船，向南进入了智利的最后一个大区——“麦哲伦—南极”大区。他们最终的目的地，是这个大陆最南端的蓬塔阿雷纳斯和火地岛。美洲大陆上的安第斯山脉，从阿拉斯加起到那里便完全终止，堪称世界的尽头。但即便在那里，人类的移动通信信号也要覆盖到。

船沿着安第斯山脉的西侧开，此处密布着大大小小的岛屿，他们简直就像进入了群岛迷宫，风景更加惊人，美丽已不足以形容这片区域。

臣享去过挪威，挪威近大西洋沿岸也是碎片状的，形成了峡湾，可智利这里碎片的数量是挪威的冰川峡湾无法比拟的。航行在群岛、冰川、峡湾中，就像到达了遥远的孤独星球。

自从离开湖区，他们用两天的航行穿越了巴塔哥尼亚群岛，随着纬度越来越高，天也越来越冰凉昏暗，终于，他们到了“世界尽头”。“世界尽头”的样子是一片灰色调的冰蓝之地，像《指环王》里的魔幻场景。这里就是麦哲伦海峡，1520 年。麦哲伦环游地球时从这里绕过，进入了太平洋后，才证明地球是圆的。

今天，臣享的船也到了此处，他在床舱里望着麦哲伦海峡，天色阴沉，云朵残碎，海峡又短又窄，风高浪急，这边是智利大陆的尽头蓬塔阿雷纳斯（Puenta Arenas），对面是火地岛——南半球最后一小块陆地。

两人在蓬塔阿雷纳斯登陆，这是麦哲伦和南极大区首府，也是世界上最南端的城市。一下船，一阵西风就把他俩吹得东倒西歪——这里的温度倒不像北半球那么冷，但风大到让人崩溃！事实上，这里的大风甚至可达160公里/小时，比纳达尔的发球速度还快。

肖华正大声抱怨时，帽子却被大风吹走，现在他觉得连头发都快被吹没了。臣享也想起来了，初中地理老师说过南半球有一条“咆哮西风带”，任何航行都必须经受这个考验，原来就是这个纬度啊。他不禁后怕起来，刚才船一直是小心翼翼地航行在诸多群岛之间构成的海峡，如同穿过一个个危险的迷宫回廊，很容易有暗礁，再加上海域狭小，西风一刮起来，就会产生湍流而触礁，如果是没有足够经验的船长，根本不能保证安全地开出来！

“Taxi！”西风凛冽，雨雪也忽然而至，他们一只手拉着箱子，一只手捂住被风吹凌乱的头发，狼狈不堪地设法再抽出手打了一辆车，赶往市郊一个叫米拉多（Mirador）街区的小旅馆。

市中心靠近湖边，排开一列的居民区，像那种东欧乡村，而非西班牙的拉丁式。司机告诉他们，19世纪中叶，智利南部来了大量中欧和东欧移民，所以居民的肤色、食物、建筑和风俗都保留了老家传统，他祖上就来自克罗地亚。

太阳在空中低垂着。这里已近南纬55度，但没有北半球那么冷，温度在零摄氏度左右。比起北半球同纬度的阿拉斯加、北欧三国、俄罗斯、格陵兰岛那种齐腰深的大雪，这里街边也只有南京的那么点冬雪。但这里极地的特征依然存在——由于土壤冻结、寒风呼啸，之前连续成片的亚寒带针叶林开始消失，取而代之的是稀疏的乔木—灌木混杂植被，甚至只剩下草原、苔藓和地衣。

两人终于到了旅馆，摆脱了那恼人的大风，但臣享对最终报告能否打动Clara仍有一些隐忧。

小旅馆的会客大堂里，聚着不少环球背包客，讨论着自己的计划。

“我明天要去百内国家公园（Torres de Paine），做个十天的徒步大C环线，看‘百内犄角’。”一个巴西男生说。

这附近的“百内公园”拥有极南之地的神秘风光，是《国家地理》评选的世界顶级美景，既有世界上最大的冰川——冰蓝的莫雷诺冰川，又有一座像鹿角般漂亮的山峰——“百内犄角”。最有视觉特色的，是天地山川湖都染成一种特别的蓝色，这种特别的蓝便是巴塔哥尼亚土语“百内”一词的意思。里面遍布了宿营地、栖息点，湖泊、小径、溪流、草原、森林、野花、冰河，众峰错落，高山环路，还有濒危的驼鹿、驼马、狐狸等野生动物，吸引世界各地的年轻游客。

“可冬天夜长日短，大环线太不安全了！”一个法国女生说。

百内的气候多变，刚才还晴空万里，雨雪说来就来，且大风不歇，雨伞无用，旅程很有挑战。大环线沿途坡陡、路线复杂，就算夏天去都非常冷，冬天徒步极易疲惫迷路。

巴西男孩又问：“国家公园里不是有手机信号吗？不怕，能求救吗？”

臣享和肖华都敏感地竖起了耳朵。

“不，好像还没有。”

“我可不管有没有信号，百内公园我可不能白来。”荒野探险的刺激召唤着这群年轻人，很多人自认为经验丰富，也不在意。他们拿着啤酒，继续在会客大堂中Social着。

肖华心中惊喜，似乎又找到了机会点：“臣总，我们明天应该去百内！”

“不去。”

“为什么？”

“大C环线要走十天，你说我们还有几天？”臣享质问。

已经8月1日了，肖华有点不知所措：“十四天……”

“什么十四天，是三天！我们还要花四天与智利Clara谈判，留两天让智利Clara CTO下决心上报集团COO office，再留五天让阿曼多与墨西哥集团总部谈判。”

这几天墨西哥阿曼多那边传来消息，集团总部内部愈加复杂化。臣享也开始担心了，这份洞察报告能否精彩到超过诺阿的创新基地？解决方案对应的需求场景，能否让智利Clara客户感到重要到全力支持，非上不可？解决方案又是否为华兴独家，不可用现有供应商替代？

阿曼多一面要更高标准的报告，一面要保留更长的谈判时间，这种矛盾挤压着臣享的时间安排。随着倒计时逼近，最后的日程抉择都变得进退两难。

“百内很特别吗？还不是广域覆盖，跟阿塔卡马的增强SOS方案类似，你别浪费时间。”

“一切行程计划都是你安排的，你也能这样怪我啊，”也许是臣享感到了压力，他语气有些重，血气方刚的肖华顶了嘴，“百内特别不特别，我不看怎么知道。”

“那明天就去百内一天吧，当天来回，我们后天飞回圣地亚哥，”臣享意识到了自己失言，“但我就不去了，留下想想报告，现在报告还不够出彩，得赶着润色打磨。”

肖华还生着闷气，不搭理他。臣享也颇感尴尬，此时是下午三点，但太阳快要落山了。臣享看着窗外，玻璃上还挂着水雾气，他再一次示好道：“肖华，我去超市里买点东西，你还要点什么吗？”

“不用。”肖华低声回答后，转身加入那群徒步者的聊天中。

臣享沿着一条小路找超市。外面雨雪停了，他踢着小石子。小路寂静无人，远处泛黄的巴塔哥尼亚草原挂着一条弯曲的彩虹，他沿着高处走，走到一个观景点，眺望远处壮丽的大海、草原、群山和湖泊。在这世界的尽头，空灵的大自然就完全只属于他一个人了，他也终于能躲过一切的压力，释放积郁的烦闷，与南极的众神对话。

自己最初调研的信息是丰富又有价值的，可越到后面，越难找到有突破价值的东西，甚至有些重复了。可手头上的洞察资料还不够啊，就像用贫乏的食材去做一道米其林大餐，他还缺一些关键调料。可再找下去，时间又不够。是赶回去把精力用在说服上，还是留下继续找机会点，他犹豫不决。但愿这片极南之地的众神，会给自己带来些好运吧。

天渐渐地暗了下去，他看到前方300米的小超市，便离开了观景点。“丁零零……”——超市门顶上的风铃被他开门推响了。与其说是超市，不如说是杂货店，只见一个智利女生和老板在斗嘴。他刚从一次争吵中恢复了宁静，便本能地劝了架。

女孩笑了笑，用英语说：“没事，我们都是邻居，就拌嘴而已。”

老板是个老头，但腰粗臂圆，十分强壮：“我们打烊了，现在去酒吧继续吵呢，你一起来喝点吧。”

边陲小城的民风总是好客朴实。“好！”臣享说，他也想释放一下。

10

天黑得早，但酒吧里却很热闹，全木制的房子里，开着暖气，很舒服，气氛也很好。这里不是那种给游客欢闹的酒吧，客人都是本地的熟人，尤其以水手居多，嘈杂而热情。

“你该去看看这里的大海，这里风力很大，每 0.2 秒就是一个波浪，前浪和后浪一层层压得像千层面。”

“噢，说到海，那边还有个企鹅岛，麦哲伦企鹅会从南极游过来生孩子，我看到它们在狂风巨浪里上岸，不过小家伙很可爱，你可以摸摸它们的脑袋。”

老头穿着粗毛衣，人很健谈，也很爱喝酒，这让臣享感受了难得的放松。

“这里有趣吧，我也喜欢在这儿，”奔放的拉美女孩递给臣享红酒，意味深长地道，“这里的夜会很长。”

“但风真的很大，星星都被吹跑了。”老头又一次讽刺地说。

女孩瞥了不识相的老头一眼，用西班牙语抱怨了一通，又对着臣享温柔撩拨：“我们能见到南极浪漫的极光。”

臣享探头看了看窗外，刚才几分钟他看到了两颗流星，确实很美。

可老板又跟女孩斗嘴泼冷水：“别听她胡说了，我有几年了都没看到过一次极光。”

而女生则又开始用西班牙语嗔怪着他。他俩似乎永远有争不完的话题。

臣享笑着问：“下午你们在争什么？”

“我们在讨论这里是以前繁华，还是现在繁华。”拉美女孩说。

“不是这种表述！我想让她离开这地方，她还年轻，年轻人该去大城市，可她不肯，说这里好。”老板说，“她去圣地亚哥读了大学，却不想留那儿，可留在蓬塔阿雷纳斯太耽误人了。先生，你来评评理。”

“每个人都喜欢不同的吧，她的个人选择我也没法说，只是世界上多数年轻人总喜欢去大城市的吧。”其实这问题也困扰着臣享，这个极端地区怎么还会有不少人住呢？

“你说得正是！”老头直率而爽朗，终于放松下来，“其实，我曾曾祖父就在这里。以前这座城的意思是‘沙尖’，转过这个弯角，就能从大西洋进入太平洋，像南非的开普敦、亚洲的马六甲一样，是世界航运必经航线，所有船都要走我们港口，所以也曾繁荣过。只是在巴拿马运河开通后，这里没落了。”

臣享回想起在巴拿马上空见到的繁忙的航运。其实港口枢纽会塑造一个繁荣的城市，纽约、新加坡、上海、广州、迪拜，都是这么起来的。而失去了港口地位的城市很快会没落，尤其是这么一个“世界尽头”的城市。

女孩却不服：“但蓬塔阿雷纳斯的经济又恢复了啊，发展比其他城市更快，有游客，有畜牧业，还有石油。我在这里就工作得很好，而且我也喜欢这里简单的生活。”

老头继续胡搅蛮缠，对臣享说：“你别听她的。她才来多久啊。而我，我年轻时就是个船员，见证过这一切。”

臣享看着老头沧桑如刀刻的脸，有无比强壮的身子，还有那股子可爱的倔劲，原来如此啊，这老头还真是具有水手的气质。他看看外面的大风，问道：“这一带海域很难开吧。”

“可难开啦，麦哲伦海峡狂风暴雨的，没有勇气的男人可不敢。”老头兴奋地找到了话题，他撸起袖子，露出强壮的胳膊和文身，“你在市中心里看到过麦哲伦的铜像吧，当年他有多么勇敢，才找到这里的，他可是我们城市的航海灵魂！”老头一口抽起了雪茄，刚毅的脸庞会让人想起海明威。

女孩说：“时代不同了，虽然航运贸易变少，但现在一样有新类型的航海啊。你看，有很多游客要从这里去南极。这可是智利独有的荣耀。”

“这里能去南极？”臣享问，“不是阿根廷的乌斯怀亚吗？”想起王家卫的《春光乍泄》里的那座灯塔，乌斯怀亚码头停泊着去南极的轮船。

这回，老头和女孩都笑了——乌斯怀亚没有，蓬塔阿雷纳斯才是去往南极的出发点。

女孩笑着说："你来得不是时候，现在没人去南极，但夏天12月底会有很多背包客在这里住一个月，等轮船公司'最后一分钟'甩卖的尾单票。"女孩用胳膊戳了戳老头，说："这里经营航船生意的公司很多，但关键你要买到好船长的票才行！毕竟这里常年七级大风，浪高十米。"

"可不是吗，"老头很开心，好像两人终于找到了默契点，"船还要避过群岛的暗礁，顶住西风带的暴风，迎击海洋咆哮的大涌，忍住寒冷的天气，绕开巨型的冰山，才能到达南极大陆，不过我开过很多次。其实，到了夏天，我就是斐迪南号航船的船长。"

这时，一个五十岁左右的智利男人出现在酒吧门口，全酒吧的男人都欢腾起来，像迎接一个公认的英雄，老头也跟着举杯呼喊起来。

臣享问："这是谁啊？"

老头头一次认真地说："资深领航员，他可是一个传奇人物，救过很多船只。"

"当航船进入某些海域或水道，需要领航员登船指引或以小艇指引。领航员十分宝贵，不亚于飞机试飞员，需要培训十多年。他们要掌握潮汐、气象、航道、水流、码头资料和航道变迁，还要有优秀的沟通能力和稳定的心理素质，更别提是在这么危险的海域。"

"好了，你们俩聊吧，"老头力气很大地捏了捏臣享的肩膀，在他耳边轻声道，"我看得出来，她很喜欢你。"说完就端着啤酒，兴高采烈跑过去和老领航员一起喝。

臣享忽然萌生了一个想法，这正是他苦思冥想所寻找的答案。

从他在北部铜矿见到的航运港口，到中部谷地的葡萄酒运输，再到圣地亚哥的海鲜市场，从瓦尔帕拉伊索的海军司令部，又到大湖区开始坐船，经过伊瓦涅斯将军的艾森大区的军港，穿越巴塔哥尼亚群岛和麦哲伦海峡，临近南极的火地岛和德雷克海峡，4300公里全是海岸线，窄条形的智利离不开海洋！

就算智利是矿业大国，但智利本质上是一个海洋国家！即便如今航道改变，但智利本国的贸易航运、环亚太经济依然仰赖这些港口。因此，他所想打动智利客户的调研报告里，一定不能忘记海洋！

只是海洋是一个专业的通信领域，并非华兴和 FRAN 的业务范畴，他也不熟悉。但这一次，他必须走到业务边界之外去找到答案。

“不好意思，失陪了！”他甩下了姑娘，直奔老头和引航员那边，了解场景和需求。

热辣的拉美女孩孤零零的，她因落单而感到不被尊重，只能解释为这个亚裔对女人不感兴趣。

那一头，臣享很快与船员们熟络起来，波涛中长大的水手们不禁向这个中国外行吹嘘起来：

“麦哲伦海峡蜿蜒曲折，长 560 千米，最窄处仅有 3.3 千米，最浅才 20 米，但这是天然航道，巴拿马那玩意儿只是人工的！麦哲伦可是走我们这边的，大风、激浪，船员没来过这里历练，都不能说有环球航行的经验。

“我可要告诉你，你们中国海军是有眼光的，水平也是好样的。上次你们军舰全球航行时，就特意走过我们这条航道，因为在真正的战争中，巴拿马运河是不会正常开放的。这条航线才是唯一的航路。”

臣享笑了笑，头一回感到了在海外被众人恭维的快乐。他高举酒杯：“各位，今天的酒和食物我来买单，不过你们得给我讲讲航海和领航。”

酒吧里炸开了锅，大家都热烈地拥了过来，眉开眼笑地给他提供着内行人的信息。另一个船长说：“说起来，在智利周围航海是非常危险的，毕竟陡壁耸立，海岬和岛屿密布，风大多雾，潮高流急，还有冰山暗礁，没有专业领航员非常危险！”船长一边说，一边就把那位引航员介绍给了他。

臣享问领航员：“那我坐船来蓬塔阿雷纳斯时，难道也是有领航员的？”

“当然，”领航员对臣享说，“你坐的船的航线是群岛间航行，岛屿虽多，但内水领航员熟悉礁石和水流，只要船服从领航员指挥，就是安全的。可要没领航员，你只能走群岛外侧，那里是南太平洋，南太平洋经常会有巨涌。巨涌会有上百米高，其能量是连 5 万吨巨轮都能打翻的。我们船员有句话，‘不怕浪就怕涌’。”

臣享不禁后怕：“那每一艘船都需要领航员吗？领航员资源够多吗？”

领航员说：“有些区域是强制的，但其实领航员人数是跟不上经济发展的。而且现在很多船运公司，也不愿意领航，因为领航员得申请，更得花钱！总有人以为自己很专业，又心存侥幸，还想省钱。另外，智利一个重要支柱产业就是捕鱼业，但你知道吗，捕鱼业是世界上风险最高的行业，这些商业捕鱼船不大，却总是出现在危险海域。万一遇到季节性的风浪，甚至因全球气候变化遇到不可预测的天气，渔船来不及回港时……”

臣享连忙问道：“万一真遇到怎么办？这个矛盾怎么解决？”

领航员说：“搜救！”

臣享赶忙掏出小抄本，要记下海洋和沙漠戈壁的区别。

领航员说：“海洋救援还是很困难。现在海事有三颗 Inmarsat 的海事卫星，也要求所有航船都要配备 GMDSS 系统（全球海上遇险和安全系统），但很多小的船运公司还是不会配备齐全，安装率也只有 20%，可出事的恰恰就是这些小公司。”

老头拿起皮斯科（Pisco）酒，说：“你看过 19 世纪 60 年代凡尔纳写的《格兰特船长的儿女》吗？讲的就是一个船长在我们智利这一带海域的狂暴气候下翻船后，被搜救的故事。可如果没有这些海事卫星，救援行动就跟 19 世纪没区别。”

一个概念渐渐浮现在臣享的脑海中——“没有卫星设备下的海事搜救！”这与海洋经济休戚相关，绝对是不输于诺阿地震方案的最佳场景案例。

臣享挖到了很多海事信息，但再复杂下去，他提出的创新建议，引航员和船长也听不懂，了解最好的办法，就是登上船去看看。可是时间很晚了，船员们酒喝多了，也各自散去，再也无法深聊了。

“我明天能上一艘船吗？”他又回过头去问那个拉美姑娘，女孩却还在生他的气：“不好意思，这是冬季，没游客出航，大家都歇业！”

11

回到旅馆，肖华已经睡了。臣享到大堂拿了杯橙汁解酒，木屋公共区域有火炉，他暖了暖手，静悄悄地坐在窗前的写字台边。

海事救援，可否让缺乏 GMDSS 的船只，保持与地面的基站通信呢？

他翻阅遍了华兴的所有资料，有一些是相关的，比如岸基基站加大发射功率和小区扩展，做广域覆盖，但这不能灵活地覆盖大片海面，也没有一点创新，根本不可能吸引客户的。海事难道没有可用的方案吗？时间一分一秒过去了，他甚至害怕看到天色由暗变亮。

早上七点，他报告的基本框架搭好了，就差最重要的海事建议书。他伏在窗前，好在天还是黑的，南半球的星空似乎更漂亮些，忽然一片极光微弱地闪现在天空，幽兰碧绿，悬浮灵动。这一定是神在显灵吧……

他在书桌上睡着了，再等他醒来，已是中午，肖华已经离开去百内了，但帮他在身上披了条毯子，身边是他的早饭，还有一张字条：“臣总，您辛苦了。”

他穿上衣服，决定去市中心转转，换换脑子，今晚将是他最后一个通宵。

市中心广场的风更大了，穿着冲锋衣都觉得冷。他没有太多的收获，正准备回家时，在广场上看到了一尊铜像，正是麦哲伦的铜像！大风都能把建筑物的影子吹斜，而“麦哲伦”却正面迎风，坚不可摧。

站在世界的拐角处，瞻仰着 500 年前同样在这里的航海家，臣享从未想过自己有一天会来到大陆最南端，与麦哲伦一样要去寻找那条通往新世界的“航道”。他带着崇敬之情走上前，想仔细看看铜像上伟人的真容英姿。

铜像的底部是石基，石基旁刻着字，那是麦哲伦环球航行中幸存的十八位水手之一的安东尼奥·皮加费塔在航海笔记上，记录下的麦哲伦在海峡边说的那句话——“我已经试了一百多次了，但前面的航向也许就是我要找的正确航道。”

臣享被深深地震撼了，能被塑为铜像供后世瞻仰，并可以称为伟人的人，并不是拥有多少知识的人，而是无论遇到多少次巨大挫折，永远都不投降的人。麦哲伦一路到这里时，已经损失了50%的船只和补给，并且已经在这里耽误了十五个月，一切事先由皇家航海学院计算的精密计划全都被打乱了，可麦哲伦从没有一秒钟想过要掉头开回欧洲。

如果不是伟人的领导力，也许人类的进程至少要推迟几百年吧。臣享自愧不如，再完美的计划也敌不过大自然的澎湃力量，但大自然的力量征服不了人的意志。世界上无法预料的事太多，但正是这些无法预料的事情，才让坚定的意志更显得光彩夺目、意义非凡。

他决定无论如何也要与这尊铜像合个影，然后回去就玩命改材料。就在他要找路人帮忙拍照时，一群穿着鲜红色衣服的中国人走了过来——他们竟然是中国南极科考队的科考人员！他怎么也想不到，在这个世界的尽头竟能见到中国人。

是“雪龙号”破冰船，它停在岸边。哪怕是冬季，“雪龙号”依然工作。

他乡遇故知，在蓬塔阿雷纳斯，他遇到了一群同样奋斗在海外的中国人，他兴奋得跳了起来，这群中国科学家和航海家是真正懂船只、懂海事，也懂这一片海域的新时代探险家。他们一定能帮自己完善海洋救援方案——感谢你们，南极的众神显灵了！

这一路上，从阿里卡沙漠议长在南十字星下感谢中国的SOS方案，到矿井总经理对中国矿区Femtocell方案的好奇，在安第斯雪山边与肖华关于改变中国的聊天，再到用聂鲁达破解中智之间的文化隔阂，以及奥索尔诺火山边的长城汽车，最后是船长们对中国海军能力的赞美，他真的感到，自己是真挺喜欢中国了，也为中国倍感骄傲。

一整个下午，他都与“雪龙号”的专家们讨论着方案。在附近的一个小餐馆里，专家们告诉他这一带的风险：“西风带真的很强，狂风暴雪，还有十几米高的浪，我们船上的仪器都得绑着。”

探讨后，臣享发现了两套海事救援方案，“雪龙号”也做了基础模拟。

第一套方案能用于救援，很多船并没有 Inmarsat 海事终端，万一出事，无法定位事故地点，但船员和乘客都带手机。所以，臣享的方案中，由三艘搜救船形成编队，救援船安装传统基站，用卫星做回传网络，搜救船就能以传统基站的“三角定位”，搜索海上待救船员的手机信号，确定事故位置。这样，三艘船拉开的搜索网可覆盖 5000 平方千米的海域，大幅提升获救率。

第二套方案是救援时为了统一调度，需要“集群通信”，但由于支持 Inmarsat 海事卫星的终端太少，以 Inmarsat 网络做的集群不便于联合调度。臣享用 2G/3G 网络做集群通信，取代 Inmarsat 的集群。只要在船上安装一套含有卫星调制器、BGAN 卫星宽带器和小微基站的系统，无论多远都能与陆上的普通手机通信，联合救援。

“智利也是南极科考的起跳板，这是国际荣誉，你的客户会很看重这个方案。”一个科考队员说。他欣喜若狂地感谢完中国科学家，在补漏海事的位置起草了一个标题:《让信号跨过海洋》。

三个小时后，肖华回来了，他也不辱使命，带来了洞察和方案：原来百内的遮挡物很少，一马平川，照理说信号很容易覆盖，但瓶颈在于区内没有电力接入。

这一带是野外，供电局不愿专门布设电线——一架高压铁塔的输电线会破坏景区风光，而电线杆则容易被风吹倒，开沟埋线又太贵。Clara 智利就只能用柴油机发电，但柴油机需要一周一次进山维护，百内环境复杂，一周一次难度太高。

然而肖华勘测过了，百内虽冬天阳光不足，太阳能板不能有效供电，但风大啊，百内的狂风正是能量之源。他测算过“风力主发电 + 一组电池模块”，三合一模块，这样只要半年维护一次就可以了！

两个人默默地又写了一整个晚上，咖啡、泡面与香烟，缭绕在这个小小的房间里。当客厅里那群游客还在吹嘘着自己的旅行见闻，在 Facebook 上用照片收集各种点赞时，他俩却在最美的风光下，写了一份翔实的调研报告。报告包含了狂风、火山、沙漠、矿区、海洋、群岛、极地、雪山、高原，几乎每一个应用场景都被缜密地设计了进去。这一次旅途才真正不虚此行。

第二天一早，两人吃完了火腿煎蛋，没打个盹，就赶去机场，返回智利首都。

白峰一早到了办公室，看着这份还略显粗糙的报告，不禁惊呼起来——没想到，已经在智利精耕细作多年的诺阿，居然还有这么多漏洞没考虑到！

对白峰来说，这也是扬眉吐气的机会，Clara 智利终于有了绝佳的突破机会。

12

白峰在正式与智利 CTO 会面前，要提前问下无线总监的意见。

“这是谁做的，是臣先生吗？全是我想要的东西！”作为无线网建部的老大，白峰惊叹极了，他的责任就是要在智利各种复杂场景下实现网络覆盖，“我真有很多问题都想问呢！”

总监这关过了，有戏，白峰进一步道：“我跟 CTO 约了明天谈谈，您一起参加。”

次日上午十一点，臣享和白峰来到郊区湖边，那正是智利 Clara 大厦。此时离 8 月 14 日只有十一天了。臣享进门前给 Jacob 打电话，可 Jacob 没有接。

“我老板稍微晚点到，我们先聊吧，”总监先到了，“臣先生，您的材料我读过了，我有些问题想问您。”

臣享点点头，开始介绍起来。他口才很好，讲得也很生动，示例充分而生动，总监非常满意。“沙漠 SOS”“铜矿井下的微型基站”“百内的风力供电”，尤其那富有创意的“海事舰载基站三角定位”，智利的方方面面都被考虑到了，真是用功。总监觉得这些方案在不影响诺阿的大网络稳定下，局部用于海洋、沙漠等特殊场景，是起到互补作用的。他完全同意。

“很好！”总监很满意，他抬了抬手表，可十二点十五分了，CTO 还没下来。

白峰说：“走，先去旁边餐厅吃饭吧。”

过了一会儿，CTO 匆匆赶来。

“北部沙漠缺乏覆盖，可采用‘增强的SOS电话’‘高功率模块和合路器’‘做扩展小区’，最大120公里的覆盖范围，解决当地市政压力。

“救援定位上，采用‘无人机+太阳能电池板+悬挂小基站’。

“铜矿区可以采用FemtoCell，确保井下矿区无线安保与救援。

“4000米以上的雪山景区，因为寒冷和高海拔，电子系统可能出现不稳定，而华兴产品经过低温测试考验。

“大湖区的活火山……艾森区的岛屿……巴塔哥尼亚地区里百内公园的大风……麦哲伦地区的海洋，航道领航与紧急救援……”

但CTO绷着脸，与上次不一样，显得深不可测。臣享讲到尾声时，CTO食指敲了下桌子，发问道：“FemtoCell，诺阿投资过的一家创新公司，也来找过我，但我觉得这方案不可靠。”

臣享一愣，答道：“但在矿井下通信，中国已经有了应用案例。”

“可井下还要单独布一根网线做回传吗？”

“不，用电线传输，有电就有信号了。”臣享的方案早已考虑进去了。

“但我还是觉得不可靠。”CTO却再次驳斥。

CTO指的应该是扇区信号切换。FemtoCell在地面上与宏基站的小区切换确实不稳定，但井下很特殊，石头可以隔绝干扰，这不是问题，可CTO表情倔强，臣享没有杠下去。

CTO又说：“至于雪山，你们的产品真能扛住冰雪和高原条件吗？”

“可以，当然可以！”臣享打开材料，“去年冬天，在人类最大迁徙——中国春运时，全境内遇到史无前例的寒流，连最南的广州火车站都因特大暴雪而使旅客滞留。大量基站、天线和铁塔都严重结冰，但华兴的系统依然能在超级密集的客流下，保持网络稳定。”

照片显示，一个冰封的基站下，无数滞留火车站的乘客在打电话，信号依然存在，臣享看图说话：“即使华兴在最东北的漠河，也没出过断网故障。”

“恐怕中国东北，纬度不高，所以不够冷吧。”CTO笑了笑。

中国漠河有零下30摄氏度，CTO却听不进去。但这一次，臣享不想再向CTO示弱了，他拿出iPad，铿锵有力地说道：“那您看一看挪威，华兴在挪威的北极地区都有信号基站，您看这是最北部城市特洛姆索冬天下的基站，零下 30 多摄氏度，华兴工作正常。”

“但单纯的寒冷不能证明系统稳定性，我们这里是高山的极寒，基站要建在安第斯海拔 4000～5000 米的雪山上。电子系统的电泳会不稳定。”CTO 继续反驳。

臣享毫不犹豫地说：“我想跟您再说一下。我公司为中国移动在喜马拉雅山海拔 6400 米的地方也建了基站，便于登山运动员的安全和联络。这是世界上海拔最高最寒冷的基站，华兴的产品经受住了考验！”

那是华兴在珠峰大本营之上建设的更高的一座基站，当年是将一根一根铁塔部件背上山的，高原反应让大家都不敢走快。而在更早以前，在西藏墨脱，华兴项目经理带了 200 名民工，背着拆开的部件四天四夜翻过四座 5000 米雪山，风餐露宿才完成了偏远覆盖，全都是野外生存，再走回来，就是八天八夜，令人十分感动。

这证据无可争辩，CTO 摸了摸胡子，又改了个话题：“几个华兴的基站插在诺阿的无线基站群里，会产生‘插花组网’对原网络的同频干扰。”

总监倒主动解释起来：“这些场景都很偏远，算是‘孤岛覆盖’，尤其海事救援，跟诺阿完全没有交界面，不算‘插花’。”

“万一有呢？！”CTO 恼羞成怒了。总监一愣，不敢说了。

CTO 恢复了儒雅，点评着风电和沙漠场景：“巴塔哥尼亚风大，但糟糕的气候下微波回传会不稳定。至于沙漠覆盖广，万一产生‘呼吸效应’，一个基站覆盖半径忽大忽小，如果我们用此搜救，一出问题，政府责任反而成了我们的责任了。”

CTO 一个劲地找理由，总监也冷静下来，猜想着 CTO 为什么昨天还很感兴趣，今天就心性大变了。

CTO 客气地说：“臣先生也辛苦了，工作很细致，不过如果一定要找没有干扰场景的话，我觉得要真正偏远的地方。”

“您说哪里？”白峰迫不及待地问。“复活节岛——那是地球最偏远角落的一个小孤岛，它是智利的离岛，离智利大陆 3500 千米，但有不少游客。”

白峰听了，也不敢再说什么。

臣享却感觉不对，复活节岛怕只是个幌子。可明知是调虎离山之计，CTO都开口了，不亲自去，恐怕会得罪他，就不再上报。

“你真的准备去？”白峰悄悄问。

臣享没回答，只有十一天了，接下去该怎么办呢？

chapter 10
哥伦比亚之解

1

就在臣享环智利考察的一周里，Jacob 正在哥伦比亚——他也要拿商用案例。

他分了两拨人，一拨人，以余婕的商业咨询部詹姆斯为主，留在波哥大与 Comcell 无线网络部沟通“偏远覆盖”的投资回报和商业计划书；另一拨人，由 Jacob 带队去了亚马孙的莱蒂西亚，重启当地与诺阿基站的比拼测试——客户同意再测一轮。

在没有华兴哥伦比亚工程团队的支持下，工程线转产品线的费尔南多亲自上阵，上一次工程线不认真，输给了诺阿，这一次费尔南多一定要赢回来。

但第一个难题，就是要找到输的原因，但之前留下的文档不够。

到达的那个晚上，鹿明带着费尔南多在半夜潜入测试现场，测试卫星做传输时 3G 基站的数据速率。基站周围是水泥墙、铁栅栏，还有条大狗看门，两人偷偷取回一些数据，和老杜、杨力、吕风一起在酒店房间里研究，可直到后半夜，病症千头万绪，大家仍不好诊断。

如果不能找到病因，参数优化就没有了方向，药方就会开得南辕北辙。

“你出来！”Jacob 把马里西奥从这些人里拽到自己房间。

“明天就开测了，你到底在干吗？”Jacob早看出来，马里西奥出工不出力。

马里西奥不回答，这几天他俩有些隔阂。自海地被延迟到8月14日以后，他觉得主攻方向应在墨西哥，但Jacob把事业部的三员大将全调离了墨西哥，坚持先做海地和各子网。马里西奥数次找Jacob谈心，但Jacob固执己见，这一次，还把马里西奥也带到莱蒂西亚。

“劳乌好容易同意重测卫星基站了，你得去帮帮鹿明他们。”Jacob再一次命令。

“可劳乌说的有用吗？他只是Comcell的无线网络工程总监，Comcell CTO不见你，CEO也躲你。你怎么还在这里浪费时间？”憋久了的马里西奥终于一吐为快，“只剩这么点时间了，你怎么还被这些细枝末节缠着。”

Jacob把房门关上，免得鹿明他们听见。

马里西奥不肯帮忙出力，是因为觉得只有这里彻底让Jacob绝望了，固执的领导才能放手回墨西哥。

“那你让我先回去。”马里西奥说。

“你也不能走！”Jacob回答。

马里西奥一言不发地坐在地上，Jacob也知道马里西奥的心思，但他还不能说真心话。

自美国一役后，Jacob的一举一动早就在帕特里克和丹尼尔的严密监视中，处处警戒，想靠自己拿到Reference的可能性很低。眼下，其他的子网拓展也已经被周玉龙这个大嘴巴传出去了，Jacob估算能产出Reference的子网，恐怕只有臣享加持的智利和隐秘未被FRAN发现的危地马拉。自己反正是必死之身，不如作为大靶子，留在哥伦比亚死磕以掩护这两处，继续佯攻以吸引帕特里克和丹尼尔。一来，Jacob在哥伦比亚有八人的高水平产品团队，摆开的阵仗很大，像极了决战，足以演一出真实感很强的“声东击西”；二来，哥伦比亚Comcell是卡蒂纳斯的地盘，是一个特别有变数的局，“障眼法”足以迷惑帕特里克，丹尼尔不便直接干预；三来，哥国没有FRAN的直接势力，帕特里克反而加倍重视。这样的空城计，帕特里克一定会中。

为了臣享和安哲，Jacob得把戏演下去，可这些暗话是不能明言的，且不说走漏风声，这一定会让眼下八人拓展团队感觉是来演戏的，而分崩离析。鹿明必失斗志，而老杜也会撤走安第斯地区部的资源。这空城计就唱不下去，智利和危地马拉也要暴露在外了。

几日前，Comcell CEO 冈萨雷斯因墨西哥董事和 FRAN 古斯塔夫传来的压力，开始对华兴玩消失，其 CTO 也让无线总监做挡门板，那 Jacob 就将计就计，留在哥伦比亚加速拓展。可这些话他不能告诉马里西奥，说了马里西奥也并不认同。

Jacob 看着这个倔强的墨西哥老愤青，他妥协了："马里西奥，你如果先帮大家做赢了实验局。我就答应让你回去，而且 4G 技术标也由你来主导，我都听你的。"

马里西奥深吸了一口气，这建议聊胜于无吧。他走回鹿明的房间，毕竟是留美多年的工程博士，更懂行业的本地化。他功力不一般："你们想得太复杂了，也许就是'测试用例'不合理，你们不熟悉美洲电信'测试用例'在拉美的场景逻辑。"

"测试用例"就是在实验局中让基站要 RUN 的测试项，这就像测评新数码手机的优劣，有时是实景体验，有的则要"软件跑分"。但如果"测试用例"不公平，那结论也就不公平。

"你看看，这几项测试，不就像让梅西去打 NBA 吗？"

这下大家茅塞顿开。老杜也找到了方向，通知总部修改模拟现场的输入参数。

在应对重大项目的比拼测试时，华兴总部会有一个专家支持组，凭借老杜地区部无线部部长的人脉，上海研发中心的大型实验室里，模拟了与哥伦比亚现场一样的诺阿和华兴两套设备。上海的测试团队，重新设定后，跑着"蒙特卡罗"测试，寻找最优化的数值方案。

只是直到第二天测试前，一线大队人马赶去了测试地点时，上海还没有给出最优值。

客户不断催促着。谁都熬不住客户："上吧，那这套就行了。"

"再等等！"老杜按捺得住，他深知测试中如果仅有一点点小优势并不够，更容易被理解为"偶然现象"，不足以慑服客户，只有把优势拉到最大，才有翻盘的机会。终于，在十五分钟后，总部给出了最优测试参数。

“费尔南多，Show Time!”众人一齐鼓励道。

“Watch me.”哥伦比亚人说道。

比拼测试启动。费尔南多在机器上调试配置着各种数据，性能都比上一次好很多。只是，他不知道诺阿是否也调整过参数，上海研发中心的模拟也不能 1:1 完全复制哥伦比亚的现场测试，更没法模拟哥伦比亚现场的卫星链路环境。

比拼测试长达五天，各种场景环境下，取多种结果的均值、峰值、中位值、回归预测和极限压力测试。大家咬紧牙关，目标不仅是要赢，还要远超诺阿。华兴与诺阿谁都不知对方参数，就像一场大师间的盲棋博弈。老杜也捏了一把汗，毕竟上海的测试专家组只是仓促地运算了一次，根本来不及校验，还得看费尔南多对网络的临场反应和手艺。他也要不断根据费尔南多的反馈，再与上海团队同步模拟，预测对手的动向，再调整自己的对策。

Jacob 忽然对老杜说：“既然我们都做到这个份上了，我相信你一定会带领大家成功。杜总，您在这里最有经验，这里全权交给你了。”

“什么，你回去准备干吗？”老杜惊讶地问。

“我得先回波哥大做铺垫，要是诺阿输了，诺阿在波哥大的人肯定等着给我们一拳头呢！一定会各种推诿扯皮。”Jacob 预判道。

Jacob 看着无线产品团队是如此不懈努力，他真不愿意让团队作为佯攻被自己牺牲掉，军功章上，哥伦比亚团队也要是主力。此时，他脑海中已想出一个弥天大计，虽然不能说百分百取胜，风险也很大，但是他决定要搏一搏。只是，这计策有一个前提：

“老杜，就靠你盯紧了，一定要大比分赢下实验局。”

2

Jacob 回了波哥大。风风火火地又与负责 Comcell 工程总监的劳乌沟通，在 Comcell 办公室的澄清会上，华兴上海研发中心、莱蒂西亚测试现场、驻莱蒂西亚的 Comcell 工程师，一起连线。在测试结果出来之前，劳乌已认同了华兴对“测试用例”的改变。

这一切都被那个叫雨果的看在眼里，他是华兴哥伦比亚 CTO 兼外籍产品副总，也曾是诺阿在哥国的副总、电信碎片化时期的某电信高管、政府特别顾问，以及哥国能源公司的独立董事。

雨果一直因华兴压制了他的潜能而不满，但他也深谙安第斯地区部内的潜规则。作为一个五十多岁的哥伦比亚男人，职业选择已经越来越窄，他也格外需要一份维持体面的工作。

“嘿，雨果！”Jacob 自从来波哥大，每天都会主动与他打招呼。

“嘿！”雨果也点点头。最初自己还有点冷漠，但渐渐也消除了隔膜，这几天他看出来，Jacob 与安第斯地区部的中方管理层好像不一样，一来就激活了整个产品团队，改变了氛围。

这一天中午，雨果从独立办公室出来，准备和同事吃午饭，撞见 Jacob，他第一次主动和 Jacob 打招呼：“嘿，Jacob。”

“嘿，雨果，”Jacob 看了看手表，“吃过饭了吗？”

“还没有。”

Jacob 看了看办公室的一角，发出邀约：“叫上同事，一起吧，我请客。”

“还是我来吧。”雨果答应了。他带着 Jacob 走到附近高档的餐饮区——65 号街的 G-Zone，坐进了一家哥伦比亚餐厅。

餐厅是在一个小型别墅内，建筑是砖木结构，墙壁是雪白的凹凸砖，地板用黑白棋格的瓷片装饰，屋顶瓦片抛得很光滑，大梁、地板、楼梯和斜顶用的都是木料。波哥大是山城，湿度高，易潮湿，然而这木头和石料保养得很好，耐住了岁月侵袭。雨果带着大家踏上门口的石阶，石阶边种满了漂亮的小花。一身洁白的侍者在门口迎接，等待吩咐。

“这家餐厅真华丽。”Jacob 赞叹起来。

“哦，那是当然的，您来了必须到最好的餐厅。”雨果也是这里的常客。

他早该宴请一下墨西哥来的领导，维系下官场网络，这也是安第斯地区部的官僚文化，他却拖到今天。但这也不怪雨果，如果他看不上，就连安第斯地区部的大领导，他都不情愿陪餐。也正因雨果太清高，才不被重用。可年纪大了，人就得圆融些，好在他对 Jacob 感觉还不错，今天就破天荒地选了这家名流会所，算给足了 Jacob 面子。

走上二楼，楼梯边的墙上挂着博特罗（Botero）的“胖版”名画《蒙娜丽莎》和马尔克斯的黑白肖像照。风度潇洒、身材高大的雨果脱下精致的西装，把真丝领带塞在白衬衫的第三和第四颗纽扣之间，并稍微松了松袖钉，气质与这高雅的环境很搭调。他熟稔地点起菜，与会所经理聊天，姿态就像一个旧欧洲古堡里的主人与他的管家相处的样子。

他不讨厌Jacob，所以才带这个中国人来这地方，但他也动了私念——那是他从未放弃的自我优越感。

“今天换换口味，吃点最好的。”他陪坐在Jacob身边，很有修养地摆好餐巾，并招呼着侍者上好酒，“你昨天吃的是Wrap&Roll连锁卷饼店。”

“你怎么知道？”

“你不是每天都吃那种食物吗？”

“哦，也是啊。”

“你很喜欢吃卷饼吗？比墨西哥的Taco好吃？”雨果往嘴里塞了块鹅肝，他总想在不经意中掌握优势。

“不是，”Jacob笑了笑，同样优雅地放下了餐酒，“这老板很不容易，是个善人。我能做的不多，只是去吃饭而已。”他拿出了一张VVIP黑卡，“既然办了卡，只好天天吃了。”

雨果显得尴尬而意外，Wrap&Roll是哥伦比亚一家很特别的连锁餐饮店，工作岗位只提供给难以找工作的单亲妈妈。

“这老板人不错，我也知道他，也是哥伦比亚有名望的人，这是他的善心。哥伦比亚单亲妈妈很多，一些男人骗了她们，又抛弃了她们，但她们却不能堕胎。”雨果语气变得沉重，并为今天选了这家店而羞耻。

“天主教的规定？”Jacob问。

“嗯，所以她们必须一边带孩子，一边在城市里求生存，非常艰难。”雨果脸滚烫着，低头喝汤来掩饰。过了好一会儿，他才用纯白的餐布抹了抹嘴，抬头叹气，“单亲妈妈能再结婚的不多，但孩子总要有人抚养，”最后，他从万宝龙的皮夹里拿出一张Wrap&Roll的VIP黑卡，“我也会去吃。”

Jacob 点点头："我们要为她们做一些事情。总有一天，要改变这一切。不然，这些孩子就会流落街头，哥伦比亚的未来还得靠孩子啊。"

雨果忽然站了起来，拿起白葡萄酒，向 Jacob 这番话致敬。周围哥伦比亚的女同事，也点着头举杯，致以微笑。午餐的氛围变了，不再冠冕堂皇，隔膜打破了，对话也自然了许多。

餐后回 BVC 大厦的路上，天开始下起细雨，雨果脱离了众人，走到了 Jacob 身边。

"Jacob，我这几天一直在观察你。"

"嗯，我发现了。"

"是吗？"高大的雨果摇了摇头笑了，"我觉得你和这办公室的其他中方人员不一样。"

"哪里不一样？"

"你是个体面的人，注意穿着打扮，我很欣赏。有些中方不洗头，衬衫领带也不是每天换，见客户时嘴里还有味。"雨果暗讽对哥伦比亚分公司的不满。

Jacob 没有为中国人反驳。他去过一些国家，那里和哥伦比亚一样不富裕，但人一样特别有自尊心和礼仪教养。

"还有，我见你几次都在募捐箱里放上大面额的钱。"

"雨果先生，"在花旗银行门口，Jacob 忽然停下脚步，诚恳道，"我们中方员工不少也来自中国的农村，因为有机会读大学才走到城市。但中国发展太快了，30 多年走过了其他国家 300 年的历史。如果我们有做得不好的地方，我向您道歉。"

雨势渐大，前面几位哥伦比亚同事正呼喊他俩："你们不走吗？"

雨果摆了摆手，让他们先走，他似乎还有话要说。

"Jacob，你这次回来，也是有事要找我吧？"

"是的，很重要的事。"

"你也听说过我们分公司的现状吧。"

"我知道一些。"

"我已经把最后的职业生涯也依附在华兴了。但说真的，我和朋友在一起会尴尬。他们总问我为什么要去一家中国公司。"雨果虽有庞大的本地关系网，可他已不愿意再为了华兴麻烦自己的老熟人了，便把丑话说在前面，以便推托，“Jacob，我打听过你，知道你和安第斯地区部的人不一样，说吧，你有什么事找我？当然，前提是我能帮得上的话。”

Jacob 认真地看着雨果，也理解他，哥伦比亚的外企不多，华兴的本地员工很纠结，他们一方面很珍惜华兴的高薪和体面，另一方面又有着犹豫，觉得华兴是有缺陷的，找不到自己的价值。想走走不了，想留又不愿留。

“雨果，我这次从莱蒂西亚回来，不仅是卫星测试的事，我想把华兴哥伦比亚分公司变成一家真正有所作为的企业。我要在波哥大和麦德林成立华兴拉美片区的科技中心，第一批培养 600 人，输送科技人才，能让更多的年轻人得到机会，这样哥伦比亚也能拥有科技。如果你愿意，我想请你来兼任校长。”

雨果一愣，完全出乎预料：“为什么？”

Jacob 再次拿出了那张 Wrap&Roll 的 VVIP 卡：“我不仅要为单亲妈妈做一些什么，更要为孩子们做一些什么。我能做的最好的事情便是提供知识和就业，改变了他们，也就能改变未来。”

雨果看着那张 VVIP 卡，他之前以为 Jacob 只是说说而已。

Jacob 还记得在 93 号大街公园 Juan Valdez 咖啡店里，那个捡到他皮包的黑 T 恤的女孩，她从偏远地区来到波哥大上学，有着善良天真的个性。那时，她拒绝了他的回报，而他希望她们这一辈，能摆脱其上几代人的沉重历史，拥有新的未来。这对他来说，也许不只是一种祝福，他是能办得到的，哪怕只是改变一点点。

小雨打在雨果脸上——Jacob 的请求出乎他的意料。雨果是个有民族自尊的老派男人，到了他这年龄，在意的已不是金钱，而是使命传承和社会荣誉。

“Jacob，你是个好领导。我真心希望你能给这个办公室带来点不同的氛围。我也期待华兴能给这个苦难的国家带来改变。可你不是安第斯地区部的人，你做不了主。”

“但我是美洲电信事业部的总裁，它所在的任何国家，我都能插手！”Jacob 语气坚定，雨果被他身上的说服力打动，“但前提是，事业部必须突破哥伦比亚，我才能插手，这需要你的帮忙。”

“但你们不怕去偏远地方做卫星基站吗？那里有危险。”

“那我可求之不得。”

“好吧，我相信你。”偏远通信是哥伦比亚的统一性象征，这也是雨果当年想做而没能做的大事，现在，雨果准备向 Jacob 开放自己的社交圈，“我和 Comcell CTO 是老朋友，他有压力，不肯见你，但我一定想办法约他出来，哪怕用尽我的信誉为你作保！”

大雨中，Jacob 说：“雨果，我不会让你失望的，我答应你的事，我说到做到。”

3

两天后，正是周日。

沿着第 7 大道 68 街，一直能通到第 7 大道 0 街，由北向南，高尚街区渐渐变成中档，再到平民化，最后变成凌乱，甚至开始有了涂鸦。

0 街，意味着城市的起点，这里也正是哥伦比亚的国家中心——玻利瓦尔广场，广场中央是标志性的国父玻利瓦尔的雕像。当年在他的率领下，推翻了新格兰纳达总督区，解放厄瓜多尔、秘鲁、巴拿马、委内瑞拉、哥伦比亚、玻利维亚，建立了广袤的大哥伦比亚共和国，然而这个国家早已分裂成了几个国家。这位南美解放者的雕像基座下，也画满了毫无美感的涂鸦。

这座国家级的广场四周，分别是国会大楼、高等法院、总统府、大教堂。再外围是黄金博物馆、画家博特罗的个人博物馆。最外圈，是哥伦比亚著名的祖母绿销售一条街。

广场显得杂乱，流浪汉、青少年、家庭和游客混在一起，看似热闹，但总有不安全感。警察和军人正四处巡逻，军人们穿着荧光服，两人一组，有的牵着警犬，有的骑着高头大马，还有暗哨在执行任务。这些安保工作是必需的，因为多年前，反政府武装“M19 游击队”占领过高等法院和国会大楼。现在军警人人配枪上岗，身上的荧光服是特制的超强防弹衣——因为多年内战，哥伦比亚研发的防弹衣科技含量已是世界首屈一指的，成了外贸工业品，虽能出口创汇，但也让人觉得十分讽刺。

从这个广场往东面望去，正面对着一座绝对海拔3000米的山。这座山高200米，有缆车可以上去，是著名的教堂山，山顶上建了一座大教堂，能俯瞰到整个波哥大都市。

雨果约了Comcell的CTO迪亚士（Diaz），两人绕着山上的小径走了一走，一阵小雨下过后，山上还透着芬芳的香味。

迪亚士是个虔诚的基督徒，每周他都要来参与弥撒。今天雨果陪着迪亚士，一起爬爬山，听听神父讲经。神父带着大家唱完赞美诗，分发完圣餐，活动结束，正是中午时间。许多波哥大的家庭举家来玩，教堂山上的周末集市也更加热闹起来。

“找个安静的地方吃饭吧。”雨果和迪亚士找了个白色的山顶餐厅，那里有个花园，鸟语花香，风景一览无余。来礼拜的多是穷苦人，这家餐厅只有有钱人才能负担得起，故而清静。

“你还是喜欢来这里参与弥撒啊。”雨果说。

“从五岁，到现在五十岁，我习惯了。”迪亚士说。

“为什么你不移民美国？”雨果边吃边问，聊起两人的往事。

哥伦比亚人热衷于移民，在波哥大的美国大使馆前，总是排起长龙。

“二十年前的事，我现在老了，”迪亚士笑了笑，他的胡子和雨果一样已经变成了银灰色，“孩子们去就行了。我还是土生土长的哥伦比亚人。”他看了看窗外整个波哥大的城市俯景，脸上露出美好的表情，“多好啊，我在这里能看到整个波哥大，这种熟悉亲切的感觉，可比我从头去适应美国更自在。”

“是啊，好像几十年过去了，这里却什么都没变。”

“雨果，你找我不会只是叙旧吧，有什么事直说吧。”迪亚士低头喝了口汤。

“我加入华兴很久了，但一直没有以华兴的身份来麻烦过你。但今天……”

迪亚士打断他：“我明白，所以我才愿意破例在美洲电信4G投标前的这种敏感时间见你，但我也想坦率跟你说说现状。”

“不，你先别说，我给你介绍一个人，他是我真心愿意相信的人，希望你能够看在多年的交情上，一起聊一聊。”

迪亚士没说话，过了几秒钟，他用洁白的餐布擦了擦嘴后，点点头。

穿着一身运动服的 Jacob 过来了，迪亚士皱了皱眉，既然来约见，即使周末的着装也得有些诚意。

“你怎么穿成这样，要去打球吗？”雨果问。

“刚参加了教会活动，那是新型教会，电子乐队弹奏赞美诗，唱诗班像演唱会，讲课则像 TED，牧师也很随意。所以我也得这样穿。迪亚士先生，请您原谅，我没时间换衣服，直接来了。”Jacob 伸出了手。

迪亚士伸了手。他从尴尬不悦，到现在好奇起来。尽管他知道这个中国人在投其所好。

“我也听说过那种教会，我不太习惯。”迪亚士先刁难了一下。

“可我觉得很好啊！”

迪亚士没想到 Jacob 竟直截了当地反驳自己。

“那种新型教会也是为了吸引失去信仰的新一代年轻人。时代变了，世界复杂了，年轻人也不信了，可越是这样我们越要把内心坚持的东西，传给年青一代，哪怕要在形式上做一些变革。”Jacob 说。

迪亚士五十多岁了，他看着这位穿运动服的后生，散发着不亚于自己的社会责任感，有一丝被触动，仿佛看到了自己年轻时的影子：“你说得好，看来是我错了。你看来教堂山的人都只是来逛集市的，真正参与弥撒的只剩下年迈的老人、无知的幼童，还有更多的穷人、病人和苦难的人。真有坚定信仰的人变少了很多。”

“迪亚士先生，可您是例外，您生活条件很好，却愿意来这里与穷苦人一起参与弥撒。”

迪亚士笑了笑：“我没什么不同，只是习惯了。”

“不，您站在高位上，也更明白现实世界的法则和神父说的并不同，但您依然和大众一起祷告，因为您拥有更大的内心信念。”

迪亚士外表刚强，但内心却留着柔软。但他不想被 Jacob 戳中。他喝了口餐前酒：“好吧，说正事吧。劳乌给我看了你们在莱蒂西亚的测试，华兴比诺阿高很多。但这不能证明什么。”

雨果说："但莱蒂西亚的卫星测试，是有项目背景的——你们有64个偏远卫星基站，是靠这个测试结果来做的，之前诺阿不愿意交付，所以你拿华兴来要挟诺阿。"

迪亚士的想法被点穿了，他尴尬地道："但诺阿的人已经找过我了，他们已经愿意做。"

"华兴测试第一，价格也愿意免费。"雨果坚持着。

"那没用，这事情已经定了。"迪亚士说。

三人陷入一片沉默中。

过了许久，雨果叹道："诺阿做了那么久，拿走了这么多利润，却不愿意把这里当作自己的国土，拒绝去东南部地区，怕这怕那的，如果未来没有华兴，偏远覆盖你怎么做？"

迪亚士找不到理由回答。

雨果说："你知道的！信号不覆盖到偏远地区，哥伦比亚就会变得越来越弱。"

雨果和迪亚士这老一辈人，他们熟知这个国家的历史，祖国曾经很强大，然而因为地形复杂，中央难以控制，而分裂出四个国家。20世纪，哥伦比亚又陆陆续续丢掉了在如今哥斯达黎加的大量沿海领土、巴拿马的全境、加勒比海的部分岛屿，并且在他们上中学时与四邻厄瓜多尔、秘鲁、巴西、委内瑞拉接壤的地区也都陆续失去了。"大哥伦比亚"变成了小小的一块。

山脉、岛屿、大海、亚马孙森林，一个个城市如同一个个离岛和飞地，无法由中央管辖。当路网难及时，政令就难出，经济也难以贯通，于是，地区间愈加隔离。因此，唯有信息联通才是最简单的连接整个国家的方式，让人们有更多的交流、更多的共同意识。正是在卡蒂纳斯的带领下，Comcell从一个只覆盖波哥大的地方国有企业，做到了真正意义上的全境覆盖，因此Comcell才在哥伦比亚有了极佳的品牌威望。

雨果说："我们小时候，都渴望着改变这个国家的处境，如今也都到达了可以做些改变的地位，难道我们不该用这些权力，去改变一些什么吗？"

Jacob说："哥伦比亚在全拉美都有很高的教育水准，年轻人有知识和品格，但是缺乏实践的平台与机会。华兴愿在哥伦比亚建立拉美的科技培训中心。哥伦比亚未来一代人，不仅要有和平与安定，更要有科技和发展。”

迪亚士老了，时代变迁，总要交接班的，国家未来必须靠新一代年轻人。他在犹豫的边界徘徊，手里的餐布攥得紧紧的。迪亚士已把孩子送到美国留学，但内心依然希望孩子长大后能有一个哥伦比亚魂，而不是一个美国魂，而唯有祖国强大才能吸引年青一代。

雨果恳求着：“我的兄弟，趁我们还没有退休，做点什么吧！”

迪亚士放下餐巾：“Jacob，我当然知道。但有些事是很难的，我也做不了。”

雨果已经耗尽口舌，不得不一声仰天长叹。

“这 64 个基站是不可以的，”迪亚士话锋一转，“但最早的项目规划是 100 个基站——你们还有额外 36 个基站的机会！

“政府的工业通信部向我们提出请求，让我们进行一部分新增偏远地区的覆盖。我们觉得那是个很好的品牌宣传，但研究到最后，冈萨雷斯还是觉得其中一部分太危险，与政府磋商后，便从 100 个变为 64 个！”

雨果问：“危险？36 个基站都在政府军最新收复的地区？”

迪亚士说：“不是收复区，而是反复争夺的拉锯区。但政府想要宣示主权。”

Jacob 放下刀叉：“我们做！”

“等一下，你恐怕不知道这里的危险！”雨果以惊异的眼神看着 Jacob。

Jacob 不为所动，对迪亚士说：“我知道你担心什么——华兴可以做‘代维项目’。”代维，就是代理维护，在网络建成后，运营商可以把网络优化、维护的技术管理，都交给华兴，而运营商只专注于市场营销管理。对于这种偏远地区，这是运营商铺开网络、减小风险的最快办法。

“你们真敢做？”迪亚士并不相信。

“我并没有不自量力。华兴在非洲、亚洲很多西方厂商不做的地方做交付，也为很多危险战乱地区提供信号。迪亚士，华兴有这种传统，也有这种经验，我相信团队会受到政府保护，我们也会自雇私人保安。”

“好吧，我这里没问题，”迪亚士从没见过像他这么不肯放弃的人，但事情也没那么容易，“但是冈萨雷斯拒绝了政府，如果要 36 个基站重启，就需要他再次审批。”

“冈萨雷斯先生在哪儿？”Jacob 记得 CEO 的休假 E-mail，他正是要查出冈萨雷斯的下落。

迪亚士掏出一支万宝龙，在餐巾纸上写下信息：“这是我能做的，如果流程真到了我这里，我不会阻拦。”

与此同时，他又直接在账单上签字：“雨果，这顿饭，算我的。”

4

晴天，波哥大阳光灿烂，白云朵朵，映照在浅绿色的教堂山上。

新的一天开始了，冈萨雷斯起得很早，今天他不用上班，因为这是特别的日子——他要去见三年没见的儿子。

想到儿子，冈萨雷斯就恨铁不成钢。几年前，儿子成绩很差，差到他没脸在精英圈子里混。当时他还是 Comcell 的 COO，每天都要在政府、西方跨国公司、墨西哥总部、省分公司之间周旋。杂事多，压力大，他无暇照顾儿子。可卡蒂纳斯欣赏他，他也不能辜负，只能把时间花在工作上。

他性格稳重、不喜激进，只是卡蒂纳斯胆大心高，在哥伦比亚大肆收购，冈萨雷斯便也以超强执行力将 Comcell 整合成了第一个全国运营商，为此他必须周旋于各色权贵之间，不断应酬，平衡各方利益。特别是当大家听说卡洛斯家族的卡蒂纳斯信任他，就都通过他来疏通关系。他就养成了在飓风中走钢丝一样四平八稳的个性。因为他不能错，一错，Comcell 的扩张战略就会功亏一篑。

拉美是讲人情的，不过他有个原则，就是不收礼、不讲情。他知道，在电信这样一个既有民生意义，又有选票价值，还动辄牵扯上亿美金的行业里，这是没办法的。然而他必须有原则，有了原则，他才能不被利益部门左右，不影响他辛苦奋斗来的职位和名誉。

与雨果、迪亚士等富家子弟不同，冈萨雷斯出身中产平民，没有根基，能有今天全靠自己读书成绩好、做事刻苦、步步攀登。当卡蒂纳斯调回墨西哥，他坐上CEO宝座时，却没人替他遮风挡雨，他又恢复了保守的本性。这几天是4G前夜，风浪比当年“Comcell全国扩张”更大。诺阿、FRAN、华兴、政府、卡蒂纳斯、公司下属、墨西哥董事会，甚至美国的力量都在角力。他觉得兹事体大，哥伦比亚就别卷入决策链了。可树欲静而风不止，Jacob来哥伦比亚前后，很多人也都在找他。这么敏感的时候，得罪谁都麻烦。

所以，最好的方法就是离开——他圆滑地接见了华兴的Jacob、诺阿拉美高管巴伯罗（Pablo）、FRAN拉美副总古斯塔夫后，就休假去美国，说是去参加儿子的大学毕业典礼。

与学霸冈萨雷斯不同，他的儿子一直读书不认真，整日和一帮贫民窟的孩子混在一起，在街头上涂鸦，还在城市雕塑、公园、广场和车站乱画，还说这些是壁画和新潮流。数年前，儿子进不了波哥大的精英学校，之后一年情况愈演愈烈，大学考不进，却想成为艺术青年。冈萨雷斯顾不过来，唯一的方法就是把他送到美国读书，无论孩子多没出息，至少还有留美学习的身份。

去美国，儿子想学艺术，成为像哥伦比亚最著名的博特罗那种世界级艺术家，并觉得父亲有能力送他去最好的艺术学院。但冈萨雷斯不肯，偏送儿子去读电子工程和商科，以便继承父业。

为了这事，儿子闹了很久，甚至三年都不回哥伦比亚。可他也毫不让步，一直严格卡着在美国的生活费来限制儿子。于是，父子关系也恶劣到了极点，每年暑假，都是妻子赴美陪伴儿子一阵子。

今年，冈萨雷斯第一次去见儿子。他心里也很忐忑，自己老了，儿子也长大了吧，儿子又恨不恨自己呢？哎，也怪自己当年忙，对儿子亏欠太多，他请了两周的假，反正工作交代好了，也见了该见的人，4G敏感时刻，带来变化的事情他绝对不碰。

路上他听妻子说，胡闹的儿子变乖了，能顺利毕业。但是他心里更内疚了，因为他送孩子去的是富家子弟云集的私立大学，可孩子没钱，可想而知，叛逆的男孩生活会有多压抑。

他和太太从波哥大飞到了纽约。但机场里，孩子并没来迎接，他们在曼哈顿豪华酒店里的一间套房停留了一会儿，就租车向北开往麻省理工学院所在的波士顿，参加孩子的毕业典礼。

在校园门口，等待，等待。他已经三年没见孩子了，有点心慌意乱。终于，他见到了自己的血脉——儿子比自己还高半个脑袋，还留起了胡须。

“爸爸。”

“嗯，你好吗？”他不知如何面对，想要拥抱儿子的手变得僵硬。

家长们陪着孩子在学校里留影和交流。美国是非常重视毕业典礼的，家长都带着礼物和鲜花来祝福子女成长，但冈萨雷斯并不知这风俗，也因赶得急，竟空手而来，颇为尴尬。

儿子穿着学士服，捏着学士帽，转身一言不发地带路。这和周边其他家庭成员要么相拥而泣、要么欢快热闹的氛围迥然不同。

二十多岁，这本就是父子权威转移最微妙的年龄。

他们一起走进了大体育馆，冈萨雷斯和太太坐在侧边台下。儿子则与同学伴着音乐，一起走红地毯入场。学校请了一位美国前副总统和著名演员做演讲嘉宾，而让他吃惊的是，紧接着名人的竟然是他儿子，他作为优秀学生代表做演讲。他简直就成了一个校园明星，让其他父母羡慕起来，冈萨雷斯不住地鼓掌，他太太也捂嘴哭泣，充满骄傲与自豪。

这时，到了最高潮的仪式：校长将一一念出本届1500名毕业生的名字，并亲自颁发毕业证书，为毕业生拨流苏，这是学生们最高光的时刻。念名字虽然将花几个小时，但家长也都坐好，因为听到孩子被叫的那一刻，什么都值了。

冈萨雷斯注视着儿子，男孩正在排队候着，眼看就快排到了，却显得犹豫不决。忽然男孩离队冲了出去，院系老师看得目瞪口呆。

“拉斐尔·席尔瓦·冈萨雷斯·洛佩斯，拉斐尔·席尔瓦·冈萨雷斯·洛佩斯，拉斐尔·席尔瓦·冈萨雷斯·洛佩斯。”

校长连喊了三遍，没人应。馆内十分尴尬，只能以缺席跳过。冈萨雷斯不知道发生了什么，飞奔出去追孩子。

他追到外面，这时，馆外停了一辆加长版的豪华礼宾车，一个戴着白手套的司机正在等着。儿子看着这辆车，高兴坏了。司机拉开车门，对冈萨雷斯说："您的车到了。"

车头上还有一大团鲜花，背后有一块背景板，上面写着"拉斐尔·席尔瓦·冈萨雷斯·洛佩斯——纽约惠特尼"。男孩从冷漠变成激动，说："谢谢爸爸，出发吧。"

冈萨雷斯被突如其来的事件弄糊涂了，"纽约惠特尼"是什么？他大脑一片空白，但这是他多年来第一次听见儿子说出"谢谢"，太太也洋溢着感动，他来不及做任何反应，自然地点了点头。

"毕业晚会不去了吗？"他问。

"惠特尼比毕业晚会更重要。"拉斐尔说。

可还有什么比毕业晚会更重要的呢？但冈萨雷斯不想破坏气氛，更不敢问什么是"纽约惠特尼"。

他既有点高兴，又有点担忧。车开动前往纽约，用了三四个小时。当车到达纽约的豪华酒店时，冈萨雷斯奇怪：自己只是来纽约度假，但没说哪个酒店啊。唯一知道的，大概就是迪亚士了吧。迪亚士的女儿也在美国读书，这恐怕是特意为自己安排的。

到达酒店，房间也变了，从原来的套房升成了复式Loft，三面都是落地玻璃，可以俯瞰曼哈顿的中央公园，充满大都会风味。前台说，他们在网上订房时，获得了幸运宾客的资格。全家又变得无比高兴，妻子也对丈夫这一次出行的安排感到惊喜连连。

儿子略作歇息，就直接赶往了曼哈顿上东区的惠特尼艺术馆，而车上的"纽约惠特尼"，指的就是这个。它与古根海姆、大都会、现代艺术博物馆并称为纽约四大艺术馆。

原来，拉斐尔一直没有放弃创作，坚持把作品寄到"自费艺术馆"，然而乏人问津，毫无反响。他只能试试运气，向惠特尼艺术馆递交申请。惠特尼艺术馆会给予新锐艺术家多一些机会，藏品也是反主流、反学院的，甚至策展也有"逻辑混乱、缺乏主线"的恶名，其参展艺术家虽不成熟，但涵盖了多元和自由的创作风格。因此凡被其他三大博物馆拒绝的现代艺术，无论是抽象、符号还是前卫、激进等风格，反而能被惠特尼展出。

这是拉斐尔唯一的机会。而今，惠特尼艺术馆同意了，刚才的电话就是询问他是否愿意参加“惠特尼双年展”——这双年展以推动前卫艺术为宗旨，是美国艺术家进军世界舞台的演习场。“惠特尼展”已为美国培植了无数艺坛红星，一旦进入门槛，艺术家之梦就能成真。

那一天，正是美国的一个节日，中央公园里洋溢着喜庆的气氛。惠特尼艺术馆就在公园边上的麦迪逊大街上，不少纽约客也排队去看展。拉斐尔的作品在二层楼一个不起眼的角落，但他已有了两天的展出机会。年轻的画家站在远处，观察多少人会在自己的作品前停留、好奇和讨论。

冈萨雷斯只是站在更远处，看着自己最杰出的作品——拉斐尔。冈萨雷斯一瞬间明白了拉斐尔的心情，他把儿子当自己的作品，而拉斐尔也把作品当成自己的孩子。他很欣慰，拉斐尔真的长大了，不但证明了自己，还在父亲的苛责下，竟能在纽约这样的艺术都会崭露头角。一想起自己曾对拉斐尔的严苛，冈萨雷斯不禁流下了作为父亲自责的眼泪。

晚上，惠特尼展馆举办了一场庆典晚会，邀请了今年参展的新秀创作人，纽约的先锋艺术家、艺术媒体和评论家。

晚会安排在哈得孙河边上，这是惠特尼艺术馆未来要建新馆的地址，现在临时搭出了一片露天晚宴场地。

冈萨雷斯一家都被邀请参加。大艺术家霍普也来一起参加晚宴。拉斐尔大为欣喜，这是他最欣赏的画家。

晚宴开始了，冈萨雷斯一家人被安排坐在霍普的邻桌。活动很有意思，门口有所有新秀的作品册子，墙上也流动投影着各家的作品。

“这是你的作品吗？”

“嗯，是我的……霍普先生，我能跟您合影吗？”

“过来吧，年轻人。”

冈萨雷斯看着儿子与偶像合影，还亲密攀谈了二十分钟，像是交上了圈中朋友，他也十分高兴。即便他在哥伦比亚地位较高，可出了国，也就什么都办不到了，现在儿子真的能在美国立足了。

只是他心里依然纠结，走艺术之路的儿子会好吗？

晚会到了尾声，是抽奖环节。每一位来宾都有一个号码，号码都放在了箱子里，由嘉宾来抽取。每隔一段时间就有一次抽奖，大约到了夜晚 11 点 50 分时，霍普被邀请抽特等奖。

“今晚的下一位幸运者是，”霍普说，“拉斐尔·席尔瓦·冈萨雷斯·洛佩斯。”

儿子站了起来，拥抱了父亲，又亲了母亲。奖品是什么并不重要。

“爸爸，谢谢你体谅我，为我做的一切，”拉斐尔说，“我已经心满意足了，接下去我要好好工作了。”

“可你不是已经踏进了艺术的门槛吗？”

“不了，”孩子摇了摇头，“我知道自己天赋不足，只是不甘心罢了。”男孩越压制越叛逆，但现在他因登上舞台而得到满足，“即使艺术天才都未必能成功，何况我呢？”

“光是能到这里，我已比别人幸运多了。以后就当个人爱好吧。”今天让拉斐尔感到了艺术界的水深复杂，成就是极偶然的，只有天时地利的天选之人方可留名，但对多数人来说这就是梦，若把梦当作现实，那就是危险的。周围的人还在鼓掌，祝贺拉斐尔拿到幸运特等奖，男孩心想，好在自己还是幸运的，有这样一位爱他的父亲，不是吗？

孩子好像长大了，听话了，可冈萨雷斯反而怅然若失。

“爸爸，这真的是我毕生难忘的毕业晚会，我很幸运。”拉斐尔抱着父亲，“请原谅我过去的鲁莽。”

“不，过去是爸爸做错了。”冈萨雷斯今天第一次伸出了双手，抱着孩子。

太太也拥抱着这对父子，一家人不顾旁人地痛哭起来。拉斐尔擦干眼泪，走上台去领奖。

午夜零点，舞曲响起。拉美人是擅舞的民族，冈萨雷斯和他太太也跳了起来，妻子深深拥吻了丈夫：“我好久没见你这么帅了。”

正跳着，一个身影出现在身边，那是他熟悉的一个人——是这家伙！

他立即明白这两天的一切，心情也索然无味了。

5

三天前，迪亚士在那张纸上写下了自己女儿的大学，她与拉斐尔在同一所大学。

冈萨雷斯曾严词拒绝过Jacob，但Jacob又必须让不讲情面的冈萨雷斯接受他，该如何解局呢？也许，对于一个压力重重，又需要伪装和自我保护的中年人，恐怕心底最柔软的部分就是对家庭的责任感吧。

Jacob飞往了美国波士顿，可他在美国人生地不熟，美国分公司也撤了。现在唯一的资源就是梅森——曾一起经历了国会听证会风波的伙伴、K街说客。

“7月是美国大学毕业季，”梅森在机场接到了他，拎着行李往停车场走，“不过你想清楚了吗？亲子之情很微妙的。”

“尤其是男孩……”梅森见Jacob没回应，又补了一句，“男孩算是人类社会里最危险的动物。”

夏日的阳光刺眼，让人忆起年少时的炎炎暑假。梅森和Jacob都三十多岁了，却还记得青春期的雄性桀骜。这是双刃剑，一旦办不好，只会让中立的冈萨雷斯产生反感。

Jacob回想为什么自己那么孤傲，但他分明记得，那并不是孤傲，而是压抑。亲戚曾在中学时笑话过他，不理解他毕业后为何放弃北方体制内的大国企，不理解他为什么要辞职去折腾考研，不理解他为何又要休学去非洲打工。

外人太多的不理解，压得他喘不过气，其实他自己也不理解自己。他想要一片天地，他当然知道男人的责任，更知道男人的使命，然而身边都是比他厉害的前辈、比他更有话语权的长者、比他成熟且看不上同龄男生的女孩。最要强的男孩，更是最自卑的，即使做错也一意孤行。不仅是外人的眼光，有时连他自己都为自己羞愧。

但母亲从不干预。有一次他忍不住问妈妈，为什么她能永远包容，任他撒野胡闹。妈妈说了一句他终身难忘的话：“男人是一杯很晚才能被泡开的茶，急不得。”

在梅森的车前停了下来，Jacob说：“余总答应了。”

美国分公司尚未清算的部分账户余款会拨给梅森，而梅森以个人名义赞助了本届“惠特尼双年展”。多年来，惠特尼艺术馆的展出惊世骇俗，既获得如潮好评，又被贬为兴风作浪，激进而富有争议。因此拉斐尔的作品经梅森推荐，在馆里找个角落，展出短短三天，也不是没有希望的。

“拉斐尔会长大的，”Jacob 看着太阳，“就像我们一样，梅森。”

事件按策划走，一切还算顺利。就在冈萨雷斯抵达校园时，惠特尼艺术馆忽然告知梅森，拉斐尔审核通过了，但策展人只能给他两天的展出时间——与毕业典礼完全重合了！这可要错过时机了。

一切必须加快，为了让拉斐尔见证自己的高光时刻，今天就得出发！

梅森和 Jacob 联系一家专车公司，租下最豪华的加长礼宾车，直接送他们一家人去麦迪逊大道。为了不露马脚，要求抹去专车公司的 Logo，重新喷涂上新字——“纽约惠特尼”。

时间一分一秒地过去了，为了不错过时间，梅森甚至冒充起惠特尼的工作人员先行通知了拉斐尔。

但梅森也没确认拉斐尔是更看重大学毕业典礼，还是双年展。如果是前者，那一切策划都白费了；如果是后者，恐怕冈萨雷斯会恨透了华兴。

加长礼宾车正快速驶向校园，梅森和 Jacob 坐后面一辆车跟着。梅森问他：“我们还有最后一次机会，万一冈萨雷斯发现你在搞鬼，他会撕碎你的！”

剩下的时间不多了，Jacob 一直也不好决定，忽然大喊了一声：“停车！”

两辆车都停了下来。“梅森，你坐礼宾车先去。”

“你去哪儿？”

“我要买花。”

“买那些干吗？就算要去也来不及啊。”梅森推开车门大惑不解。

Jacob 没有理睬梅森，拉上车门，让副车的司机去兜圈子找花店。

“请问你们有兰花吗？”他奔着推开花店的门，

“没有，只有玫瑰！”店主老头说。

时间不够了，他找不到第二家。手机里传来消息，他看了一眼信息，抬头对店主说："卡特兰，我要卡特兰兰花。"

"不好意思，只有玫瑰之类的。"老头不耐烦地放下剪刀，重复起来。

"我要一千朵。"

"您说什么？"店主惊诧，这是大主顾。

"老板，如果你能在半小时内搞来，我就再加一千朵。请帮我扎好，粘在车盖前面。"

"不，我是说您要的花是什么？"

"卡特兰！"

"您真会选，先生！"老头立即到里屋打电话调货。

二十分钟后，花就送到了，扎成了花环，粘在车上。店主的心情很好，两千朵花，可不便宜："你的女友一定会开心坏的！"

"不是我女友。"

"不管她是不是，任何一个女人都无法拒绝它们。"

也许是吧，Jacob 看着漂亮的兰花，想起了交往七年的前女友佩妮，无比愧疚——最初交往时他连一朵花都没有买过，而自从到海外，两人聚少离多，每年回一次国也没送过，也许这就是他们分手的原因。没有女人不喜欢花，也没有女人喜欢不送花的男人。

Jacob 心里有些难受，自己大手笔送花并不是为了恋人，而是为了工作。

"走吧，最快速度去学校会合。"Jacob 对司机说。

"好的，先生，不过这究竟是什么花？"

"卡特兰，哥伦比亚的国花。"

车飞驰着开往学校，梅森急切地挥着手——冈萨雷斯一家人已经出来了。Jacob 飞奔着，把花装到加长礼宾车头上，时间预计不足十秒了，他已经顾不上动作的粗暴。

"您这样要小心，要把车剐花的。"礼宾车司机紧张地说。

"我会两倍赔偿的！"Jacob 低吼了一声，加速装完，然后躲到一边。

冈萨雷斯一家人走了出来，看到礼宾车前的卡特兰一脸惊讶。

哥伦比亚除了祖母绿、咖啡，最有名的就是鲜花。第二大城市麦德林，是全球鲜花的重要供应基地，有“花都”之名。那次在山顶教堂吃饭时，Jacob 听到迪亚士称冈萨雷斯为“巴伊沙”（Paisa），后来他才明白那是麦德林人的特称——冈萨雷斯不是土生土长的波哥大人，老家是麦德林，离乡背井多年了。

当冈萨雷斯看到卡特兰时，就想起了少年时的家乡。麦德林人很爱花，每年夏天都有规模巨大的鲜花节，还有引起轰动的大型花车巡游。拉斐尔也三年没回家了，在夏天时一看到车头布满卡特兰的花车，愤怒的男孩也发自心底地想起家乡了。

一家人像回到故乡，异国见到家门前的小花真是太美好了！父亲猜想儿子终于在艺术上得到了认可，而儿子猜想这是父亲终于理解了自己。当人在幸福的时候，宁可选择相信，而不会用怀疑去打破这一切。

Jacob 坐在不远处的汽车里，看着一家人惊喜温馨的场面。

家，家乡，家人。唉，可自从读大学起他就很少回家了。一时，他在车里望着出神。他想念家人和家乡，可母亲已经在天上了，家也回不去了。

“太好了，只要冈萨雷斯一家坐进车里。你的计划就成功了一半！”梅森从半掩的车窗向外看。

“回家吧……”

“啊？”梅森转过头，睁大眼睛，还以为听错了，“你说什么？”

“我说……”Jacob 喉结滚动了一下，“跟上前车吧。”

“你刚才好像说‘回家吧’？”梅森觉得不对。

“我是说，”Jacob 掩饰着，“拉斐尔，回家吧。”

后车开了起来，窗外景物飞逝，外国虽美，可比不上家。“你也快回家吧。”一个声音从 Jacob 心底传来。

也许有些事是天定的，自己的命运在研二去非洲的那年就定好了——他这一辈子的使命是要代表中国走向海外的。这和留在国内那一批做金融、房地产、投资和互联网赚快钱、吹泡沫的人不一样。那些人在国内光鲜亮丽，侃侃而谈，坐而论道，而他只能在孤立无援的海外，一步一个脚印，从最辛苦的事情积累起来。

当下中国，总有各色各样的“评论家”，随意点评着“中国海外地位”，却少有人像他这一批草根做起的华兴奋斗者、这批平凡的实践者，一点点改变着海外中国的形象。

梅森好像嗅到这位伙伴暗藏的一面，但也没再问下去，加速跟上了前车。

6

麦迪逊大道上的艺术馆里，拉斐尔的展出并没有赢得太多人的关注。

好在梅森沟通后，展馆答应把临时参展的拉斐尔增加到今晚的晚宴名单里。梅森不愧是人脉通达的说客，他又增加了一笔艺术赞助，专为鼓励一些新秀，尤其是那些热爱艺术，却天赋有限的人——他们也要得到荣誉，但又不伤及尊严。

于是，晚会增加一个抽幸运奖的环节。

Jacob焦急地等待着一个契机，但男人好强，父子谁都不点破。这两天，大把的钱都花下去了。7月31日了，Jacob只有十四天了，可智利的臣享还没结论，危地马拉的安哲也没了声音。原本Jacob的佯攻也只能全力一击。

晚上11点50分，在最后一刻，霍普抽中了奖，拉斐尔拥抱了父亲，父子摊开了、和解了。冈萨雷斯一家人很开心，但这就够了吗？他不知道。

他不知道该不该在人家最开心的一刻去打扰，打扰是不礼貌的，不打扰却又不行。但理智告诉他，Comcell CEO会愿意听一听的，可他还是害怕，怕冈萨雷斯会因自尊心而转身离去。

然而，时间来不及了，现在Jacob必须摊牌了。

冈萨雷斯正与太太跳舞时，见到了一个英俊帅气的东方男人，他穿着挺括西服、雪白的衬衫，优雅地走了过来！看上去还有些面熟。

是他，出了名难搞的家伙，冈萨雷斯再三警告过的人。而CEO也明白了，今天这一切美好都是假的！

可是，他对Jacob有千分感谢，又万分恼怒，更无比扫兴。不，他绝不讲情！

昏暗的灯光下，东方人渐渐走近，可等冈萨雷斯看清时，他惊呆了，他未想过这位以顽固闻名美洲电信的男人竟变成这样了。

“我好羡慕您。”Jacob 已泪流满面。

冈萨雷斯的怒火瞬间熄灭，放下搭在太太肩上的手，说：“来，我们出去说吧。”

Jacob 随着 CEO 走出会场，坐到哈德逊河边。半夜里，黑暗的大河让他想起了尼罗河。他曾是一个不爱说话的男孩，内向、自卑、不善交际。他第一次坐飞机，恰恰去的就是非洲，他两眼一抹黑，感到害怕和恐慌。所有亲朋都觉得他的决定很荒唐，只是他这条路已经踏了出去，他也不认错，于是，就在尼罗河边扎了一年。

工地就在河边。那一年春节，卫星电视转播央视春晚，当电视里播放着全球华人向祖国亲人的祝福，播放着“孔府家酒，叫人想家”的广告语时，他一口烈酒喝下去，眼泪如同暴雨倾泻，冲向无数次坐着发呆的尼罗河岸，狂喊发泄！

“我想家，想我妈！”

里面舞会还在继续。Jacob 和冈萨雷斯坐在静悄悄的河边，夜幕下，两人无语地抽着烟。

“迪亚士帮你的吗？”

“没有，他只说他女儿也在这里念书。”

冈萨雷斯深吸一口烟：“你让那个叫霍普的人对拉斐尔讲了什么？”

“我没让他讲……”

“可拉斐尔说，他会去认真工作了。”冈萨雷斯捏掉了烟头，一种五味杂陈的滋味涌上心头，“你不怕我讨厌他真走上了画画的道路吗？”他拿出手帕递给了 Jacob。

“那拉斐尔也长大了，不是吗？”Jacob 拿过手帕，却没用来擦，他只是把头斜着抬起来，侧望着星空，“男人可是一杯很晚才能被泡开的茶啊。”

冈萨雷斯笑了：“说得也对。这话是谁说的？”

“我妈。”

“她在中国？”

“她在天上……”

“我很抱歉，”冈萨雷斯沉默了好一会儿才开口，“Jacob，我很感谢你为我一家安排了这么开心的活动。但是我不能把个人生活和公司决策掺杂在一起……”

“我明白，也许我最初这么做有私心，但后来，我只是纯粹羡慕你的家庭。”

“我相信。”冈萨雷斯拿回了手帕。

“男孩长大总要单飞，他会在美国过属于他的生活。无论他从事你期望的工作，还是从事艺术，你们都会聚少离多，父母都干预不了的，你只要知道他已经能照顾好自己就行了。”

“但他说想回哥伦比亚了啊。”老父亲不太甘心。

“您常回麦德林老家吗？”Jacob 侧头看着冈萨雷斯，反问道。

冈萨雷斯沉默了。

“拉斐尔多半会留在海外生活，”Jacob 双手垂着，摇了摇头，“在你把他送到国外时，这就注定了。但我只是想要帮你们永远记得今天，记得你们的爱。”他看着夜空划过的一颗流星，想着自己这辈子的轨迹。今天，有太多事让他触动，至于 Comcell 的项目，他已不再奢望了。

两人一支接着一支抽烟，冈萨雷斯知道了 Jacob 的身世。这位大二十岁的长者也油然产生了一份慈爱的同情。他拍了拍 Jacob，决定帮他想想办法。

“我查过，100 个基站里，36 个基站在高危险地区，我不能太让员工们冒风险。你们真敢替 Comcell 做代维模式吗？”冈萨雷斯决定顶着压力重启 36 个站点的项目。

“华兴当然愿意！”Jacob 的眼睛里闪烁着光芒，“可您有难处。”

“那好，所以项目是可行的，”冈萨雷斯捏掉了烟头，认真道，“这原定的 100 个基站是政府要求我们的偏远覆盖，其中 64 个是诺阿能做的，剩下 36 个是政府有要求，但诺阿能做而不愿做的。如果华兴愿意进入那些地区，Comcell 就完成了一次全国性覆盖的创举。我能重启。”

“您真愿意重启，就不怕被集团问责？”

“我是哥伦比亚人，全国统一覆盖的事，我为什么不愿做？而且这是政府发文要求 Comcell 做的，只是诺阿不敢去罢了。”

“你有卡蒂纳斯要保护。”

“所以，华兴得在 Comcell 没给合同时，就先去交付。我不能先给商业合同。”

Jacob 听明白了冈萨雷斯的潜台词，哥伦比亚 Comcell 不走商业合同，但会按政府要求，而默认华兴把这 36 个基站做成既成事实，甚至能让政府部门去发一份新闻通稿。这就是事实合同，那这个皮球就踢到墨西哥，给 COO 那里送子弹了，孰是孰非，便交给他们和更高层去决定。

冈萨雷斯手法老练圆滑，保护了卡蒂纳斯，但自己依然可能承担墨西哥的问责。

“Jacob，即使华兴去做了诺阿不做的地区，墨西哥集团也未必同意。那边不签单，你们可能会白白付出，我只能做到这个程度。”

“谢谢，有您这些就够了！接下去几天，我让梅森陪着你们好好玩吧。”

“不用了，我已经有了一个快乐的假日。你去忙你的吧。”

冈萨雷斯也不知道今天怎么冒起险了，他从不讲情的，可 Jacob 身上的气质，让他想起了一个人——卡蒂纳斯。他曾经全力支持卡蒂纳斯，现在他也愿意去支持 Jacob。

午夜零点时分，庆典烟花忽然在哈得孙河岸边绽放。冈萨雷斯抽掉最后一口香烟，起身离去前问：“Jacob，今天是什么日子？”

“不知道，是什么日子？”

“哥伦比亚的新宪法日，新宪法规定，这些偏远地区都属于哥伦比亚不可分割的一部分。我希望你能成功，把信号覆盖到那里！”

7

8 月 1 日，留在亚马孙莱蒂西亚的团队，在老杜的带领下，终于在测试中打败了诺阿。

雨果在 Jacob 去美国的同时，也行动起来——他通过关系，已重新请求哥伦比亚政府对 Comcell 提出偏远地区覆盖，第一稿剩余 36 个基站的政府需求再次提交到 Comcell 管理层。

8 月 2 日，华兴也开始去交付，他们要去刚收复的反政府地区卡克塔（Caqueta）省。但基站肯定来不及从深圳发货了，哥伦比亚华兴 CEO 不在，Jacob 代为发令，直接调动在波哥大仓库里的物料资源，从现有项目中紧急挪用一批基站，直接发往这片危险地区。同时，鹿明启动无订单的借货流程，未来再还给哥伦比亚仓库。

但哥伦比亚分公司工程线下的供应链并不同意，鹿明与工程线发生了冲突，而安第斯地区部的产品线向来弱势。这是安第斯的地盘，Jacob 本无权管，也不想管，但他潜意识里觉得冲突总有一天会来的。

Jacob 走了过去，俯身拍着坐在电脑前的鹿明："你继续做下去，审批流程转我批。"

"你谁啊，怎么不懂流程？"

Jacob 站直："你如果有问题，就让严奉来找我谈！"

说话的是地总，供应链一愣，不敢得罪，刚想请示工程交付线的金总。Jacob 也不管，一脚踢开大门，径直走进金总的办公室，他要找的正是金总。"安第斯四公子"之一的金总这才意识到，住同一公寓的正是大名鼎鼎的 Jacob，自己居然连对方的名字都没问过。

之前，金总神龙见首不见尾，整天带姑娘玩，周末搞烧烤派对，有时去 T-Zone 蹦迪很晚回来或周末又去赌场玩两把，或者去波哥大脱衣舞场子"游泳池"（La Piscina）玩。业务却总打酱油，关键是这一切都被室友 Jacob 知道了，这下完蛋了！

站在 Jacob 面前，金总瑟瑟发抖。

"高公子，"Jacob 挖苦起来，"卡克塔省我不熟，你跟我一起去交付吧！"

金总没办法，Comcell 的机会是 Jacob 挖掘出来的，得罪了 Jacob 可不是闹着玩的。再危险的地区，也算是将功赎罪，只好组织起工程线的精兵强将，带队跟随。而此时，雨果也已迅速谈妥一家私人保安公司，随着华兴工程交付小组一起出发，保护好随行的货物与人。

8 月 3 日，Jacob 三点就醒了，却怎么也睡不着，8 月 14 日就快到了，这是他在拉美最后的机会。

母亲、佩妮、小玲、泰国副总张舒、素帕猜少将、枢密院洪坤、副手臣享、小白汪秦、研发邓博、SDP 高杰、Boyko 罗彬、公共关系部部长陈亚非、说客梅森、地总林强、司机艾迪、两个考评是 C 的阿曼多和马里西奥，以及集团 COO 卡蒂纳斯，还有好多好多人，这几年里的一张张脸像走马灯似的涌现出来。

他翻了个身，可脑海只萦绕着唯一可怕的人——帕特里克！这个不祥的男人，每一次都在自己离成功只剩一步的时候，阻拦自己。不知道这一次，又会怎样。

外面野狗狂吠，快五点了。他索性起来，波哥大出租车还在运营，他去了教堂山。在墨城时，每当他举棋不定，总会去 Zocalo 大教堂，今天在波哥大，他也想在启程前，祈祷项目能做成。

到了山顶，他却没进教堂。他被景色所吸引，站在海拔 3000 米的观景大平台上，俯瞰着偌大的波哥大，太阳逐渐升起了，照耀着这个支离破碎、被分化、被耽误了的国家，他忘记了为项目成败而祈祷，相反，一种别样的情绪升腾起来。

他历经多个国家，每到一个国家总难免去想，生活在另一片陌生大陆上的每一个普通人的生活会是怎样的，他们一天 24 小时过得开心吗？他们从孩童到老年，一辈子是不是也能活得幸福？当低矮平坦的波哥大在他眼前一览无余时，他忽然找到一种责任，那不是作为事业部总裁的管理责任，而是一种生而为人的责任。他一定要用网络覆盖整个国境，用数字信号消除鸿沟，用沟通黏合全国共识，用联接来重塑经济的基础平台，只要相互更充分地联接在一起，人们的未来就会更美好。

太阳完全升起来了，波哥大车水马龙，城市恢复了活力。他回到了 BVC 大厦，站在车队前，对着团队高喊："Vamonos！（出发）"

8

8 月 3 日，开了大半天的车，翻山越岭，一路景色宜人，但山路使车速开不快。Jacob 坐在头车，他直观感到，正是安第斯两个山区和河流的地理阻隔，让中央的统一管理被割裂了。所以，这一次一定要把信号先铺设成功。

终于快到卡克塔省了，一路的风景就像电影《印第安纳琼斯》里的原始平原一样。但风景虽美，却是政府拿不稳的危险地区。目前，全国的反政府武装还占据着35%的土地，而其有影响力的疆域，更高达55%。即使在政府控制的西部和北部区域，他们也能不断出没，进行破坏和绑架等活动。

快要进入无信号地区了，进去就“失联”了。尽管有一支保安车队做护卫，Jacob心里还是莫名生起一股强烈的紧张感。

万一自己有闪失，备案是什么？

他悄悄给人逐一留言，预先安排好对策。

唯独到了危地马拉，他有些迟疑——危地马拉本是很不起眼的棋子，才能在Jacob和臣享的光芒掩护下，有机会偷袭Reference得手，成为最重要的一环。然而把这么重要的事交给一个稚嫩的男孩，他还是有所担心的。

车辆绕山路转了弯，信号暂时恢复到四格。他想了想，还是给安哲打电话吧。

“安哲，你那边怎么样？”

“于总！于总！”安哲显得很兴奋，自他上次接到Jacob赴海地时在机场打来的电话，已有一阵了。那次，上司消解了他心中的困惑，但新的迷茫又如病灶复发般积累起来，令他瞻前顾后、左右为难。

Jacob印象里，这孩子的专业基础很好，有几分臣享的业务洞察力，但缺点也很明显：他虽有激情，却怕承担风险，因此一旦遇到难题，就犹豫不决，行动力受限，这便是Jacob担心的。但凡要在一线挑起大梁的人，必须拿捏好“灰度”，而“灰”，就是黑与白之间的颜色。安哲顺境尚可，但缺了领导力和狠劲儿。这就成了安哲的上限。

果然，安哲在电话中诉说着种种困惑，从产品、质量、货期、规格，到需求、技术风险、团队矛盾、客户关系，他觉得处处是风险，每一个都无法满足客户的目标。

安哲渴望成为英雄，但他不敢打破世界的平衡；他想赢得战斗，却不愿意带来伤害。男孩相信世上有两全法，只是自己经验不足，于是，他把细节一股脑儿讲给Jacob听，仰赖万能的上司为他指点迷津。

“安哲，我听了那么多，但我不知道你想表达什么，你是要我来替你工作吗？”

安哲一阵尴尬，作为一名解决方案的销售人员，他的个性却更像是客服。他犹犹豫豫，痛恨着自己缺乏高手的智慧，难以运筹帷幄。

“安哲，”Jacob 顿了一顿，似乎信号不太稳定，“没有一种选择会绝对正确的，想赢得一场胜利，谁都无法避免付出代价，甚至是道德感上的牺牲。如果有人告诉你，他有一个毫不费力的锦囊妙计，又没有任何痛苦，你不要崇拜他，而要当他是个骗子。

“你的能力和臣总一样强，而你的勇气也不比我差，我相信你能自己找到办法！”

“危地……马拉就交……你了，”信号渐渐变弱了，Jacob 抓紧最后的几秒，“你说过，你会拿下危地马拉，你答应我的必须说到做到！”

但那头很安静，是信号盲区掉线了？Jacob 不清楚男孩能听见什么，也听不见男孩的回答，他只是不断鼓舞安哲去战斗，激发他身为一线的雄心和魄力。

最终电话断了。他收起手机，也回味着自己的话——“没有一种选择绝对正确”，现在把安哲放在那个抄帕特里克后路的关键位置上，而自己为了 36 个基站涉险来卡克塔，又何尝不是时时刻刻在豪赌呢？

别人都仰赖他，相信他的判断总是对的，可他也只是人不是神，不可能每一次判断都选择准确的。真正让一支队伍跟着他的领导走的原因，从来不是什么神机妙算，而是当队伍走进迷宫般的无人区里，迷茫地来来回回打转、止步不前时，他总是有勇气和决心去领路。至于自己带的路正确与否，也许直到走出来之后才能知道，但队伍绝不能在无人区里停下脚步。

今天，走到这最后一步了，Jacob 没有回头路，也只有继续冲过去。因为他带领的华兴大部队正在急行军般赶赴 4G 的决战之路，他不能掉头，而危地马拉这个山口只能交给稚嫩的安哲来打通。

手机零信号。此刻，Jacob 的车队已进入无信号区。

9

8 月 4 日，车辆在卡克塔省的首府佛罗伦西亚（Florencia）停下，这里的行政首长接待了他们，对他们表示了感谢。

Jacob 决定先把两到三个基站顺利开通，这样政府就能发新闻稿，Comcell 也就能顺着舆论压力，把政府指定的项目顶起来，抛回墨西哥总部，这样就能拿到 Reference。而两到三个基站的交付，如果不进行“交钥匙”所需的土建、铁塔、机房和电力的施工，一般两天能完成。这一次，当地部门很配合，不但腾出空间、拉好线，而且本地政府军也出动守护。

佛罗伦西亚除了镇中心外，其余的地方就像《百年孤独》里的小镇马孔多的那种感觉，有伐木工人、土著、吉卜赛人、黑人、雨林、橡胶树、狗、河流、独木舟、茅草屋，有一些地方看起来和几百年前没太多区别。Jacob 看了看环境，这里的图腾、装饰、艺术、服装和墨西哥的完全不同，顽皮的男孩们留着长发、赤着身子，坐在河边的古树上看着 Jacob 一行人。皮肤黝黑的村民们也从铁皮或砖瓦房子里走出来，围观看热闹。

村镇很缺电，电力由附近的小型水力发电站提供，但时断时续，因此方案上的基站备用电池很大，传输系统也全仿照了莱蒂西亚时的卫星设置。

金总最后确定了方案，便指挥起一台起重车。两个头戴安全帽的工程师，开始挂上基站，再连接卫星传输，调通数据，接续起电力和反馈系统，把供电从远处拉过来“上电”，备电系统接了十几块大功率蓄电池，确保水电站断电后，基站能工作十二个小时以上。

相较于海拔 2800 米的波哥大，佛罗伦西亚的海拔仅为 200 米。这里近赤道的夏天，潮气很大，热得人浑身是汗，蚊子也不少。此时，天空乌云密布，似乎将有一场大暴雨。工程师知道，如果华兴要在今天完工，就必须抢在大雨前完成。

“设备安装完毕！”第一位工程师装配好，螺丝拧紧，引好电力和各条数据线缆。

“软件调通，信号 On Air！”第二位工程师拿着电脑，用 USB 连接着基站的服务器，进行数据设置，他配置好了与卫星的通信传输，也设置好了天线下倾角、功率输出大小、Abis/Iub 接口，以及 Um 空口的数据。

“你们机房的核心网对接成功了吗？”金总拿着卫星电话，而电话另一头是老杜和鹿明，他们和费尔南多一起守在波哥大 Comcell 的核心机房里，在这里华兴已部署了一台基站控制器，一头接收从卡克塔省基站发射的信号，一头与诺阿的核心网对接。

鹿明说：“等等，这里的卫星解调器还有点问题。”

“轰隆”，卡克塔省的闷雷滚滚，雨眼看就要下来了，村民也要散去了。

“通了！”工程师看见电脑上的数据检测，一个个单一字符变成了一连串不停的字符串，就像在演奏的音符一样，绵延不绝，“赶紧打个电话试试看。”

“喂，我是卡克塔，听得见吗？”

“喂，我是波哥大，我听见了！”

这个 First Call 成功了，华兴两地团队一片欢呼，现场 Comcell 的客户和卡克塔的村民也喜悦起来。就连乌云也飘向了他方，像是把阳光留给他们。

但事情还没有完，网络优化工程师要开着车在小镇内外做第一轮路测（Drive Test）。一个司机开着车，车上有一根细长的接收天线，网络优化工程师手里的 GPS 仪器记录着开车的路线，同时也记录着信号的强度，生成一幅信号地图，再把信息反馈给还在基站下的工程师。工程师或调整天线下倾角，或修改波形波束的极化设参数，以将无线信号的质量调到最优。

终于，第一台基站完工了！省长向波哥大的政府官员拨打了第一个商用电话！波哥大政府官员在电话里给出祝贺：“请当地使用 Comcell 的通信服务，我们要永远保持联系。”

Comcell 的第一批 SIM 卡和手机，立即被作为政府免费物资，分发到了村长手里。他们兴奋地研究着手机，村民是最开心的，对外沟通是进步的源泉，以前卡克塔的经济靠水果和伐木业，现在一通电话，也许能更方便做生意。

Comcell CTO 也发来了视频通信，以表祝贺，这太有里程碑意义了，而行政人员赶忙用相机记录下这一切，准备发新闻稿。一切都在向最好的方向走，谁能想到佯攻的哥伦比亚，也很快就要拿到 4G 邀标的 Reference 了。

Jacob 不敢大意，他给波哥大团队打去电话："从现在起到月底，各位必须看好机房，就像守住阵地一样，防止网络故障。"基站开通只是开始，万一网络不稳定就会被投诉，并且政府项目很容易被别有用心的媒体或反对党用来制造舆论，谁知道会不会有人大做文章。

"放心，雨果搞到了机房的长期通行证，我们 24 小时轮流值守。"鹿明说。不仅是华兴的故障，他更防备好诺阿会偷偷更改机房里的核心网参数，令华兴与其核心网对接失败。

今天是小小的成功，晚上，当地行政首长非要请团队喝酒庆功以示感谢，村民们特意穿着哥伦比亚式民族白衬衫一起去小酒馆喝酒。酒馆共两层楼，红色的墙面上挂满了旧日的照片，乡村的人们淳朴而热情，人们都在这里跳舞说笑，还给 Jacob 点了一种很特别的鸡尾酒——Teremoto。这种酒，分成三种颜色，口感非常好。

因为 Teremoto 入口好，饮者往往不知不觉喝很多，但实际上它烈度极高，才三分之一杯，Jacob 就觉得醉了。在酒精和音乐的带动下，他糊里糊涂、摇摇晃晃地和众人翩翩起舞起来。当一个女孩子向他走来邀请他跳舞时，Jacob 猛然提高了警惕，真是被胜利冲昏了头脑，这可还是在危险地区。他晕乎乎地叫来金总，要提醒大家注意安全。

金总倒是有足够的经验。而且毕竟在人堆里，应该是安全的，附近更有雇来的保安公司，以及政府派来保护他们的军警。

只是，Teremoto 的后劲起作用了，即使善饮的 Jacob 也顶不住，他的头越来越重，路也走不稳，视觉和听觉逐次分离，周围的人声和乐器声都浮在了这个世界之外。他颤颤巍巍地，最终坐在位子上，他看见旁边有一双眼睛，好像是白天在河边看到过的一个留长头发的男孩，他一惊，然而却依旧浑然睡去……第二天醒来，他猛一睁眼，幸好，还在小客栈里——金总和村民把他送了回来。他洗把脸赶紧出门，不能误了后面几个基站的开通。

刚走到楼下，一个衣衫褴褛的村民从背后迅速跟上了他，他意识到些什么，但又没来得及想好对策，一把小刀已顶着他的后腰，用力地顶着他往角落里走，他无法动弹。

前方是一个 90 度墙角，Jacob 想趁机回头看是什么人时，他面前又出现了用围巾蒙着脸的几个人，手里拿着 AK47。

Jacob 心里一沉，这下完蛋了！一辆破旧不堪的丰田皮卡迅速地开了过来，上面还架了一挺机关枪，几人把他按上了车，又迅速地向丛林深处开去。

车疾速颠簸，令人头晕，但他能察觉裤袋里的手机不断震动——是同事在给他打电话。他惊醒地意识到，今天离最后截标的 8 月 14 日只剩九天，全世界都急着找他，这不仅是他的个人安危，还关系到整个团队奋斗的寄望。他甚至没想好是否要接电话，因为一旦暴露了自己，事业部总裁级的高管被绑架，并不会被认为是一种功勋，反而被以为是鲁莽行事，这将会给说服美洲电信的高层带来极大的负面评价。

坐在他对面的一个武装分子，猛地发现 Jacob 手机在震动，先狠抽了他一记耳光，再一把夺走手机，而后，又从坐垫下掏出黑色的蒙眼头套，罩在了 Jacob 的头上。

一片漆黑，车越开越远，他又一次在距离成功仅一步之遥的地方跌倒了。怎么办？他的思绪翻江倒海。然而，这里已进入无人区。

今天是 8 月 5 日，美洲电信事业部的总负责人消失了，无论是谁也联系不到他。

（第二部完）

认准读客熊猫

读客所有图书，在书脊、腰封、封底和前后勒口都有“**读客熊猫**”标志。

两步帮你快速找到读客图书

1. 找读客熊猫

2. 找黑白格子